为纪念鲁迅先生来中山大学90周年（1927—2017）

谨以此书献给

鲁迅先生及曾经、正在、将要和先生共振的灵魂们

鲁迅小说中的话语形构

朱崇科 著

中山大学出版社
·广州·

版权所有　翻印必究

图书在版编目（CIP）数据

鲁迅小说中的话语形构/朱崇科著. —广州：中山大学出版社，2017.5
ISBN 978-7-306-06028-0

Ⅰ. ①鲁… Ⅱ. ①朱… Ⅲ. ①鲁迅小说—小说研究 Ⅳ. ①I210.97

中国版本图书馆 CIP 数据核字（2017）第 067230 号

出 版 人：王天琪
策划编辑：嵇春霞
责任编辑：陈　芳
封面设计：林绵华
责任校对：廉　锋
责任技编：何雅涛
出版发行：中山大学出版社
电　　话：编辑部 020-84111996，84113349，84111997，84110779
　　　　　发行部 020-84111998，84111981，84111160
地　　址：广州市新港西路135号
邮　　编：510275　　　　传　真：020-84036565
网　　址：http://www.zsup.com.cn　　E-mail：zdcbs@mail.sysu.edu.cn
印 刷 者：广东虎彩云印刷有限公司
规　　格：787mm×1092mm　1/16　20 印张　367 千字
版次印次：2017 年 5 月第 1 版　2021 年 8 月第 3 次印刷
定　　价：56.00 元

如发现本书因印装质量影响阅读，请与出版社发行部联系调换

自 序

朱崇科

学习、研究鲁迅20余年，无数次阅读《呐喊·自序》，终于有一天慢慢明白也体验了其中似乎最明了却又最复杂的关键词——寂寞。不管是追求理想恍如置身荒原，还是为了驱除寂寞自我麻醉之后更加寂寞；不管是启蒙的孤独，还是绝望的被绞杀，多义的寂寞呈现着自我，也阐释着鲁迅阴暗面的可能面向和读者的更多阅读期待。

无论是运交华盖，抑或破帽遮颜，鲁迅其实相当寂寞。更遗憾的是，没有了鲁迅，我们似乎同样如此寂寞。鲁迅先生逝世以后，我们一会儿将之抛向半空，甚至送上神坛，顶礼膜拜；又或者摧枯拉朽，将之降回人间；更有甚者，将恶毒的诬蔑、贬斥以及无知的怀疑和诋毁一股脑儿泼向他。然而，在这些操作的背后，无疑更反衬出受众们精神的浅薄、空虚或无助。这一切都说明，我们根本离不开鲁迅。同时，虽然从中学起就开始阅读鲁迅的作品（其实往往是"教材化"的作品），但是我们并没有真正走近鲁迅。

当世社会中，更多的人无法理解鲁迅的复杂性：在世故面具下的童真、在冷对横眉下的热切、在热切中的清醒或绝望、在绝望下的坚守、在坚守中的悲戚……不要说真正还原他的立体性，甚至连基本的二律背反也难以灵活翻转。当然，更有狂妄者宣称我们早就超越了鲁迅，因为期期艾艾、叽叽歪歪的鲁迅无法预知和平时期我们现在的发展，看不到先进性和希望，也无法提供疗治方案。诸如此类，不一而足。这不仅更显出鲁迅的寂寞，也更衬托出我们的寂寞、无聊和无知。

在用巴赫金的狂欢化理论重读鲁迅的《故事新编》并出版了我的博士论文修订本《张力的狂欢——论鲁迅及其来者之故事新编小说中的主体介入》以后，我仍然有一种莫名的不满足感——仿佛不对先生的小说进行复合、多元、立体的观照，就总有一种心事未了的牵绊。于是，我继续借助相对熟悉的法国思想家福柯等人的话语理论来重新解读鲁迅小说，力图找寻一种独特的对话关系和问题意识。

在我看来，现代文学研究其实难脱文献考辨与理论并举的整合实践，因为一旦涉及"现代"术语，态度端庄的研究者自然会使用理论，尤其是西方相关文论。但是，理论的旅行（traveling theory）难免会遭遇本土化而产生一定的扭曲或变形，而这种变异简单看来有些是合理的，当然也有些来自附庸风雅者、生搬硬套者的人为曲解。我们当然要实事求是、对症下药，而非把理论化为一知半解者、利欲熏心者的遮羞布或者尖端武器。但某些对于理论本能过敏的患者和后天阅读障碍者往往会一棍子打死理论，尤其看不得西方文论，其实是借此掩饰其故步自封、愚昧无知，从而从另一面彰显其本土话语的政治正确性/天然正当性。

我对话语的理解谈不上多么深刻，但在战战兢兢之余大抵还有些自信，毕竟自己受过多年严格的学术训练，而且20年来一直喜好阅读理论、挑战自我，所以学习起来乐此不疲，使用的时候相当谨慎。结合鲁迅本人的情境，其文本创作和生活中其实也不乏对现代性的使用，甚至是热衷于更深层次的反抗，而在其小说技艺与意义挖掘上亦有相关的认知与创构。在本书中，我把话语理论当作探勘鲁迅小说的重要"孔道"，当然并非为了面面俱到，亦非宏大叙事，而是借此凸显话语理论观照下曾经被遮蔽和践踏的暧昧、阴暗与可能光亮。

自　序

2007年8月底到2008年5月底，我有幸到纽约的巴德学院（Bard College）访学并执教。在繁忙的教学之余，我甚至放弃了游览美国壮丽河山的机会而孜孜不倦于此课题：或检索西方理论书籍，或沉思小说解读的其他可能性，而在巴德学院美丽的草坪上也留下了我们师生体味鲁迅及其时代的欢声笑语抑或严肃认真。这当然是书写"鲁迅小说中的话语形构"的一种姿态和境遇——我总觉得接近鲁迅的方式有多种，其中除了独自的精神面对以外，也包括和学生的教学相长、彼此促发。

从某种意义上说，我们理解鲁迅、体味鲁迅，和年纪大小并不必然相关，反倒和自身直接或间接的复杂境遇以及发自内心的深沉反省印证密切关联。2013年在台湾东华大学担任客座教授时，我也曾和研究生们一起分享研读鲁迅的心得，而在学术产出方面又先后出版了《广州鲁迅》（国家社科基金后期资助项目成果）、《〈野草〉文本心诠》，借此表明本人研读鲁迅的持续性实践及其成果，当然似乎也颇有一些反响。我感激那些真正的提携者、批评者，比如王富仁教授、孙郁教授等，因为他们是出于学术的求真和"鲁迅党"的惺惺相惜，无论表扬、鼓励还是批评，都让我警醒、虚心接纳并继续开拓；同时，也无视和忽略那些恶意的挑战者（无论他是否自诩前辈），毕竟，不在一个段位上的泼妇骂街/"文革"打棍子式的辱骂和恳切深沉的学术对话对比之下，一目了然，我们完全不需要对前者浪费时间与表情。

2016年4月以来，我接受校方任命，有幸主持中山大学的新建院系之一——中文系（珠海）。这个院系的研究重点之一是20世纪中国文学、华文文学和西方文学，有关鲁迅的研读自然成为重中之重。而出于对青年学术精英的培养需求，本科生和研究生的教材也非常重要。因此，这本由中山大学出版社出版的、作为"鲁迅精读"课程研究型教材的《鲁迅小说中的话语形构》应运而生。此时此刻，我的内心只有感谢。当然说到底，或许最该感谢的是鲁迅先生，因为这么多年来，他既是我的研究对象，又是我的精神资源之一,也是我的可能对话者。学术的寂寞本是研究题中应有之义,但毕竟有这么多灵魂和我一起思考鲁迅、接近鲁迅,从而有深度地取暖,面对可以想见的热切、追寻、清醒与迷茫,至少也让我有勇气和必要呐喊几声,彼此共勉,虽然彷徨、孤独依旧绝对不可避免。

  2017年是鲁迅先生来中山大学执教90周年,谨以此微薄的小书向先生致敬。希望我们依然可以努力不辍,不管前途是坟,还是美丽的草场。

目 录

绪论　话语形构与鲁迅小说 …………………………………………… 1
　　一、"鲁学"中的小说研究管窥 ……………………………………… 2
　　二、问题意识 ………………………………………………………… 4
　　三、要点巡礼 ………………………………………………………… 7

第一章　身体/空间 ……………………………………………………… 9
　第一节　鲁迅小说中的身体话语 ……………………………………… 9
　　一、身体的局部哲学：以头发为中心 ……………………………… 10
　　二、身体的话语转换：生理与精神的回环 ………………………… 13
　　三、身体的狂欢：超越的毁灭或尴尬 ……………………………… 15
　第二节　鲁迅小说中的"知识型"话语 ……………………………… 18
　　一、现代性话语：含混与挫败 ……………………………………… 20
　　二、传统话语：潜流与脆弱 ………………………………………… 23
　　三、民间或反智话语：幽微与躁动 ………………………………… 26
　第三节　鲁迅小说中"月"的话语形构 ……………………………… 29
　　一、希望的现代性与时间的辩证 …………………………………… 31
　　二、"月"与病的纠葛 ……………………………………………… 34
　　三、《奔月》的"月" ……………………………………………… 38
　第四节　鲁迅小说中"路"的话语形构 ……………………………… 41
　　一、话语轨迹：从"路"到"路"到"无路" …………………… 42
　　二、寻路、堵路："路"话语的能效分析 ………………………… 45
　　三、叙事之路：前瞻、平铺与回望 ………………………………… 51

第二章　人生/实践 ……………………………………………………… 56
　第一节　鲁迅小说中的儿童话语 ……………………………………… 56
　　一、书写儿童：在单纯与复杂之间 ………………………………… 58

二、儿童视角：在介入与旁观之间 …………………………… 60
　　三、童真叙事：模拟的平淡与简单 …………………………… 63
　　四、认知转化：进化论与批判现实间的游移 ………………… 64
　第二节　鲁迅小说中的青年话语 …………………………………… 66
　　一、被打压的希望 ……………………………………………… 67
　　二、内部分化中的权力话语 …………………………………… 70
　　三、堕落的青春与鲁迅的认知转化 …………………………… 73
　第三节　鲁迅小说中的婚恋话语 …………………………………… 76
　　一、如何悲剧：婚恋话语的实践形态 ………………………… 77
　　二、现实、创伤与再现：成因探寻 …………………………… 81
　第四节　鲁迅小说中的贱民话语 …………………………………… 86
　　一、传统形象：被侮辱者与被损害者 ………………………… 88
　　二、贱民的反弹：再现与消解 ………………………………… 91
　　三、性别视角与贱民的话语权 ………………………………… 94

第三章　文化政治 ………………………………………………………… 98
　第一节　鲁迅小说中的癫狂话语 …………………………………… 98
　　一、癫狂话语的简略谱系 ……………………………………… 99
　　二、鲁迅小说中癫狂话语的形构、作用与后果 …………… 101
　　三、"狂人"的位次：反传统的传统主义或进化论中的异形
　　　　………………………………………………………………… 105
　第二节　鲁迅小说中"吃"的话语形构 ………………………… 109
　　一、繁复的简单：维生范式 …………………………………… 110
　　二、重叠与神合：吃/被吃的话语转换 ……………………… 114
　　三、延伸与升华：写在"吃"之外 …………………………… 118
　第三节　鲁迅小说中的村镇政治话语 …………………………… 119
　　一、"时空体"形态：村镇政治再现 ………………………… 120
　　二、村镇政治隐喻及书写原因 ………………………………… 124
　　三、村镇叙事：再现的政治 …………………………………… 127
　第四节　鲁迅小说中的丧葬话语 ………………………………… 130
　　一、丧葬的嬗变一瞥及其鲁迅式影像 ………………………… 131
　　二、棺材中心：意义的繁复 …………………………………… 135
　　三、作为丧葬的叙事结构 ……………………………………… 138

第四章　越界萦绕 … 142
第一节　鲁迅小说中的医学话语 … 142
一、从技术到精神：在中医与西医之间 … 143
二、疗救的无望：在国民劣根性与"立人"之间 … 147
三、医学话语叙事：在冷静与热烈之间 … 150
第二节　鲁迅小说中的经济话语 … 153
一、经济话语的形态与功用：以钱为中心 … 154
二、话语交叉中的经济伦理 … 158
三、经济话语的叙事法则 … 162
第三节　鲁迅小说中的八卦话语 … 165
一、娱乐细描：狂欢与日常 … 166
二、流言政治：缩微与感伤 … 171
三、自反实践：警醒与正经 … 173

第五章　叙事营构 … 176
第一节　鲁迅小说中的环形营构 … 176
一、叙事策略：开合的张力 … 177
二、意义的环形：以《故事新编》为中心 … 180
三、环形营构中的意义生成 … 183
第二节　鲁迅小说中的启蒙姿态与"自反"策略 … 186
一、孤独与反讽：知识分子的自反 … 188
二、怀旧与疏离：扎根土地的提炼 … 190
三、凝视的尴尬：看客再现的吊诡 … 193
第三节　鲁迅小说中的"小说性"话语 … 195
一、巴赫金的"小说性"理论 … 197
二、鲁迅的力量：在中国小说叙事模式转变中的角色考察 … 201
三、狂欢：在意图与实践之间 … 208

第六章　反思"新编" … 215
第一节　历史重写中的主体介入
——以鲁迅、刘以鬯、陶然的"故事新编"为中心 … 215
一、理论综述：铺垫 … 215
二、鲁迅："点染"历史 … 218
三、刘以鬯："复活"历史 … 220

四、陶然："断裂"历史……………………………………… 223
　第二节　走向狂欢
　　　　　——鲁迅《故事新编》新论………………………… 225
　　一、《故事新编》研究述略………………………………… 227
　　二、狂欢化理论概述及其适用性…………………………… 235
　　三、重读《故事新编》……………………………………… 241

第七章　比较细读……………………………………………………… 255
　第一节　"详细"的"永固"
　　　　　——论鲁迅生前身后对郁达夫的五次回访………… 255
　　一、日月同辉：当郁达夫遇上了鲁迅……………………… 256
　　二、聚焦生前：回到历史现场……………………………… 263
　　三、南洋"回访"：后继者遭遇崇拜者战友……………… 267
　第二节　"肥皂"隐喻的潜行与破解
　　　　　——《肥皂》精读………………………………… 274
　　一、肥皂主线：物质四铭的精神分析……………………… 275
　　二、肥皂谱系：中西文化位次的更迭……………………… 278
　　三、生成隐喻：潜行/交叉的技艺………………………… 281
　第三节　为了反抗与也是反抗
　　　　　——鲁迅和阿尔志跋绥夫笔下人物性心理描写比较… 282
　　一、关于阿氏及鲁迅视野中的阿氏………………………… 282
　　二、性心理描写之艺术比较与意义比较…………………… 283
　　三、鲁迅为何"反抗"阿氏的性心理描写………………… 287

结　　语………………………………………………………………… 289

附　　录………………………………………………………………… 292

绪论　话语形构与鲁迅小说

从某种意义上说，鲁迅（1881—1936）的研究史同时也是意识形态的纠结史：不同的阵营、不同的立场，或多或少的调试、交叉，既阵线分明又犬牙参差。但我们也要廓清一些迷雾，仔细想来，即使从其小说的经典化（canonization）角度考察，也绝非单纯意识形态推动的结果。而不容掩饰的是，鲁迅是当时（尤其是上海时期）少数几个能够靠写作体面生存的作家①，其作品有上佳的被接受程度。有一点可以明确的是，鲁迅被公认为"中国现代小说之父"显然不只是因其创作时间在先的优势，而更是对其小说成就与位次的高度褒扬。

回到鲁迅自身，对小说功能的定位，我们最常见的是鲁迅的现实主义观，如，"说到'为什么'做小说罢，我仍抱着十多年前的'启蒙主义'，以为必须是'为人生'，而且要改良这人生。我深恶先前的称小说为'闲书'，而且将'为艺术的艺术'，看作不过是'消闲'的新式的别号。所以我的取材，多采自病态社会的不幸的人们中，意思是在揭出病苦，引起疗救的注意"②（《南腔北调集·我怎么做起小说来》）。表面上看，鲁迅对小说的强调可谓"质胜于文"，或者如其所言，"原意其实只不过想将这示给读者，提出一些问题而已，并不是为了当时的文学家之所谓艺术"（《集外集拾遗·英译本〈短篇小说选集〉自序》，第416页）。

但对此问题，必须仔细分析。准确地说，鲁迅更多是对当时文学家或批评家所界定的"艺术"有些反感，比如"但他称我为Stylist"③（第412页），但并没有一概抹杀小说形式、技巧与策略的重大作用。不仅如此，鲁

---

①　相关研究并不少，专著方面可参见甘智钢《鲁迅日常生活研究》，黑龙江教育出版社2005年版。

②　本书中除另外说明外，所用鲁迅小说版本均出自金隐铭校勘《鲁迅小说全编》（插图本）（漓江出版社1996年版）。此处引文见第411页。如下引用，只标页码。

③　鲁迅此处有所指，黎锦明在《论体裁描写与中国新文艺》（见《文学周报》第5卷第2期，1928年2月合订本）中表示，西欧的作家有所谓体裁家（stylist）者，但当时的新文艺，只有鲁迅、叶绍钧等人的作品可见到有体裁的修养。

迅甚至将"文艺"、小说视为各国文化交流借以消除隔阂的良途,"然而最平正的道路,却只有用文艺来沟通,可惜走这条道路的人,历来又少得很"(第417页)。当然,在某些场合,他也为《彷徨》因技巧圆润、热情减少所招致的冷落而鸣不平。

上述种种,更说明并论证了鲁迅对短篇小说苦心营构的多元性与复杂性,我们单单从某一角度探讨鲁迅小说的意义/内容、形式/叙事等,往往是偏执的,甚至是片面的。易言之,对鲁迅小说的研究,我们必须要探掘新的思路与取向。当然,在产生新的问题意识以前,我们必须对相关研究文献进行梳理,然后在此基础上生发点染。

一、"鲁学"中的小说研究管窥

鲁迅研究阵容鼎盛,研究资料和成果汗牛充栋,所以素有"鲁学"之称。

即使回到小说研究,相关进展和收获也可称得上硕果累累。鲁迅的同时代人和稍微年轻的学者、作家就开始了对鲁迅小说的探勘,代表性的人物有茅盾、李长之、竹内好、增田涉、李何林等,稍后的代表性学者还有王瑶、唐弢等。

在中华人民共和国成立后相当长一段时间内,国内的鲁迅研究往往被打上浓厚的意识形态色彩,鲁迅甚至被简单化和神化。这种情况到了"文化大革命"结束后才有所改观。而在同时期的海外鲁迅研究中,夏济安的《黑暗的闸门》、夏志清不无争议的《中国现代小说史》(比如后来普实克和他的激烈论辩)都对鲁迅进行了浓墨重彩的论述。

改革开放以来,李欧梵的《铁屋中的呐喊——鲁迅研究》算是对鲁迅的人化和去神化处理,观点独到;而王富仁先生算是20世纪80年代初期国内的新锐,陆续有力作对鲁迅展开持续有力的研究,他对国内鲁迅研究的转向具有不容忽视的标志性作用。而此时国内的鲁迅研究界开始愈发蓬勃,林非、钱理群、杨义、王得后、孙郁、严家炎等学者使鲁迅研究的声势愈发浩大。

同样不容忽略的是,海外对鲁迅的研究也一直有所赓续。比如,日本学界丸尾常喜、伊藤虎丸、丸山昇、木山英雄、藤井省三、竹内实、片山智行等,美国学界林毓生、韩南、胡志德、安敏成,新加坡王润华,澳大利亚张钊贻等人,都不断显示着鲁迅研究的活力与朝气。

国内的鲁迅小说研究在进入20世纪90年代以来更是突飞猛进,诸多好手不断涌现,如汪晖、王晓明、李新宇、林贤治、秦弓、王乾坤、李怡、张福贵、袁良骏、郑家建、郜元宝、高远东、叶世祥、胡尹强、谭君强等。尤其值得注意的是，20 世纪 90 年代以来的鲁迅小说研究进入了齐头并进的新时代。整体上看来，有三点值得注意。

（1）各地鲁迅研究的蓬勃发展。除了北京鲁迅博物馆的集中与盛大研究以外，各地的鲁迅研究分会或纪念馆也是红红火火，比如绍兴、上海、广东鲁迅研究会和厦门鲁迅纪念馆等。这些机构不只单纯地举行纪念活动，也出版刊物、论文集，召开学术研讨会，这些都有力地推进了相关研究的深化和民间化。

（2）学位论文研究中的知难而进。大学和社会科学院等研究机构作为传承文化的重要阵地，其文化延续引人注目。可以说，全国各地有关鲁迅小说研究的学位论文年年都有，鲁迅研究的公共课此起彼伏。令人欣慰的是，虽然鲁学进入门槛较高，但总是有知难而进的新鲜血液补充进来啃鲁迅研究这块硬骨头。

（3）鲁迅研究的研究如火如荼。有关鲁迅研究的同步反思也在进行中。比如，王富仁早在 20 世纪 80 年代对鲁迅研究历史与现状的总结，姜振昌等人的鲁迅年度研究总结等。更令人鼓舞的是对近百年来鲁迅研究的深入、微观/宏观性总结。比如，张梦阳先生对鲁学研究史数十年如一日的挖掘与分析，不断有大部头论著出版；王吉鹏率领一帮年轻的研究者不断总结，从各个角度（文体、思想等）整合分析长期以来鲁迅研究的方法、策略、特色等[①]；冯光廉等人主编《多维视野中的鲁迅》（山东教育出版社 2002 年版）；等等。

上面对鲁迅小说的研究算是进行了挂一漏万的评述，如果回到具体的论述，在有限的篇幅内自然无法进行有效的描述和评论，前述有关鲁迅研究的研究可作为参考、补充。改革开放以来，在鲁迅小说研究专著方面，主要有《叙述的力量：鲁迅小说叙事研究》（谭君强著，云南大学出版社 2000 年版）、《鲁迅诗化小说研究》（张箭飞著，广西教育出版社 2004 年版）、《鲁迅自我小说研究》（李明著，中南大学出版社 2002 年版）、《鲁迅小说研究》（冯光廉著，天津人民出版社 1989 年版）、《鲁迅小说与国民性问题探索》（谭德晶著，中国社会科学出版社 2004 年版）、《鲁迅小说的形式意义》（叶世祥著，作家出版社 1999 年版）、《鲁迅小说会心录》（杨义著，光明日报

---

① 相关研究可参见近些年来由辽宁人民出版社、吉林人民出版社等连续出版的有关鲁迅小说、散文、杂文等的系列研究，而有关研究性的书评可参见杨剑龙《在更加广阔的时空范围内开拓——评王吉鹏先生近几年的鲁迅研究》（载《北方论丛》2002 年第 4 期，第 97 - 98 页）。

出版社1985年版)、《被照亮的世界——〈故事新编〉诗学研究》(郑家建著,福建教育出版社2001年版)、《鲁迅小说绝望与希望的对比结构》(彭博著,学林出版社2001年版)等。当然,拙著《张力的狂欢——论鲁迅及其来者之故事新编小说中的主体介入》(上海三联书店2006年版)不仅剖析了鲁迅的《故事新编》,而且对"故事新编体"小说的命名、流变和相关理论也做了详细的研究。

毫无疑问,上述研究从各个层面深化了我们对鲁迅小说的认知,或者是整体的立体观照,或者是微观的深入探索,至少它们从一定的角度开拓了我们解读鲁迅的研究视野。当然,有些研究也可能不乏谬误,或者至少值得商榷,也需要批判的分析;但整体而言,有关鲁迅小说中的话语形构的论著却并未出现。

如果从单篇论文来看,鲁迅小说中相关话语形构的论文也并不多见,比如李新宇的《鲁迅:中国现代知识分子话语的基石》(《鲁迅研究月刊》1998年第5—8期连载)引人注目,但更多的研究对象和立足点也并非纯粹小说;还有一些研究,比如鲁迅小说中的疾病隐喻,偶尔提及的启蒙话语或革命话语、仇恨话语等,往往都是单兵作战,未能形成体系性、逻辑性的严密思考。这些都为笔者的研究提供了开拓的空间与可能性。

有些论文,可能研究对象是类似的,比如鲁迅小说中的医学内容,但往往更多只是强调医学的具体体现、文化的含义。笔者的处理方法会很不一样。根据米歇尔·福柯(Michel Foucault, 1926—1984)的相关理论,笔者更关心医学因素如何在鲁迅小说中结合权力话语或潜或显的运行实践,这既包括某些相关联的医学内容,同时更包含其中复杂的权力要素。除了意义因为解读方法不同而变得新鲜和丰富以外,笔者也会考察医学话语的叙事轨迹。这样无疑可以拓宽研究视野,从而克服某些二元对立的弊端,为鲁迅小说的创造性阅读提供支撑和备选。

当然,虽然鲁迅小说研究文献的丰富性令人惊叹,但也必须回到具体研究才能进行更详细的分类和梳理。限于篇幅,本书无意在此缕述,相关文献综述可参照具体章节所阐述的具体问题。

二、问题意识

毋庸讳言,本书想另辟蹊径,生发点染出别具一格的鲁迅小说专论。为将此问题表述得更清晰有力,首先必须界定一下其中的关键词。

（一）名词解释

本书题为"鲁迅小说中的话语形构"，毫无疑问，"话语形构"是个绕不过去的词。

何谓"话语形构"？有关话语形构，最著名的诠释和使用来自福柯。福柯的话语形构（discursive formation）主要是描述一批"声明"（statement，或翻译成"陈述"）间离散的体系，定义事物间、"声明"类型间、观念间或主题选择间的规律性（一个秩序、相互关系、地位和功能、转化），等等。当然，在《知识考古学》（或《知识的考掘》）中，福柯借助形式五花八门、迂回婉转的"声明"作为焦点载体进行分析和阐发，话语形构概念也恰恰是想从"功能"角度探查话语运作的轨迹架构，并借此勾勒这一话语不同层面的走向。借助考古学、系谱学等方法，福柯研究了话语形成的规则系统，并区分和辨析了系统的四个要素：对象、陈述形式、概念和主题，而且考察了它们的规则序列的形成和运作方式。如人所论，"话语包含着一个生产和扩散的历史过程，包含着相关的认知过程，包含着相关的社会关系，也包含着特定的思想形式"[①]。

除此以外，对话语的认知可谓五花八门，甚至也有话语导论性质的专著《话语导论》（*The Discourse Reader*）。本书对相关概念的阐释采纳该书中的一些看法，"话语是涉及社会、政治和文化形构的语言的用法——它是折射了社会秩序的语言，也是形构社会秩序，以及形成个人与社会互动的语言"[②]。

而本书就是要利用这一基本理论，并整合其他理论，考察鲁迅小说中形形色色的话语形构。需要指出的是，对于话语理论的挪用，尤其是福柯的话语理论，也并非没有问题。比如萨义德（Edward W. Said，1935—2003）就曾很敏锐地指出，福柯似乎没有意识到，"话语和规训观念在何种程度上是过分自信地欧洲式的，以及，在调动大量细节［和人］的规训的使用的同时，规训又是怎样被用来管理、研究和重构——随即就是占领、统治并开发——几乎整个非欧洲世界的"[③]。萨义德当然凸显了其东方学视域中的后殖民观照。但坦白说，在鲁迅的小说之间这样的视野很难发挥作用。同样，

[①] 刘永谋：《福柯的主体解构之旅——从知识考古学到"人之死"》，江苏人民出版社2009年版，第68页。

[②] Adam Jaworski, Nikolas Coupland. *The Discourse Reader*. Routledge, 2001, p. 3.

[③] ［美］爱德华·W. 萨义德著：《世界·文本·批评家》，李自修译，生活·读书·新知三联书店2009年版，第393页。

相关的话语理论进入中国后都有一个"旅行"过程（萨义德语）。从此意义上说，我们更多的是把这些理论视为方法和切入途径，而在论述实践中毫无疑问是坚守文本优先原则的。

在本书中，此概念的重心可以分为以下几点：

（1）相关话语如何形构。换言之，有关话语的运行轨迹如何。

（2）话语功能。本书借此亦想探究相关话语运作中的功能实践。简而言之，即不同形态的形构到底发挥了怎样的功能。

（3）相关话语的叙事策略与意义转换如何整合。

不容忽略的是，本书中的鲁迅小说既包括大家熟悉的《呐喊》《彷徨》，也包括《故事新编》和1913年发表的文言小说《怀旧》。需要指出的是，这当然是一个相对宽松也更合理的处理方式，因为有不少学者将《故事新编》排除在鲁迅小说之外，或视之为杂文体，或将之当作历史、神话重写。[①] 同样，《怀旧》这篇小说也自有其值得重新审视的内在素质，文言的书写体例远不该成为排他的借口。

（二）如何展开

毫无疑问，不是所有类同主题都可以组成话语形构，同时，本书也不想面面俱到。为此，在讨论鲁迅小说中的话语形构时，本书主要采用以下的结构方法：

（1）从大的结构层次考虑，主要是采用板块组合法。主要可分为身体/空间、人生/实践、文化政治、越界萦绕、叙事营构五大板块，不同的板块之间更多的是一种相对区隔，其内在关联更是藕断丝连、难以断然切分的。

（2）在板块内部，则采用关键词法。比如，在身体/空间板块中，强调身体概貌、文化知识型，"月"以及"路"作为复杂的物理空间，甚至逐步转换成精神空间的代表；人生/实践中则分为儿童、青年、婚恋和贱民话语层次；文化政治则包含癫狂、"吃"、村镇政治、丧葬等；越界萦绕则更关注不同领域的交叉与镶嵌，如医学、经济、八卦；叙事营构更强调环形叙事、自反策略与"小说性"等。上述种种，皆是对鲁迅小说中话语实践的总结，而非按图索骥、逆向操作。

茅盾在《读〈呐喊〉》中曾经评价说，"在中国新文坛上，鲁迅君常常是创造'新形式'的先锋；《呐喊》里的十多篇小说几乎一篇有一篇新形

[①] 参见朱崇科《张力的狂欢——论鲁迅及其来者之故事新编小说中的主体介入》（上海三联书店2006年版）中有关《故事新编》文体论争的梳理。

式"。但如何真正深入探讨新形式的话语形构则是另外一个重大问题。本书的重点不是一般的泛泛而论、老生常谈，从宏观上泛论鲁迅小说的形式创新，而是要借助话语概念重新阅读文字的缝隙中被淹没和遮蔽的权力结构及其运作方式。这其中既包含意义的张力转换、问题意识的彰显，又涵盖叙事话语的现代性更新。

平心而论，因为既要熟知鲁迅小说的独特创作又要找寻合适的理论契合，既要跨学科又要深入挖掘形式、意义的结合点，超越既有的局限，这样的操作因此也相当不易。但鲁迅研究从来也没有什么捷径，即使鲁迅本人也是秉持了知难而上、反抗绝望的积极精神。

三、要点巡礼

本书的主要研究方法是跨学科方法与文本细读法的结合，力图考察鲁迅小说中不同层次的话语形构。

比如，鲁迅小说中的身体话语书写耐人寻味。立足身体局部（头发、眼睛等），无论是考察其政治、文化传统的谱系和奴隶性的生成，还是考察其身体整体上与精神的复杂纠葛，抑或是身体的狂欢，鲁迅在小说中的确表现出对身体相当深邃又独特的观照，而此中身体话语的形成更不是一句精神压倒肉体所能解决和概括的。恰恰是在其复杂的张力中，身体的话语运作才得以顺利展开。

如果将鲁迅小说中的癫狂话语置于中西方文化交接的平台上考察，我们不难发现，鲁迅其实和西方话语有着神交的一面，但同时鲁迅对这些话语又有更具化和丰富的一面。癫狂话语的形构既是对传统文化逻辑暴力结构的批判，同时又是对被压抑的可能性和新的现代性的称羡。而耐人寻味的是，如果重新审视"狂人"形象，我们也可以发现其形成中的吊诡之处，它既是反传统的传统主义者和拿来主义者，又是对西方话语进行改编的本土进化论的先知先觉者。

当然，回到其叙事操作，我们也可以环形营构为例加以说明。考察鲁迅小说，我们不难发现其在淡化情节之余的同质性操作，而环形营构就是其中具有代表性的一种。如果从叙事内部对环形营构进行细微切分，可分成两种类型：大型环形——"封套"结构、微型环形——关键词粘合。它们使得小说在封闭和开放的缝隙中绽放独特的张力，甚至在叙事和意义之间也有类似的紧张。鲁迅小说中也包含了意义的环形，在《故事新编》中，乌托邦的有意设置和随之消解则集中地呈现出意义环形的魅力。

本书力图要实现的可能创新之处主要有三点。

(1) 采用跨学科的手法再现了鲁迅关注的广泛性及深刻性。比如，文学与医学、文学与经济、文学与八卦话语等的交叉不仅令人兴趣盎然，更可以重现其文体、学科跨越的创造力。

(2) 本书立足中西方理论基础，或许可以更全面、深刻地体现鲁迅小说的创新性；把它放在丰富、多元的平台上观照，又可以凸显出其本来的悖论性意义关怀，超出了一般的形式/内容、好/坏的二元对立思维。

(3) 对西方意义上的话语概念实现一次中国语境化的实践操作，希望可以为相关研究提供个案，同时也可以部分纠正其中可能的偏差。

在笔者看来，鲁迅的小说创作和他对"实人生"的再现、肉搏有密切关联，但鲁迅借小说发出的声音却未必是读者和当时的受众所能完全理解和接受的（鲁迅在《且介亭杂文二集·序言》中曾经说过："我有时决不想在言论界求得胜利，因为我的言论有时是枭鸣，报告着大不吉利事，我的言中，是大家会有不幸的。"）。如人所论，"这是现代中国最苦痛的心灵发出的最苦痛的声音，是现代中国的夜空曾经回荡过的最骇人的枭鸣"①。

古人云，"尽信书，则不如无书"。在阅读鲁迅的感受态度上也类似，我们当然不能尽信鲁迅之言，但我们必须认真聆听鲁迅之言，并借此理解鲁迅，甚至和他对话。遗憾的是，这并不容易，不必说众说纷纭的《故事新编》，就是《呐喊》《彷徨》中也仍然有重读和论争的空间。在日益喧嚣的鲁学中，我们见惯了太多自以为是和借鲁迅自说自话，甚至为意识形态涂脂抹粉借此谋取私利，这都离鲁迅很远，当然也尚未"回到鲁迅那里去"。本书希望可以尽量靠近鲁迅，哪怕是采取为某些人所不喜的方式。

---

① 靳新来：《"人"与"兽"的纠葛：鲁迅笔下的动物意象》，上海三联书店 2010 年版，第 83 页。

第一章 身体/空间

第一节 鲁迅小说中的身体话语

在鲁迅非常经典的《呐喊·自序》中,"幻灯片事件"据说改变了鲁迅学医救国的初衷。他说:"我便觉得医学并非一件紧要事,凡是愚弱的国民,即使体格如何健全,如何茁壮,也只能做毫无意义的示众的材料和看客,病死多少是不必以为不幸的。所以我们的第一要著,是在改变他们的精神。"(第3页)一般意义上,这种说法往往成为大家所认可的鲁迅推广文艺的动因——重视精神,贬斥身体。

笔者所关注的点在另外一面,不管鲁迅如何理解身体与精神的关系,但是,鲁迅对身体的关注始终很强烈,尤其是考虑到鲁迅多愁多病的现实语境。比如,一部《鲁迅日记》,也包含了一部鲁迅的病史(尤其是晚年),以及鲁迅和疾病拼抢时间不懈创作的历史。① 值得发问的是,鲁迅在小说中如何展现身体话语?而通过这种话语,鲁迅又如何呈现或再现"政治性的过程和结果"?②

对鲁迅作品中的身体语言,郜元宝教授在《从舍身到身受——略谈鲁迅著作中的身体语言》一文中已经有相当精彩的论述。但在赞赏之余,笔者也有不满足感:第一,鲁迅小说中的身体话语呈现出来的图像似乎过于简略而显得不够清晰,蕴含也不够深刻;第二,在他的论断之外,是否可能隐藏了另外的可能性。他指出:"身体既然是被改造了的精神诉说的替代性语言,我们就不难理解,鲁迅著作所描写的何以基本上是一个精神化和隐喻化的身体,是'灵明''灵觉'的载体,和欲望化身体或欲望目标没有什么直

---

① 参见吴俊《暗夜里的过客——一个你所不知道的鲁迅》,东方出版中心2006年版,第157-224页。

② 黄金麟:《历史、身体、国家:近代中国的身体形成(1895—1937)》,新星出版社2006年版,第5页。

接联系。"①

在法国思想大师福柯那里,肉体/身体和灵魂并非对立的关系,灵魂也不是一种幻觉或意识形态效应,"它确实存在着,它有某种现实性,由于一种权力的运作,它不断地在肉体的周围和内部产生出来"②。换言之,本书的研究也立足于对这种身体的活动与心灵意志的开掘并举的策略。为此,身体话语更多考察权力、文化体制等如何运作,使得身体逐步衍生出更复杂的政治意蕴,甚至也借此考察书写中的狂欢特质思考,并探研国民性在身体改造中的再现。

同时,结合鲁迅小说自身的虚构特征和对身体的处理各有侧重等特点,本节的主体结构可分为三部分:①身体的局部哲学:以头发为中心;②身体的话语转换:生理与精神的回环;③身体的狂欢:超越的毁灭或尴尬。

一、身体的局部哲学:以头发为中心

擅长"白描"的鲁迅在书写身体局部时的确也印证和呈现了其巨匠的本色。除了比较著名的"头发"刻画(以下述及)以外,他比较拿手的还有眼睛的刻画等。最令人印象深刻的或许是《祝福》中对垂死的祥林嫂的刻画,"只有那眼珠间或一轮,还可以表示她是一个活物"(第134页)。无独有偶,《狂人日记》中对"眼"亦有相当传神的描摹。可参见如下表格:

眼的主体	文字描述
狗	"那赵家的狗,何以看我两眼呢?"(第2页)
赵贵翁	"眼色便怪"(第2页)
大街上口称要咬你才出气的女人	"眼睛却看着我"(第3页)
吃饭时,鱼的眼睛	"白而且硬,张着嘴"(似吃人的人)(第4页)
何医生	"满眼凶光"(第4页)
想吃人却怕被吃的人	"疑心极深的眼光"(第7页)
狂人指出历史和现实吃人后,大哥	"眼光便凶狠起来"(第8页)

---

① 郜元宝:《从舍身到身受——略谈鲁迅著作中的身体语言》,载《鲁迅研究月刊》2004年第4期,第22页。

② [法]米歇尔·福柯著:《规训与惩罚:监狱的诞生》,刘北成、杨远婴译,生活·读书·新知三联书店1999年版,第31页。

不难看出，通过上述眼光描写的连缀和罗列，我们可察觉正是这眼光组成了一片严丝合缝的吃人之网，沐浴着月光、高度敏感的"狂人"恰恰从他人/动物的"心灵的窗户"中窥见现实的罪恶和心灵的凶险。而《长明灯》中对"他"眼睛的描摹同样令人难忘，"在浓眉底下的大而且长的眼睛中，略带些异样的光闪，看人就许多工夫不眨眼，并且总含着悲愤疑惧的神情"（第180页）。这是怎样一种充满革命激情而又曾经受过挫折的精准性格细描啊！

回到头发书写，结合中国历史来看，头发无疑是相当政治化的身体符号：《孝经》中就庄重地强调"身体发肤，受之父母，不敢毁伤，孝之始也"；到明清之际朝代的更替中，满人推行头发政治的粗暴与血腥；而后在太平天国起义中头发成为反抗的标志；直到民国时期削发、剪发的革新/革命潮流兴起，头发的命运往往引人注目。

（一）政治的谱系学：《头发的故事》

《头发的故事》若从小说的传统定义看，似乎并不典型，因其情节性较弱。它主要通过两个人的对话讲述头发的演变史：在留和剪的反反复复中隐喻了丰富的意识形态。

1. 辫子的政治

从远古到清朝，再到"长毛"时代，中国人在头发的形态变迁中苦苦折腾，乃至屡屡受难。小说中同样写到 N 的个人经历：留学时因剪辫而受迫害；回到上海工作为谋生买了假辫子安上，居然被亲戚告官险遭杀头；而后干脆废掉辫子，却被人称假洋鬼子；不穿洋服，改穿大衫，被骂得更厉害；后来，手杖在手，一路打过去，被打过的人自然闭嘴不言。

同时，小说中还穿插了学堂剪辫的故事。男学生因此被开除；而女子则更凄惨，剪掉头发，考不进学校，不得不留起，然后嫁人。这自然影射了革命的艰难和阻力的巨大。无独有偶，《肥皂》中也提及辫子。卫道士四铭对剪辫的女学生进行恶毒攻击，"我最恨的就是那些剪了头发的女学生，我简直说，军人土匪倒还情有可原，搅乱天下的就是她们"（第169页）。剪辫居然成了危害远远胜过土匪的红颜祸水，这不难看出赓续传统糟粕的四铭一以贯之的极度反动保守以及头发被极端政治化的思维。鲁迅利用文本互涉（intertextuality）手法对此进行了连续批判。

2. 奴隶性的生成

在辫子的政治背后，其实也隐喻了一次次运动、革命、叛乱荼毒过后中国民众奴隶性的生成：曾经为了不拖辫而遭受大屠杀，而一旦形成了拖辫习惯，却又看不惯新的革命，哪怕是革命后想重新回归的人也遭到歧视。但当革命者又采用暴力手段进行说服时，比如小说中的"手杖"，既可视为被剪掉的辫子的替补，又可视为新的权力形式。在这种强权下，他们仿佛又深明大义了，辫子的被强行剪去又成为新的习惯。从反抗到被奴役，到"自奴化"，再到被强行解放，可以看出辫子故事背后中国国民奴隶性的五彩缤纷和殊途同归。这无疑体现了鲁迅的敏锐观察和精深总结。如人所论，"以'辫子'意象寄予对国民奴隶意识和奴性心态的否定和批判之意，是鲁迅对中国历史文化与民族性格的迥异于常人的深刻认知"[①]。

（二）虚伪的革命

如果说《头发的故事》述及革命的艰难与变迁的副作用，那么在其他关于头发的叙事中，鲁迅则更深入地反思革命自身的问题。

《阿Q正传》中，"革命"与"不准革命"两章都与头发密切相关。扬扬得意地喊了几嗓子"造反"的阿Q居然就成了革命党，在众人的惊恐、羡慕与敬畏中自我意淫了一把：怎样报私仇、敛财享受，以及怎样"选妃"等，等他到了静修庵真正从事"革命"的时候才受挫。消息灵通的赵秀才知道革命党夜间进城后，"便将辫子盘在顶上"，去找假洋鬼子。守旧和假新势力迅速沆瀣一气，抢占了革命的先机和霸权。

等到阿Q革命的时候，他已经落在人后，首先是赵秀才一家，才到他，而且很迟疑的，后来发现了进自由党的重要性。值得一提的是，阿Q对如何革命还是有所思考的，"要革命，单说投降，是不行的；盘上辫子，也不行的；第一着仍然要和革命党去结识"（第86页）。尽管这思考令人啼笑皆非，结果到了所谓可以一起革命的钱府——假洋鬼子那里，却又不准他革命。

不难看出，这里的革命已被闹剧化、虚幻化、口号化，革命沦为谋取利益、权势的新工具，新旧贵族的同流合污窃取了革命的成果，也败坏了革命的效果。作为本应是革命主力又有革命企图和动力的阿Q却被边缘化，成

[①] 隋清娥：《鲁迅小说的"辫子"意象与奴性批判主题论析》，载《聊城大学学报》（社会科学版）2006年第4期，第107页。

为可笑的符号:既被剥夺权利,又反衬出革命的伪善。

而《风波》中同样讲述了头发的故事。不同的是,鲁迅将重大政治事件(如辛亥革命、张勋复辟等)的反响投掷在中国传统的深层结构载体——清末民初的农村中,所谓七斤的辫子风波也更多是一场虚惊、家庭闹剧和村民谈资。这固然折射出国民的麻木不仁,同时也反映了旧有势力的强大:虽然六斤的"双丫角"变成了"大辫子"(第47页),但还得继续裹脚,"一瘸一拐的"。皇帝不"坐龙庭"了,辫子不再盘或留了,但辫子的陈旧思想影响却根深蒂固。

整体而言,通过对身体局部的聚焦,鲁迅力图折射出身体被政治化/奴役化的复杂过程。在此过程中,却又映衬出国民劣根性的被形塑和强化;同时,在此过程中,鲁迅也开发出一种别致的身体局部哲学思考。

二、身体的话语转换:生理与精神的回环

一般认为,身体和灵魂/精神之间总有形而上、形而下的区隔,甚至是等级差别。"幻灯片事件"与其说让鲁迅更重视精神的拯救、更新,到了小说虚构中,倒不如说呈现了身体与灵魂、生理与精神的纠葛。恰恰是在这种纠葛中,身体呈现了政治、文化权力等的渗入与汇合过程/轨迹,也造就了鲁迅特色的身体话语。而这种纠葛在其小说中更多呈现为一种回环状态,而非简单的压倒态势。

(一)彼此成就与争夺:重读《祝福》

在《祝福》中,祥林嫂的死固然可称为死于"集体谋杀",[①] 但若从身体与精神的角度思考,恰恰呈现出另外的复杂关系:身体与精神既互相成就又彼此争夺。

单纯将祥林嫂的死评判为"哀其不幸,怒其不争",在笔者看来实在是过于简单了,有一定的情绪化倾向。若从个体生存的角度思考,祥林嫂不过是想过一个普通农村妇女的生活;但身为寡妇,她的身体却成为父权的执行者——婆婆买卖的商品。祥林嫂在二嫁的过程中不是没有反抗,她以严重损害自己的身体(头上撞了个大窟窿,鲜血直流)效忠其认同的精神伦理的约定。等到她渐渐归顺,身体和精神合一,准备安心相夫教子后,又遭到重创:丈夫贺老六因伤寒病去世,儿子阿毛被狼吃掉。不难看出,祥林嫂恰恰是想通过努力实现生理的身体和精神的规范的统一,从而满足各方的要求。

---

① 参见朱崇科《鲁迅小说中"吃"的话语形构》,载《鲁迅研究月刊》2007年第7期。

重操旧业——做女工的祥林嫂并没有获得认可,其职业素质因其精神创伤影响逐步下滑固然是一方面,被剥夺了参与祭祀的权利是另一方面,但更严重的打击则来自精神对身体的争夺。柳妈,这位八卦又阴毒的农村女人,以流言与愚昧的思想迷惑祥林嫂,并加速了其精神危机的出现乃至走向崩溃的步伐。比如,到了阴间,两个死鬼男人对其身体的争夺(第146页)。哪怕是祥林嫂听从劝告,用了将近一年的工钱捐款找了替身也没有得到他人的认同。在神权被剥夺后,祥林嫂最后的精神支柱就只好寄望于能够和死去的亲人见面。所以,死亡对于祥林嫂来说,至少有两种可能的冲突:对死后团聚的向往、死后受惩罚。前一种和祖先崇拜相关,后一种受儒、释、道伦理思想影响。① 当然,在她那里,前者压倒了后者。

从表面上看,最底层(可能的童养媳、寡妇身份)的祥林嫂最后问出了终极关怀的严肃问题有些荒诞;实际上,这正是她因为身体无法承受精神之重,而做出了濒死时打捞最后一根救命稻草的尝试。结果,返乡的知识分子"我"用"说不清"打发了她,也为她的不得不死画上宿命的句号。

恰恰是身体与精神之间这种复杂的关系,无论是互相成就,还是彼此争夺与回环往复,造成了鲁迅特色的身体话语的形塑:祥林嫂的卑贱身体承载了各种权力因素、文化传统、精神寄托,这也恰恰说明了福柯意义上的权力的无处不在。

(二) 身体对精神的献祭及后果:《药》的复读

若从身体与精神的关联角度重读鲁迅的经典名篇《药》,则可以发现其焕发出复杂又深刻的独特魅力。

若从夏瑜的角度立论,则可理解为是一种身体对精神的献祭。作为思想启蒙者/革命者,他力图让下层民众拥有新的精神状态,比如"天下为公"等,从而实现灵魂的改造、革新的目的,但作为承载其思想的身体却因此受到羞辱、折磨乃至毁灭。统治阶层的保守性乃至反动性让他自身无法容忍、消化或消解这种"异端"思想,于是身体就成为消除的替代品。而对于夏瑜本人来说,精神的解放或许更重要。为此,其躯体的牺牲更多是理念的身体力行,是为传播新思想而付出的某种代价或精神启蒙的必然途径。

但若从统治者及其意识形态控制的民众角度思考,这种献祭却更多是一种莫名其妙。小说中,华小栓颤颤巍巍的身体其实也隐喻了其与国人精神的

---

① 参见陈爱强《国民痼疾与祖先崇拜——鲁迅小说一个文化学的阐释》,载《鲁迅研究月刊》1997年第11期,第53页。

病入膏肓。人血馒头，作为日渐凋敝的传统民间秘方，自然也无法拯救华小栓们。从此意义上讲，这里的"药"——无药可救，至少隐喻了双重含义：① "药"无法拯救和改良卑劣的国民性，甚至今天连鲁迅的作用都是如此，仍然不容乐观，如人所论，"鲁迅改革国民性的失败还不只在国民性进步的缓慢，而且在他的这一思想并未被接受。精神上的讳疾忌医本是中国人的通病"[①]；② "药"——身体的献祭无法真正实现精神的启蒙，从而进一步实现（思想）革命的成功。

或许更耐人寻味的是身体（被）毁灭之后的余绪。按常理，人死无非一抔黄土相伴，不分高低贵贱。但小说中，华小栓、夏瑜因为身体的死亡方法不同，其埋葬也被传统、习惯所区隔：作为穷人，华小栓葬在右边；作为死刑犯，夏瑜埋在左边。

《药》的结尾往往也为人所难以理解。在笔者看来，乌鸦并没有遂了夏大妈的要求，飞上夏瑜的坟顶，而是"张开两翅，一挫身，直向着远处的天空，箭也似的飞去了"（第24页）。飞去的乌鸦或可视为夏瑜的理想象征，它无法为下层民众，哪怕是自己的父母所理解，这当然也暗含启蒙者失败的必然性。夏瑜坟顶上红白的花环固然给感觉"踌躇""羞愧"的夏大妈一丝安慰，而飞身远去的乌鸦却又证明了启蒙的遥远、清高、不合常规。

由上可见，身体与精神恰恰是互相缠绕的主客体，而非简单的主从关系。也正是这种关系的流动，向我们展示出身体话语的形构。

三、身体的狂欢：超越的毁灭或尴尬

从某种意义上说，被规训的身体往往存有一种可能狂欢的品格，尤其是当我们认同巴赫金（M. M. Bakhtin, 1895—1975）所言的，在一定前提下，狂欢本来也是一种生存方式，"充满了两重性的笑"。[②] 鲁迅的身体书写在小说中也呈现类似的可能性，尽管其书写有对西方语境狂欢的修正，但仍然葆有另类的狂欢特质。这主要体现在《故事新编》的某些小说中。

（一）被压抑的狂欢：《补天》的身体性

如果将《补天》视为中国版"创世纪"神话的话，其中的身体性可谓不言而喻。鲁迅也在《故事新编·序言》中指出，"取了弗罗特说，来解释

---

① 王福湘：《鲁迅改革国民性的思想及其失败》，载《学术研究》2001年第12期，第154页。
② 参见［苏］巴赫金著《陀思妥耶夫斯基诗学问题》，白春仁、顾亚铃译，生活·读书·新知三联书店1988年版，第184页。

创造"（第 267 页）。尽管性的发动并未轰轰烈烈，达至狂欢的效果，但《补天》有关身体的书写的确令人惊叹。

"伊想着，猛然间站立起来了，擎上那非常圆满而精力洋溢的臂膊，向天打一个欠伸，天空便突然失了色，化为神异的肉红，暂时再也辨不出伊所在的处所。"

"伊在这肉红色的天地间走到海边，全身的曲线都消融在淡玫瑰似的光海里，直到身中央才浓成一段纯白。"（第 270 页）这里的描写少见地呈现出健康的肉欲、肉色，女娲的精力过剩、硕大无朋凸显出创造者躯体的巨大的开放性。

如巴赫金所言，"建立在多产的深层和生殖性突凸部位上的人体，是从不对世界划清界限的：它进入世界，并与世界交混和融合在一起；甚至在它自己身上……也隐藏着新的未知的世界。人体采取了宇宙性规模，而宇宙则肉体化了。宇宙元素转变成为成长中的、生产中的和胜利中的人体的、愉悦的肉体元素"[1]。尽管《补天》中的女娲是人化的神体，却具有巴赫金所言的"肉体的公开性"和肉体可能的狂欢性。可惜，这只是一个开端，这种可能恰恰断送在女娲所造的小东西的破坏中。他们不断消耗、阻碍、破坏，女娲的神体在内外夹攻中最终精疲力竭，走向灭亡。然而，死去的身体却又成为破坏者争夺的对象，成为可资利用的资源和文化、政治合法性的旗帜。

（二）狂欢式复仇：《铸剑》

简单而言，《铸剑》更是以头还头的复仇故事。大王在得到王妃生下来的"纯青透明的铁"后，却想用它保国、杀敌、防身（第 324 页）。悖论的是，眉间尺的父亲却因为铸造出举世无双的剑而落得身首异处的下场，而后眉间尺仗雄剑替父报仇。"复仇之神"黑色人愿意挺身相助帮他复仇，但需要两件东西——剑和他的头。而眉间尺最后听信了黑色人的话，自戮献头。小说中还穿插了恶狼吃掉眉间尺的身体的细节，其中也隐喻了"置之于死地而后生"的叙事内蕴。

真正的复仇高潮其实就是一种头颅鏖战的狂欢。黑色人以变戏法的方式获得了王的信任，而戏法的合谋者就是金鼎水中随歌而舞、边舞边歌的眉间尺的头颅。等到国王临近金鼎细看时，黑色人斩下他的头，水中的眉间尺之头立刻扑向王复仇，但由于他年轻，在攻击对手时却受伤更多，黑色人于是

---

[1] ［苏］巴赫金著：《巴赫金全集》（第 6 卷），李兆林、夏忠宪等译，河北教育出版社 1998 年版，第 393 页。

自刎，其头入鼎中与眉间尺并肩共战王头，直至王头断气。另两个头对视一笑，沉到水底。然而，三个头颅却由于同鼎共煮无法辨识，最后只好三个头、一个身体并葬。这样的结果无疑呈现出一种复仇的狂欢，身体（头颅）成为奇异的复仇手段。当然，在狂欢之余，亦有悲凉，那就是所有的事物同归于尽①，尽管黑色人原本"已经憎恶了"他自己（第330页）。

（三）身体的闹剧：《起死》

《起死》中自以为看透生死哲理的庄子实则为好管闲事，他要求司命大神将一个空髑髅"复他的形，生他的肉"（第362页）。在庄子那里，身体似乎成为一种形而上的辩证。庄周化蝶的逻辑让他认为："又安知道这髑髅不是现在正活着，所谓活了转来之后，倒是死掉了呢？"（第363页）司命听从其劝告，令髑髅复活，结果醒活后的汉子却拂逆了庄子的哲学，最后让他不得不叫巡士利用人情关系才能摆脱，造成了一出身体的闹剧。

探研这场闹剧的原因，不难发现身体在此处扮演了异于常识的角色：①它有其具体历史文化记忆，无法彻底超越时空；②它有其物质性，需要衣服来保暖和遮丑。汉子的身体本身也是物质和文化的糅合，但无论如何，却有其历史语境的限定性。如果说《补天》《铸剑》从身体毁灭的角度说明了超越身体的艰难，那么《起死》则从身体复生的角度论证了身体超越的尴尬和不可能。而值得注意的是，庄子最后不得不借现实的身体规训机器——巡士来帮忙，在他离开后，巡士和汉子又因为职业和历史语境的差异而无法交流，弄得巡士不得不继续报警求助。这个结尾无疑更为这场闹剧增添了狂欢的色彩，同时也证明了当时以传统文化拯救现实中国的不可能，这大概也是鲁迅重审传统元典文化的重要目的。②

需要指出的是，在上述论述以外，鲁迅小说中的身体话语有时也呈现了朴实却相当重要的追求和侧重。《一件小事》作为一篇文体交叉的小说（也可视为叙事散文），恰恰更强调了"身体力行"实践意义上的身体。那个扶着老女人远去的背影之所以变得高大，是因为他是真正的勇于承担责任的实干者，在"劳工神圣"的光环映照下，甚至可以划入"民族的脊梁"中去。同样，《故乡》中月光下少年闰土的矫健身影与中年闰土枯干如老树皮的鲜

---

① 参见朱崇科《张力的狂欢——论鲁迅及其来者之故事新编小说中的主体介入》，上海三联书店2006年版，第226页。

② 参见朱崇科《张力的狂欢——论鲁迅及其来者之故事新编小说中的主体介入》，上海三联书店2006年版，第224-226页。

明对比，不仅反映了人精神状态历练的沧桑，而且更反衬了生活的磨难对人身体的压制和腐蚀，这更增添了启蒙者的疑惑，包括自我质疑。

结语：立足身体局部（头发、眼睛等），无论是考察其政治的谱系、奴隶性的生成，还是考察其身体整体上与精神的复杂纠葛，抑或身体的狂欢，鲁迅在小说中的确表现出对身体相当深邃又独特的观照，而此中身体话语的形成更不是一句精神压倒肉体所能解决和概括的。恰恰是在其复杂的张力中，身体的话语运作才得以顺利展开。

当然，其他文类中也可能蕴含更丰富的身体话语，值得有心人士继续挖掘。在20世纪末以来所谓肉体和下半身狂欢的年代，单纯以身体写作的逻辑来批判鲁迅的启蒙思想以及革命叙事，或者说以灵魂的衣角来鄙夷身体①，其实都可能是对鲁迅的误读；尽管表面上看，前者激情四溢，后者严肃堂皇。

第二节　鲁迅小说中的"知识型"话语

从培根（Francis Bacon，1561—1626）的"知识就是力量"②，到福柯意义上非常辩证和繁复③的"知识就是权力"（英文没有变化，knowledge is power），或许变化的不只是中文字眼、意义的窄缩，而更多是一种思维范式的变迁：知识如何从一个貌似透明或积极的推动力角色摇身一变成为中性词汇，里面密布了新颖而又复杂的文化逻辑④，无疑耐人寻味。

类似的，如果将这样的思考切入鲁迅小说中的知识书写，则可能会产生与众不同的思考方式。这里笔者挪用了福柯的概念"知识型"（episteme）

---

① 参见莫运平《身体叙事中的"鲁迅"生产》，载《中国文学研究》2006年第3期，第15-18页。更多有关20世纪90年代以来汉语长篇中的身体政治叙述可参见朱崇科《身体意识形态：论汉语长篇（1990—　）中的力比多实践及再现》（中山大学出版社2009年版）。

② 相关研究可参见余蕙《弗兰西斯·培根"知识就是力量"新解》，载《温州师范学院学报》（哲学社会科学版）2002年第2期，第5-8页；杨佩芬《浅析培根"知识就是力量"的哲学内涵》，载《山西大学师范学院学报》（哲学社会科学版）1998年第3期，第16-17页；魏立安《再论"知识就是力量"》，载《陕西师范大学学报》（哲学社会科学版）1997年第2期，第166-169页；等等。

③ 更准确地说，福柯更强调知识和权力的"共生"关系，而非简单的"知识就是权力"说法。具体可参见刘永谋《福柯的主体解构之旅——从知识考古学到"人之死"》，江苏人民出版社2009年版，第103-106页。

④ Michel Foucault, Colin Gordon (ed.). *Power/Knowledge*: *Selected Interviews and Other Writings*, 1972-1977. Pantheon Books, 1980.

话语。作为福柯《词与物》一书的核心术语之一，我们也可以称之为"知识范式"。福柯在《知识考古学》一书中对"知识型"做了如下解释："知识型是指能够在既定的时期把产生认识论形态、产生科学，也许还有形式化系统的话语实践联系起来的关系的整体；是指在每一个话语形成中，向认识论化、科学性、形式化的过渡所处位置和进行这些过渡所依据的方式；指这些能够吻合，能够相互从属或者在时间中拉开距离的界限的分配；指能够存在于属于邻近的但却不同的话语实践的认识论形态或者科学之间的双边关联。知识型，不是知识的形式，或者合理性的类型，这个贯穿着千差万别的科学的合理性类型，体现着某一主体、某种思想、某一时代的至高单位。它是当我们在话语的规律性的层次上分析科学时，能在某一既定时代的各种科学之间发现的关系的整体。"①

而在《词与物》中，福柯已参照物理学相关概念，对西方知识进行了一次场域测试和分层。依据话语规律，他举出三种知识型，分别代表文艺复兴、古典与现代知识。② 对此，赵一凡指出，我们可以理解为，早期的知识是相似类比，古典知识是精确分类，现代知识则表现为主客对立、语言崩解。其间每一次转换，均可看成知识场的临界突变。③

综览鲁迅小说的相关研究，更多是侧重考察其小说中知识分子的形象，或者是考察知识分子作为启蒙者与庸众的关系④，或者是散漫叙述鲁迅作为知识分子话语的基石⑤，等等。无疑，上述研究会增益我们的认知，对知识分子形象刻画、地位分析和劣根性的批判都发人深思。但是，绝大多数论述对"知识型"的作用，尤其是作为权力/话语作用语焉不详，这给本节的推进预留了空间。

一如福柯更关注的并非本质主义者对概念的追根究底，而更多的是关心权力运作的过程，"知识型"话语毋宁更指向知识作为权力运作的文化逻辑。依据以上的分析，我们可以将鲁迅小说中权力运作的类型分为三种，即现代性话语、传统话语和民间反智话语。需要指出的是，这三者环环相扣，

---

① [法]米歇尔·福柯著：《知识考古学》，谢强、马月译，生活·读书·新知三联书店1998年版，第249页。
② 参见[法]米歇尔·福柯著《词与物：人文科学考古学》，莫伟民译，上海三联书店2001年版。
③ 参见赵一凡《从胡塞尔到德里达——西方文论讲稿》，生活·读书·新知三联书店2007年版，第五讲"后现代政治图谱"。
④ 代表论著可参见钱理群《心灵的探寻》，河北教育出版社2000年版，第5章。
⑤ 参见李新宇《鲁迅：中国现代知识分子话语的基石》，载《鲁迅研究月刊》1998年第5－8期。

自有其交叉之处，但本书中却各有侧重。现代性话语更侧重启蒙、革命、未来三个层次，传统话语则关注传统知识/权力的流动、虚伪的遮蔽以及拯救的虚弱性，民间反智话语则指向迷信、不学无术以及狂欢的倾向。不难看出，这些话语还是有着相对清晰的边界的。

一、现代性话语：含混与挫败

现代性[①]话语可谓20世纪以来最繁复的概念之一，包含层次也多种多样，如果顾及它和前现代（pre-modern）与后现代（pos-tmodern）的区隔与关联，则可能更显复杂。但笔者无力也无意对此重新界定，借用福柯不是对什么而是如何什么的取径，我们不妨用关键词的方式进行说明与论证。而且，由于我们是立足考察鲁迅小说中的现代性话语层次，自然也并非面面俱到或无所不包。

（一）启蒙[②]

考察鲁迅小说中"知识型"话语相关的启蒙书写，大致可以分为两个层面。

1. 去蔽

简单而言，去蔽就是指对压抑/扭曲人性、愚昧和奴化个体主体性的陈旧知识、话语体系的揭露。而其中的代表作无疑是《狂人日记》，鲁迅正是以狂人的方式不断推进，进而独到地感知痼疾重重的文化传统的吃人本质，[③]同时也振聋发聩地呼吁"救救孩子"。鲁迅的大多数小说都或多或少拥有类似的功能，此处不赘述。

2. 立新

和去蔽相关联的往往是除旧立新，在这一层面上，我们不难看出知识作为现代性新素质的载体在发挥着更多作用。

《药》表面上看是讲以华、夏为代表/隐喻的中华无药可救的故事，但是其中也闪过启蒙话语的现代性轨迹。夏瑜在狱中备受狱卒以及刽子手摧

[①] 代表作可参见 Matei Calinescu. *Five Faces of Modernity*. Duke University Press，1987；相关的梳理可参见汪民安《现代性》，广西师范大学出版社2005年版；等等。

[②] 相关论述可参见张光芒《启蒙论》，上海三联书店2002年版；张光芒《中国当代启蒙文学思潮论》，上海三联书店2006年版；等等。

[③] 参见朱崇科《鲁迅小说中"吃"的话语形构》，载《鲁迅研究月刊》2007年第7期。

残、盘剥，但即便如此，他还是在有限范围内宣扬和灌输民族主义概念，如"天下为公"，所谓近代意义上的民族国家（nation-state）的重新界定和传播影响[①]可见一斑。

同时，值得一提的还有《在酒楼上》和《孤独者》。尽管启蒙者最后的结局都是不可避免的失败，或落入无物之阵，或委曲求全，但我们同时也看到新科学话语的影子，无论是外语、新知识，还是对个体人性的尊重与抒发都令人眼前一亮；而《狂人日记》中却也提出了类似"立人"的口号，"救救孩子"本身就是对新生可能的呼唤，尽管当时还是难见"真的人"。

（二）革命[②]

鲁迅小说中的革命话语往往是令人悲叹的，不只是结局的悲剧性，而且也论述了权力运作过程中各个层面的局限性及劣根性。

1. 参与的含混

在《阿Q正传》中，阿Q的革命无疑更是一场闹剧和阴差阳错。他虽然有朦胧的革命欲望，却找不到出口；而合理的革命权利和热情却往往被剥夺，进而被利用，最后甚至成为沉瀣一气假革命操作的替死鬼。一方面，我们难免为这种权力的压迫机制叹息不已；但另一方面，我们也可以进一步反思：即使阿Q合法地革命，而且成功了，结果又会如何呢？无非是对农民革命某种劣根性的粗暴复制，而真正的革命理念更多是含混与暧昧的，支持其行动的思想仍然是小农思想与封建伦理体制的闭塞与荒诞。

稍微说开去，即使是革命者，在《孤独者》和《在酒楼上》中也更多呈现出革命的虚妄与模糊。《离婚》中原本可被视为近代妇女，尤其是农村妇女女权运动的艰难觉醒的经典书写，最后的结局却表明，其所谓的反抗（革命）恰恰是一场令人唏嘘不已的吊诡：爱姑对抗男权合谋的工具和论证逻辑，所谓的（准）革命性话语，其实更是对男权话语的坚守乃至维护。

2. 旁观的冷漠

不必说《阿Q正传》中同一阶级看客的冷漠，他们对革命无动于衷，

[①] Benedict Anderson. *Imagined Communities: Reflections on the Origin and Spread of Nationalism.* Verso, 1983.

[②] 关于革命和现代性的关系可参见陈建华《"革命"的现代性——中国革命话语考论》，上海古籍出版社2000年版。

对其表面的表演性却异常热衷（无疑暗合了福柯所言的处罚的表演性一面：除了恐惧以外，处罚犯人的血腥也给观者带来强烈的刺激感，往往会解构行刑的庄严，甚至诱导出狂欢场面①），甚至也成为吃人社会的帮凶与一分子。

而更有说服力的则是《风波》。革命现代性的发生、表现与波及过于沉静的乡村结构被浮躁地简化为剪不剪辫的无聊讨论，到了最后，往往是虚惊一场，但革命要废除的对象依旧根深蒂固。六斤的新裹的小脚一瘸一拐无疑更隐喻了革命的瘸腿，甚至是水过地皮不湿的尴尬性。而鲁迅早期的文言小说《怀旧》中对于革命（长毛）往往也持否定态度，甚至还有妖魔化处理。这当然也部分反映了旁观者的冷漠，甚至是仇视。

对这两种风格、主题的巧妙融合与总结，则是来自《头发的故事》。在这篇小说中，鲁迅巧妙地将革命参与者、旁观者置于同一个平台上，惊人地指出他们类似的劣根性——文化健忘症。革命的现代性宛如投向大海的石子，被反复踩躏与自我奴化造成的奴隶性深深地吞噬、淹没。

（三）未来

在现代性的话语中，也往往包含了对未来的乐观、线性设计或想象，这在晚清以及以后的小说中也不乏表现。②但综观鲁迅小说，则更多的是悲观主义色彩浓厚，在为数不多的文章中，也往往态度谨慎。比如《奔月》中，羿的结局虽然保留了再次讨要仙药并飞升的可能性，但英雄迟暮的整体氛围以及神话的现实结局，都注定了这只是一种无法实现的可能性。

1. 虚拟的反讽

《幸福的家庭》中似乎充满了对小资情调的虚拟，无论是居住空间，还是阅读视野、知识积累，甚至还有引进的现代的生活习惯（外语交流等），初看之下，对未来的设想颇有吸引力，而实际上这却是一个穷困潦倒的作家的无奈想象，更准确地说是意淫，在现实中恰恰是为了稻粱谋的不得已虚拟。③

---

① 参见［法］米歇尔·福柯著《规训与惩罚：监狱的诞生》，刘北成、杨远婴译，生活·读书·新知三联书店1999年版，第二章。

② 有关晚清、民国时期的文学现代性以及未来想象，可参见 David Der-wei Wang. *FIN – DE – SIECLE Splendor：Repressed Modernities of Late Qing Fiction*，1849 – 1911. Stanford University Press，1997；魏朝勇《民国时期文学的政治想像》，华夏出版社2005年版。

③ 更多分析可参见朱崇科、陈沁《"反激"的对流：〈幸福的家庭〉、〈理想的伴侣〉比较论》，载《中国文学研究》2014年第2期。

2. 现实的否定

《伤逝》中的构想，一对年轻情侣的勇敢私奔并同居，似乎可以为曾经的童话结局以及爱情历史书写传统（如《西厢记》等）加上现代性的注脚："从此他和她过着幸福的生活。"但事实上，他们的爱情也是一场悲剧。更引人注目的是，其失败的原因固然有物质性牵绊、社会流言蜚语的结构性伤害，但子君与涓生之间也存在着权力话语的运作，如男权压迫等。

《明天》则是更加回归朴实的坚决否定。单四嫂子的宝贝儿子终究没有熬到明天，而坚持到明天的这位寡妇却也是浑浑噩噩，在为儿子看病、发丧的前前后后，也难免受到世俗的处处反击与骚扰：那几个闲人的口头意淫与蓝皮阿五的借机揩油、办丧事人们的过于务实乃至自私等，很难让人看到明天的鼓舞人心。

总之，现代性话语作为"知识型"话语的一大层面，在鲁迅小说中无疑是耐人寻味的，无论是启蒙、革命还是对未来的想象，都流动着知识权力运行的复杂性，而现代性话语在其中不仅是含混的、朦胧的，而且也是令人尴尬、不胜唏嘘的。

二、传统话语：潜流与脆弱

从某种意义上说，现代性话语的虚弱和败退往往可能反衬了传统话语的强势。当然，在鲁迅小说中，传统话语往往也起到潜伏式的作用，虽然也有其积极功能，但更多的是阻碍。

（一）流动的权力/知识

传统话语在流动过程中其实也难掩其狰狞的面目。当然，不同的人在使用这种话语时，发挥的作用和担当的角色也不同。

1. 盛气凌人的文化节杖

对于既得利益者而言，知识的借用往往可以呈现出其权力的倾向性。《离婚》可谓是相当经典的一篇。如前所述，我们固然将爱姑的失败部分归结为其自身革命工具的悖论性，但同时不能忽略的是，其最大的对手七大人为人狡诈、阴险毒辣。七大人获胜的工具很多，但其幽深城府往往转为对各种权力、现实、象征、文化等游刃有余的化用。比如：①威权。不仅老小畜生点头哈腰，连慰老爷也得唯其马首是瞻。②传统知识的卖弄。譬如有关"屁塞"，虽然不过是无聊的东西，却显示出它对爱姑的文化震慑力。③洋学堂话语。七大人善于利用伪现代性资源欺压爱姑。④现实中如棍子一样的打手。① 在软硬兼施、攻心攻身多管齐下的操作中，爱姑不得不化为权力流动的承受者，也成为失败者。

同样，《理水》中文化山上的学者，其知识往往也成为欺压、愚弄普通百姓的工具。无论是借用外语符号故作高深的表演，还是对中国传统文化常识的专断等，都清晰地反映了他们的盛气凌人，以及是旧有文化的潜在帮凶的实质。他们往往是霸道的、为虎作伥的，同时也是迂腐的。

2. 救命草与打狗棒

更多时候，传统话语成为一种阻力。在《伤逝》中，虽然年轻人同传统的决裂是不彻底的，但传统对新生活的围剿却是不遗余力的。这也是造就子君和涓生悲剧的要因。

更耐人寻味的则是《孔乙己》。作为一个受传统话语毒害而又无法借其飞黄腾达的牺牲品，孔乙己的文白夹杂更反映了其身份/认同的尴尬——高不成低不就。此时，传统话语成为他在短衣帮面前保持知识尊严的救命草；又由于他自身的性格缺陷，传统话语并不能真正成为其决定性的救赎。相反，那个成功利用传统的丁举人却成为迫害他的杀手，虽然表面上他们共享这一话语。传统话语其实也成为一种打狗棒，尤其是在孔乙己成为落水狗后。

当然，《白光》似乎更显示出鲁迅对此问题深化的用心。陈士成更是相当顺理成章地成为传统话语的殉葬品。从书中读不出"黄金屋"后，其精神错乱，在传统话语的象征——白光的指引下走向灭亡。

（二）虚伪的遮羞布

有些时候，传统话语成为一种遮羞布，而其中的姿态也令卫道者难堪。

1. 欲望的遮羞

《肥皂》可谓此类中的杰作。四铭因了对年轻女乞丐的欲望升腾而买了块肥皂给太太，而他却以种种借口来掩饰其假道学、真淫欲/猥琐。除了斥责儿子以外，他也借此重述"咯支咯支"满足淫欲，但又恐人窥破，于是

---

① 有关精彩论述可参见范颖《权力运行的逻辑结构——论鲁迅小说中的手杖意象及其延伸》，载《新世纪学刊》（新加坡）2007年总第7期。

借歌颂孝女之名赋诗来加以掩饰，可谓欲盖弥彰。①

《补天》中小东西语言的转换也引人深思。从一开始虽然没有意义却可爱的"Nga"到满口佶屈聱牙乃至不知所云，语言的变迁更显示了其虚伪性的增强。而就是这帮小东西，一边絮絮叨叨以传统话语斥责创造他们的神圣母亲女娲赤身裸体、伤风败俗，另一边却又借机偷窥女娲的裸体，其言行不一、伪善荒谬由此可见一斑，传统话语的遮蔽性又同时浮现。

2. 迂腐的气节

值得注意的是，鲁迅在《采薇》中并没有如一般假设的那样，让伯夷、叔齐满口之乎者也，恰恰相反，其对话很口语化且具有生活气息，而其传统话语的凝结则更汇集在守节思想上。不无巧合的是，伯夷、叔齐所生活的一些环境却更显示出话语运作的悖谬：剪径抢劫的山大王小穷奇一面行不义之实，一面却满口恭敬与优雅之词；动辄批判二人的变节者小丙君却满口术语，而且也成为二老死亡的催促者（后来是阿金鹦鹉学舌的直接打击）——正是因为他指出了二老守节采薇的悖谬性——"普天之下，莫非王土"，才导致二老的精神坚守轰然倒塌。

不难看出，在传统话语运作过程中伯夷、叔齐的可笑与可爱，却更反衬出其生存环境的污浊与尴尬。

（三）怀旧与救赎

有些时候，传统话语也可发挥其积极作用，甚至可以呈现出类似的救赎功能。当然，其中也是吊诡重重。

1. 怀旧

《社戏》是鲁迅一生中相当罕见的一篇基调比较轻松、愉快的小说，虽然情节简单，但它对传统话语的反思也耐人寻味。此中，看戏作为民间传统的消遣方式则成为一种独特的传统话语。可以理解，鲁迅将视野转变成"怀旧"的现代性。② 不难看出，正是因为儿时的社戏富含蓬勃、鲜活的人性，才显示出怀旧的独特层次与价值。

---

① 参见朱崇科《"肥皂"隐喻的潜行与破解——鲁迅〈肥皂〉精读》，载《名作欣赏》2008年第11期，第61-65页。

② 参见朱崇科《论鲁迅小说中的环形营构》，载《鲁迅世界》2007年第1期，第55-61页。

2. 复古的救赎

通览整本《故事新编》，鲁迅对传统话语的检索和展览可谓富含深意。在这本小说集中，他不吝笔墨地对"民族的脊梁"表达了欣赏，如中国创世纪神话《补天》中大公无私的女娲、《非攻》中的墨子、《铸剑》中的黑色人、《理水》中的大禹等，都有相当的博爱与奉献精神，但如果据此认为传统话语成为一种复古的救赎，则只能说是有失偏颇。而实际上，鲁迅在复活建构了一个乌托邦的同时，也消解了其神圣性，同时以传统文化、人物的尴尬遭遇说明不能指望回头依赖传统话语救中国的微言大义。[①]

不难看出，传统话语从整体上看来，有其更复杂的保守性和破坏性，或者是为虎作伥，或者是虚伪矫饰，这也是和鲁迅对传统话语的强烈与长远批判精神是一致的。

三、民间或反智话语：幽微与躁动

众所周知，民间不仅是巨大生命力的根源，同时也是劣根性与污垢滋生的温床。这里的反智话语（anti-intellectualism）主要可理解为：对于智性、知识、知识分子的反对、怀疑和鄙视。它更多体现了一种态度，而非思想体系。虽非主流，但它在中国文化和政治领域有一定的发展空间。[②] 在本节中，回归到鲁迅小说中来，我们可以从三个层面展开剖析。

（一）迷信或无聊

在鲁迅的创作中，国民劣根性的形成固然和传统话语密切相关，也可能被别人表述，[③] 但民间的反智话语也难辞其咎。

1. 迷信

迷信话语在鲁迅小说中更多的是星星点点地闪现。例如，《狂人日记》中吃人的功用、《药》中的人血馒头偏方以及《长明灯》中吉光屯的人对破落、变异、陈旧传统习惯的固执坚守等都令人印象深刻，而且迷信的劣迹斑

[①] 参见朱崇科《张力的狂欢——论鲁迅及其来者之故事新编小说中的主体介入》，上海三联书店2006年版，中编。

[②] 参见余英时《反智论与中国政治传统》，见《中国思想传统的现代诠释》，江苏人民出版社1989年版，第63页。

[③] 有关西方对中国国民性话语的谱系论述可参见周宁《"被别人表述"：国民性批判的西方话语谱系》，载《文艺理论与批评》2003年第5期。

斑也溢于言表。同样再如，《故乡》中闰土的迷信恰恰和"我"的希望并置，引发了更深层次的反思，虽然在道德层面上，知识分子启蒙者未必高于农民，①但不难看出，迷信毕竟还是一种精神欺骗。

此系列中，更加引人注目的是《祝福》。祥林嫂的悲惨遭遇自然和很多因素密切相关——政权、族权、夫权、神权等，这些因素沉瀣一气，集体谋杀了她；但其中，在笔者看来，居主导因素的却是迷信话语。正是因为柳妈的八卦，使得祥林嫂不得不面对身体二分给阴间男人的尴尬与恐惧，但千辛万苦捐的门槛却并未真正实现替代和转移罪恶的目的，鲁四老爷的迷信又剥夺了她有限的祭祀帮忙权利，恰恰因此，祥林嫂每况愈下，崩溃直至死亡。

2. 无聊

毫无疑问，看客书写已经成为鲁迅小说创作中的关键词之一。从《阿Q正传》到《药》，无不渗透着鲁迅对看客的厌恶和反感情绪。不难读出，无聊、空虚甚至帮闲成为看客的内在精神特质。而其中的代表作当是《示众》。在这篇情节极其平淡的小说中，鲁迅无疑再现了一幅看客群丑图。虽然他们没有名字，却有不同的年龄、职业、神态，共同点都是无聊的看客。他们浮躁、好奇、虚浮，任何风吹草动都会让他们改变话题与焦点。值得一提的是，若将此篇小说说开去，无论是鲁迅（描绘者、再现者），还是读者（旁观者、介入者），都可以被纳入看客圈套中。

（二）不学无术与实干

鲁迅小说中同样不乏外表冠冕堂皇、内里不学无术的家伙，这些人同样也是反智主义的客观信徒。

1. 不学无术

《高老夫子》中鲁迅对不学无术的痛恨与刻画可谓入木三分。高尔础其实是只会一点皮毛和借宏大叙事招摇撞骗的伪专家，他对问题的认知和评论更多呈现了其文化政治上的"政治正确"和反动立场。不仅如此，鲁迅还对其应聘女子学校教书的道德私心进行了揭露——他其实将为人师表变换成了看女学生。从接受聘书伊始，他夹起了狐狸尾巴，蔑视他堕落时候的一丘之貉。但当他非常失败地上完一次课后，就心安理得地回到了原始堕落状

---

① 参见朱崇科《认同形塑及其"陌生化"诗学——论鲁迅小说中的启蒙姿态与"自反"策略》，载《福建论坛》（人文社会科学版）2008年第1期。

态。其表面的学识其实更是一种骨子里的反智话语。

另外还有《端午节》。方玄绰的"差不多主义"同样可视为一种反智主义,方玄绰蔑视实践,而且在通过为文谋生上也未见得高人一筹,很多时候,读书、知识更是他狐假虎威、欺压太太的手段。而在《出关》中,无论是关尹喜,还是函谷关老子的其他听众,其实都是附庸风雅、世俗势利的反智主义者,老子的《道德经》和其他收缴物被胡乱摆放的命运更呈现了他们对知识的真正态度。

2. 实干

《一件小事》被屡屡误读,或者说更容易被理解为小学生范文,其实这些观点主要是因为缺乏对照和认知的合适平台。如果从民间的反智话语角度重读,则别有韵味。如前所述,如果说《故乡》呈现了启蒙者和被启蒙者并置的话,那么《一件小事》则更反映了被启蒙者道德姿态上压倒性的胜利。小说中的人力车夫既无书本上的高深知识、浪漫情调,又无世俗间人心险恶的经验推理。他首先是义无反顾地把责任承担起来,关注个体的人身甚至生命安全。从此角度说,这恰恰是"立人"思想的实践层面之一。

(三)狂欢话语

鲁迅小说中"知识型"话语的狂欢层面更多体现在其第三本小说集《故事新编》中,而其狂欢又可表现为意义的狂欢、文体的狂欢和语言的狂欢等。鉴于拙著《张力的狂欢——论鲁迅及其来者之故事新编小说中的主体介入》对此论述甚详,此处不赘。以下择其与本节论述相关的一二论之。

1. 混杂

我们不妨以《铸剑》中的歌谣书写为例加以说明。小说中的四段歌谣是难以理解的,因为里面不仅密布了古老的传统话语(以辞赋的方式),而且也添加了口语、象声词等。同时,在意义上,不仅呈现出搏斗、复仇的主题,而且也反映出肉体(头颅)亲密接触的狂欢和性隐喻,直至最后不得不合葬。鲁迅对此也有所说明:"在《铸剑》里,我以为没有什么难懂的地方。但要注意的,是那里面的歌,意思都不明显,因为是奇怪的人和头颅唱出来的歌,我们这种普通人是难以理解的。第三首歌,确是伟丽雄壮,但'堂哉皇哉兮嗳嗳唷'中的'嗳嗳唷',是用在猥亵小调的声音。"[1]

---

[1] 鲁迅:《鲁迅书信集》,人民文学出版社1976年版,第1246–1247页。

不难看出，对传统话语的背反倾向使得歌谣呈现出狂欢色彩，无论其语言形式，还是其意义关涉。

2. 遭遇

《起死》则呈现出另类的操作倾向。正是将理想/假设与神化后的现实并置，鲁迅假借汉子的口表达了其反智倾向，当然这里的智不仅是对庄子理想/假定的嘲笑，同时又是对当世社会秩序限定的嘲弄，因为解救庄子的巡士使庄子摆脱困境后，却不得不以同样的报警方式寻求解脱。通过这样的话语呈现，鲁迅表达了对回归传统与陈旧寻求解脱可能的坚决否定。

由此可知，民间反智话语中既有其劣迹斑斑的一面，但同时也有狂欢色彩以及相对罕见的实干可能性和必要性规定的提倡。

结语：通过仔细考察"知识就是权力"在鲁迅小说中的实际操作，我们不难发现，无论是现代性话语、传统话语，还是民间反智话语，都可以找寻其独特的文化权力逻辑。也恰恰是通过考察"知识型"话语，我们可以更好地理解多种权力话语较力和混杂后的悲剧性结局/倾向。无论如何，这种视角也给我们重读鲁迅小说带来了鲜活的感受力。

第三节 鲁迅小说中"月"的话语形构

月（月亮、月光、月色等）和人类各个层面（日常、精神信仰等）的关系非常密切。月亮既从物理层面上切切实实地影响着人类，比如影响照明、女性生理周期、身体健康等，又从精神层面上潜移默化地影响着人类生活，比如月亮崇拜、有关月亮的传说与象征[①]、月亮和心理健康等。为此，月亮的神秘、伟大及有关想象刺激着人们的好奇心，探月行动也在有些国家如火如荼地进行。简而言之，月亮和人类生活可谓密不可分、如影相随。

即使缩小范围，探讨月亮和中国文学书写的关系，我们也不难在汗牛充栋、五花八门的创作及研究资料中发现月亮的繁复功能与巨大贯穿性的通感作用：在不同的历史时空中，或睹物思人，或天人合一，或表明心志，或借景生情等，不一而足。尤其是，月亮的嬗变总给人带来诸多不同层次与形式的感伤、感悟，加上中和、阴柔作为文学追求的主流特征之一源远流长，有

---

① 西方的论著可参见［英］朱尔斯·卡什福特著《月亮的传说》，余世燕译，希望出版社2005年版。

人甚至用"月亮文化"来比附中国文学中的阴性悲剧美感。由于相关论述资料浩瀚，此处不赘。① 当然，在西方语境下，很多神话系统中都有有关月亮女神神话原型的三种形式：分别掌管天、地和冥界。②

耐人寻味的是，在"中国现代小说之父"——鲁迅的创作中，"月"的话语形构也别出心裁：在1912年的文言小说《怀旧》中，就有"月落参横""月光娟娟"等表示时间、天气的用法；其现代小说，从《狂人日记》正文的第一句话"今天晚上，很好的月光"（第1页）到1926年年底《奔月》中有关月的复杂纠缠刻画，鲁迅最少有11篇小说涉及对月的不同程度的描绘。这其中当然灌注了鲁迅对月亮的迷恋，"我最讨厌的是假话和煤烟，最喜欢的是正直的人和月夜"③。同时，也展现出他对"月"的话语功能的熟练操控。

有关鲁迅小说中月亮的专门研究并不多，比如，刘耀辉的《鲁迅小说中"月亮"意象探析》（《德州学院学报》2007年第5期）、李爱梅的《鲁迅笔下的月亮情结——试论鲁迅小说〈呐喊〉、〈彷徨〉中月亮的意蕴》[《宝鸡文理学院学报》（社会科学版）2007年第1期]；更多的焦点则集中在《奔月》上：或探讨其"故事"的结构与意义生成④，或探索其中英雄末路的无奈与精神苦闷⑤；也有论者考察其视觉经验心理无意识⑥。整体而言，上述研究奠定了深刻认知鲁迅月亮书写的基础，但相关研究也有预留空间。本节的核心问题是：鲁迅如何在小说中展开有关月的话语形构？换言之，"月"在小说中发挥了怎样的话语功能？更具体一点，《奔月》中的"月"到底有何指涉？

---

① 参见庄超颖《月亮意象的文化内涵——从时空合一思维的角度论述》，载《泉州师范学院学报》2004年第3期；王莹《月亮意象：从古典到现代的流变》，载《河南师范大学学报》（哲学社会科学版）2003年第1期；刘茹斐《文化语境中的中西月意象》，载《湖北社会科学》2004年第8期；等等。

② 简单的说明可参见王琼、毛玲莉《从关联翻译理论分析中西文化语境下"月亮"意象》，载《兰州大学学报》（社会科学版）2007年第2期，第140页。

③ ［日］增田涉：《鲁迅的印象》，钟敬文译，见鲁迅博物馆、鲁迅研究室、《鲁迅研究月刊》选编《鲁迅回忆录：专著》，北京出版社1999年版，第1384页。

④ 参见蒋济永《〈奔月〉的"故事"构造与意义生成》，载《中国现代文学研究丛刊》2007年第2期。

⑤ 参见李怡《红巾不揾英雄泪——〈奔月〉与鲁迅的精神苦闷》，载《鲁迅研究月刊》1990年第8期；周海波《英雄的无奈与无奈的英雄——关于〈奔月〉与〈铸剑〉的重新阅读》，载《鲁迅研究月刊》1998年第12期；等等。

⑥ 参见姚新勇《冷月下的凝视——鲁迅视觉经验心理无意识探微》，载《鲁迅研究月刊》1996年第4期。

为此，有关月的话语形构并非简单的意象归纳和描述，而是要认真探究相关小说的字里行间"月"如何运行其话语功能，同时也可能暗含了鲁迅对月亮认知的嬗变轨迹。因此，本节的主体结构可分三部分：一是希望的现代性与时间的辩证，二是"月"与病的纠葛，三是《奔月》的"月"。

一、希望的现代性与时间的辩证

整体而言，鲁迅对"月"有着更多的好感，在绝大多数涉"月"小说中，月都扮演了令人愉悦的角色。而月功能的发挥可有多种，比如时间的标志、照明（启蒙）、希望的象征、见证与再现等。本部分主要论析其主要功能：希望、时间/情景功用。

（一）希望的现代性：从激发到怀旧

如果聚焦于希望的现代性，我们也可以从两个层面展开分析，即对希望的开掘、对希望的具体化。

1. 第三只眼的激发：《狂人日记》中的月

有论者曾经讨论了《狂人日记》中看与被看的辩证关系，并指出小说开头"今天晚上，很好的月光"更显示出"一种青冷色的光在静夜中颤动，眼睛对眼睛，目光对目光的较量与搏斗已拉开了序幕"[①]。在笔者看来，月光在此处其实更是充当了狂人第三只眼的辅助和揭示作用，担当了精神的照明或者说启蒙作用。

月光在《狂人日记》中共出现四次。第二次提及月光："今天全没月光，我知道不妙。"（第2页）不难看出，在此处月亮很显然地扮演了一种预兆角色，狂人的受迫害情结和警惕性在月光的照耀和辉映下尤显清晰。而在第六小节中，鲁迅间接提及月光，"黑漆漆的，不知是日是夜。赵家的狗又叫起来了"（第5页）。因为月光不在，第三只眼无法充分发挥作用，而在黑暗中，邪恶机制更易施展拳脚，这可以从反面论证其作用。

第八小节中，狂人和"他"对话时，问询吃人的事情。"他"顾左右而言他："今天天气很好。""天气是好，月色也很亮了。"（第7页）此时月的出现有双重作用：对于"他"，这是可以开解和转移视线的借口；而对于狂人，这却只是一个可以立足更好追寻的事实，它既提升了狂人的洞见性，也

---

① 姚新勇：《冷月下的凝视——鲁迅视觉经验心理无意识探微》，载《鲁迅研究月刊》1996年第4期，第33页。

是被跨越的事实对象，因为揭示吃人的本质更重要。

2. 怀旧的现代性：《故乡》与《社戏》

在《故乡》和《社戏》中，"月"承担了另外一种功能，它以怀旧的现代性表达了鲁迅对希望的判断。

《故乡》中的月亮共出现了三次（其中两次重复）。相当经典的则是那幅众所周知的图像——"深蓝的天空中挂着一轮金黄的圆月"（第49、56页），天空下有一个手捏钢叉刺猹的少年。还有一次，也是与此相关，看瓜时，"月亮地下，你听，啦啦的响了"（第50页）。毋庸讳言，《故乡》中金黄的圆月和月夜都反映了鲁迅对圆满的期待和追求。原本清冷的月亮因为天人合一的时空结构，因为自然和谐、自由自在的成长的可能性，因为以人为本的朴素原则而变得可亲又温暖，甚至因此有些乌托邦式的过度理想化倾向。耐人寻味的是，恰恰是此美好的被破坏引发了鲁迅的深层思考：关于希望，关于人生。尽管鲁迅反思了启蒙者和被启蒙者之间的可能平视姿态①，也未能够提供完美的解决方案，但是月光/月亮寄托了他在复杂的游移/犹疑中更希望坚定前行的理想。

《社戏》中月亮则呈现出迷人的抒情性，如去看社戏途中的"月色便朦胧在这水气里"（第122页）和好心情息息相关；而在看了一场并不精彩的戏夜半返回后，"月还没有落，仿佛看戏也并不很久似的，而一离赵庄，月光又显得格外的皎洁"（第124页）。不难看出，这同样暗合了孩子们心情的雀跃与涌动。作为鲁迅极其罕见的温情脉脉的对故乡赞美的小说，月在其中其实也隐喻着鲁迅的希望：能够自由自在地成长——或许在怀旧的底色中，做什么并不特别重要，真诚的介入感、充实的欢欣和飞扬而激情四射的青春才更加难能可贵，尤其是对于历经人世沧桑和世故、污浊的人而言。

（二）时间的辩证

月还有另外一个重要的功能——喻示时间，这在鲁迅的第一篇小说《怀旧》中就有所呈现。需要指出的是，月在天文/物理上成为夜晚的标志是一个众所周知的前提，而此处所言的时间的辩证则指向更复杂的意蕴。

---

① 参见朱崇科《认同形塑及其"陌生化"诗学——论鲁迅小说中的启蒙姿态与"自反"策略》，载《福建论坛》（人文社会科学版）2008年第1期。

1. 力比多之死:《补天》

《补天》中有关月亮和太阳的一段描述完全是重复的,"天边的血红的云彩里有一个光芒四射的太阳,如流动的金球包在荒古的熔岩中;那一边,却是一个生铁一般的冷而且白的月亮"(第269、276页)。这段重复的书写显然不是鲁迅江郎才尽的表征,而是蕴含了一种时间的辩证及力比多之死。

好比在操场绕圈跑步一样,从起点回到起点并非一成不变,而更可能是潜流涌动的表面类似。月亮第一次作为时间标志出现,对应的情境是,"伊并不理会谁是下去,和谁是上来"(第269页)。在此时期,女娲的力比多充盈、精力充沛,所以哪怕只是伸展浑圆的臂膊,也将天空化为"神异的肉红",将海水化成"淡玫瑰似的光海"(第270页)。无疑,此时女娲活力无限又有些无聊,但她却是主动的,毫不理会时间的流逝。

而第二次有关月亮的雷同描写,场景却不太相同。此时女娲补天补到筋疲力尽,"不知道谁是下去和谁是上来"(第276页)。同时,对应地,此时的女娲身体不再是肉红色,因为灰土的覆盖和过度劳累,"使伊成了灰土的颜色"(第276页)。不难看出,此时女娲相当被动,已经无暇/无力分辨时间的流逝,最后"因公殉职"。

2. 成长的比照:《铸剑》

在《铸剑》中,月的多次出现可划分为三个场景。

第一个场景是眉间尺月色下逗弄老鼠。他"借着月光走向门背后,摸到钻火家伙,点上松明"(第322页)。然后,他开始逗弄不幸落入水瓮中的老鼠,不断更换松明,将老鼠折磨致死。母亲出现,问询他是救它还是杀它。"松明烧尽了;他默默地立在暗中,渐看见月光的皎洁。"(第323-324页)母亲告诉他,他快要16岁了,要为父亲报仇了,"他看见他的母亲坐在灰白色的月影中,仿佛身体都在颤动"(第324页)。这个场景更多呈现出眉间尺成长过程中的某些曲折和不成熟,而月亮则见证了其稚嫩、优柔和内心蠢动的矛盾性。

第二个场景则出现在母亲讲述父亲和铸剑的故事后去开掘青剑,结果"窗外的星月和屋里的松明似乎都骤然失了光辉,惟有青光充塞宇内"(第326页)。月光和青光相比的色泽暗淡,预示着青剑的横空出世使得眉间尺从意识上变得相对坚强。

第三个场景则是眉间尺进城想复仇受挫走出城外,遇到黑色人,跟随他到杉树林边,"后面远处有银白的条纹,是月亮已从那边出现;前面却仅有两点磷火一般的那黑色人的眼光"(第329页)。此处月亮和黑色人的比较,则更意味着眉间尺的成长,作为复仇之神的黑色人在月色中成为他报仇并得偿夙愿的引路人。从思想优柔到相对坚强,再到坚定不移,月光/月亮更是在对比中喻示了眉间尺的成长历程。

3. 孤独与困窘:《孤独者》

《孤独者》中有关月的书写整体上是属于时间范畴的,但是其内在的情境关切却是相当复杂的,它更凸显出一种内心和灵魂的孤独与困窘。

小说中第一次出现月的书写则是在"我"和魏连殳两个孤独的灵魂对完话后,"我辞别连殳出门的时候,圆月已经升在中天了,是极静的夜"(第213页)。这个描写中有一种意义的张力:两个矛盾和孤独的启蒙/革命的魂灵是非常寂寞的,月既见证了他们的友谊,又见证了他们在沉睡世界中的无限彷徨和孤单。而别有意味的是,当月第二次出现的时候,恰恰是在"我"参加完魏连殳的葬礼后,"仰看太空,浓云已经散去,挂着一轮圆月,散出冷静的光辉"(第221页)。"我"又想起了魏连殳的像一匹受伤的狼的嗥叫,"我的心地就轻松起来,坦然地在潮湿的石路上走,月光底下"(第222页)。魏连殳的死去其实更隐喻了在现实狂欢人群中无比落寞的精神的萎缩至死,他的肉身之死也因此可以使他现实中的无奈堕落得以完结,圆月更是见证了这种失败的孤独与绝望;但同时,他的肉身之死却又让人记起他曾经的精神追求,在物质与精神、成功与失败、现实与理想的流动与回环中复杂纠缠,文末月亮的出现也暗含了对黑暗、困境的某种绝望反抗。①

二、"月"与病的纠葛

月亮与疾病的纠葛不该单纯理解为早期巫术、传说中对月亮的崇拜,或者说某些疯癫中的"吠月"传统,比如月亮(luna)与发狂(lunatia)之间显而易见的词源学关系。实际上,今天许多科学研究也表明月亮与人类社会行为、健康、心理等关联密切且幽深。② 当然,作为一个弃医从文的小说家,鲁迅在小说中也不乏对"月"与病的纠缠的思考,当然,其关系未必一如常规说辞。

---

① 参见汪晖《反抗绝望:鲁迅及其文学世界》(河北教育出版社2000年版),尤其是书中有关1920—1936年间的"自我的困境与思想的悖论"论述。

② 相关研究在新闻报纸上不断出现,也可参阅某些论文,如蔡连华《月亮与健康》(载《北京物价》1998年第10-11期)、白云德《月亮对人体的影响》(载《世界科学技术》1998年第4期)等。

（一）致病的吊诡

需要指出的是，有些疾病和月存在千丝万缕的关联性。当然，更准确地说，月未必是疾病的直接起源，但和疾病的发生难脱干系。

1. 癫狂的发作与洞见：《狂人日记》

如前所述，《狂人日记》中的月光/月色可以很好地激发小说中狂人的洞见与清醒：正是在很好的月光的烛照下，他可以发现自己的曾经发昏，可以敏感地觉察周边的危险，甚至可以有勇气探究历史、现实和就近空间中吃人的事件，并反复思考得出相关文化传统吃人本质的结论。同样，在黑暗中，当月光缺席时，狂人更可以感受到危险与阴沉氛围的浓厚、暴力铁幕低垂。

但是，上述内容恰恰都是小说正文中以现代白话文描述的状态。小说开头的文言文楔子却清楚表明，"他"患大病，盖"迫害狂"之类，"语颇错杂无伦次，又多荒唐之言"（第1页）。易言之，月在此时更成为狂人癫狂发作的一个诱因、促发或者强化。正是借助这样的言语、语体、结构之间的复杂张力，鲁迅揭示了铁屋中呐喊的必要性和实践性。当然，《狂人日记》中的狂癫、狂人的文化角色等都有更深层的内涵。[①]

2. 死神的引诱：《白光》

如果说《狂人日记》中的月亮作为第三只眼辅助狂人清醒异常，那么《白光》中的月亮则呈现出另外的角色，它变成了一面魔镜。

一再落第的陈士成失魂落魄，无心寝食，而在万家灯火俱熄后，"独有月亮，却缓缓的出现在寒夜的室中""月亮对着陈士成注下寒冷的光波来，当初也不过像是一面新磨的铁镜罢了，而这镜却诡秘的照透了陈士成的全身，就在他身上映出铁的月亮的影"（第104页）。不难看出，这里的月亮已经变成具有魔力的诱引，它对于神志不清的陈士成起到了恐怖的刺激功用：我们固然可以说是陈士成心志不清，跨越追求功名的过程，在无意识中将目标锁定为其应考目的——（升官）发财，但对月光和（金银财宝）白光的混淆终于使得陈士成在混沌中有了固执的靶心。

他开始掘地挖宝，无果后又听到新的指令，"到山里去"，而"他突然仰面向天，月亮已向西高峰这方面隐去"（第106页）。不难看出，在转折

[①] 参见朱崇科《论鲁迅小说中的癫狂话语》，载《中山大学学报》（社会科学版）2008年第4期。

和绝望关头，月亮又成为致病恶化的推手，它将陈士成彻底推向死胡同，而其最后落水赴死也就顺理成章/理所当然了。

月亮的本体喻义在此时不断变化，它变成了"铁的光"，和白光沉瀣一气，同时又成为新的暗示。但对陈士成来说，它却是糖衣炮弹，"软软的、正经的、阴森的，既捕又放、既擒又纵，极尽玩弄之能事"①。

（二）治病的吊诡

颇富意味的是，月不仅担当了致病的角色，同时它也可以见证乃至治病，我们不妨从正反两方面加以辨析。

1. 无月之死：《药》

在小说《药》中，鲁迅有一处提及月亮："秋天的后半夜，月亮下去了，太阳还没有出，只剩下一片乌蓝的天；除了夜游的东西，什么都睡着。"（第16页）这段描写从字面意思看，首先会发现月亮的时间功能，但除此以外，我们会发现月亮与死也密切相关。

在无月之夜，华老栓辛辛苦苦换来了为小栓治病的人血馒头，尽管他视这个纸包如同新生的种子，"仿佛抱着一个十世单传的婴儿"，甚至更进一步，"太阳也出来了；在他面前，显出一条大道，直到他家中"（第18页）；但即便如此，结果人尽共知，小栓仍然死了。

将无月与死挂钩并非偶然，如前所述，月往往是鲁迅所钟爱的希望的象征，也是对新生和某种现代性的说明、填充。因此，无月的《药》中，只能是死亡，哪怕太阳也已出现。类似的，我们也可以进一步思考《明天》的操作。在单四嫂子漫长的对明天的期待中，鲁迅对月亮不着一字，反倒是对黑暗中无聊的闲人和单四嫂子的紧张心理加以仔细刻画。最后，我们知道，宝儿没有明天，单四嫂子亦然。

2. 有月之生：《弟兄》

无独有偶，在《弟兄》中鲁迅不仅书写了无月可以致死，也提到了有月表明可生的反面逻辑。

弟弟生病后，在西医普大夫暂时不在之时，沛君只好请同寓的中医白问山看病，弟弟却被诊断为红斑痧（西医的猩红热）。震惊之余，他联系上普

---

① 姚新勇：《冷月下的凝视——鲁迅视觉经验心理无意识探微》，载《鲁迅研究月刊》1996年第4期，第36页。

大夫,却被告知很忙,甚或不来。此时,他对普大夫不乏期待,"经过院落时,见皓月已经西升,邻家的一株古槐,便投影地上,森森然更来加浓了他阴郁的心地"(第245页)。皓月与阴影的对比预示了沛君内心的焦虑,也可能隐喻了月与疾病的抗争。

在等待中,对面的寓客还未返回,"强烈的银白色的月光,照得纸窗发白"(第246页)。这句描写既蕴含着对沛君心境无聊的刻画,同时也暗含着西医生存力量的强大,普大夫最终必来。普大夫最终来了,诊断为出疹子,开药处理,结果"院子里满是月色,白得如银"(第248页)。月色普照,其实已经预示着其兄弟靖甫"死"而复生。

另外,值得注意的还有《肥皂》。在这篇文章中鲁迅对月亮也不乏精彩的书写。四铭送了薇园和何道统离开,却没有受到其他任何家庭成员的关注,很有失落感,于是踱步,"他看见一地月光,仿佛满铺了无缝的白纱,玉盘似的月亮现在白云间,看不出一点缺"(第175页)。有论者认为,这是四铭面对月亮自喻的"道学家的自恋,自我神圣,自我完美的内心表现"①。但在笔者看来,此时圆月更当作为揭穿四铭伪善的见证人,因为早前和家庭人员讨论肥皂无果后,在黑暗与黄昏中,他可以色厉内荏、外强中干,在无月的夜晚,"仿佛就要大有所为"(第171页)。而圆月书写更是吻合与强化了友人、家庭对其伪善本质的洞穿与揭露。

从某种意义上说,鲁迅在"月"与病的纠葛中更加独到地彰显了月亮的不同角色和功能,它既可以致病、杀人,又可以治病、救人。所以有论者指出:"总的来看,鲁迅笔下的月亮基本上脱离了它的传统意义,而被赋予了一种现代性:与悲观、阴暗、荒凉的精神状态有关。"② 当然,鲁迅小说中"月"的话语功能也是不断变化的,我们也可结合其他作品探讨其嬗变轨迹。

在鲁迅最欣赏的五部作品(三本小说集加上《野草》《朝花夕拾》)中,另外涉及月的描述都来自《野草》。《秋夜》中两株枣树指向奇怪而高的天空,也"直刺着天空中圆满的月亮,使月亮窘得发白","鬼䀹眼的天空越加非常之蓝,不安了,仿佛想离去人间,避开枣树,只将月亮剩下。然而月亮也暗暗地躲到东边去了"③。鲁迅散文中的月亮,在此处显然更是天

---

① 刘耀辉:《鲁迅小说中"月亮"意象探析》,载《德州学院学报》2007年第5期,第22页。
② 张箭飞:《鲁迅诗化小说研究》,广西教育出版社2004年版,第114页。
③ 鲁迅:《鲁迅全集》(第2卷),人民文学出版社2005年版,第167页。

空的帮凶，狡诈卑怯，① 但又不是主谋，它因此和孤傲的枣树之间形成一种张力关系。

《希望》中鲁迅两次提及月亮，"以为身外的青春固在：星，月光，僵坠的胡蝶，暗中的花"②，等等。此时的月光，显然是身外青春的标志之一。鲁迅对月的话语功能的更复杂解释来自他对月的最后集中虚构——《奔月》。但是，如前所论，对月的批评和反思在此之前已有端倪。

三、《奔月》的"月"

写于 1926 年年底的《奔月》成为鲁迅小说书写月的尾声，个中姿态与原因无疑耐人寻味。当然，我们首先必须解决的是，《奔月》中的"月"到底指向如何？它和现实的关联性何在？

（一）月的常规及隐喻

《奔月》中的"月"当然不乏主要话语形构的相关功能，比如希望与时间等。

1. 美好的抒情与希望

小说中月的首次出现是在羿与老太太、逢蒙的遭遇过后，尽管两次遭遇令人不高兴和疲惫，"幸而月亮却在天际渐渐吐出银白的清辉"（第 285 页）。不难读出，月亮在其中有着美好的抒情性，当然也寓意这已是夜晚时分。尽管不乏波折，但考虑到今天收获的小母鸡，可以引嫦娥高兴。于是，羿觉得，"圆的雪白的月亮照着前途，凉风吹脸，真是比大猎回来时还有趣"（第 285 页）。此段有关月的书写，无疑可以彰显强烈的抒情性，同时，圆月和快乐嫦娥的希望捆绑也可仔细品出。

更进一步，甚至是当他初步顺着女辛的手指去看嫦娥奔上去的月亮时，"只见那边是一轮雪白的圆月，挂在空中，其中还隐约现出楼台、树木；当他还是孩子时候祖母讲给他听的月宫中的美景，也依稀记得起来了"（第 286-287 页）。这段描述虽然是对羿暴怒前的书写，但我们仍可读出他对月亮的好感与充满希望，只是因了嫦娥的飞升也潜伏了祸端。

---

① 类似观点可参见孙玉石《现实的与哲学的——鲁迅〈野草〉重释》，上海书店出版社 2001 年版；[日] 丸尾常喜著《〈野草〉解读》，秦弓译，载《文学评论》1999 年第 5 期。

② 鲁迅：《鲁迅全集》（第 2 卷），人民文学出版社 2005 年版，第 181 页。

2. 时间喻示

月在《奔月》中不仅意味着夜晚，同时更是记录了羿辉煌时代的完结——他从太阳时代步入月亮时代。"羿首先不是出现在有九个太阳的时代，而只是一个无聊而空虚的时代社会里，他所面对的不再是九个太阳和凶猛的动物，而是他的虚荣的妻子嫦娥和满目的凄凉。"①

同样，也因此可以理解，由射日变成射月，本身也是一种嘲讽。"曾经一举击落熊熊九日的神弓在温文尔雅的月亮面前竟然会无能为力，在飞禽走兽的世界气壮如牛的夷羿在人间情网里也如此的一筹莫展！"② 英雄末路，其实和时代的变幻、现实的堕落密切相关，而月亮本身也标志着不同的时代变更。

（二）月的流动与堕落

《奔月》中，月的话语功能在流转，而月的内涵也是流动的。

1. 月的堕落

在高诱所注的《淮南子·览冥训》中，嫦娥被视为"月精"："姮娥，羿妻。羿请不死之药于西王母，未及服之；姮娥盗食之，得仙，奔入月中，为月精。"③ 而在《奔月》中，嫦娥奔月之后的月亮也有类似的象征，"他对着浮游在碧海里似的月亮，觉得自己的身子非常沉重"（第287页）。不难看出，这时候的"月"已然堕落，至少在羿的眼中，她是自私地独自逍遥的。

愤怒的羿决定射月，然而他已经不是当年的英雄了，除了"使人仿佛想见他当年射日的雄姿"外，"月亮只一抖，以为要掉下来了，——但却还是安然地悬着，发出和悦的更大的光辉，似乎毫无伤损"（第287页）。英雄末路，即使他降格射月，可惜今非昔比，游戏规则已变，而月的变异超出他的能力，何况又加上已经飞升入驻的嫦娥。

甚至他大喝一声，看了片刻，"然而月亮不理他。他前进三步，月亮便退了三步；他退三步，月亮却又照数前进了"（第287页）。可以想见，羿

---

① 周海波：《英雄的无奈与无奈的英雄——关于〈奔月〉与〈铸剑〉的重新阅读》，载《鲁迅研究月刊》1998年第12期，第35页。
② 李怡：《红巾不揾英雄泪——〈奔月〉与鲁迅的精神苦闷》，载《鲁迅研究月刊》1990年第8期，第37页。
③ 高诱注：《淮南子》，见国学整理社辑《诸子集成》（七），中华书局1954年版，第98页。

和月的博弈基本以羿失败而告终，因为月似乎早已掌握其规律，避其锋芒，进退自如。这既可以理解为战士和无物之阵的对峙，又可以理解为不合时宜的英雄无用武之地的蕴涵。此时的月亮更是一个自私狡猾又阴险多智的性格综合体——月精。

2. 月的现实性

在 1927 年 1 月 11 日，即将由厦门赴广州的鲁迅写信给许广平，提及他和高长虹的冲突：高长虹攻击鲁迅是因为一个女性，"《狂飙》上有一首诗，太阳是自比，我是夜，月是她"。鲁迅开玩笑道："我是夜，则当然要有月亮的。"（第 421 页）当然，这也是《奔月》写作的由来之一。

我们当然不能因此坐实小说虚构与现实关怀的一一对应关系，但我们也不妨反思二者之间的再现关联。其实，在鲁迅的小说中并未完全实现"夜"对"月亮"的当然拥有。相反，羿本身就是被抛弃的牺牲品。从此角度看，这反倒更寄予了鲁迅灵魂深处不被理解的寂寞、被背叛的悲凉以及俗世中神圣而荒诞的孤独感。我们当然不能简单地将此与现实比附。

反过来，如果将现实楔入小说，鲁迅对高长虹的戏弄不仅仅体现为通过老太太的旁述造谣、与逢蒙的直接遭遇，而且，也将他分身化在作者对"月"的形构中：月的狡猾、逍遥、灵活多变等性格其实也暗含了对高长虹的部分影射。换言之，嫦娥的背叛、狡诈与逢蒙的特征有其巨大交集，所以，有关"月"的现实性内涵其实说明这里的"月"更是多元角色的混杂——嫦娥、逢蒙、高长虹等。或许，不无关联的是，当鲁迅和许广平真正结合后，鲁迅对月的小说形构也就戛然而止。

需要指出的是，单纯从现实性思考是有其偏颇的，小说虚构毕竟不能等同于现实对应；另外，神话传说、民间故事的再现和原初含义，超越历史与现实层面的更高哲学追求都是应该众声喧哗的意义关注点，① 而不能一叶障目，不见泰山。

结语：有关鲁迅小说中"月"的话语形构其实是一个颇有意味的论题，因为话语形构不是简单的意象归纳与分析，而是有其独特的话语功能的。鲁迅小说中的"月"，既可以体现出时间的辩证、希望的现代性，又可以呈现"月"与病的纠葛的悖论。当然，当我们聚焦《奔月》时，其中的"月"

---

① 参见朱崇科《张力的狂欢——论鲁迅及其来者之故事新编小说中的主体介入》，上海三联书店 2006 年版。

既有常规性，又有流动性、堕落性和现实性。从此意义上说，它类似月神的三位一体：常规的月、堕落的月、现实的月。

第四节 鲁迅小说中"路"的话语形构

鲁迅在《我怎么做起小说来》中提及，"以为必须是'为人生'，而且要改良这人生……所以我的取材，多采自病态社会的不幸的人们中，意思是在揭出病苦，引起疗救的注意"（第411页）。若从此视角思考，鲁迅其实既是特立独行的启蒙者，同时又是有意开拓的寻路人。而实际上，鲁迅小说中有关"路"的描述和反思的确也占到了篇目总量的七成，而且不时呈现有关路的辩证，甚至逐步演变成一种话语方式。

相关研究丰富而且相对深入，较有代表性的则是隋清娥。她用两万余字的篇幅来仔细考察"路"意象的方方面面，比如多重含义、设置方式及其主题（生命哲学、存在主题等）。① 而其他研究亦有不同的路径，比如从意象角度分析路在鲁迅作品中的流变及其承载的作者思想感情②，或者考察其小说中有关寻路的情结③，或者仔细考察其中"道"与"路"的分裂和知识分子的现代观照④，或者是讨论鲁迅杂文中的相关实践⑤。

但整体而言，上述研究既开阔眼界，同时亦有其不同的缺憾。比如，有的论述过于分散，有些则偏于肤浅，有的不乏过度诠释（over-interpretation）的嫌疑，颇有借鲁迅小说浇胸中块垒之意。本节的操作则想采取稍微不同的路径：首先，所有论述必然要清晰立足于鲁迅小说中有关"路"的具体描述，不能信口开河、自我揣摩，同时也会结合其他文体中的相关表述展开，力求得出更令人信服的结论；其次，借助话语形构与分析这一利器与角度，我们对"路"的分析可能会有更深刻的剖解与更清醒的逻辑揭示。

本节的问题意识在于：在鲁迅小说中，"路"如何从其原初的语境过渡成引申和复杂隐喻的？鲁迅如何借小说思考"路"的话语指向？同时，为

---

① 参见隋清娥《鲁迅小说意象主题论》，齐鲁书社2007年版，第63-90页。
② 参见张洁宇《鲁迅作品中的"路"——意象分析之一》，载《鲁迅研究月刊》2004年第4期。
③ 参见王飞《论鲁迅小说的"寻路情结"》，载《文教资料》2007年6月号中旬刊。
④ 参见符杰祥、郝怀杰《"不得其路"的困栊与"殉道"悲剧——从"道""路"分裂的角度看鲁迅对中国士人文化的现代思索》，载《山东师范大学学报》（人文社会科学版）2007年第3期。
⑤ 参见林雪飞《鲁迅杂文中的"路"的意象与"走"的人生哲学》，载《沈阳大学学报》2005年第3期。

了演示"路"的话语形构过程,鲁迅采取了怎样的叙事策略或套路?

一、话语轨迹:从"路"到"路"到"无路"

毫无疑问,作为现代汉语常用词的"路"有着相当丰富的内涵,当然,如果回到更宽阔的历史语境中来,则显然其意义指向更令人惊叹。

(一)原初语境:路的指向

1. 现代理解

在《现代汉语词典》中,"路"的解释如下:①道路。②路程。③(路儿)途径;门路。④条理。⑤地区;方面。⑥路线。⑦种类;等次。⑧用于队伍的行列,相当于"排、行"。⑨姓。①

2. 丰富面向

当然,如果将该字置于更开阔的视野中,则明显意义更加丰富多彩。在1989年出版的《汉语大字典》中,词义扩展到了13个:①道路。②经过。③败亡;羸弱。④大。⑤条理;规律;道理。⑥仕途;官职。⑦地区;方面。⑧类别之称。⑨弈棋术语。⑩用同"露"。裸露。⑪辂。指君王所乘之车。⑫宋金元时地方区划名。⑬姓。② 当然,有些与时俱进的网络版的大词典对此解释划分得更为详细。

(二)鲁迅实践:引申与隐喻

在鲁迅小说中,相当常见的是我们一般意义上的"路""途""街道"所指,如《药》《一件小事》《示众》《理水》《铸剑》等都不乏此类意义的用法。

众所周知,鲁迅的作品具有极强的反讽性和隐喻象征特色。在其小说中,"路"的话语指向其实也是类似多重的,或者更准确地说,其"路"的话语意蕴往往是指向深邃、超越表征的。如人所论,鲁迅作品中的"路","不仅具有丰富的美学内蕴和审美价值,也表现出作为现代知识分子的鲁迅

---

① 具体解释可参见中国社会科学院语言研究所词典编辑室编《现代汉语词典》(第七版),商务印书馆2016年版,第849页。

② 具体可参见《汉语大字典》(第6卷),湖北辞书出版社、四川辞书出版社1989年版,第3704–3705页。

对历史、时代以及整个人类社会进步与出路的期待与探寻,具有深刻的生命哲学意义和文化意义"①。我们不妨以表格的形式加以初步说明。

内涵	引文(部分代表性)	出处
①物质与精神之路的叠合	"我以为在这途路中,大概可以看见世人的真面目"	《呐喊·自序》
	"我可不怕,仍旧走我的路"	《狂人日记》
	"他还认得路"	《阿Q正传》
	"来开一条新的路"	《伤逝》
②经历、过程	"一路走去,一路便是笑骂的声音"	《头发的故事》
	"赵七爷一路走来""七爷也一路点头"	《风波》
③出路、方向	"她真是走投无路了"	《祝福》
	"她大概是'外路人'"	《肥皂》
④类型	"这路生意"	《阿Q正传》
	"我们大概究竟不是'一路'的"	《孤独者》
⑤距离	"这是远绕了三十里路才找到的"	《奔月》
	"一丈路远近""走了六七十步路"	《采薇》

需要指出的是,鲁迅在小说中对"路"的隐喻和象征内涵处理其实比笔者的描述更复杂。比如,即使是有关路的精神指向,也可以细分为希望、黑暗、死亡、心灵隔阂、慧心之路等。② 不仅如此,鲁迅小说还借助不同的字眼,如"道""途""街"等,对"路"的概念界定加以整合、丰富和区隔,的确呈现出五光十色的"路"的杂拌儿书写。

当然,我们也可以说,寻路也可以存有自身的逻辑辩证:寻的原因往往是匮乏或渴求,但寻作为一种过程,也可以成为结果。这个结果本身也是可以辩证看待的:你可以把无路当作悲观的结果,但同样,你也可以很有禅意地把追寻本身看作积极的结果。在很大意义上,鲁迅对"路"的探寻也可以做如此分析。

---

① 张洁宇:《鲁迅作品中的"路"——意象分析之一》,载《鲁迅研究月刊》2004年第4期,第25页。

② 参见隋清娥《鲁迅小说意象主题论》,齐鲁书社2007年版,第63-64页。

(三) 无路的省思

如果对鲁迅有关路的书写进行初步意义分析，从结果方面看，鲁迅小说中绝大多数的寻路往往都以无路的挫败而告终。

1. 有路的悖谬：重读《故乡》

有论者指出，鲁迅杂文中对路的描写往往充满艰难险阻："鲁迅的杂文中的全部'路'的意象，都不是表现为平坦的明晰的大道，而总是充满了荆棘的'小道'……鲁迅心中的'路'不是尼采的超人之路，它不耀眼、不诱人，但也不使人觉得渺茫，它是在地上的、是实在的。"[①] 而另有论者指出，在鲁迅小说中路的意象往往有积极的成分，而《故乡》中有关路的话语似乎更是如此。[②] 但笔者觉得，《故乡》中的路其实包含着一种悖论意识。

在《故乡》的结尾，小说如此写道："我在朦胧中，眼前展开一片海边碧绿的沙地来，上面深蓝的天空中挂着一轮金黄的圆月。我想：希望是本无所谓有，无所谓无的。这正如地上的路，其实地上本没有路；走的人多了，也便成了路。"（第56页）我们当然可以如前人一样，将之理解为一种伟大而坚实的希望。但结合小说中有关希望的反省，如果我们继续思考有关知识分子/启蒙者与农民/被启蒙者（"我"和闰土）之间精神的对看姿态，则不难发现，他们之间已经不是单纯的启蒙/被启蒙关系，"现在我所谓希望，不也是我自己手制的偶像么？只是他的愿望切近，我的愿望茫远罢了"（第56页）。他们之间在这个角度（终极关怀与追求）其实是平视的。我们其实似乎更应该将有关路的感慨视为鲁迅"曲笔"的又一次表现：他不过是又回忆起少年闰土那时的活力四射罢了，现实却是人与人之间难以消除隔阂，甚至阶级、文化、社会等的"厚障壁"更令人触目惊心。从此角度看，所谓"路"，不过是人迹罢了。

[①] 林雪飞：《鲁迅杂文中"路"的意象和"走"的人生哲学》，载《沈阳大学学报》2005年第3期，第86页。

[②] 隋清娥《鲁迅小说意象主题论》（齐鲁书社2007年版，第68页）和张洁宇《鲁迅作品中的"路"——意象分析之一》（《鲁迅研究月刊》2004年第4期，第27页）都有类似的积极表述。张洁宇还认为，"可以说这是历来以'路'作意象用得最好的，使'路'的意象得到最大的扩展，具有了对于整个外部世界和现实环境的象征。这也是鲁迅对于'路'的意象的传统涵义的一种突破和延展"。

2. 无路的宿命：再读《药》

如果说《故乡》中对前程的追寻与拷问还有一丝暖色和生机的话，《药》中的曲笔则更显得牵强和乏力。鲁迅写到了"赶路"的华老栓的专心和坚定，但更写到了华小栓、夏瑜作为思想被启蒙者/启蒙者角色的变异与置换：现实中正是华小栓吃了夏瑜的人血制作的馒头，结果肯定无济于事。而更深层的逻辑是，他们死后还要继续被异化区隔，在丧葬场/坟地"中间歪歪斜斜一条细路"（第22页）。更大的遗憾是，生者，包括他们的母亲之间都无法理解，夏瑜的母亲甚至为儿子的事业羞惭不已。某些读者难以理解鲁迅在结尾对乌鸦书写的特异与冷酷，其实这更可视为鲁迅的决绝：他无法容忍夏瑜以其母亲希望的迷信方式与她沟通，他更希望借一个结局和意义的怪异的"陌生化"操作引起夏母和读者的惊诧与深切反思。

其他诸多小说，有关路的话语指向结果往往都是悲观的、负面的。比较典型的还有《伤逝》，"新的生路"的出现其实意味着无路可逃。小说中的主人公往往走向挫败、疾病、堕落和死亡，这既显示了鲁迅揭露的彻底性，同时又可表现他反抗绝望的悲怆、艰难与坚韧。这当然也是鲁迅寻路和堵路的内容基调。

二、寻路、堵路："路"话语的能效分析

1925年3月11日，年轻的许广平向老师鲁迅求教如何直面人生路途中不可回避的苦闷，鲁迅对此做了相当经典的回复。"走'人生'的长途，最易遇到的有两大难关。其一是'歧路'，倘是墨翟先生，相传是恸哭而返的。但我不哭也不返，先在歧路头坐下，歇一会，或者睡一觉，于是选一条似乎可走的路再走，倘遇见老实人，也许夺他食物来充饥，但是不问路，因为我料定他并不知道。如果遇见老虎，我就爬上树去，等它饿得走去了再下来，倘它竟不走，我就自己饿死在树上，而且先用带子缚住，连死尸也决不给它吃。但倘若没有树呢？那么，没有法子，只好请它吃了，但也不妨也咬它一口。其二便是'穷途'了，听说阮籍先生也大哭而回，我却也像在歧路上的办法一样，还是跨进去，在刺丛里姑且走走。但我也并未遇到全是荆棘毫无可走的地方过，不知道是否世上本无所谓穷途，还是我幸而没有遇着。"[①] 不难看出，上述观点恰恰呈现了鲁迅对"路"的执着式思考与认真

[①] 鲁迅：《两地书·第一集·二》，见《鲁迅全集》（第11卷），人民文学出版社2005年版，第15-16页。

式解脱；而回到其小说上来，我们也不难看出他有关"路"话语形构的复杂功效。

（一）寻路

鲁迅在《娜拉走后怎样》一文中提及："人生最苦痛的是梦醒了无路可以走。做梦的人是幸福的；倘没有看出可走的路，最要紧的是不要去惊醒他。"① 但鲁迅自己其实更是寻路的实践者，甚至寻路在他那里更成为具有哲学意蕴和现实追求双重意义探勘的纠缠。当然，若从鲁迅的示范作用来看，寻路既是自我反抗绝望的实践与消解，同时又是为青年人肩住"黑暗的闸门"，给他们更多光明的一种策略，如人所言，"鲁迅正是通过人物的行为意象'走'和表示人类生存状态的意象'路'来暗示和象征其'反抗绝望'主题的"②。

1. "求新声于异邦"：他度可能

寻路的过程其实也可简化为找寻其他可能性或"异"（"走异路，逃异地"）的过程。在鲁迅小说中，这种探寻往往呈现出悖论式特征。

（1）寻的孤异。《孤独者》和《在酒楼上》作为"最富鲁迅气氛"的小说③就呈现出类似的追求。《孤独者》中寻求新生与革命的魏连殳在起初的精神富足、物质贫困之后终于不得不向现实低头，精神堕落后他致信曾经作为他求助对象的"我"，"我们大概究竟不是一路的"（第217页）；而在他抑郁至死后，前去悼念和吊唁的"我"终于理解了他的"异"。小说结尾，"我的心地就轻松起来，坦然地在潮湿的石路上走，月光底下"（第222页），其实已经表明这种理解和相知。而《在酒楼上》更多则是一种分道扬镳的隐喻结构，"偶遇—交叉—分别"，毫无例外，它们都更多思考了寻梦者的孤异。

（2）"外"的孤立。在某种意义上说，中国人对"看"与"被看"的权力结构与实践往往有着丰富的体验，尤其是在农村超稳定的村镇政治结构④中，对"外"的敏感和可能敌视因此显得自然而然。《长明灯》中吉光屯的人相当迷恋本村的长明灯，他们无法理解和劝阻"疯子"熄掉灯的做

---

① 鲁迅：《娜拉走后怎样》，见《鲁迅全集》（第1卷），人民文学出版社2005年版，第166页。
② 隋清娥：《鲁迅小说意象主题论》，齐鲁书社2007年版，第68页。
③ 参见钱理群《鲁迅的小说——以〈在酒楼上〉、〈孤独者〉为例》，见《鲁迅作品十五讲》，北京大学出版社2003年版，第四讲。
④ 具体可参见本书第三章第三节。

法，此时的"外路人"则成为他们身份认同确定的救命草，"外路人经过这里的都要看一看，都称赞……。啧，多么好……"（第178页）。同样，被伪君子四铭们欲望化①的年轻女乞丐同时也被另一种相反的力量投射并拒斥，"她大概是'外路人'"（第174页）。

2. 素朴与实干

某种意义上说，鲁迅虽然对前途、未来更多带有悲剧色彩与眼光，但对于奋斗的过程与精神却相当看重，尤其是他把这些行动、追寻与"中国的脊梁"精神挂起钩来。

（1）《一件小事》：脚踏实地。《一件小事》作为鲁迅的一篇小说创作，无论是形式实验还是意义指向都是相当朴素的，有时也令条分缕析习惯复杂解读鲁迅的读者、学者一头雾水，反倒对于简单之美缺乏更好的对策。在这篇小说中，有关路的书写也是相对物质和朴素的，如"不得不一早在路上走""马路""路上还很静"。但这样的书写表现了鲁迅对"劳工神圣"理念精神的有限度褒扬②，同时，鲁迅借此实现对踏实工作、勇于承担责任精神的提倡。

（2）《非攻》：坚定执着。在这篇小说中，鲁迅更是强调了生活简朴却胸怀天下的墨子的坚定，"只赶自己的路"，哪怕也有"不平的村路"，同时在"归途上"的遭遇显示出鲁迅对他的调侃，但这一切都表明他人生之路的不平坦以及墨子本人对相关精神的执着坚守，鲁迅在小说中对此是不吝弘扬的。如果结合他对儒家的辩证批判，似乎更有可观之处，"可以说，《非攻》中墨子所体现的'埋头苦干'和'拼命硬干'的精神，其注重道德与事功、信念与责任、思想与行动之连动统一的行为价值取向，较之儒家的割裂道德与事功、道家的割裂思想与行动，显然更能为鲁迅的文化选择提供支持和启示"③。

---

① 参见朱崇科《"肥皂"隐喻的潜行与破解——鲁迅〈肥皂〉精读》，载《名作欣赏》2008年第11期，第61—65页。

② 古大勇认为，不能把鲁迅对人力车夫的褒扬升华为"仰视"，而更多的是同情。具体可参见古大勇《鲁迅真的"仰视"人力车夫？——鲁迅〈一件小事〉再论》，载《名作欣赏》2008年第11期，第57—60页。

③ 高远东：《现代如何"拿来"——鲁迅的思想与文学论集》，复旦大学出版社2009年版，第34页。

3. 成长及其代价：重读《铸剑》

毫无疑问，鲁迅对儿童、青年都有着别样的期待，当然也不乏对相关异化与堕落的深刻批判。① 而《铸剑》中对路的描述也可以看出鲁迅类似的思路。眉间尺的母亲一句"明天就上你的路去罢"（第326页），其实是一语双关的，这里的"路"既是他的实路，又是他的复仇人生成长并发展之路。如人所论，"这种处理方式与作者注重人的主体意志的作用是有价值对应性的。把强大的精神意志视为人之价值完成乃至人类进步的本源力量，是鲁迅留日时期就形成的看法"②。

在接下来的书写中，恰恰是在"满路黄尘滚滚"中，眉间尺瞥见了皇帝，又巧遇了"复仇之神"黑色人。也正是因为"路上将有刺客的密报"，才有了郁闷无聊的王寻求别样刺激（包括被杀）的可能性。这也让眉间尺的复仇之路得以延续：眉间尺的成长也意味着自我的有意识毁灭。

（二）堵路

耐人寻味的是，颇有怀疑精神的鲁迅一方面在寻路，另一方面却又在堵路。当然，这里的堵路不是简单意义上的否定，更是一种深沉的文化/文明批判，他借此指出歧路的干扰性和错误。

1. 国民性批判：表征与生成之路

鲁迅小说是其批判国民性和达至"立人"思想的重要载体，而其有关路的话语也相当出色地分担了此功能。

（1）奴性的生成及危害。鲁迅相当犀利地剖析国民劣根性中的奴性表现，同时也不同层次地阐明了其生成机制。《头发的故事》中，提及N在民国初年剪辫、留辫的尴尬经历，描写跟路相关的经历时写道，他索性废了假辫，穿了西装在街上走，"一路走去，一路便是笑骂的声音"（第37页），日暮途穷时，用手杖对付骂声，似乎颇有效果。但他的尴尬其实更呈现出一般民众对政治坚守的愚昧与奴性：一个引领时代的潮流者不得不接受传统势力及其流俗的嘲弄和打压。而更具讽刺意味的则是小说中另一个有关头发的

---

① 参见朱崇科《论鲁迅小说中的儿童话语及其认知转化》[《西南民族大学学报》（人文社科版）2008年第1期] 及本书第二章第二节。

② 高远东：《现代如何"拿来"——鲁迅的思想与文学论集》，复旦大学出版社2009年版，第28页。

"互涉"故事:另一位本多博士,身着洋装,不懂土语却可以"走路",他一直用手杖打,可悲的是,奴性十足的人们却接受了、沉默了,他的手杖竟然化成比时人的辫子更具合法性的实体。①

同样揭示奴性的还有《风波》。作为地方权力/文化的执行者,赵七爷虽然不学无术(只能借熟读的《三国志》来曲解实事),却备受尊敬。"赵七爷一路走来,坐着吃饭的人都站起身……七爷也一路点头"(第43页),等到他发表完"高论"后,"赵七爷也跟着走去,众人一面怪八一嫂多事,一面让开路"(第45页)。鲁迅借赵七爷一路畅通无阻,村民或不得不或诚心给他让路来表现国人的奴性十足。当然,奴性积累的后果也是相当严重的,《祝福》里面勤勤恳恳的祥林嫂正是因此而"走投无路":流言的帮衬,吃人的传统、伦理道德、文化,不负责任的新知识分子的推卸惯性等,最后是这些"集体谋杀"了她。②

(2)看客的麻木与帮闲。《药》中有关看客像鸭子被无形的手捏住脖子一样的经典书写无疑令人印象深刻,但或许很多人没有考虑到这种对看客的厌恶与批判和作者对老栓的书写密切相关,"老栓正在专心走路",然后他一开始遭遇了一帮兵痞,接着就是这帮看客。如果考虑到他们孜孜于观看杀头的对象恰恰是力图启蒙并拯救他们的革命者,其麻木、可怜、可恨、可悲、可叹性格令人五味杂陈。同样值得注意的还有《示众》。鲁迅将看客们主要展览在"马路上",作为一个流动性强、事件频发的场域/空间,鲁迅通过点数马路上模糊的群像来批判看客们的无聊、无知和可能的无耻。

2. 传统救赎?死胡同

1933年,鲁迅和施蛰存有关《庄子》等的论争引人注目。在这场论争中,二人皆不乏意气成分,甚至包括数十年后,施蛰存在回忆往事时对此事亦评价不高。从某种意义上说,这恰恰凸显了教育背景不同的施蛰存对鲁迅的严厉坚守缺乏了解之同情,他对于当时并不强大的现代文化氛围的来之不易缺乏清晰的了解。③ 或许不是偶然,1935年,鲁迅居然完成了四篇故事新编小说的书写,其中就包括和老庄有关的《起死》和《出关》。

(1)得"道"与失路:《出关》。在《出关》中,鲁迅非常巧妙地区

---

① 有关精彩论述可参见范颖《论鲁迅小说中的手杖意象及其隐喻》,载《名作欣赏》2009年第8期。

② 参见朱崇科《鲁迅小说中"吃"的话语形构》,载《鲁迅研究月刊》2007年第7期。

③ 有关分析可参见李新宇《鲁迅的选择》,河南人民出版社2003年版,第四章。

了"道"与"路"的差别与联系。作为道家经典创制者的老子，在这篇小说中经历可谓相当尴尬：当孔子明白其所传之道后，表面上孔子是"回道"了，而实际上却是"道不同"（第343页），无奈之下，老子只好出关、走流沙。在此期间被关尹喜截留。在写下《道德经》之后，他们允许老子"走路"，老子"便向峻坂的大路上慢慢的走去"（第347页），渐渐遁入滚滚黄尘中。

姑且不论鲁迅对孔子的态度如何，但从老子的诸多尴尬经历来看，出关后的老子想必出路不容乐观。从某种意义上说，鲁迅对老子在感情上呈现出更多的敬意、同情和不无恶作剧般的嘲讽，尤其是相较于鲁迅对前恭后"倨"、阴险狡诈的孔子的刻画而言。更进一步，孔老之争也内化为鲁迅自己思想矛盾的来源之一。"在这个意义上，进取性的孔墨固然可作鲁迅'韧性'相争的价值载体，退却性的老子却也积极维持着'相争'局面的紧张性；如果把进取性的'相争'视为战略，把'以柔退却'视作一种战术，二者其实是可以交互配合运用的。"① 但无论如何，鲁迅借老子的遭遇凸显出老庄思想不可能解决现实困境。

(2) 生死有别的《起死》："断路"和"赶路"。如果说《出关》中鲁迅对老子及其思想尚属调侃的话，《起死》中的戏谑成分则明显加重。而在这篇小说有关"路"的描述中，庄子原本所期待的救命恩人形象不仅没有被落实，而且还被醒来的汉子视为"断路强盗"。无奈之下，他只好一再强调自己的"过路身份"，仍难解困之余，不得已向认识自己的巡士说明要"赶路"的迫切性，而这一切描述都是企图摆脱鲜活历史现实的伎俩，最后，他成功得以摆脱，将责任转嫁给巡士。结果，鲁迅别有韵味地写道，巡士"慢慢的回转身，向原来的路上踱去"（第369页），而最后这个巡士却不得不借助警笛求救于其他巡士。

不难看出，鲁迅通过《起死》等极富张力的书写更是对企图乞灵于传统借尸还魂的思路的堵截，借此，鲁迅更强调走向现代化、反思现代性的必要和清醒。当然，如果我们深入反思他对待庄子的戏剧化操作，也可能和他本人的自我反省有关——"他在全力'排毒'，不断把庄子异己化（道士化）的同时，也进行着一个深刻的自我救赎、自我更新、自我革命的脱胎

---

① 引文见高远东《现代如何"拿来"——鲁迅的思想与文学论集》，复旦大学出版社2009年版，第45页。但不难看出，在小说中，鲁迅在情感上对孔子是贬远远大于褒的。此处笔者不能同意高远东对此贬斥的过度抽离，可参见高远东《现代如何"拿来"——鲁迅的思想与文学论集》第7页的论述。

换骨的过程"①。

寻路的艰辛与堵路的结果往往都指向了无路,所以更多时候鲁迅的痛苦难以彻底排解,但尽管如此,鲁迅还是拒绝各种廉价的"黄金世界"的预设和透支,而更多选择一种"过客"精神,实现对无论是花园还是"坟"的坚定超越。② 当然,鲁迅自己也有很清晰而决绝的表达,"我自己,是什么也不怕的,生命是我自己的东西,所以我不妨大步走去,向着我自以为可以走去的路;即使前面是深渊,荆棘,狭谷,火坑,都由我自己负责"③。

三、叙事之路:前瞻、平铺与回望

杨义曾经深刻地指出:"鲁迅是我国历代知识分子中一个伟大的寻路者,他的小说也可以看作是这个伟大的寻路者的坚实的足迹。"④ 而当我们将目光进一步具化,锁定鲁迅有关路的话语叙事方式时,也不难发现鲁迅在小说中以"路"贯穿的叙事套路——前瞻、平铺与回望。需要指出的是,这三种层次不是截然区分的,更多的是在实践中呈现出犬牙参差的状态。

(一)前瞻模式:倒退的先锋

这里所谓的前瞻模式是指鲁迅在叙事之前已经预设了对事件的精深判断与后果,叙事多依此推进。当然,这种后果在事件及其提炼上颇具前瞻性。

1.《起死》:指路与找路的张力

在笔者看来,《起死》有关路的叙述和意义指向本身包含了"张力的狂欢"。⑤ 其中第一条路是庄子本人的预设,所谓"齐物论",生即是死,死即是生等;第二条路则是被复活后的汉子所坚守的路,探亲的"历史现场"之路,正是在此思维下,庄子被误读为"断路的强盗";而第三条路更是创作者鲁迅本人高屋建瓴的理念之路:这样的传统一旦遭遇到面目全非的现实,其实根本无法发挥出应有的效力和作用,《起死》更是鲁迅理念的一个

---

① 高远东:《现代如何"拿来"——鲁迅的思想与文学论集》,复旦大学出版社 2009 年版,第 53 页。
② 参见张洁宇《鲁迅作品中的"路"——意象分析之一》,载《鲁迅研究月刊》2004 年第 4 期,第 25-26 页。
③ 鲁迅:《北京通信》,见《鲁迅全集》(第 3 卷),人民文学出版社 2005 年版,第 54 页。
④ 杨义:《鲁迅作品综论》,人民出版社 1998 年版,第 369 页。
⑤ 参见朱崇科《张力的狂欢——论鲁迅及其来者之故事新编小说中的主体介入》,上海三联书店 2006 年版。

"纸上谈兵"的预演罢了。所以,小说中的庄子难免就从一个居高临下、扬扬得意的指路者变成了狼狈不堪、夺路而逃的寻路者。

2.《伤逝》:艰难的新生之路

《伤逝》呈现了鲁迅对自身生存体验的提炼与抽离,如人所论,"鲁迅借《伤逝》文本所要昭示的主要意蕴或许不是人生虚无与存在荒诞,但他在塑造涓生和子君的形象时,却分明注入了自身对个体生命的体验,而且由于鲁迅把生命个体作为一种独立的真实存在加以思考,因此,用真实去换来的虚空存在的体验便带有形而上的性质"①。但同时可以肯定的是,鲁迅在《伤逝》中恰恰采用了倒序的方式书写其前瞻模式。

耐人寻味的是,小说中类似"新的生路"的字眼出现了十余次,这或许不是偶然。在笔者看来,对新生之路的探究最少包含两种倾向:①如何突破黑暗、封锁,肩起黑暗的闸门;②娜拉走后会怎样。

从第一个层面上说,子君和涓生算是一个先行者,在姿态上相当成功,但一旦面对现实,却接连碰壁,可见爱遇到现实后还得不断调适。除了社会的悲剧外,他们同样必须面对鲁迅所揭示的"灵魂的悲剧"——为了爱"离家出走"后却发现彼此无力承担爱。② 所谓"新的生路"的不断重复倒更像是自我安慰与激励。

从第二个层面上说,可以看出鲁迅的深刻性和复杂性。他将笔触伸向了新生内部的权力运行和压迫机制,新生之路更强调的是孤立个体的可能新生或独自逃亡,而非男女共同经营的新生:其间既可反映出涓生的真实/务实,又可呈现出其自私性。而对于高姿态的子君,她只有"灰白的长路"(第240页,就是死路)。从这些层面来看,鲁迅不仅看到了浪漫爱情对抗残酷现实的挫败,而且也看到了性别差异中的权力运作。

从上面两篇小说可以看出,鲁迅作为一个倒退着前进的先锋,对事态的发展往往有着貌似退守的惊人穿透力。这也可以解释为何五四运动陷入低潮后,友人们或离开,或堕落,或死亡,或高升时,鲁迅仍然可以坚定地"荷戟独彷徨",也可以持续走反抗绝望之路。

(二)平铺格式:冷静中的累积

所谓平铺格式,是指鲁迅在小说里进行路的话语形构中所采用的一种直

---

① 隋清娥:《鲁迅小说意象主题论》,齐鲁书社2007年版,第81页。
② 参见钱雯《小说文化学理论与实践》,安徽教育出版社2008年版,第201页。

接叙述的方式。恰恰是借此模式,我们可以发现其叙事貌似平静中所压抑的悲愤和无奈。

1. 《药》:累积悲愤

在其名作《药》中,鲁迅采用了顺序的叙事方式。老栓为其子买药时走路是专心的,透过其眼睛,我们可以窥探此路上发生的诸种荒谬、冷漠、罪恶与可怜。

令人同情的是,无论老栓如何努力,小栓还是踏上了不归路,尽管他也曾借助了偏方——人血馒头。更令人震惊的是,人血馒头的药引子却是革命者夏瑜。但他们死后又是被区别对待的,甚至因此也连累了彼此的母亲。夏妈妈为此既伤心,又惭愧,虽然华大妈"跨过小路"企图开导夏妈妈,但双方之间的隔阂却难以彻底消除。借此,鲁迅指出了相关革命的不彻底性以及可悲可怜的特性。

同样值得关注的还有《孤独者》。在这篇文章中,鲁迅也以平铺直叙的方式叙述了魏连殳的孤独、无奈、堕落与死亡。他的死亡历程当然同时也会引起更多的反省、唏嘘和可能的反抗。尽管启蒙者和思想者也有其自身的缺憾,但他们和被启蒙者之间的隔阂却令人心惊。"在鲁迅的小说中,'思想者'往往承担的是不能改变现实的孤独与痛苦,'思想反动者'往往承受无法改变的精神深处的自嘲和自我奚落,'不思想者'往往担荷着人类的物质方面的大苦大难和精神方面的灾难与祸患。"①

2. 《出关》:悲喜剧

在平铺模式的观照下,《出关》的风格似乎不那么平淡。实际上,如前所述,鲁迅对老子的态度是既同情又调侃的。对于其厚道、迂腐之处,鲁迅在嘲讽之余反倒更多地呈现出"慈祥"的基调,所以整体看来,可谓悲喜皆非却又悲喜交加。他既借老子写出对孔子的鄙夷,同时又允许关尹喜作弄和"剥削"老子,但最终鲁迅通过老子出关过程中的诸多挫折来折射出他对老子思想的批判和自我清理。

当然,使用类似叙事手法的还有《采薇》。鲁迅在这篇小说中非常复杂地对路进行了探讨:他既写伯夷、叔齐两位老人家行路的艰难,又不断安排了"岔路"来磨炼他们,直到他们死去。当然,鲁迅对儒家的看法是比较复杂的,既有对他们"知其不可为而为之"精神的肯定,但也对他们宣扬

---

① 王飞:《论鲁迅小说的"寻路情结"》,载《文教资料》2007年6月号中旬刊,第73页。

道义中的虚妄加以解析。在这篇小说的平铺中,"鲁迅在对王道'毫无根据'的虚妄性与'破绽'予以揭示的同时,也沉痛地指出了伯夷、叔齐之类'叩马而谏'的所谓高节之士陷于虚妄而不自知的悲剧"[①]。但同时,鲁迅在书写二老的赴死之路时充满了狂欢的笔触,颇有一种屋漏偏逢连夜雨的无奈,从而使得该文本呈现出悲喜剧的色彩。

(三) 回望模式:比照的深邃与苍凉

所谓回望模式,是指鲁迅在小说中对路的话语进行形构和叙事时,借助一种"出走—回归—走出"模式重新思考新/旧、过去/未来等的方式。从某种意义上说,《伤逝》也带有回望模式的痕迹,而一旦回到正文中来,我们不难发现,它更属于前述的前瞻模式。回望模式中,最具代表性的当属《故乡》。

1. 怀旧的现代性与比照的苍凉

回望模式往往可以借助出走者不同的历史记忆与身份认知差异进行比照,从而可以看出其间的参差、高下和苍凉,这一点在《故乡》中尤其明显。而其中"走路"的说法貌似轻描淡写,细审之下却又意味深长。

"走路的人"(第50页)出现在回忆中的美好时期,也即少年闰土时期。那时的乡下颇有桃花源的氛围,在沙地看瓜提防的更多的是动物,如獾猪、刺猬等,而非口渴摘瓜的人,其间的朴素美好与现实的尔虞我诈(如贪便宜的杨二嫂)的比照可谓一目了然。

"知道我在走我的路"(第56页)恰恰是一个现实的说明,作者借此生发出更多感慨,现实逼迫中年闰土近乎无路可走。世事无常,令人慨叹。同时,若更进一步,回望模式亦可彰显出一种"怀旧的现代性"[②],借此可以表现出对既有现代性的一种深切反思。

2. 否定之否定:路的高度

借助回望模式,鲁迅呈现的不仅是现实与历史、过去与未来的比照,更进一步,也是对自我的批判和盲目乐观的警醒。如前所述,《故乡》结尾对

---

① 符杰祥、郝怀杰:《"不得其路"的困结与"殉道"悲剧——从"道""路"分裂的角度看鲁迅对中国士人文化的现代思索》,载《山东师范大学学报》(人文社会科学版)2007年第3期,第104页。

② 参见周宪主编《文化现代性与美学问题》,中国人民大学出版社2005年版,第47页。

路的抒发与升华更可能保留了其悲观色彩，从此意义上思考，更可能是一种新的高度的产生。正是在《故乡》中，鲁迅深邃地探明了在启蒙者和被启蒙者之间关系的可能平视，他对前者的知识优越感与道德的主观高度进行了不留情面的批驳。恰恰借此，鲁迅实现了对"路"的高度的重新测量与界定——它不是一种抽象的、乐观的形而上，亦非过分坐实的物实体，而是一种既在又不在、既抽象又具体的存在。如王乾坤所言，"'路'的比喻要破的恰恰是目标式理想与希望，而将其置于行之过程……路就是一切，'绝望'在其中，'得救'也在其中；慰藉在其中，自然，勇气之源亦在其中"①。

不难看出，鲁迅通过叙事之路实现了他对路的话语形构的丰富性操作，至此，"路"的话语痕迹、意义指向和叙事套路才水乳交融地结合在一起了。

结语：鲁迅在小说中对"路"的话语形构是别具匠心的，他既对"路"的用法了然于胸，又对"路"的升华和提炼别出心裁，而恰恰是通过寻路、堵路指出了反抗绝望过程中的后果——无路。当然，这种寻路行为本身也可以理解为一种辩证的有路的实践，而鲁迅通过对应的叙事套路完成了对"路"的精心形构。

---

① 王乾坤：《鲁迅的生命哲学》，人民文学出版社1999年版，第208-209页。

第二章 人生/实践

第一节 鲁迅小说中的儿童话语

从第一篇小说《怀旧》到最后的《故事新编》，鲁迅自始至终对儿童怀有一种持久的关注：或者是叙述人（narrator）的角色试验，或者成为小说勾画的标的（target），或者是以童心、童真打量与重构世界。鲁迅在小说中为儿童预留了广阔的空间。

在《头发的故事》中，鲁迅曾经让主人公 N 说道："我要借了阿尔志跋绥夫的话问你们：你们将黄金时代的出现豫约给这些人们的子孙了，但有什么给这些人们自己呢？"（第 39 页）这段话显然指向了人们对当下可能性追求的忽视，这也可能是鲁迅所批判的逃避现实、得过且过的国民劣根性的表征。耐人寻味的是，鲁迅在批判他人和剖析自己之间可能存在着一种张力，这似乎也不仅仅是谁比谁批判更甚的话题。所以，值得关心的是，鲁迅在小说中又是如何看待"子孙"——儿童的呢？

前人对此研究可谓甚众，但归纳起来大致可分为以下几个层面：①考察其作品和儿童教育的关系，如《从鲁迅作品看鲁迅的儿童教育思想》[①]《论鲁迅儿童教育思想及其当代意义》[②] 等；②考察鲁迅等的儿童（文学）观，如《〈社戏〉与鲁迅早期儿童观》[③]《鲁迅的儿童观和他的童话翻译》[④]《鲁迅周作人早期儿童文学观之比较——兼论中国现代儿童文学发展的鲁迅方

[①] 张小萍：《从鲁迅作品看鲁迅的儿童教育思想》，载《江西教育科研》2005 年第 5 期。
[②] 黄红春：《论鲁迅儿童教育思想及其当代意义》，载《南昌大学学报》（人文社会科学版）2005 年第 5 期。
[③] 张家松：《〈社戏〉与鲁迅早期儿童观》，载《广西教育学院学报》1996 年第 1 期。
[④] 刘少勤：《鲁迅的儿童观和他的童话翻译》，载《福建师范大学学报》（哲学社会科学版）2005 年第 3 期。

向》①《论鲁迅的儿童观》②《论鲁迅的儿童题材文学创作》③ 等；③鲁迅创作的童年视角及其意义，如《从叙事学角度分析鲁迅和汪曾祺的童年视角小说创作》④《鲁迅创作中儿童问题的叙述研究》⑤《童真、童趣和童年视角——论鲁迅笔下的儿童形象对当代儿童文学创作的启示》⑥《先驱者的童年视角和启蒙呐喊——试论鲁迅笔下的儿童形象及其审美意义》⑦《隐藏在温情背后——〈社戏〉与"救救孩子"》⑧《讴歌与拯救——周作人与鲁迅笔下的儿童》⑨；等等。

上述种种论述无疑开人眼界，但从整体上看，它们对鲁迅小说中的儿童书写还是有简单化的倾向：或者未能看到儿童书写的复杂层面和内涵；或者孤立看待其作品，未能顾及此种书写背后的鲁迅思想的认知转向；或者更多着眼于儿童教育的务实视角，未曾体验到不同叙事操作的细微差异。这使鲁迅小说中的儿童书写研究仍然留下了不少开掘空间。

笔者将鲁迅小说中的儿童关切命名为儿童话语，这自然不是为了哗众取宠，而是因为其中富含复杂的意义张力。这里的话语不仅是一种言语、口吻，同时也是叙述人、被描写对象，甚至是一种模拟书写。对应的，在本节中，这实际上包含了三重意思：①书写儿童，以儿童作为书写内容/对象；②儿童视角，叙事策略之一；③童真叙述，模拟儿童叙述情境。同时，我们也要考察话语的演变与发展。所以，不容忽略的是，儿童话语背后也可能标志着鲁迅相关思想认知的转化。

---

① 蒋风、韩进：《鲁迅周作人早期儿童文学观之比较——兼论中国现代儿童文学发展的鲁迅方向》，载《鲁迅研究月刊》1994年第2期。
② 朱晶：《论鲁迅的儿童观》，载《娄底师专学报》2000年第1期。
③ 胡德才：《论鲁迅的儿童题材文学创作》，载《湖北三峡学院学报》1999年第6期。
④ 魏新刚：《从叙事学角度分析鲁迅和汪曾祺的童年视角小说创作》，载《山东社会科学》2005年第4期。
⑤ 刘志东：《鲁迅创作中儿童问题的叙述研究》，载《鲁迅研究月刊》1999年第2期。
⑥ 张万仪：《童真、童趣和童年视角——论鲁迅笔下的儿童形象对当代儿童文学创作的启示》，载《当代文坛》2000年第5期。
⑦ 张万仪：《先驱者的童年视角和启蒙呐喊——试论鲁迅笔下的儿童形象及其审美意义》，载《西南民族学院学报》（哲学社会科学版）2001年第8期。
⑧ 陈争妍：《隐藏在温情背后——〈社戏〉与"救救孩子"》，载《宜宾学院学报》2005年第9期。
⑨ 陈文颖：《讴歌与拯救——周作人与鲁迅笔下的儿童》，载《新疆师范大学学报》（哲学社会科学版）2003年第4期。

一、书写儿童：在单纯与复杂之间

儿童话语在鲁迅小说中首先体现为对儿童的切实关注和书写。在《呐喊·自序》中，鲁迅写道："至于自己，却也并不愿将自以为苦的寂寞，再来传染给也如我那年青时候似的正做着好梦的青年。"（第5页）无论对青年，还是对儿童，鲁迅还是有一种别样的期待。他也曾经指出童年和将来以及国家的关系，"童年的情形，便是将来的命运"[①]，或者，"看十来岁的孩子，便可以逆料二十年后中国的情形"[②]。

但如果考察鲁迅儿童书写的深度，大致也可分为两层，即平面的单向度和复杂的单纯。毋庸讳言，鲁迅并没有有意将自己的思想深度强加给文本中的儿童形象。所以，大致而言，他们大多是单纯的。但是，由于他们所处的世界并非真空，而是活生生、同样充斥着劣根性和时弊飞舞的社会，因此或多或少，他们的单纯有时候往往又显得复杂。

（一）平面的单向度

在更多时候，儿童在鲁迅小说中往往呈现出相对平面的单向度面貌。如《明天》中的宝儿作为单四嫂子的希望，一直是被动的书写对象；《端午节》中方玄绰的儿子上学要钱以及小厮被打发去赊欠购物，其中的儿童都一闪而过；《白光》中的学童自然也是单向度的，他们甚至瞧不起名落孙山的先生；《祝福》中的阿毛同样也是祥林嫂的希望所在，不过，也是面貌模糊的符号；《在酒楼上》中的吕纬甫帮小兄弟迁坟，而小兄弟自始至终也只是限于文字；《幸福的家庭》中的小女儿自然是可爱的，但也是主人公必须面对和解决的现实之一；《肥皂》中的秀儿帮妈妈干活，而儿子学程则受伪道学四铭的气。不管怎样，他们的面目都是模糊的。《示众》中的胖孩子不仅仅是个小贩，也是个看客和被侮辱的对象；《弟兄》中的孩子也是反面对象，因为他们说诳话；《补天》中的小东西在诞生初期，是多么讨人喜爱，虽然它们发出的声音多数是无意义的"Nga"；而《理水》中的孩子们则可爱坦率，勇于讲真话，"万岁爷的宝贝"在他们眼里不过是奇异的、可欣赏的动物。

不难看出，鲁迅小说中的儿童在这一层面上呈现出更多的"自然"的特征——简单或者是天性的一面。尽管有些时候他们也难免被社会同化，但大抵说来，仍是相对简单的、单纯的，呈现为一种本色面目。

[①] 鲁迅：《上海的儿童》，见《鲁迅全集》（第4卷），人民文学出版社2005年版，第581页。
[②] 鲁迅：《随感录二十五》，见《鲁迅全集》（第1卷），人民文学出版社2005年版，第311页。

（二）复杂的单纯

在 1927 年"四·一五"反革命政变大屠杀中，鲁迅痛心于青年的蜕变和反复，"我的一种妄想破灭了。我至今为止，时时有一种乐观，以为压迫，杀戮青年的，大概是老人。这种老人渐渐死去，中国总可比较地有生气。现在我知道不然了，杀戮青年的，似乎倒大概是青年，而且对于别个的不能再造的生命和青春，更无顾惜"①。同样，鲁迅在书写儿童时，其实也没有忘记刻画其单纯中可能复杂的另一面。

在中国现代小说的开山之作《狂人日记》中，鲁迅对儿童的书写就呈现出一种复杂的单纯，乃至吊诡。作为狂人的"我"，一开始就看到孩子们"脸色也都铁青"和诸种议论，再联系到死去的可能被吃（包括被"我"吃）的妹子，小说在篇末的呐喊"救救孩子"就颇引人生疑。而实际上，这应当是一种绝望的呐喊，"在作品的内在逻辑中无法看到救救孩子的现实可能性"②。所以，小说中孩子一面吃人，一面也（可能）被吃。

《孤独者》中的孩子命名为大良、二良（其实慢慢都不良了）有其天真的一面，但同时也是世态炎凉的风向标。在魏连殳落魄的时候，他们不吃他的东西；而在魏连殳社会地位变高的时候，他们却甘于被戏弄、趋炎附势。而文中被过继的孩子背后却也包含不纯目的，觊觎魏家的遗产（老家的房子）。甚至，有个很小的刚会走路的孩子对着魏连殳学会说"杀"，恶性得以彰显。

《故乡》中的少年闰土和"我"自然呈现出一种天性的和谐、自然与游戏玩伴互补关系，王富仁教授甚至以之为传统道家天人合一、和谐美满的关系。③ 同样，宏儿和水生之间也是一种类似融洽的关系。问题在于，成人世界或现实社会中的游戏规则、伦理道德始终如影相随，不仅"我"和成年闰土无法沟通、叙旧，而且闰土教导水生说，"水生，给老爷磕头"（第 54 页），儿童的世界也因此被感染。鲁迅正是通过这二重世界的差异来反思希望和社会改革之路。

同样值得注意的是，《长明灯》中儿童的书写耐人寻味：一方面，他们是（准）看客；另一方面，他们也是帮凶。在末尾的儿歌中，熄灭长明灯的思想被编排成一种不能实现的"游戏"。当然，小说中也同样表现出类似《孤独

---

① 鲁迅：《而已集·答有恒先生》，见《鲁迅全集》（第 3 卷），人民文学出版社 2005 年版，第 473 页。
② [美] 林毓生著：《关于知识分子鲁迅的思考》，王华之译，见乐黛云主编《当代英语世界鲁迅研究》，江西人民出版社 1993 年版，第 216 页。
③ 参见王富仁《鲁迅与中国文化（四）》，载《鲁迅研究月刊》2001 年第 5 期，第 15 页。

者》中的子嗣过继考量，力图以此伦理秩序转移、限制主人公的革命精神和意图，而儿童在此间也被借用作工具。

《风波》中的小女孩六斤同样也值得关注。在小说开头，她是一个心直口快、坦率的女孩（如骂曾祖母"老不死"的，第41页）；小说中间剪辫风波发生时，在成人的讨论中，她却成为借以掩饰和解除尴尬的牺牲品；而到了小说最后，更是呈现出一种复杂的吊诡：当大人们不需要将剪掉的辫子用假辫子衔接、还原时，六斤却不得不面对继续被裹小脚的命运，其中的悖论和反动值得深思。

综上所述，鲁迅笔下的儿童书写显然是简单又复杂的，简单/单纯会让人看到希望，但同时环境的熏染又让人看到改革社会的必要性。他们的身心或者是俱被熏染，或者是部分感染，或者是纯洁无瑕。但无论怎样，他们同样也是和改造国民性密切相关的，而且由于其代表未来，因此更值得关注。有论者指出，"鲁迅没有在小说中写出一个具体的儿童典型形象，但那些简单的、象征的儿童因为被鲁迅置于那样一个吃人的社会，而显出耐人寻味的思想文化、意义，那就是呼唤人们拯救儿童，进而拯救整个民族，彻底改造中国的国民性"[①]。

二、儿童视角：在介入与旁观之间

儿童话语当然也可以包含儿童视角，即小说的叙事角度从儿童眼光、立场出发，这方面的小说主要有《怀旧》《孔乙己》《社戏》等。

（一）《怀旧》："主观"的鲜活

《怀旧》虽然表面上用文言文写作，但它可被视为从古典小说或者散文到现代短篇的过渡形式，因为它的内里更多是现代的，所以普实克称之为中国现代小说的先驱。[②] 这篇小说既讲述了童年经历的故事（听秃先生讲书、听人讲故事），同时也和盘托出这个故事如何被记忆或者讲述（比如做梦等）。耐人寻味的是，作者采用了一个幼时读私塾的"予"作为叙事者，讲述童年要跟秃先生学属对、《论语》等，同时又讲述了秃先生和邻居耀宗先生对"长毛"传言的对策以及结果（是难民而非长毛）等，中间还穿插了王翁讲授长

[①] 陈文颖：《讴歌与拯救——周作人与鲁迅笔下的儿童》，载《新疆师范大学学报》（哲学社会科学版）2003年第4期，第182页。

[②] Jaroslav Průšek. The Lyrical and the Epic: Studies of Modern Chinese Literature. Indiana University Press, 1980, pp. 102-109.

毛的故事——杀人的凶恶和被村人追赶等。

引人注目的是，此文本因儿童视角的切入产生了冲突性场景和喜剧的效果，而这个视角也将活力与童趣灌注其中，"鲁迅成功地把一篇古典文章的枯燥形式转化为一个相当主观的故事"①。比如，为了逃避秃先生的功课，彰显出儿童过分侥幸（乃至有点恶毒）又可爱的心理，讲述了为了逃课，自己或先生有病也可，（自己）"设清晨能得小恙，映午而愈者，可借此作半日休息亦佳；否则，秃先生病耳，死尤善。弗病弗死，吾明日又上学读《论语》矣"②。

而且，借此视角"予"也为自己"读不半卷，篇页便大零落"找借口，因为近视的秃先生更值得谴责，他读书时嘴唇几乎贴在书上，"咻咻然之鼻息，日吹拂是，纸能弗破烂，字能弗漫漶耶"。甚至，他也不分好歹地将众人惊恐的长毛视为好人，因为"余思长毛来而秃先生去，长毛盖好人"③。

无疑，此种手法既凸显了儿童纯真、好奇、欢快的认知视野，又逐步反讽和消解了枯燥的古典世界，批判了摧残儿童身心的封建教育制度④以及用古文书写小说的陈旧俗套的叙事方式。有人对《怀旧》的写法做了较高的评价，如"用笔之活可作金针度人""写得活现真绘声绘影""状物入细"等，总评是"实处可致力，空处不能致力，然初步不误，灵机人所固有，非难事也。曾见青年才解握管，便讲词章，卒致满纸饾饤，无有是处，亟宜以此等文字药之"⑤。

不难看出，儿童视角的采用使得《怀旧》活力四射，不仅激活了整篇小说，而且也让鲁迅超越了当时小说的诸多弊病，呈现出一种现代的因素来。

（二）《孔乙己》：见证的残酷

作为鲁迅小说结构最精致的文本之一，《孔乙己》的叙事视角恰恰也是儿童视角。对孔乙己这个悲剧人物覆灭过程的书写，同样显示了叙述者旁观和介入的双重融合，我们可以称之为"见证的残酷"。

---

① 李欧梵：《鲁迅的小说——现代性技巧》，傅礼军译，见乐黛云主编《当代英语世界鲁迅研究》，江西人民出版社1993年版，第32页。
② 鲁迅：《怀旧》，见《鲁迅全集》（第7卷），人民文学出版社2005年版，第226页。
③ 鲁迅：《怀旧》，见《鲁迅全集》（第7卷），人民文学出版社2005年版，第231页。
④ 参见王鸿儒《谈〈怀旧〉的主题》，见鲁迅研究学会、《鲁迅研究》编辑部编《鲁迅研究》（第9辑），中国社会科学出版社1985年版，第306－314页。
⑤ 参见焦木《〈怀旧〉的点评与附志》，见中国社会科学院文学研究所鲁迅研究室编《1913—1983鲁迅研究学术论著资料汇编》（第1卷），中国文联出版公司1985年版，第3－4页。

一方面，当身为咸亨酒店温酒小伙计的"我"作为旁观者的时候，也和掌柜以及其他酒客一样成为看客。在他们的揶揄、嘲讽和捉弄中，受科举制度毒害颇深的孔乙己往往只能退守到附着在他头脑里的"之乎者也"的虚幻世界中去，而读书未获功名始终成为他的心中之痛。所以，孔乙己不仅被小伙计看不起，而且连得势的同行——丁举人也可以打断他这个低级同类的腿。

另一方面则来自"我"的介入。例如，孔乙己很善良地教"我"写字，哪怕是"我"懒懒的回答也让他兴奋莫名，而且在极度热心中进一步凸显他的迂腐。而在和邻舍孩子的戏耍中，既显示了孔乙己可爱纯真的一面，同样又令人心酸地映衬出那个原来可以给予他功名利禄的古典世界的深刻影响。第二次的见面中，"我"则没有发言。到了文末一句"我到现在终于没有见——大约孔乙己的确死了"（第15页），这一判断既能让我们推断孔乙己的悲惨结局，却也显示了儿童视角中世界和人心的冷酷。

（三）《社戏》：对比的怀旧

谭桂林教授指出，不少作家"认定童年回忆与乡土之思作为自我精神避难的风雨茅庐，作为自我人格整合的救赎方式"①。童年怀旧显然具有相当复杂的功用。

《社戏》采用的是成人回望"封套"+儿童视角的复杂混合结构。小说一开始缕述自己两次看中国戏的不适经历，类似于旁观者；而后才渐渐进入十一二岁时，从鲁镇到赵庄看戏时的童年视角；然后恍然进入故事。儿时看社戏的经历与其说是戏好看，不如说是看戏的过程更好玩。

首先是鲁镇诸多小朋友参与戏耍的惬意和融合；其次是看戏的一波三折令人感叹：一开始因无大船而不快，接着借到大船自己划着去看戏，最后归来途中肚饥偷罗汉豆吃。不管哪个阶段，活脱脱都是一个自由、欢快、和谐的美好世界和刺激的经历。这种书写，当然也可能体现了鲁迅对"培养自然人"、给予儿童平等位置等的追求与思考。②

这里用儿童视角叙述儿时的愉悦是相当放松与自然的，和小说开头、结尾所涉及的现实世界差距很远。这当然是一种怀旧，更多是回归意义上的，尽管其中也有一丝反思意味，但对比式的怀旧却是不证自明的。或许我们可

---

① 需要指出的是，论者谭桂林主要是从童年母题文学视角来论述的。引文参见冯光廉、刘增人、谭桂林主编《多维视野中的鲁迅》，山东教育出版社2001年版，第282页。

② 参见张家松《〈社戏〉与鲁迅早期儿童观》，载《广西教育学院学报》1996年第1期，第108-110页。

以认为，鲁迅企图借回归故乡或者童年的诗性力量来获得一种新的改造社会的动力，① 从而实现他所主张的"立人"思想。

三、童真叙事：模拟的平淡与简单

有论者指出，在鲁迅某些并非很成功的小说中，他在将其思想和情感转变为具有创新意义的艺术方面，并非尽善尽美。例如写于 1922 年的《端午节》《兔和猫》《鸭的喜剧》和《社戏》等，构成了鲁迅小说中最缺乏灵感和激情的一部分，它们也许应该属于另一种类型作品的汇编。②

上述批评有一定的道理，尤其是我们如果从鲁迅小说叙事中形式更新的幅度和意义营构的张力角度看，上述几篇小说似乎是缺乏激情与灵感的。但问题在于，论者可能没有注意到两点：一是鲁迅小说形式的跨文体性。比如散文、小说的互跨，如《一件小事》完全可以视为一篇叙事散文，当然，更为明显的是《故事新编》中的大力尝试。③ 二是上述几篇小说中，鲁迅利用儿童话语让其呈现和激情四射的文本（如《狂人日记》等）迥然不同的特质——平淡与简单。这种操作也就是童真叙事。

所谓童真叙事，并非指小说叙述童真等，倘如此，之前的小说叙述似乎都可纳入此类。实际上，这里所说的童真叙事是指模拟儿童视角所进行的叙事尝试，它呈现出独到的童真与童话意味，但个中主角往往不是儿童，主要代表作有《兔和猫》《鸭的喜剧》。而只言片语类型的，比如《伤逝》中形容子君有"孩子气的眼睛"（第 238 页），只是一笔带过。

《兔和猫》的故事情节很简单，讲三太太买了一对白兔给孩子们看，它们很可爱，也很受欢迎。不久，母兔怀孕了，但生下来的其中两只小兔却遭了黑猫之爪；后来三太太人工强制母兔一一喂幸存的小兔，以使七只全部存活。鲁迅借此说明造物可责备之处——造得太滥，毁得太滥。

在这篇"童话式的小说"④ 中，作者显然极具童心，虽然没有采用儿童视角，却模拟出一个充满童趣和爱心的世界。可爱的事物（白兔）为人们（尤其是孩子们）带来许多欢乐，很多时候却难逃造物主生命链条的约定，

---

① 参见［法］加斯东·巴什拉著《梦想的诗学》，刘自强译，生活·读书·新知三联书店 1996 年版，第 171 页。

② 参见李欧梵著《鲁迅创作中的传统与现代性》，陈跃红译，见乐黛云主编《当代英语世界鲁迅研究》，江西人民出版社 1993 年版，第 85 页。

③ 参见朱崇科《张力的狂欢——论鲁迅及其来者之故事新编小说中的主体介入》，上海三联书店 2006 年版。

④ 胡德才：《〈兔和猫〉在鲁迅创作中的意义》，载《鲁迅研究月刊》2004 年第 2 期，第 41 页。

所谓物竞天择、适者生存，也可解释为生命链条上的动物之间总难逃吃/被吃的厄运或必然。鲁迅却为了保全可爱，而企图破坏这个命定，如结尾处就提及会利用"书箱里的一瓶青酸钾"毒杀刽子手——黑猫。此中不乏鲁迅对残暴和强权的复仇情结。整篇小说由此呈现出鲁迅的天真、简单与平淡取向，尤其是将这种倾向与小说中可爱纯真的孩子们结合起来时会更加明显。

《鸭的喜剧》也呈现出类似的童趣和诗意。这篇小说主要讲述俄国盲诗人爱罗先珂的故事。初来北京的爱罗先珂向"我"苦诉寂寞，热爱音乐的他企图养几只蝌蚪以便听蛙鸣。后来，很有童心的他又买了四只小鸭，结果到荷池戏耍的小鸭吃掉了他之前所养的"虾蟆的儿子"。小鸭褪毛时，他便匆匆赶回俄罗斯了。后来长大的小鸭"鸭鸭"地叫，而他却没有回来。

这篇小说相当忠实地呈现了童心、童趣、童真的感染力。因了爱罗先珂的寂寞，有了对蛙鸣的渴望，可见热爱并置身于自然的确反映出爱罗先珂的童心。而后"虾蟆的儿子"被可爱的小鸭吃掉，他自然是"唉唉"哀伤的。而后他返回故国，人去楼空，而蛙鸣和鸭鸣在人去后却响个不停，呈现了另样的寂寞。鲁迅以寂寞勾连首尾，却以喜剧作为整体基调，创造出一个童真世界来：在得与失中间，真切地浮动着童真与平淡。

值得一提的是，无论是《兔和猫》还是《鸭的喜剧》，鲁迅的语言都少见地呈现了一种朴实、欢快和流畅的风格，尽管它们在情节上往往相当简单，甚至有些单调。这可算是鲁迅童真叙述对其常见小说叙事模式的一次更新——散文化。

四、认知转化：进化论与批判现实间的游移

鲁迅小说中对儿童话语的呈现、表达无疑是多姿多彩的，而他因此投射在儿童身上的意义当然也是多元的。正如话语的建构有其谱系学的可能一样，①儿童话语在鲁迅小说中的形成、发展同样也可彰显鲁迅思想某些层面的转化。

在《朝花夕拾·琐记》中，鲁迅曾经描述少年时《天演论》给自己的震撼："哦！原来世界上竟还有一个赫胥黎坐在书房里那么想，而且想得那

---

① 如福柯就认为应致力于研究与人的其他实践产品的关系，"不是重建某些'推理链'（正像人们经常在科学史或者哲学史中所作的那样），也不是制作'差异表'（像语言学家们那样），而是描述散布的系统。"见［法］米歇尔·福柯著《知识考古学》，谢强、马月译，生活·读书·新知三联书店1998年版，第47页。

么新鲜？一口气读下去，'物竞''天择'也出来了，苏格拉第，柏拉图也出来了，斯多噶也出来了。"① 毋庸讳言，进化论之于鲁迅具有不容忽略的意义——它是鲁迅打开西方文化宝库的钥匙和开始，也是他判断生存价值和给青年们一个相当基础的理性起点。从此意义上讲，鲁迅对青年和儿童始终是充满希望的，尽管他屡屡品味世态炎凉，乃至上当受骗，抑或是遭到来自同一战壕青年们的反戈一击，但他始终拥有战斗的希望、信念。

所以，在鲁迅的小说中，儿童们更多呈现出相对单纯的一面，或者可爱、好奇、无辜，或者纯洁、欢乐、真诚，鲁迅建构了一个相对可爱的儿童世界。这在绝大多数小说中都有所体现，而在童真叙述中无疑更显而易见。

但进化论对于鲁迅来说，也只是开始，并非可以指导人生、包办一切的灵丹妙药。善良天真的鲁迅在屡屡受挫和失望后，当然也有其思想层面的不断调适，尤其是青年之间的互相陷害、杀戮更令愿意扶持青年的鲁迅伤心。但鲁迅仍然对服务青年的挑战充满热诚，"只要能培一朵花，就不妨做做会朽的腐草"②。

所以，更准确地说，如此种种更使鲁迅呈现出一种批判现实主义的清醒。从某种意义上说，《狂人日记》中就体现了鲁迅对拯救儿童可能性的扑灭，至少对待儿童从一开始他也是犹疑的、有所保留的，而非盲目乐观的。所以，儿童同样也可成为（准）看客，甚至是帮凶。他们也表现出帮闲式的无谓的好奇、冷漠，成为国民劣根性的新一代载体。

有些时候，哪怕是简单的层面背后也隐藏了更可怕的传统、伦理和道德吸附力。比如，前述《风波》中的六斤便是一个很典型的个案。而如果我们反思作为希望的儿童，背后的含义也是令人讶异/压抑。《明天》中的宝儿、《祝福》中的阿毛固然可视为希望的象征，但同时我们也要注意到，作为传宗接代的符号，作为让寡妇们可以安身立命的凭借，他们本身其实是杀人的封建伦理道德体系锁链的组成部分。失去他们固然让单四嫂子、祥林嫂失去了生存的尊严、理由和地位，借而更彰显出吃人社会的残酷；但反过来说，他们即使存活，也是类似圈套中的一环。鲁迅对儿童的认知，其深刻度由此可见一斑。

但从进化论到批判现实主义绝非是单向的，在笔者看来，更体现为鲁迅在其中的游移。换言之，不管鲁迅怎样质疑儿童的问题，保持应有的理想批

---

① 鲁迅：《鲁迅全集》（第 2 卷），人民文学出版社 2005 年版，第 306 页。
② 鲁迅：《〈近代世界短篇小说集〉小引》，见《鲁迅全集》（第 4 卷），人民文学出版社 2005 年版，第 134 页。

判和怀疑精神,他对儿童、青年的希望仍然是主要的。这当然一方面反映了鲁迅对同时代人以及社会变革彻底性和进一步改换天地领导能力的怀疑,另一方面也印证了鲁迅对自我的不满及批判。这一切都反过来使他对青年、儿童更抱有引领新社会的希望。如人所论,"鲁迅确实因年青一代的急进、自大、偏狭、口是心非和有些人的机会主义而偶有绝望之想。他允许自己采取一种稳妥态度的做法也触怒了一些较激进的门生。然而,他相信这些青年作家有机会看到他们的奋斗成果"①,甚至他也屡屡号召青年们行动起来,改变这个"无声的中国"。

结语:鲁迅小说中的儿童话语,其呈现自然有其独特的叙事风格,无论是书写儿童、儿童视角,还是童真叙事,都屡屡说明了这一点。而通过考察儿童话语的形构,我们也可看出鲁迅思想认知转化的特征:在进化论与批判现实主义之间游移,但总体上还是热切的,"然而他的胸中燃着少年之火,精神上,他是一个'老孩子'"②。

第二节 鲁迅小说中的青年话语

在《呐喊·自序》中,鲁迅写道:"并不愿将自以为苦的寂寞,再来传染给也如我那年青时候似的正做着好梦的青年。"(第5页)而到了《南腔北调集·〈自选集〉自序》里,鲁迅在解释他抽掉有"重压之感"的作品时提及,"然而这又不似做那《呐喊》时候的故意的隐瞒,因为现在我相信,现在和将来的青年是不会有这样的心境的了"(第409页)。毫无疑问,时间造就了不同时代青年的特质,也印刻了鲁迅对青年的看法的转变,而这在其小说中同样有所体现。

毋庸讳言,青年既是年龄的客观划分,又是精神和心态的主观概括,不同时代对青年的时间切分与形象建构也有所不同。回到时间上来,比如当今学界就把45岁以下的学者定义为青年学者。但在鲁迅的小说中,45岁显然算是偏老的。在通读鲁迅小说之后,笔者认为,鲁迅小说中的青年年龄区间当为16～25岁。

我们知道,在民国初期的中国,20年可以算是一个代际更替周期,或

---

① [美]葛浩文著:《鲁迅与文学保护者的形象》,孟悦译,见乐黛云主编《当代英语世界鲁迅研究》,江西人民出版社1993年版,第407页。

② 茅盾:《鲁迅论》,见《茅盾论中国现代作家作品》,北京大学出版社1980年版,第53页。

许不是偶然，阿Q也无师自通地喊出，"过了二十年又是一个……"，鲁迅后来在回复增田涉的相关提问时帮他补全"一个年轻人"（第403页）。更具体一点，同样是在《阿Q正传》中，摸过小尼姑头的阿Q也曾进行自我反思，原来自己将到而立之年（第69页）却没有女人，显然他已经认为自己变老了或白活了这么久；《祝福》中的祥林嫂初到鲁四老爷家时才二十六七岁，但已不算青年，而其狠心的婆婆也才30多岁（第138－139页）。由此可见，青年的上限在鲁迅小说中大致可定为25岁。而在《肥皂》中，四铭指责学程时曾经指出那几个骂他的年轻学生比学程还小，才十四五岁。因此，我们可把下限定为16岁。

所谓青年话语则更是一种对青年的建构与认定①，而非简单的现象代际划分。有关此论题的研究也不算少。专论者，如陈挚的《铁屋哀音犹鼓钟——简析鲁迅小说中二十多岁青年形象系列的内蕴》[《高等函授学报》（哲学社会科学版）1997年第2期]开人眼界。其他论文，如专论或涉及其中的青年知识分子形象②，也有从更开阔的视角立论，比如深入探讨青年鲁迅的生命世界观结构③，或者是剖析鲁迅的"五四"与《新青年》的"五四"的差异④，大多发人深省。

本节则主要探讨上述界定区间中的青年话语建构，而对区间外的时间推算所涵盖的小说只是略述，借此更准确地探究鲁迅小说中青年话语形构的复杂形态、功能及鲁迅相关的认知转化。相关的主体结构分三部分：被打压的希望、内部分化中的权力话语、堕落的青春与鲁迅的认知转化。

一、被打压的希望

李欧梵曾经如此评价鲁迅与青年的关系："他唯一喜欢的是天真有理想的青年，但最后，他同青年之间也发生问题。所以说他是'青年导师'这句话太简单了……他完全是以一种父亲似的态度去帮助那些年轻人。"⑤但无论如何，我们可以从整体上得出鲁迅把青年人视为希望的总体判断。

---

① 参见吴小英《代际冲突与青年话语的变迁》，载《青年研究》2006年第8期，第2页。
② 参见胡健《从"孔乙己"到"新青年"——鲁迅小说中知识分子意象系列的解读》，载《名作欣赏》2005年第24期；沈学习《简析鲁迅笔下青年知识分子的个性主义》，载《淮南工业学院学报》（社会科学版）2002年第2期；等等。
③ 参见王学谦《青年鲁迅的生命世界观结构及其文化类型分析》，载《中国现代文学研究丛刊》2006年第2期。
④ 参见李怡《鲁迅的"五四"与"新青年"的"五四"》，载《社会科学辑刊》2007年第1期。
⑤ 李欧梵：《中西文学的徊想》，三联书店香港分店1986年版，第175－176页。

（一）希望/理想

鲁迅对青年往往抱有好感，而在他青年时期尤其如此。在小说中，鲁迅连续对青年的优点加以凸显、赞美有加，也细心呵护他们的某些脆弱，歌颂他们的勇敢。

1. 可资纪念的青春

在《幸福的家庭》中，我们往往更加关注的是，写小说的作者在现实与虚构之间的巨大反讽与尴尬，但细读文本有一点不容忽略：小说家写小说的目标读者其实更是青年，"范围就范围，……现在的青年的脑里的大问题是？……大概很不少，或者有许多是恋爱，婚姻，家庭之类罢。……是的，他们确有许多人烦闷着，正在讨论这些事。那么，就来做家庭"（第159页）。小说固然嘲讽了现实与理想的巨大差距，但同时也不难察觉鲁迅对理想主义和新生事物的明贬暗褒，而这本身就是对青春的认同和呵护。

更引人注目的则是《头发的故事》。我们可以将此小说解读为辫子的意识形态史以及剪辫的雷同实践中不同的现代性/封建性指涉，但结合本节论题，我们更要关注的是鲁迅不乏对青春挥洒、献身革命的纪念。"几个少年辛苦奔走了十多年，暗地里一颗弹丸要了他的性命；几个少年一击不中，在监牢里身受一个多月的苦刑；几个少年怀着远志，忽然踪影全无，连尸首也不知那里去了。"（第36页）鲁迅在此处呈现出对青春激情的铭刻，结合他所经历的现实，这也是鲁迅本人革命情怀的独特抒发：他虽然不能像徐锡麟、秋瑾等人那样参与行刺、杀身成仁，但他时时记得他们，也以小说向他们致敬。

2. 勇敢

对青年的礼赞一方面是因为青春的无限美好，另一方面是因为青年是激情四射、勇于尝试和实践的代名词，鲁迅很显然在小说中记载了青年的优良品质。

《伤逝》中的青年恋人子君、涓生勇于冲破社会的、家庭的、习俗的种种羁绊，这本身就是勇敢的标志。尽管他们追求的自由恋爱在面对现实生活的残酷时最后失败了，但某种意义上说，子君强有力的呐喊"我是我自己的，他们谁也没有干涉我的权利"（第225页），不仅喊出了一代人的心声和勇气，同时显出女子在解放中的某些感人的坚定与沉静。

或许更引人思考的小说还有《铸剑》。眉间尺一开始有其作为少年的淘气、优柔,但其在成长的过程中却爆发出惊人的勇敢特质。首先,他从思想上变得坚强起来,勇于承担复仇的大任;其次,在需要献出生命和青剑的时候,他义不容辞、干脆利索,甚至在鼎中和王的头恶斗,最后同归于尽、终成正果。

众所周知,鲁迅早期的核心思想是改造国民性进而实现现代民族国家的强大、兴盛,或者说经由"立人"进而立国。有论者指出,"鲁迅的独异性就在于他以生命自由来构建人的主体性"[1]。在回到其小说中的青年话语时,我们也可以推断说,恰恰是因为青年中蕴含了这种形塑主体性的潜质和美好动力,才让鲁迅视青年为希望所在。

(二)打压/收编

或许正是因为青年往往意味着希望、现代性和新生活的发展趋势,他们往往成为既得利益者、守旧团体以及文化传统、体制打压和收编的对象。

1. 父权文化的打压:《肥皂》

作为鲁迅最优秀的小说之一,《肥皂》中无疑充斥了复杂的权力网络,尤其是在以四铭为重心的男权结构中,父与子,夫与妇,父与女乞丐、女学生等,往往更呈现了传统父权体制社会对个体的压制。

抛开夫妇之间的权力关系,我们不难发现,在四铭、女乞丐(十八九岁)和女学生之间存有一种复杂关系,但整体上说,这其中充满了父权伦理道德的霸权意识——他对女学生的怕、恨多于尊敬,因为她们学的是新知识,超出了他的控制和知识架构;他对女乞丐充满了性欲和意淫,却无法直接诉诸实践,所以,其太太才会得到宠幸。[2]

即使回到其中的父子结构,我们更容易发现,学程同样也是/正是四铭父权欺压的牺牲品。作为一个青年,学程却迫于父亲的淫威,不能健康成长:表面上他被送入现代学堂,但同时四铭却以"庭训"逼迫他在黄昏时打八卦拳,甚至在肥皂事件中,他更是父亲力比多找不到合适出口时迁怒于人的牺牲品,备受打压。

---

[1] 王学谦:《青年鲁迅的生命世界观结构及其文化类型分析》,载《中国现代文学研究丛刊》2006年第2期,第233页。

[2] 参见朱崇科《"肥皂"隐喻的潜行与破解——鲁迅〈肥皂〉精读》,载《名作欣赏》2008年第11期。

2. 文化收编

将新生希望收编，纳入旧有的传统和体制中来，使他们不得不因袭守旧，从而化解危机/灾难，这既是汉民族对外化解强大异族侵略的常用危机公关手段，又是他们对内"瞒和骗"的技艺以及用文化传统对付青年的重要方式。在《孤独者》中，对付特异独行的魏连殳他们就采取此道：将他的一个远房侄子过继给他，不仅束缚他的叛逆和特立，而且又很务实地指向他的房子，一箭双雕。

更为复杂的形态则来自《长明灯》。小说发生的情境吉光屯，一方面，呈现出对青年的不满与打压，"不拘禁忌地坐在茶馆里的不过几个以豁达自居的青年人，但在蛰居人的意中却以为个个都是败家子"（第177页）；另一方面，他们对青年疯子的处置却更多是收编。其中的考量过程是复杂的，比如，为何不能消灭他，如何欺骗，如何过继孩子，让他沉浸在既有的文化伦理中，等等，不一而足。

需要反思的是，文化的代沟有些时候不该如此剑拔弩张，美国文化人类学家玛格丽特·米德（Margaret Mead，1901—1978）在论述美国20世纪60年代的代沟问题时，认为也可实现"代沟的无害化"，"代沟对孤独的老一代是个悲剧，对那些无榜样可循的年轻人来说是可怕的"①。但是，在鲁迅的小说中，鲁迅对青年的强调与褒扬，以及对守旧势力的批判恰恰源自他对更多铁血现实的深刻体验，这似乎不是单纯的代沟问题，而更多的是新与旧对抗的翻天覆地的时代更替问题，似乎更像是米德所言的"前象征文化"与"后象征文化"的对抗性，鲁迅借此更反映出有着两千多年封建文化传统的强大与负隅顽抗。

二、内部分化中的权力话语

毫无疑问，鲁迅对青年们的感受往往深切沉痛。在《三闲集》序言中，他写道："我是在二七年被血吓得目瞪口呆，离开广东的，那些吞吞吐吐，没有胆子直说的话，都载在《而已集》里。但我到了上海，却遇见文豪们的笔尖的围剿了……后来竟被判为主张杀青年的棒喝主义者了。"② 但同时，鲁迅也对青年的内部分化看得很清楚，在1935年6月24日写给曹靖华的信

---

① [美] 米德著：《代沟》，曾胡译，光明日报出版社1988年版，第101页。
② 鲁迅：《鲁迅全集》（第4卷），人民文学出版社2005年版，第4页。

中指出,"其实现在秉政的,就都是昔日所谓革命的青年也"①。我们不妨探究一下青年内部分化中的权力话语操作。

(一) 青年间的虐杀

在青年之间,却令人难堪地存在有意或者无意的虐杀、欺骗。

1. 有意虐杀:《长明灯》

《长明灯》中的疯子无疑是众矢之的,但反对他的人群中也有一些年轻人,而这些年轻人一方面被老一代视为败家子,另一方面他们又是"陈旧秩序的维护者"②。具体而言,他们显然为老一代人看不惯,但同时又是吉光屯的既得利益者。因此,他们处心积虑,"我们倒应该想个法子来除掉他"(第177页)。一方面,他们殚精竭虑,积极思考灭敌之计,比如他们还亲自考察疯子的现状,设法处置;另一方面,他们又联合种种人,比如茶馆的主人灰五婶等。

令人不齿的是,他们还联合了郭老娃们去四爷那里谄媚献计、狼狈为奸,并最终找到闲房,将疯子囚禁起来。不难看出,他们这帮青年此时已经完全堕落成为落后文化的代理人,成为处罚先进与清醒者的马前卒、帮凶,也变成了青年们中间腐化的、"不进化的虫豸"。

2. 无意虐杀:《药》

小说《药》无疑又呈现了青年之间虐杀的另类模式——无意虐杀。肺痨患者华小栓的父亲听信民间偏方,以辛苦赚来的积蓄购买人血馒头来医治小栓,而人血馒头的来源则是革命青年夏瑜的鲜血。最终小栓未曾得救而一命呜呼,夏瑜之前也惨遭杀害。青年之间的无意虐杀由此形成。

当然,鲁迅的更深刻之处在于他的精深隐喻。夏瑜、华小栓的无意虐杀关系正隐喻着青年之间在旧有的文化传统制约下的矛盾冲突和必死归属,同时这也意味着"华夏"内部的分化与断裂。鲁迅让这种无意之间的遭遇充满了偶然性,而非过度精致的有意虐杀,更凸显了可贵的真实性与广泛的代表性。

---

① 鲁迅:《鲁迅全集》(第13卷),人民文学出版社2005年版,第485页。
② 陈挚:《铁屋哀音犹鼓钟——简析鲁迅小说中二十多岁青年形象系列的内蕴》,载《高等函授学报》(哲学社会科学版)1997年第2期,第52页。

（二）性别之间的权力话语

鲁迅小说中也不乏性别权力话语。比如，《祝福》中祥林嫂备受夫权、神权等男权话语的伤害与折磨；《离婚》中也不乏此类书写，爱姑正是因了"小畜生"的遗弃与欺骗而奋起抗争；同样《肥皂》中四铭对女乞丐和太太的意淫与实际泄欲；《高老夫子》中不学无术、无聊堕落的高尔础企图偷看漂亮女生，结果偷鸡不成反蚀一把米，这些都一再凸显出鲁迅对性别话语的关注和操练。

但在青年之间，尤其是在共同奋斗、革命的男女之间，论者往往难以真切地体验到其中权力话语的运行，这当然是以《伤逝》为代表。我们可从以下两个层面进行分析。

1. 男权思想的运行

子君和涓生之间并非是真正平等的，在男权社会的大环境下，其实在反抗的内部也密布了类似的思想。不难看出，子君反抗外界社会的偏见和压力的能力远比涓生好，而一旦回到家庭内部，子君却成为一个被动者。

在身体上，涓生对子君的占有带有男权色彩，"我也渐渐清醒地读遍了她的身体"（第227页），他对她掺杂更多的欲望。而在对彼此思想的了解与对话上，子君是以涓生为中心的，她对他的言辞"竟至于读熟了的一般，能够滔滔背诵"（第226页）。易言之，她对他密切关注，了然于胸。而反过来，他对她却有隔膜。显然，这两点都可以说明家庭内部男权思想的运行。

2. 在纯爱与物质生活之间

从某种意义上说，子君之死更是物质的涓生战胜相对纯粹的子君的必然结局。在二人的生活中，子君往往是把自己排在末位，即使偶尔在生活中，涓生的物质次序排在小狗阿随与小油鸡之间，但背后的动因却仍然是精神的——子君要获得和房东太太面子竞争的胜利。

从表面上看，子君是物质的，她执着于生活琐事、柴米油盐的羁绊，甚至因此日渐消瘦和没有时间更新自我，但实际上这更是她精神和纯爱至上的表征，她想借此给涓生提供一个更好的生活空间与物质条件；甚至当他们在涓生自私或务实的建议下，最终不得不分开各自谋生后，她还将仅有的物质资料全部留给涓生，期望他可以维持更久。简而言之，在对生活的考量上，涓生显然更自私，而子君却相对缺乏对内的自我和个性。

有论者指出："曾勇敢无畏地为自由恋爱冲破封建家庭罗网的子君，最后却又不得不重新陷入曾经冲决过的罗网，并在这老大沉重的罗网中结束了自己年轻的生命。"① 如果深入探究个中原因，男权话语自然会浮出历史地表：子君冲破了封建家庭罗网之后，其实陷入了另外一张大网——涓生身上固有的男权思想、机械启蒙理性与自私主义的大网，她无处遁逃，只能回到曾经反对的家庭中，并悲惨死去。

三、堕落的青春与鲁迅的认知转化

除了作为整体希望、内部分化的权力纠缠所呈现的青年建构以外，鲁迅也继续在小说中创作了更多青年的不同形象，其中就包括严重的堕落。在《这样的战士》一文中，举起投枪的战士却看到"那些头上有各种旗帜，绣出各样好名称：慈善家，学者，文士，长者，青年，雅人，君子……"。显然，此时的青年虽仍然是好名称，但也蕴含了虚伪的可能性。

（一）看客、凶手与国民劣根性

鲁迅的青年话语中还塑造了看客、凶手等文化角色。

1. 看客

从某种意义上说，阿Q的那句无师自通的"过了二十年又是一个……"的口号恰恰是看客文化的标志之一：讲这句话的阿Q更是迎合看客的文化强迫性重复，同时他又将自己的责任寄托于下一代，成为一个旁观者。所以说，他既逃避式地看，又冷漠地被看。

《药》中，在刽子手康大叔到老栓的茶馆耀武扬威的过程中，就有一个"二十多岁"的青年看客。他对同龄人夏瑜劝人造反感到义愤填膺，缺乏起码的自省精神。实际上，他和启蒙者/革命者夏瑜完全属于两个不同的世界：夏瑜临死前还劝说牢头造反，不成后还晓之以民族大义，告知"天下为公"的理念，却遭人毒打，挨打后却又体谅和感受到牢头的可怜；而那个青年看客根本无法理解夏瑜的革命性，只会附和说，"发了疯了"，然后"二十多岁的人也恍然大悟的说"（第22页）。鲁迅这句"恍然大悟"实在是呈现出高度的反讽。

《狂人日记》第八节中也有一个"年纪不过二十左右"的看客。当狂人

---

① 胡健：《从"孔乙己"到"新青年"——鲁迅小说中知识分子意象系列的解读》，载《名作欣赏》2005年第24期，第67页。

和他交谈，并问询吃人的事宜时，他先是否定，之后就含含糊糊、吞吞吐吐；当狂人不断追问，指出真相时，他却蛮不讲理，"总之你不该说，你说便是你错"（第7页）。这个青年其实更是知晓文化吃人本质却情愿自欺欺人的看客，他坚决不允许他人提及真相、戳穿罪恶。

2. 凶手

这一类型的代表作是《奔月》，其中的代表人物是逢蒙。这位"青青年纪"（第284页）的后辈面对前辈师傅却痛下杀手，实在是大逆不道。而且，关键的是，这个青年是鲁迅非常讨厌的老奸巨猾型。他从两方面来伤害师傅羿。

一方面，他通过言语中伤、制造谣言和八卦①对师傅加以诋毁。在文化上，他通过篡改历史，抹杀了羿射九日、射封豕长蛇的伟大功绩，借此欺骗文化水平不高的人，尤其是老太太。羿在打猎时不幸遭遇老婆子，秀才遇到兵的尴尬证明了逢蒙言语中伤的成功。另一方面，逢蒙亲自出马，武力陷害师傅。但他的诡计难以得逞，不仅被羿识穿，而且在羿保存了自己的性命后对之加以调侃；恼羞成怒的逢蒙狠狠地诅咒羿，"你打了丧钟"（第284页）。不难看出，作为堕落青年形象的逢蒙，扮演了凶手角色，使用言语和物质暴力中伤师傅，这也呈现出鲁迅对某些青年的批判精神。

（二）鲁迅青年观的认知转化

鲁迅对青年的认知有一个转化的过程，这在小说中也得以部分呈现。

1. 抛弃机械进化论

从某种意义上说，青年鲁迅对青年的认知更是进化论的，他对生命和现代性的直线演进有着独特的尊崇。当然，他和进化论的关系远比此处一语带过的复杂。② 甚至在《我们现在怎样做父亲》一文中，他的观点也是进化论的，"后起的生命，总比以前的更有意义，更近完全，因此也更有价值，更可宝贵。前者的生命，应该牺牲于他"。

但鲁迅的青年观也在不断成熟，在遇到更多挫折、欺骗、歧视、亵渎之后，他自己也发生了变化。在《呐喊·自序》中，他提及在《新生》刊物运作失败后，他展开了深沉的思考，"他逐渐涤荡了青年式的单纯的理想主

---

① 有关八卦话语的论述，本书第四章第三节中有详细介绍。
② 参见 James Reeve Pusey. *Lu Xun and Evolution*. State University of New York Press, 1998.

义与乐观信念,转化为关于人生、人性与生命的更冷静的思索与追问,其实,对自我局限性的把握成为思维的要点"①。这当然凸显了鲁迅与一般"新青年"的差异,他不冒进,不做主将,而是在面对强大的无物之阵时、在貌似慢半拍中稳扎稳打、入木三分。

同时,鲁迅对青年的认知也在变化。正是因为看到更多青年遭受打压、迫害,而且青年之间的内部分化也导致接连不断的牺牲,某些青年变成了凶手,这使鲁迅甚为震惊。在此基础上,他抛弃了机械进化论。

2. 支持有志青年

对机械进化论的某种深入反思与抛弃,并不意味着鲁迅对青年的遗弃和绝望。恰恰相反,他更理性和热切地支持有志青年的事业,特别是那些思想单纯、努力不懈的青年。

在《热风·随感录四十一》中,他要求青年"都摆脱冷气,只是向上走,不必听自暴自弃者流的话。能做事的做事,能发声的发声。有一分热,发一分光,就令萤火一般,也可以在黑暗里发一点光,不必等候炬火"②。显然,鲁迅更加强调力所能及实践的重要性和务实性。

在小说书写中,青年形象的建构因此也更立体多元、真实可感,而鲁迅对青年的认知也从准一元论转向多元、立体的思考,这当然也与他和所交往的青年分分合合、浮浮沉沉的体验密不可分。《伤逝》中鲁迅对青年男女的恋爱革命书写显然非常热烈却又异常谨慎,《奔月》中对堕落青年的反击俏皮、悲凉又深邃,等等。反过来,上述青年书写往往又关联了繁复的现实性,比如《伤逝》可能是"悼念兄弟之情"(周作人语),《奔月》和对高长虹的现实调侃不无关系。

结语:考查鲁迅小说中青年话语的形构,我们可以发现青年人从整体论述上的理想性凝结以及相关的打压与收编,也可以深入探究青年人内部分化中权力话语的幽微运作——有意无意的虐杀和男权思想的强势,而在此背后,也有更丰富的青年角色建构,如看客与凶手,等等。这当然也反映了鲁迅对青年认知的转化过程,他抛弃了机械进化论,转而更理性地区别对待青年,并大力支持有志青年。需要说明的是,鲁迅往往可以呈现常人难以理解

---

① 李怡:《鲁迅的"五四"与"新青年"的"五四"》,载《社会科学辑刊》2007年第1期,第202页。

② 鲁迅:《鲁迅全集》(第1卷),人民文学出版社2005年版,第341页。

的复杂。有人指出，"对鲁迅的理解，重点不应该是他对权力压制的批判，而是他对生命价值进化的不懈奋斗。而中间物这种不认同恰恰又是他的美德所在"①。这当然是一种过度强调的偏执，鲁迅的包容性、游移性不是人为的名词限定可以涵盖的。

第三节　鲁迅小说中的婚恋话语

刘小枫在《沉重的肉身——现代性伦理的叙事纬语》中曾经提及，现代伦理的叙事有两种："人民伦理的大叙事和自由伦理的个体叙事。"前者"实际让民族、国家、历史目的变得比个人命运更为重要"，后者"由一个个具体的偶在个体的生活事件构成的"。② 这种锐利分法在宽泛的意义上让人耳目一新，而一旦回到具体语境中来，则可能需要重审。例如，在20世纪中国小说的文学场域（literary field）中，真正的"自由伦理的个体叙事"似乎凤毛麟角，尤其是当我们以此来观照"中国现代小说之父"鲁迅的小说文本时，似乎也有可以深究的空间。我们可以反问的是，鲁迅的婚恋小说属于哪种伦理叙事？

更多时候，因为鲁迅自身的丰富复杂性往往让我们某些既有的成见面临尴尬，甚至需要自我修正。坦白说，笔者更想追问的是，我们如何理解鲁迅小说中婚恋话语的悲剧性机制？更详细的问题意识可以归结为：①婚恋话语悲剧性机制的整体倾向和表现形态如何？②婚恋话语悲剧性机制的生成原因何在？

毋庸讳言，考察之前的相关研究，一种倾向是，将对象锁定在一般人认为的鲁迅最经典的婚恋小说《伤逝》上。比如，林丹娅将《伤逝》置于"私奔"模式中重读，不乏新意，甚至也借此揭示出鲁迅在男权场域质疑中的"盲点"。③ 当然，论者也会分析鲁迅相关小说中的女性形象、生

---

① 何浩：《价值的中间物——论鲁迅生存叙事的政治修辞》，北京大学出版社2009年版，第95页。

② 刘小枫：《沉重的肉身——现代性伦理的叙事纬语》，上海人民出版社1999年版，"引子"第7页。

③ 参见林丹娅《"私奔"套中的鲁迅：〈伤逝〉之辨疑》，载《厦门大学学报》（哲学社会科学版）2007年第2期，第54-60页。

存困境、悲剧等。① 除此以外，论者也会立足小说，借此和其他类型文本分析鲁迅的婚恋观、女性观等。②

前人的相关研究往往可以深化和增益我们的认知，但这些研究也有一些不尽如人意处。比如，婚恋小说/话语界定的相对含混/模糊性；未能充分指明其悲剧性的整体倾向与多姿多彩的表现形态；在探究原因时往往语焉不详，或者单纯结合鲁迅个人经历加以揣摩。毫无疑问，这都给笔者的持续推进预留了空间。

所谓话语，学界最著名的论述来自福柯，尤其是在他的《知识考古学》《词与物》等著述中进行的详细和精辟分析。该词意义复杂，也因此争议不断。③ 在本节中，话语的内涵更强调话语/权力的复杂纠葛，也即，"话语并不是个别地编码的，而是通过一种权力意志的介入"④。本节中的婚恋话语是指有关婚恋叙述的生产。在鲁迅小说中，它并非通过一篇的方式表现，比如《伤逝》；它更是一种大范围的点线面结合的"撒播"方式：或者偶然涉及，或者枝节性介入其中，或者集中火力，等等。

话语的生产其中也富含对权力关系的揭露或可能遮蔽。为此，本节主要从两个层面考察鲁迅小说中婚恋话语的悲剧性机制，一是勾勒其主要表现形态，二是探究其生成实践及原因。

一、如何悲剧：婚恋话语的实践形态

通读鲁迅的三部小说集《呐喊》（1923）、《彷徨》（1926）、《故事新编》（1936）和其早期的文言小说《怀旧》，在这 34 篇小说中，涉及婚恋话

---

① 比如郝兰《鲁迅婚恋小说中的三位女性形象分析》[《陕西师范大学学报》（哲学社会科学版）2005 年 7 月专辑，第 403 – 406 页]，吴成年《论鲁迅小说中女性的三种生存困境》（《妇女研究论丛》2001 年第 4 期，第 56 – 61 页），易竹贤、胡慧翼《因袭重负下的女性悲剧——鲁迅小说中三个女性形象的另一种解读》（《鲁迅研究月刊》1999 年第 4 期，第 24 – 28 页），万燕《鲁迅婚恋小说的女性三部曲》（《鲁迅研究月刊》1996 年第 1 期，第 44 – 48 页）等都有所论述。

② 相关论文有：吴敏《试论鲁迅的女性观》，载《华南师范大学学报》（社会科学版）2003 年第 6 期；孔惠惠《从〈伤逝〉看鲁迅的婚恋观》，载《语文教学与研究》2005 年第 29 期；吴俊《爱之衷曲——鲁迅性爱心理分析之一》，载《鲁迅研究月刊》1991 年第 1 期。

③ 参见［澳］J. 丹纳赫、T. 斯奇拉托、J. 韦伯《理解福柯》，刘瑾译，百花文艺出版社 2002 年版，第 35 – 52 页；莫伟民《莫伟民讲福柯》，北京大学出版社 2005 年版，第 195 – 209 页；［法］傅柯著《知识的考掘》，王德威译，麦田出版有限公司 2001 年版；等等。

④ ［美］布莱恩·雷诺著《福柯十讲》，韩泰伦编译，大众文艺出版社 2004 年版，第 92 页。

语的竟有 14 篇。① 而耐人寻味的是，截至与许广平同居以前，鲁迅在青壮年时期都是坚守了"事实独身"的生存状态，再想到鲁迅《新青年》时期的宏文《我之节烈观》《我们现在怎样做父亲》等，不由人不慨叹，现代叙事/文字叙述与现实生活之间的确存在一种迷人的张力，或者说，在鲁迅的家庭伦理经验和叙事之间的确存有一种独特复杂的悖论。②

考察这些小说中的婚恋话语，我们不难发现其中强烈的整体倾向：悲剧性特征。换言之，大多数小说呈现对婚恋的恐惧、厌弃、不信任、挫败感等倾向。我们不妨从以下几个层面进行分析。

（一）惧婚症：离合的悲剧

浏览两千余年的"中国婚姻史"，不难察觉，这是一部混杂了意识形态、风情民俗、政治体制等诸多因素的历史③，但如果就男女之间的关系来看，婚姻史更是一部两性在温馨浪漫之余的斗争史，里面充斥了尔虞我诈、貌合神离等生理与心理的角斗。考察鲁迅的婚恋小说，其中也回荡着悲剧性情调。具体到文本中，又可以再细分。

1. 作为束缚的婚恋

很多时候，婚恋不仅成为革命、博弈的战场，同时也可能成为扼杀革命的温床与手段。在《孤独者》中，魏连殳可谓是一个革命性的特异者，对旧传统充满了强烈的敌视和不合作精神。为了对付这个不合群者/危险分子，其乡人/族人采用了多种手法，其中之一就是过继子嗣（类似的手法也见于《长明灯》对疯子的拉拢）。在这种策略下，婚恋绝对不只是一个个体的事业和人生遭遇，而是一种旧传统、制度、思想用来同化、规训乃至消灭异端的常见伎俩。

同样值得反思的还有《风波》。七斤嫂和七斤的关系更像是利用—依附关系。在"知识就是权力"的模式中，七斤嫂凭借可以经常进城而"见多识广"的七斤的消息灵通而"夫荣妻贵"，成为村人的焦点和敬慕对象。可一旦大难临头或风波将至（比如七斤的剪辫问题），她却表现出"各自飞"的德行，不仅因为自己的问题遭受尴尬借此责打女儿六斤嫁祸于人，而且当

---

① 分别为《药》《风波》《阿Q正传》《端午节》《祝福》《幸福的家庭》《长明灯》《肥皂》《孤独者》《伤逝》《离婚》《奔月》《理水》《铸剑》。

② 参见李永东《生命的缺憾与自慰——论鲁迅的家庭伦理经验与叙事的悖论》，载《海南大学学报》（人文社会科学版）2003年第3期，第310-315页。

③ 参见汪玢玲《中国婚姻史》，上海人民出版社2001年版。

众辱骂七斤"死尸",以"事前诸葛亮"的姿态撇清干系。一旦风波过去,又若无其事,恢复常态。不难看出,上述文本中,婚恋更多是个体事业和发展的羁绊。

2. 背叛、疏离与苟合

个体自身的弱点、感情的飘忽、利益的繁复纠葛、言语难以交流等往往使婚姻内的个体产生疏离,甚至背叛。鲁迅小说中的婚恋话语也呈现了类似的问题。简单而言,《奔月》可以说是英雄迟暮的故事,但也可视为一个背叛的故事。嫦娥独自偷吃仙药升天,隐喻的恰恰是她和羿婚姻内部的背叛——后院失火;而逢蒙的阴险反戈一击(借用谣言和亲自上阵)则预示着友情和诚信的缺失。再如,《伤逝》当然可以有五花八门的诠释,但同样也可以解读为"私奔"实践后的双重背叛:一是背叛了自我/理想,二是背叛了对方和约定(尤其是涓生对子君)。而《幸福的家庭》中则相当隐蔽地指出了窘迫的现实环境对曾经美好(比如妻子的美丽、贤淑)的侵蚀,夫妻间逐步淡漠、疏离。《肥皂》中的夫妻关系更是貌合神离。四铭太太其实对四铭的虚伪、淫荡、假道学洞若观火,也明白他买肥皂的"醉翁之意不在酒",却仍然心甘情愿成为他欲望投射的消费品,男女的龌龊苟合或无奈也因此凸显。

(二)性政治:男权话语

凯特·米利特(Kate Millett)在《性政治》一书中指出了政治的内涵,"一群人用于支配另一群人的权力结构关系和组合"①,同时点明了主要形式是根深蒂固的父权制(patriarchy)——当然,它在不同时空的形态也表现多样。鲁迅小说中婚恋话语也揭示了其中的权力流向与实践。

1. 压抑的"恶"托邦

男权制中对女性的压抑、剥削、操控很多是具体而微的,但有些是更为恐怖的杀人于无形。对女子来说,这样的世界无异于"恶"托邦②。在《祝福》中,祥林嫂在婚恋话语中的角色值得深思:她虽极力抗争或努力满足

---

① [美]凯特·米利特著:《性政治》,宋文伟译,江苏人民出版社2000年版,第32页。
② "恶"托邦(dystopia),不同于反乌托邦(anti-utopia),概念相当复杂。它更多是指扭曲人性、罪恶和堕落的虚拟世界,堕落的原因可能是因为过分技术化、科技化,也可能是因为政治严苛等。具体论述可参见朱崇科《考古文学"南洋"——新马华文文学与本土性》(上海三联书店2008年版)中有关李永平的专节论述。

世俗要求，却在一场集体谋杀中变成了反讽的论证自身悲剧性的最佳注脚。虽然是寡妇，但是男权恶果依然生效，决定活人命运。如周作人所言，"除了礼教代表的士大夫家以外，寡妇并不禁止再嫁，问题是没有她的自由意志，必须由家族决定"①。

而在《阿Q正传》中，"革命"中的阿Q对女人的理想或欲望乌托邦定位，又一次证明了那同样可能是女人的"恶"托邦。流民阿Q无法跳脱旧有婚恋话语模式的主宰和操纵，作为施暴者，他何尝不是这种权力结构的执行者兼牺牲品？不同的是，在想象的胜利中，他可以占有/欺压更弱的女人：对她们肆意品头论足，任意支配。

这两篇小说恰恰是从相对抽象的语境中论证了性政治的结构及其实践，前者是丈夫/夫权不在场的在场，后者则是在想象中完成对女性的权力运作。

2. 细节的男权逻辑

精读鲁迅小说，我们也可发现鲁迅经常通过细节来再现男权逻辑的运作。在《离婚》中，爱姑的反抗失败固然源于其自身的弱点，但另外一面恰恰反衬的是男权势力的强大。七大人巧妙利用了"文化资本"（cultural capital）② 的威慑性将"知识就是权力"揭示得淋漓尽致，而对爱姑的现实反抗（撒泼等）他也有世俗的势力（棍子似的男人打手）防暴，因此爱姑不得不败下阵来。同样，爱姑的反抗有其悖论性，她恰恰是利用父权逻辑维护自己的权益，甚至借此攻击男人，这也注定了她的悲剧性。

《端午节》中软弱无能、拙于实践、奉行"差不多主义"的方玄绰在诸多不合理欺压的情况下不是奋力反抗，而是对太太耍起了大男人主义：或者是极强的表演性的小聪明，或者是威逼利诱，等等，借此来遮掩自己的世俗、混沌和懦弱，同样也是对女人的压迫。这恰恰符合鲁迅的另外一句名言："怯者愤怒，抽刃向更弱者。"不难理解，《理水》中的禹太太也是治水的无私奉献的大禹感情忽略的牺牲品，尽管她以狂欢化的语言辱骂提升了禹的形象。③

---

① 周作人：《鲁迅小说里的人物》，河北教育出版社2002年版，第197页。

② 这一词语来自布尔迪厄（Pierre Bourdieu）。相关解释可参见［法］布尔迪厄著《文化资本与社会炼金术：布尔迪厄访谈录》，包亚明译，上海人民出版社1997年版；［法］布迪厄著《艺术的法则：文学场的生成和结构》，刘晖译，中央编译出版社2001年版。也可参见朱国华《权力的文化逻辑》，上海三联书店2004年版，第172–180页附录里面的关键词解释。

③ 参见朱崇科《张力的狂欢——论鲁迅及其来者之故事新编小说中的主体介入》，上海三联书店2006年版，中编。

(三) 易逝的轻描：作为陪衬的美好/默契

如果把鲁迅小说中的婚恋话语全部视为悲剧性再现，毫无婚姻中的温馨、浪漫、甜蜜等阳光性可言，那么这种结论难免是武断的。事实上，鲁迅对婚恋中的相对积极面也做了轻描和细节性的再现。

《伤逝》中子君与涓生"私奔"初期的时光无疑是浪漫温馨的，虽然里面仍然暗含了身体的权力政治（比如他"读"遍了她的身体）。尽管如此，这种短暂的美好一旦面对现实的考验，则往往显得浮泛和不切实际。《铸剑》中眉间尺父亲的角色更多是作为能工巧匠和复仇的原因出现的，他只是婚恋中父亲角色的常规列席。《奔月》中羿与嫦娥结婚初期的盛大奢华令人唏嘘，昔日的繁盛恰恰反衬也预示了后来的败落和继起的背叛。《药》中华老栓夫妇为华小栓求药、制药和应对外人的默契更加衬托了拯救的无望和悲剧性。《长明灯》中灰五婶对死鬼丈夫的回忆更是自我炫耀，同时她又成为别人调戏和言语猥亵的对象。《祝福》中哪怕是备受欺压和迫害的祥林嫂面对柳妈的质疑，在回忆她与贺老六的婚姻时，居然闪过一丝不易察觉的微笑，但很快就被八卦猜测和死后身体的分配问题折腾得不人不鬼。

不难看出，鲁迅小说中的婚恋话语虽然稍稍触及婚姻中的正常或相对积极的部分特征，但这些光明很快又被更大的黑暗吞没，而悲剧性特征成为压倒性的主流倾向，也显示了现代叙事伦理的艰难。如王德威所言，"在现代中国文学的开端，鲁迅已经敏锐地指出叙述、诠释暴力与创伤的不易"[①]。

二、现实、创伤与再现：成因探寻

在刘小枫看来，小说"存在的唯一理由"，"就是个体偶在的喃喃叙事，就是小说的叙事本身：在没有最高道德法官的生存处境，小说围绕某个个人的生命经历的呢喃与人生悖论中的模糊性和相对性厮守在一起，陪伴和支撑每一个在自己身体上撞见悖论的个人捱过被撕裂的人生伤痛时刻"[②]。从某种意义上说，刘小枫一针见血地点出了小说虚构/再现与个体现实语境/场域的互动关系，那是一种非功利性（未必"感时忧国"）的功利拥抱（抚慰人

---

① 王德威：《历史与怪兽：历史，暴力，叙事》，麦田出版有限公司2004年版，"序论"第6页。

② 刘小枫：《沉重的肉身——现代性伦理的叙事纬语》，上海人民出版社1999年版，第147－148页。

心与精神）。我们也可借此进一步反问，鲁迅小说中悲剧性机制的成因何在？

（一）与现实的互动式再现

单纯强调"文学源于生活、高于生活"的陈词滥调似乎相当偏激，尤其是虚构与现实、反映与被反映、生活真实与艺术真实等之间的张力则愈显复杂，所以这里更强调的是小说叙事与现实互动的复杂关系，而非单纯的对应关系。

研究鲁迅的专家们对鲁迅与许广平的爱恋往往有着相当丰赡的成果，但争议也不少。陈漱渝在他的《爱的凯歌——许广平三篇遗稿读后》中就提及，许广平生前亲口告诉将在银幕上扮演她的于蓝说，二人感情的质变（定情）发生在1925年10月。① 《三人行——鲁迅与许广平、朱安》对鲁迅、许广平的感情进展也用相当诗意的语言确定在1925年10月。② 倪墨炎在《鲁迅与许广平》一书中则提及二人的定情时间为1925年8月，第一次性爱发生在1926年初夏。③ 此说引起激烈争论，如陈漱渝就加以驳斥。后倪墨炎在《关于〈鲁迅与许广平〉的几个问题》中继续加以论证，而且他暗示周海婴曾电告他，许广平对人生经历的事情往往有记录。其中，1925年10月20日初吻，1926年5月某日第一次性爱。④ 无论如何，考虑到二人感情的逐步酝酿和发展，1925年8月到1926年年底对他们的情感世界至关重要。

考察鲁迅在此时间段的小说书写，不难发现，几篇重要的婚恋小说都诞生于此时：《孤独者》写于1925年10月17日，《伤逝》写于1925年10月21日，《离婚》写于1925年11月6日，《铸剑》写于1926年10月，《奔月》写于1926年12月30日。如前所述，这几篇大多可划入"惧婚症"一栏的文本中。尤其值得一提的是《孤独者》《伤逝》《奔月》。我们不妨同时结合《两地书》进行解读。

考察1925年3月至1926年年底的《两地书》，我们不难发现，鲁迅和

---

① 参见陈漱渝《爱的凯歌——许广平三篇遗稿读后》，见宋庆龄基金会、西北大学编《鲁迅研究年刊1990》，中国和平出版社1990年版。
② 参见曾智中《三人行——鲁迅与许广平、朱安》，中国青年出版社1990年版，第219页。
③ 具体可参见倪墨炎、陈九英《鲁迅与许广平》，上海书店出版社2001年版。
④ 参见倪墨炎《关于〈鲁迅与许广平〉的几个问题》，见葛涛编《鲁迅的五大未解之谜——世纪之初的鲁迅论争》，东方出版社2003年版。截至目前，虽然答案未曾真正统一，但倪墨炎的说法似更可取。

许广平的感情经历了三个相对不同的阶段：①1925年3—4月，保持普通师生关系的相对严肃和正经；②1925年4月—1926年8月，逐步进入活泼、调侃、激情四射的热恋期；③1926年9—12月，逐步化归平淡，借点评日常和他人事务来表达深沉思念。当然，这里的划分更多是出于论证需要的权宜之计。①

《孤独者》和《伤逝》恰恰书写于热恋期。在此阶段的恋人往往既对前途充满幻想、自信，同时又疑虑重重。而对于身上背负复杂（母亲、朱安、敌手的攻击等）②的鲁迅来说，尤其如此。在1926年11月28日致许广平的信中，鲁迅写道："我觉得现在HM比我有决断得多，我自到此地以后，仿佛全感空虚，不再有什么意见，而且时有莫名其妙的悲哀。"③在二人的恋爱中，整体而言，许广平的确更坚决。

从此意义上说，《孤独者》呈现出一个革命者/特异者对婚姻礼教束缚的警醒、愤怒和担忧。过继一个儿子，物质上是为了赶走一个忠心耿耿的老女佣获得微薄的房产，而在精神上更是将革命者纳入既存的体制中同化、改造，乃至消灭。这从一种层面上也透射出即将进入婚恋体系的鲁迅的隐蔽的焦虑感。

在1926年12月29日致韦素园的信中，鲁迅说："我还听到一种传说，说《伤逝》是我自己的事，因为没有经验，是写不出这样的小说的。哈哈，做人真愈做愈难了。"④毫无疑问，《伤逝》的确是一部意义/主题繁复的小说，其中经典的说法是悼念兄弟失和（周作人）。我们或许不能视《伤逝》为鲁迅亲历，但《伤逝》很可能是鲁迅对自己与许广平婚恋过程以及结果的某种预测、幻想和忧思：外人的阻力、自我的退化等。这些思想既是鲁迅坚持和关注的思想，同时又和鲁迅的现实语境并不偶然地巧合。

而就在创作《奔月》前夕，鲁迅致信许广平，谈及准备在离许广平更近的广州，"就偏出来做点事"⑤。其中的主要目的，就是为了击碎有关二人关系的流言。《奔月》这篇小说，如前所述，可以解读为一个背叛的故事。

---

① 更详细的论证可参见王得后编著《〈两地书〉研究》，天津人民出版社1982年版。
② 参见王得后编著《〈两地书〉研究》，天津人民出版社1982年版，第二、三、四、七、八章。
③ 鲁迅：《鲁迅全集》（第11卷），人民文学出版社2005年版，第635页。
④ 鲁迅：《鲁迅全集》（第11卷），人民文学出版社2005年版，第667页。
⑤ 鲁迅：《鲁迅全集》（第11卷），人民文学出版社2005年版，第670页。

从某种意义上说，逢蒙＋嫦娥＝高长虹。① 但通过对他们婚恋关系的反思，也可以看出鲁迅对婚姻恶果的某种警醒。易言之，《奔月》也可解读为鲁迅对生存现实语境的一种独特回应。当然，或者有更深的层次可以继续开拓。

（二）创伤与悲剧性认知结构

创伤（trauma）往往给个体或集体带来困惑、焦灼与痛苦，但有很多时候无法排解，于是留下了不可磨灭却又不愿面对的记忆，甚至演化成为"创伤后应激障碍"（post-traumatic stress disorder）。② 所以，很多时候，小说家们面对创伤，虚构成为一种抚慰手段，"小说的虚构特征有助于支持真实的、能够超越我们的力量并让我们沮丧的东西"③。当然，虚构同时也可能变成一种"纪恶"的悖论，可能强化了这些创伤带给我们的伤害。

1. 悲剧性基调

作为一个表面冷漠、世故，实则真诚热烈的人，作为周氏家族长子长孙的鲁迅一生中所遭受的创伤和其他人不可同日而语，从某种意义上说，我们可以理解为什么经历相似的周氏兄弟的性格和文风差异愈发明显。这些创伤部分铸就了他的认知结构，更多指向悲剧性；而反映到这种抚慰心灵的小说叙事方式上，也是如此。

《呐喊》和《彷徨》的整体基调是悲凉的，虽然内部不乏复杂的悲喜交加、悲喜参差等差异。这早已有不少学者指出，此处不赘。④ 鲁迅本人说《狂人日记》比果戈理的"忧愤深广"（《中国新文学大系·小说二集序》）同样可以挪用作其小说的整体风格概括。而实际上，在笔者看来，包括表面上看似"虚浮不实"、油滑可笑的《故事新编》，骨子里也是浸染了浓郁的悲凉，其意义指向的层次之一就有一种乌托邦式的预设与消解、坍塌。⑤

鲁迅小说中的婚恋话语形构同样也是在这一悲剧性认知结构的框架内，

---

① 有关鲁迅和高长虹关系的论述可参见董大中《高鲁冲突——鲁迅与高长虹论争始末》，中国工人出版社 2007 年版；董大中《鲁迅与高长虹——现代文学史上的一桩公案》，河北人民出版社 1999 年版；王建周《鲁迅情爱世界探秘》，漓江出版社 1993 年版。

② 参见 Cathy Caruth. *Trauma*: *Exploration in Memory*. Johns Hopkins University Press，1995.

③ ［法］乔治·巴塔耶著：《色情史》，刘晖译，商务印书馆 2003 年版，第 87 页。

④ 参见王钟友《论鲁迅小说的悲剧美》，载《华中师范大学学报》（哲学社会科学版）1988 年第 3 期；邢建勇《鲁迅小说的悲剧美》，载《贵州师范大学学报》（社会科学版）1995 年第 4 期；田美琳《鲁迅小说的悲剧特色》，载《宁夏大学学报》（社会科学版）1996 年第 4 期；等等。

⑤ 参见朱崇科《张力的狂欢——论鲁迅及其来者之故事新编小说中的主体介入》，上海三联书店 2006 年版，第 222－226 页。

这也就是前文在梳理其整体趋势和表现形态时所指出的结果。

2. 恋母与"弑妻"

毋庸讳言，母亲鲁瑞对于鲁迅有着不可替代的影响，对于鲁迅的婚恋经历的影响更是如此。朱安就是母亲当年送给尚在留日的鲁迅的迎拒失据的"礼物"（许寿裳回忆）。依据弗洛伊德（Sigmund Freud）的一般理论，恋母情结往往与弑父书写同时出现。鲁迅小说中的确也有弑父倾向，而一旦放到他国民性批判的大语境中，似乎未见得一定要单列。《明天》中的单四嫂子和宝儿，孤儿寡母，似乎就是一种比况。但在面对自己爱情幸福选择的关头，鲁迅却表现得格外犹豫、焦灼和顾虑重重，这不能不说和他母亲相关。①

更耐人寻味的在于"厌妻"书写。许广平在《母亲》一文中回忆鲁迅母亲时，曾提及鲁迅的话，"女人有时候有母性，有时候有女儿性，没有妻性。妻性是不自然的"。这句话从恋母角度看，也可理解为一种对妻性的怀疑。无独有偶，许广平在《鲁迅先生的日常生活》中写道："他对一切人可以不在意，但对爱人或者会更苛求。"② 同时提及鲁迅对爱人的严苛情形，在现实及其思想结构中，妻性的不自然也变成一个魔咒，成为鲁迅自觉不自觉执行的原则。

回到小说中来，我们看到作为妻子角色的种种弊病：粘连性（《伤逝》）、依附性（《祝福》）、叛逆性（《奔月》）、劣根性（《肥皂》）等。这更是一个巨大的现代伦理悖论，或者从女权主义理论来看，鲁迅的书写凸显了其具有轻微的厌女症（misogyny）情结。③ 更进一步说，在批判和揭露性政治中相关权力结构的鲁迅其实也有些许不自觉的男权意识偏执。当然，我们不能否认鲁迅长期以来的牺牲论（自卫性、利他性等）和实践。④

结语：本节仔细考察了鲁迅小说中婚恋话语的悲剧性倾向机制的表现形态以及生成原因，对这类小说进行了一次相对独特的剖析。需要指出的是，

---

① 参见吴俊《爱之衷曲——鲁迅性爱心理分析之一》，载《鲁迅研究月刊》1991年第1期，第38-39页。

② 上述两处引用分别参见风舟选编，鲁迅、许广平著《爱的呐喊》，江苏文艺出版社1996年版，第72、43页。

③ 参见[美]埃琳·肖沃特著《女性主义文学批评的革命》，王政译，见王政、杜芳琴主编《社会性别研究选译》，生活·读书·新知三联书店1998年版，第134页。

④ 参见王得后编著《〈两地书〉研究》，天津人民出版社1982年版，第348-352页。

上述梳理、探因更多是总结性的，而非一网打尽式的归纳操作，鲁迅小说婚恋话语的悲剧性机制也有可能存在更复杂的形态以及更幽微的原因。

第四节　鲁迅小说中的贱民话语

鲁迅在小说实践中向"不幸的人们"倾注了相当复杂的感情投射，其中相当有名的是"哀其不幸，怒其不争"。粗略梳理相关研究，我们不难发现，论者更多是从小说中主人公的身份归属加以处理，比如小知识分子、农民（游民）、妇女等。这样的操作固然有利于我们对上述归纳的了解和认知，但对于"不幸的人们"的判定却似乎仍有"盲人摸象"之嫌。而实际上，"不幸的人们"指涉各异，毕竟在现实人生中，"不幸的家庭各有各的不幸"（托尔斯泰语）。

话语分析和贱民（subaltern）理论的巧妙结合给我们提供了新的可能性，痛恨理论或者对以西方文论诠释中国问题的做法过敏者似乎找到了杀戮和挞伐的标的。而在笔者看来，"贱民话语"之于鲁迅小说却是相当有意味而且颇具针对性的问题意识实践，如果我们对它重新加以界定的话。

"贱民"这个概念，或许更为人所知的是印度社会中的"不可接触的人"阶层。① 而相关研究也是相当著名，那就是由印度拓展并日益国际化的"贱民研究"（subaltern studies）。比如其代表学者之一古哈（Ranajit Guha）在《贱民研究》第一卷的序言中说，该学派致力于促进南亚贱民问题的研究和讨论。"贱民"这个词来自葛兰西（Antonio Gramsci），指的是"在阶级、种姓、性别、种族、语言、文化中处于从属地位"② 的边缘从属群体。

在贱民研究学派中，对这个概念的界定众说纷纭，但无论如何，它们往往都有强烈的批判性指向，比如其中对精英主义、殖民主义的反思等。如人所论，"贱民研究学派作为印度本土一个有力的后殖民批评学派引发了学界对西方殖民主义在东方确立知识的再思考，揭露知识与权力之间的紧张关系"③。但是，这种界定并不完全适用于鲁迅，尤其是如果我们严格界定殖

---

① 参见［英］迪利普·希罗著《印度的不可接触者——贱民》，林锡星译，载《民族译丛》1982年第2期。

② Ranajit Guha. Subaltern Studies I: Writings on South Asian History and Society. Oxford University Press, 1982, p. Ⅶ.

③ 陈义华：《贱民研究学派与后殖民批评》，载《重庆师范大学学报》（哲学社会科学版）2006年第5期，第40页。更系统的论述可参见陈义华《后殖民知识界的起义：庶民学派研究》，中央编译出版社2009年版。

民主义等概念涵盖的话。

在中国历史上也有对"贱民"的划分和规定。根据研究，至少在唐代中国就有贱民，而且亦有相关的法律规定。贱民，又称"贱口"，是指与"良人"相对的被法律排斥于社会权力、分配之外的连自身最基本的权利也无法保障的社会群体。① 但由于贱民更多属于"化"外之民，它们的划分更多是政治的，有学者在研究唐代法律中贱民的权利后指出："贱民的权利实际上是不完整和扭曲的，各种繁苛的义务才是权利表面下的真实形态，显示出了我国古代刑罚浓厚的等级性特征……唐律将对贱民的压迫写入法典……从侧面对贱民的权益起到了一定的保护作用。"② 但结合鲁迅的个案，这样的界定似乎也不太吻合。毕竟，"不幸的人们"中的阶层还是挺复杂的，既有革命者也有普通民众，既有读书人也有寡妇等。

贱民有时也被翻译成"底层"或"属下"，而上述词语一旦结合中国语境，就往往变成20世纪80年代以来中国语境内部的一种群体生存状态描述。此外，还有连带的"底层写作"问题，"相对来说，从观念上做些区分与界定要略显简单些。底层写作当然是描写在政治、经济和文化资源上极为贫困的各式人物在这个时代所遭受的种种艰难与不幸，以及在这过程中所显示的底层人物的心理、道德、精神等特征"③。但同时，这当然也很难对底层进行整齐划一的界定，毕竟，它身上的纠缠太多。"从当前来看，给底层一个精确的定义似乎比较困难。因为除了包含群体的日益复杂，底层还面临意识形态化和工具化的问题，这给底层蒙上了政绩化和商业化色彩。"④

如果把此议题复杂化，贱民和大家所熟知的"民间"⑤术语似乎也不乏交叉之处，尤其是在藏污纳垢层面上。但这两者同样也不能一概而论，毕竟"贱民"缺乏"民间"那么繁复的内涵以及积极的冲击力。

在本节中，"贱民"的划分是源于权力的话语指向终端，而要超越相应的人为切割。比如在《孔乙己》中，作为准士人的孔乙己本来是可以高高

---

① 参见陈宁英《唐代律令中的贱民略论》，载《中南民族学院学报》（哲学社会科学版）1998年第3期。

② 徐燕斌：《试论唐代法律中的贱民》，载《河南教育学院学报》（哲学社会科学版）2009年第2期，第89页。

③ 范家进：《底层叙事：文学界的一场话语自救运动》，载《海南师范大学学报》（社会科学版）2009年第6期，第49页。

④ 刘旭：《底层叙述：现代性话语的裂隙》，上海古籍出版社2006年版，第7—8页。

⑤ 在20世纪以来的中国文学研究中，比较有代表性的观点由陈思和先生提出并引起较大反响与论争，具体可参见陈思和《还原民间——文学的省思》（东大图书公司1997年版），其他可参见刘志荣《潜在写作：1949—1976》（复旦大学出版社2007年版），等等。

在上的，但作为一个时空错位中的认同失败者，他其实更是"贱民"的代表。由此可以总结，"贱民话语"是依据笔者本书中一贯的话语定位，考察与分析鲁迅小说中贱民书写中的权力流动轨迹。

一、传统形象：被侮辱者与被损害者

整体而言，贱民给读者最常见或者说传统的形象就是他们的不幸——被侮辱与被损害；同时，由于长期遭受统治阶层及其意识形态的欺压与诈骗，他们往往也吊诡地成为意识形态及权力统治机器中的牺牲品，乃至帮凶。如人所论，"底层最大的心理障碍就是自贱自卑，这实际是长期以来统治者实施压迫性教育的结果，它把奴性变成了底层意识的一部分，并灌输有财富就有权力的观念，使压迫合法化；由此造成底层对财富与权力的畸形渴望，一旦有了'翻身'的机会又会制造另一种压迫性的统治"①。

（一）被异化：顺受与麻木

贱民的社会地位在很大程度上决定了他们相对悲惨的生活与精神状况，而长期或者习惯于这种被压抑的状态，他们往往都是被异化的产物和牺牲品。

1. 闰土：双重麻木

在鲁迅小说中，相当明显而且经典的文本就是《故乡》，中年闰土正是不折不扣的贱民。尽管鲁迅在闰土出场前曾以豆腐西施杨二嫂的世俗化演变作为铺垫和缓冲，但中年闰土和少年闰土的巨大差异还是令人震撼不已。首先是物质层面的，他的身体日益粗糙和被摧残，"先前的紫色的圆脸，已经变作灰黄，而且加上了很深的皱纹；眼睛也像他父亲一样，周围都肿得通红……那手也不是我所记得的红活圆实的手，却又粗又笨而且开裂，像是松树皮了"（第53页）。其次，也是更严重的，则是他的心灵创伤，"他站住了，脸上现出欢喜和凄凉的神情；动着嘴唇，却没有作声。他的态度终于恭敬起来了"（第53页），经过一番内心的挣扎，他终于选择认可自己的现实卑微身份，恭恭敬敬地把昔日的玩伴叫为"老爷"。而面临可以诉说的生计的困苦时，他似乎已经被压迫到无话可说，"他只是摇头；脸上虽然刻着许多皱纹，却全然不动，仿佛石像一般。他大约只是觉得苦，却又形容不出，沉默了片时，便拿起烟管来默默的吸烟了"（第54—55页）。

---

① 刘旭：《底层叙述：现代性话语的裂隙》，上海古籍出版社2006年版，第205页。

同样在选择可以拿走的物品时，"他拣好了几件东西：两条长桌，四个椅子，一副香炉和烛台，一杆抬秤。他又要所有的草灰"（第55页）。很显然，除了实用的物品以外，"香炉和烛台"也是引人注目的精神追求的实用品，这恰恰可反映出闰土的麻木与宿命感。虽然鲁迅在结尾指出小说中"我"的理想和闰土的精神追求并无本质的高下之分，但闰土在被现实打压之下精神苦闷是极其深重的。

2. 被忽略的他者群像

在鲁迅的小说中还有不少被忽略的贱民。比如，《孤独者》中魏连殳的祖母有一个女工，始终照顾她老人家，并为之送终，但她的处境相当悲惨。魏连殳的堂兄准备将儿子过继给魏连殳，其实除了通过过继小孩将魏连殳纳入传统伦理体系外，"他们父子的一生的事业是在逐出那一个借住着的老女工"（第208页）。再如《阿Q正传》里面的小尼姑。小说中作为游民的阿Q虽然备受关注，但实际上还算不上真正的贱民，毕竟他还可以去调戏以及羞辱更加羸弱的小尼姑。"阿Q走近伊身旁，突然伸出手去摩着伊新剃的头皮，呆笑着，说：'秃儿！快回去，和尚等着你……'"在小尼姑躲避后，他还紧追不舍，"扭住伊的面颊"（第67页），极尽羞辱调戏之能事。而小尼姑除了带着哭声诅咒他"断子绝孙"外无计可施。

当然，在这样的贱民群像中，也不乏有着美好寄托的人。《在酒楼上》中长富的长女顺姑乖巧能干，同时也积极追求美感，如对剪绒花的执着。但顺姑最终却因为长庚的诳话——她男人比不上偷鸡贼长庚，生病并终究送命。更典型的或许是《明天》中的单四嫂子。小说中大多数人关心宝儿丧葬礼仪的表面性和周全性，而往往忽略并压抑了她内心深处对宝儿的情感寄托。[①] "下半天，棺木才合上盖：因为单四嫂子哭一回，看一回，总不肯死心塌地的盖上；幸亏王九妈等得不耐烦，气愤愤的跑上前，一把拖开他，才七手八脚的盖上了。"（第29页）更进一步，如果从当时现实的角度思考，单四嫂子对宝儿的依恋是别有原因的。作为寡妇，单四嫂子甚至受帮闲蓝皮阿五的性骚扰，但如果她的儿子不死，靠这个男丁的成长和闯荡，她还有可能正常乃至不错的明天，而宝儿一死，其实也就宣判了她的穷途末路，她很可能难以在社会上拥有起码的身份和尊严。

---

① 有关精彩论述可参见王富仁《中国反封建思想革命的一面镜子——〈呐喊〉〈彷徨〉综论》，中国人民大学出版社2010年版，第44页。

（二）从他奴到自奴再到奴他

令人遗憾的是，贱民们往往由于压制的强大、持久以及意识形态宣传的欺骗性而变得愚昧和脆弱，所以在精神状态上也就出现了一些深层变化，从他奴（别人来压抑自己）变成自奴（自行强迫性压制），甚至变为奴他（奴隶摇身一变，成为更残暴的奴隶主或帮凶），鲁迅小说对此颇为关注。

其中相对经典的是《理水》中的下民代表。从他被选举为代表开始，就充斥着荒谬的利己主义、偶然性与懦弱。"然而谁也不肯去，说是一向没有见过官。于是大多数就推定了头有疙瘩的那一个，以为他曾有见过官的经验。已经平复下去的疙瘩，这时忽然针刺似的痛起来了，他就哭着一口咬定：做代表，毋宁死！大家把他围起来，连日连夜的责以大义……他渴睡得要命，心想与其逼死在木排上，还不如冒险去做公益的牺牲，便下了绝大的决心，到第四天，答应了。"（第 294－295 页）而他和大员们的见面似乎更是一场表演的闹剧——在被问询灾情的影响时，他回答："吃得来的。我们是什么都弄惯了的，吃得来的。只有些小畜生还要嚷，人心在坏下去哩，妈的，我们就揍他。"而"大人们笑起来了，有一个对别一个说道：'这家伙倒老实。'这家伙一听到称赞，非常高兴，胆子也大了，滔滔的讲述"（第 295－296 页）。不难看出，他在战战兢兢中很容易呈现贱民常见的奴性，官本位思想根深蒂固，他会揣摩并逢迎上司的心理作答，甚至不惜扭曲灾民严重受难的事实。令人感到可悲的是，他的言行举止中也呈现出他对同类人中异见和其他想法的排斥以及奴役。

如果说《理水》中以个体呈现出贱民们的劣根性，那么《头发的故事》则呈现出对集体贱民思想的批判：他们对于新生的现代性不理解，也很健忘，而对传统意识形态的秉持却不遗余力。从剪辫、留辫的政治史嬗变中更可以看出贱民们的头脑恰恰是不同粗暴意识形态的跑马场。N 先生留学时因为剪辫而被厌恶和警告；回国工作不得不装假辫充数却被人研究要拟为"杀头"；废了假辫子，却又被人一路笑骂"假洋鬼子"。而相当可悲的是，无辫的他终究以手杖代替辫子，"打了几回，他们渐渐的不骂了"（第 37 页）。手杖居然成为压制贱民们奴性的手段，其中的悖谬实在令人慨叹。① 但在这种记叙与控诉中，我们恰恰可以感受到贱民们头脑中的桎梏已经扎根，不仅长于自奴，而且也时不时准备奴他。

---

① 有关论述可参见范颖《论鲁迅小说中的手杖意象及其隐喻》，载《名作欣赏》2009 年第 8 期。

二、贱民的反弹：再现与消解

如法国哲学家福柯所言，权力、知识和社会制度密切相关，权力往往经由一个网状组织加以配置和行使，而制度更多是分布式的权力网络的运行载体和规则。① 贱民们在被形塑和压制的过程中，其实也有反弹。通过考察他们反弹的轨迹及其后果，我们恰恰可以反思鲁迅对贱民话语的深挖与建构。

（一）再现压抑机制

若从福柯的视角考察鲁迅，不难发现，鲁迅原来是个洞察权力流向的高手；而凭借他对贱民身上凝结的权力的细描，我们可以看到鲁迅对相关压抑机制的精彩再现。

1. 排除与聚焦：《肥皂》中的学程书写

《肥皂》中权力的流向是相当复杂的，它的核心事件当然是女乞丐和肥皂。恰恰是因为旁观女乞丐时听到光棍闲汉们以肥皂"咯支咯支"的方式意淫女乞丐，四铭被调动了淫欲而前去买肥皂；而在广润祥，他在买肥皂给太太用时，因为百般挑剔而受到女学生们的嘲笑，又因为不懂她们用英文辱骂的意义，才将矛头和怒火指向了学程。易言之，在四铭与女乞丐、四铭与女学生、四铭与太太女儿们之间都是有权力流动的，但由于诸多原因，四铭在此过程中都是失败的，至少有被挫败或淫欲难以宣泄的经历，比如女乞丐的难以靠近、不可触摸，女学生现代性话语的高高在上难以逾越，被太太洞穿内心、戳穿虚伪，等等。②

学程在这个小说中逐步被确立为贱民的形象。从表面上看，作为长子，他似乎该有自己一定的主体性，而实际上他是四铭淫欲难以宣泄的出气筒。他被选去现代学堂念书表面上看是接近现代性的产物，实际上这恰恰也是四铭父亲权威的结果，同时他又被父亲勒令学"国粹"——练八卦掌。甚至在饭桌上，他因为吃了四铭中意的一个菜心而受到父亲的质疑和责骂。从这个意义上说，他更多是权力流向终端的承受者。但借此鲁迅恰恰考察出权力在四散奔流后的聚焦，更反映出四铭的虚伪卑劣、色厉内荏。

---

① 有关分析可参见［日］樱井哲夫著《福柯——知识与权力》，姜忠莲译，河北教育出版社2001年版。

② 参见朱崇科《"肥皂"隐喻的潜行与破解——鲁迅〈肥皂〉精读》，载《名作欣赏》2008年第11期，第61-65页。

2. 层层递进：《祝福》中祥林嫂的悲剧

在确立祥林嫂作为贱民形象的过程中，鲁迅采用了层层递进的叙事策略。祥林嫂从一个追求幸福、热爱劳动的下层妇女慢慢变成乞丐，最后在祝福的节日里孤单惨死，她的死亡可谓是"集体谋杀"。① 族权、神权、夫权及其执行者固然罪不容赦，如鲁四老爷、卫老婆子、婆婆等都是祥林嫂受难的推手。值得注意的是，作为同属被统治阶层的柳妈，恰恰是以封建迷信流言将祥林嫂逼上了一条不归路：以一年的工钱捐门槛给人踏来赎身，但终究还是被剥夺了在祭祀中帮忙的权利。而当祥林嫂将精神寄托的解答指向知识人——"我"后，又未得到满意答复以延续点滴希望，只好在冰天雪地别人的欢天喜地中如草芥般死去。鲁迅正是以剥洋葱的方式将祥林嫂贱民化的过程和权力运行机制加以精彩展示。

（二）反弹的悖谬

鲁迅小说意义挖掘的精深表现之一就是对深层国民劣根性入木三分的洞察与刻画，其中也包括了对贱民劣根性的巨大悲悯与批判。这种深刻有时也可通过极"左"的幼稚病分子、理想主义者的可笑加以衬托：无论是在1928—1930年急不可耐地宣布阿Q时代的结束，还是中国"十七年文学"（1949—1966）中对工农兵题材的刻板化和神圣化处理，都可反衬鲁迅的高度预见性与深刻性。甚至和鲁迅写作路径差异很大的张爱玲（1920—1995）也对鲁迅的深刻性惺惺相惜："他很能暴露中国人性格中的阴暗面和劣根性。这一种传统等到鲁迅一死，突告中断，很是可惜。因为后来的中国作家，在提高民族自信心的旗帜下，走的都是'文过饰非'的路子，只说好的，不说坏的，实在可惜。"② 耐人寻味的是，贱民们的某种反弹恰恰呈现出复杂的悖谬性。

1. 消极反弹与杀伤力：《采薇》中的阿金姐

《采薇》中的伯夷、叔齐作为主角，其经历是丰富多彩的。比如，因为对前朝的效忠激怒了伐纣者，但最终因了姜子牙的"欲擒故纵"得以逃脱；即使碰到言行不一、极其伪善的山大王小穷奇，伯夷、叔齐仍然得以狼狈解脱。然而，他们的终结者却恰恰是贱民，"有一天，他们俩正在吃烤薇菜，

---

① 参见朱崇科《鲁迅小说中"吃"的话语形构》，载《鲁迅研究月刊》2007年第7期。
② 水晶：《蝉——夜访张爱玲》，见《替张爱玲补妆》，山东画报出版社2004年版，第21页。

不容易找,所以这午餐已在下午了。忽然走来了一个二十来岁的女人,先前是没有见过的,看她模样,好像是阔人家里的婢女"(第 318 页)。

这个婢女就是贰臣小丙君府上的丫头阿金。从更准确的意义上说,阿金不过是其主人的传声筒,因为小丙君曾经激烈批评伯夷、叔齐不会作诗(因为穷,"有所为""有议论"),而且话锋一转,"尤其可议的是他们的品格,通体都是矛盾。于是他大义凛然的斩钉截铁的说道:''普天之下,莫非王土',难道他们在吃的薇,不是我们圣上的吗!'"(第 318 页)。然而,正是阿金的鹦鹉学舌一举击中了已经苟延残喘的二老的精神要害。不仅如此,在二老死后,阿金还继续散播流言,言及二老贪心不足,想吃上天派给他们喝奶的神鹿的肉,因此被上天抛弃致死。这个来自贱民的流言的杀伤力是相当巨大的,它以卑劣的世俗性彻底消解并玷污了伯夷、叔齐所坚守的高风亮节(或不识时务)。所以,人们仿佛看见,"听到这故事的人们,临末都深深的叹一口气,不知怎的,连自己的肩膀也觉得轻松不少了。即使有时还会想起伯夷叔齐来,但恍恍忽忽,好像看见他们蹲在石壁下,正在张开白胡子的大口,拚命的吃鹿肉"(第 320-321 页)。同样,这帮苟活的贱民也就轻易卸掉了自己的负罪感和精神节操责任(如果他们有的话)。

2. 逸出的狂欢:《起死》中的汉子

《起死》中的汉子,其前身原本是髑髅。在庄子看来,他应当是很容易被操控的东西,从此意义上说,他也是贱民之一。在小说中,鬼魂曾经批判庄子的糊涂,但庄子反过来批判鬼魂的不通,"要知道活就是死,死就是活呀,奴才也就是主人公。我是达性命之源的,可不受你们小鬼的运动"(第 362 页)。甚至司命也劝他少管闲事,因为"死生有命",但庄子执意不听,于是汉子得以跳出来。

然而,荒谬的是,从髑髅到汉子,并非生死的简单转换,有关时空的历史记忆、血肉丰满的具体现实以及人生体验都被印刻在其脑海中。此时的汉子作为贱民开始反弹,庄子的齐物论和生死哲学在具体的人生体验与欲望要求面前显得软弱无力,甚至最后近乎老拳相向。无奈之下,庄子只好请现实中的巡士帮忙,而第一个巡士由于和汉子的历史记忆难以对话,只好狂吹警笛继续寻求帮助。从表面上看,鲁迅在借此嘲讽庄子,而实际上在贱民的反弹中亦可以看出逸出的狂欢色彩[①]。这种狂欢既是现实与历史的对应,又是

[①] 有关鲁迅《故事新编》的狂欢性,可参见朱崇科《张力的狂欢——论鲁迅及其来者之故事新编小说中的主体介入》,上海三联书店 2006 年版,中编。

哲学精神与物质人生的张力，同时又是造物者与对象之间的对立关系描述。

三、性别视角与贱民的话语权

美国文学理论家斯皮瓦克（G. C. Spivak）曾经有一篇非常著名的论文《贱民能够说话吗？》（"Can the subaltern speak?"），其中涉及贱民的话语权问题。斯皮瓦克认为，由于长期以来性别意识形态的建构，使得男性居于主导地位。可以理解，在殖民生产的争论中，如果属下阶层没有历史，不能言说，妇女属下阶层就身处更幽暗的边缘。① 这个发问和反思是耐人寻味的。

也有论者指出，中国现代文学中，"这些底层叙述主要的话语方式可以归纳为四种：国民性批判的启蒙话语，阶级性凸显的革命话语，人性与诗性交织的审美话语，通俗文学中延续的传统话语"②。这当然是非常笼统的总结。但以此观照鲁迅的同类书写，令人眼前一亮的是，鲁迅的小说书写中的贱民话语别具风格、引人注目。耐人寻味的是，小说中鲁迅如何从性别视角处理这个问题？如果他让贱民们发言，效果又如何？

（一）男贱民：说的悲剧

从某种意义上说，作为贱民，即使他们是男性，其言说也更多表现了一种悲剧性，这主要可包含两个层面：①说了等于没说。《肥皂》中的学程对待他父亲四铭的问题，无论如何认真，都难逃被训斥的结果。同样，《故乡》中的中年闰土，他的言说更是一种简单至极的对苦难的粗略描述，其背后依然是无尽的压迫和凄苦。②言说是对贱民身份的强化。《理水》中的下民的代表在见到大员们后的言说更是奴性十足的表演，无论是出于恐惧的含糊其辞，还是刻意逢迎的巧言令色，其实都未能突破其角色。当然，《起死》中的汉子虽然有过度反弹引起的狂欢色彩，但就其身份而言，他的言说仍然是中规中矩的，其杀伤力只有面对庄子的虚妄才会具有针锋相对的反讽效果。

或许最具悲剧意味的是《孔乙己》中的孔乙己。作为一个自我认同错位的可怜人，他高不成低不就的现状注定了其悖谬性和悲剧性。更可悲的是，自视甚高的孔乙己其实是最低的贱民，因为他是咸亨酒店里的谈资和笑

---

① G. C. Spivak. *A Critique of Postcolonial Reason*. Harvard University Press, 1999, p. 274. 有关斯皮瓦克的贱民论述评述可参见陶家俊《价值、性别和反认同政治——论斯匹瓦克的属下阶层理论》，载《四川外语学院学报》2007年第4期。

② 彭松：《深沉的变奏——中国现代文学中底层叙述的话语方式》，载《北方论丛》2007年第5期，第29－30页。

料,但离开他,别人也照样这么活。孔乙己的台词不多,但寥寥数语已足够显现其悲剧性。

孔乙己无疑是八股考试制度的牺牲品,他没能借此实现乌鸦变凤凰的飞跃,但变化过程中的镌刻却残存下来了。他的满口"之乎者也"从表面上看不合时宜,实际上却是他自我认同的标志与遮羞布。如与人争辩"偷书"时道:"窃书不能算偷……窃书!……读书人的事,能算偷么?"(第12页)此处的文言表达和咬文嚼字是他为自己劣根性遮羞的工具。而他教小伙计"茴"字的四种写法在体现其善良之余,更反映了其迂腐性,实则为小伙计看不起。甚至是在分茴香豆给小孩子们吃后,唯恐他们继续要,便先用白话文说道:"不多了,我已经不多了。"之后又用自己的擅长语言/惯性语言说:"不多不多!多乎哉?不多也。"(第13页)孔乙己对《论语》中经典话语的生活化生搬硬套更反映了其精神话语与生活话语的"古典化"和僵化。换言之,他的言说更表明他的无法自如言说。他之后被打断腿又要酒的白话文言说开始回归现实语境,如"这……下回还清罢。这一回是现钱,酒要好"(第14页),但这却意味着他所认同的精神身份的彻底挫败,实际上他从身体上和精神上已经不得不走向失败,乃至灭亡了。

(二)女贱民:说的孤寂和艰难

与男贱民比较而言,绝大多数的女贱民会显得更加沉默与悲惨,相当大一部分女贱民其实都是"沉默的大多数",她们被剥夺了话语权;而更加令人悲叹的是,在同阶级或同类人的生存状态中,她们甚至又是被男权压抑的底层与弱势群体。而在现实语境中,有论者指出提高她们地位的对策,女贱民发言的效果需要代言人的帮助,但也要警醒新的陷阱。"属下妇女依然还要通过其他表述主体的代言才能被听到,在这种情况下代言者的立场至关重要。代言者要不仅仅是'代表'属下阶层,还要'表现'属下阶层。另一种情况是在属下妇女能说话时,她们的言语行为可能并不为主流的政治再现系统所承认,或者说属下妇女所说的话可能被殖民主义话语和男性中心主义话语重新编码。"①

鲁迅小说中的女贱民大多数是相对沉默的弱势群体。《药》中夏瑜的母亲受人冷眼,原因是她作为革命者的儿子被官府杀头。他们母子之间虽然在情感上和物质上"血浓于水",但是精神上只有隔膜。可悲的是,夏母无法用启蒙思想以及感知其子革命事业的荣耀感来支撑自己,只能以朴素的迷信

---

① 都岚岚:《论属下妇女的再现》,载《外国文学》2006年第6期,第83页。

加以辩护。《风波》中的小女孩六斤作为女贱民，只能成为父母转移难堪和发泄淫威的被动接受者和牺牲品，是毫无话语权的。类似的还有《端午节》中的方太太。她其实也是无能的方玄绰虚张声势欺骗下的牺牲品。鲁迅小说中的女贱民当然也有发声后效果显著的个案，比如之前所论述的《采薇》中的阿金，但她不过是鹦鹉学舌的产物，毫无个性与灵魂，她的话语权更多是一种负面能量的传声筒，而非自我的话语。①

但鲁迅也注意到给予女贱民发声的必要性，其中的代表人物则是祥林嫂。有论者指出："职业、身份、婚姻乃至社会生活的方方面面的等级化、世袭化是中国和印度古代贱民制最为显著的特征。"② 从整体上说，祥林嫂虽然未必完全符合上面的总结，但作为体制内追求卑微幸福感的小人物，她却无法左右自己的命运，尤其是婚姻层次。当她备受摧残时，也曾经反抗过。比如，被逼二嫁时她以死相对，但其反抗也有悲剧性——她的反抗更多是对封建伦理制度的认同与致敬。当然，她也困惑于自己的二嫁身份与两个死鬼老公的纠缠，愿意捐门槛救赎，但一切无效后，她从精神上陷入了极端的困惑。

恰恰在此时，鲁迅让她发声了，她面对回乡的知识分子"我"提出了一系列问题："一个人死了之后，究竟有没有魂灵的？""那么，也就有地狱了？""那么，死掉的一家的人，都能见面的？"（第135页）当时的"我"为逃避责任，只好以"说不清"匆匆作结。水晶曾经批评过鲁迅让祥林嫂发声的写法："'人死了以后有没有灵魂？'这句话，固然达致了令人毛骨悚然的效果，却不很'写实'。我怀疑一个愚孥如祥林嫂的乡下女人，会吐出这样文艺腔十足的名词来！"③

但在笔者看来，这是对鲁迅小说精心设置的误读。我们可以从两个层面思考这个问题。第一，从祥林嫂层面来看，因为这是祥林嫂穷途末路之下的必然质询，她在成为一个"眼珠间或一轮"的"活物"后唯一可以寄托或具有自救可能的就是精神方面的满足：一方面，她从同阶层人中已经找不到温暖和支持；另一方面，其实祥林嫂还是有较强的挣扎习惯存在的，无路可走时，她不得不转向精神关怀了。

---

① 有关阿金的详细精彩考证可参见 [日] 竹内实《阿金考》，程麻译，见《中国现代文学评说》，中国文联出版社2002年版。也可参见朱崇科《女阿Q或错版异形？——鲁迅笔下阿金形象新论》，载《山东师范大学学报》（人文社会科学版）2015年第1期。

② 朱伟奇：《中印古代贱民制之比较》，载《郑州大学学报》（哲学社会科学版）2008年第5期，第120页。

③ 水晶：《替张爱玲补妆》，山东画报出版社2004年版，第38—39页。

第二，从鲁迅层面来看，这是他的自我心境在现实遭际后转向的标志，是从"呐喊"到"彷徨"的精神再现，也是对呐喊者自身的质疑。如人所论，"鲁迅必得质疑和询问呐喊者本身，呈现于《祝福》开篇的那场历史性'对话'无异预示着呐喊者自我质疑的开端"[1]。如果结果是积极的，祥林嫂还可以苟延残喘一段时间；若是否定的，她就会很快灭亡。然而，"我"以"说不清"逃离，其实也加速了其死亡。从此角度看，祥林嫂的发声和话语权关系不大，而是她生存与否的最后推动力实验，然而她发声的无果更注定和反证了其悲剧性，这种巨大的落差也让我们慨叹鲁迅反讽的深度和力度。

结语：考察鲁迅小说中的贱民话语，并不是单纯以术语重新拼凑、重复劳作，而是要对"不幸的人们"的不同生存状态、权力话语运行轨迹、反弹的悖谬性和发声的差异性及其后果进行新的梳理与剖析，这对于我们理解和体悟鲁迅小说创作的匠心与意义的深度是有帮助的。

---

[1] 吴康：《书写沉默——鲁迅存在的意义》，人民出版社2010年版，第127–128页。

第三章 文化政治

第一节 鲁迅小说中的癫狂话语

从某种意义上说,鲁迅的《狂人日记》不仅代表中国现代小说吹响了对封建文化反抗乃至消解的号角,它也开启了 20 世纪中国现代文学史上癫狂书写的新纪元:一个具有强烈现代意味的中西混合体应运而生,更进一步,类似的癫狂书写,甚至是"狂"与"死"的复杂呈现随之此起彼伏;哪怕只是以五四运动时期前后为例,庐隐、郁达夫、冰心、王鲁彦等各有千秋,而彼时各种文学流派/团体亦颇有类似书写争奇斗艳,可谓相当醒目。①

若要考察 20 世纪文学史上的癫狂话语形构,鲁迅无疑是绕不过去的开启者和可能的集大成者。考察既往相关研究,论者则更多论述鲁迅小说中的狂人家族及其对传统文化、现实的反抗作用②,或者考察其疯子意象和当代文化的象征隐喻③,或者将之置于五四小说的整体语境中观照④。

毋庸讳言,上述探索深化也增益了我们对鲁迅小说的认知,但坦白说,也预留了新的论述空间。我们知道,鲁迅的《狂人日记》和俄国作家果戈理(Nikolai Gogol,1809—1852)的同名作有着神似之处,当然也有发展⑤:鲁迅的作品善于"暴露礼教和家族制度的弊害",同时更"忧愤深广"。整

---

① 参见王润华《五四小说人物的"狂"和"死"与反传统主题》,载《文学评论》1990 年第 2 期,第 141 – 150 页。

② 如彭定安《论鲁迅小说中的"狂人"家族》,载《中国现代文学研究丛刊》1984 年第 4 期,第 158 – 179 页;张鸿声《从狂人到魏连殳——论鲁迅小说先觉者死亡主题》,载《中国现代文学研究丛刊》1988 年第 3 期,第 275 – 282 页。

③ 参见王世城《试论鲁迅小说中的"疯子"意象及其当代文化象征》,载《文艺理论研究》1997 年第 3 期,第 64 – 70 页。

④ 参见王润华《五四小说人物的"狂"和"死"与反传统主题》,载《文学评论》1990 年第 2 期,第 141 – 150 页。

⑤ 王润华教授在他的《西洋文学对中国第一篇短篇白话小说的影响》一文中曾提及二人的关联,具体可参见王润华《鲁迅小说新论》(学林出版社 1993 年版,第 61 – 76 页)。

体而言,我们可以发问的是,西方学理中的癫狂话语和鲁迅小说有无深层交叠?更进一步来看,鲁迅小说中的狂人形象是否可能潜藏了更复杂的文化悖论?比如,"狂人"到底该居于怎样的文化位次?

同时,还需要指出的是,前人对鲁迅小说中"癫狂"的定义有其不合理之处。比如,最集中的表现是把所有异于传统的异质性都定义为"狂性",进而将几乎所有具有一点革命性/反叛性的人物都纳入狂人家族。① 在笔者看来,这种做法泛化也虚幻了癫狂话语的性质。而本节则从更严谨的意义上进行窄化:这里的癫狂必须是言之有据的,或来自小说中人物的癫狂表现特征,或来自别人的命名和批判。笔者在通览了鲁迅的《呐喊》《彷徨》《故事新编》三部小说集后,发现符合条件的作品主要有《狂人日记》《白光》《长明灯》《祝福》《药》等。

为此,本节的论证结构如下:疯癫话语的简略谱系,主要考察西方话语中的癫狂叙述;鲁迅小说中癫狂话语的形构、作用与后果;"狂人"的位次:反传统的传统主义或进化论中的异形。

一、癫狂话语的简略谱系

癫狂(madness)或许和人类的历史一样长,不难想见,不同的历史时期,不同的国家、地区与社会往往对癫狂有着不同的界定与认知。当然,如果从叙述的角度进行思考,如何用理性的言语描述往往被视为非理性的癫狂,而为其立言同样可能吊诡重重。

提及癫狂话语(madness discourse),最为经典的论述之一来自法国思想大师福柯的《癫狂与文明:理性时代的疯癫史》②。通过考察16世纪末到十七八世纪(所谓古典时期)的癫狂史,福柯并没有否认疯癫作为一种精神及其行动现象的客观性,但显然福柯并不认为疯癫就等同于一般医学意义或者常识判断宣称的相对低级、非理性,甚至是反人性的特质,而恰恰可能同时也是人性的构成部分。反过来,他更强调或侧重其积极的层面和与理性纠缠的丰富性:"疯狂甚至成为理性一种形式……无论如何,疯狂只有在理性之中,才有意义和价值。"③

---

① 比如最为典型的表现来自朱淑华《对鲁迅小说中"狂人"家族的认识》(载《山西广播电视大学学报》2007 年第 1 期,第 64-65 页)。

② Michel Foucault. *Madness and Civilization: A History of Insanity in the Age of Reason*. Vintage, 1988.

③ [法]米歇尔·福柯著:《古典时代疯狂史》,林志明译,生活·读书·新知三联书店 2005 年版,第 50 页。

更进一步，福柯想指出的是其被压抑的沉默话语，尤其是面对理性关于疯癫的强势独白，疯癫如何表述这种沉默。更为关键的是，福柯通过癫狂话语的形构过程既呈现了此间的权力关系，点破了个体"生命权力"（Bio-power）的存在与吊诡，同时又点明了二者交流的可能性。整体而言，福柯的提问方式和分析方式是"基于知识考古学和权力微观分析的方法，给予我们耳目一新的陈述和认识"①。

福柯这本巨著中同样值得关注的是对沉默的癫狂的叙述问题。毋庸讳言，癫狂的叙述内在地与文学密切相关。依据福柯的观察，癫狂就是"生产的不在场"（l'absence d'œuvre）。② 同时，福柯通过对前辈大师笛卡尔（Rene Descartes，1596—1650）对疯子的判断和叙述分析，读出了理性对疯癫的排斥。在笛卡尔看来，疯子会对理性认为确凿无疑的事物加以否认，疯子因此代表了一种错误的认知。而解构主义大师德里达（Jacques Derrida，1930—2004）则对福柯提出了质疑。其中重要的一方面就是有关如何叙述疯癫的问题，他认为福柯的操作同样难免存在方法论上的悖论，是以理性的方式诉说疯癫，也是一种叙述暴力；同时，他也批判了福柯对笛卡尔的解读：德里达认为，笛卡尔并没有如福柯所言，区别对待梦和疯癫。③ 但无论如何，二人的论争却让我们更加关注小说（fiction）如何叙述疯癫的可能操作。

与福柯不同的是，知名学者罗伊·波特（Roy Porter）对疯癫进行了历时性的相对详细的梳理，写出了《疯癫简史》一书。在此书中，他相当有条理地归纳出不同时空环境中对疯癫的认知以及可能的对待，比如神魔之辨（gods and demons）、被理性化的疯癫、白痴、锁住狂人、心理学的出现、精神分析等。显而易见，这是一本对疯癫发展历史进行扫描的书。他同时也着力分析了不同时期与疯癫相关的处理、救治方式的变迁史。耐人寻味的是，该书也批评了福柯相关论述的简化和笼统（simplistic and over-generalized）。他批评道，17世纪法国之外的地区并没有如福柯所描述那样对疯癫进行体制化的勃发以及自动化处理（automatic solution）。④ 当然，这是两种不同的

---

① 张之沧：《走出疯癫话语——论福柯的"疯癫与文明"》，载《湖南社会科学》2004年第6期，第28页。

② Michel Foucault. *Histoire de la folie à l'âge classique*. Plon，1961，初版前言。

③ 有关对他们论争的精彩评说可参见 Shoshana Felman. *Writing and Madness*. Cornell University Press，1985，pp. 35-55；汪民安《疯癫与结构：福柯与德里达之争》，载《外国文学研究》2002年第3期。

④ Roy Porter. *Madness：A Brief History*. Oxford University Press，2002，pp. 93-94.

风格与层面：罗伊·波特意在叙述历史，而福柯却是借题发挥，论及疯癫话语形构中的权力关系。而福柯另外一本著作《临床医学的诞生》（*The Birth of Clinic*）同样描述了医学话语的形构谱系与过程，属于类似话语考古系列的又一力作，反过来它也可以让我们更详细地看清福柯的野心。

值得关注的是，撒思（Louis A. Sass）却力图探索癫狂与现代主义的关系。他的思考方式有助于我们理解癫狂中所蕴含的丰富意义与可能性，尽管这种呈现可能吊诡重重。在和福柯有关联的叙述中，他指出，在疯癫领域好比在现代主义中，我们不难发现，一种提升思想、去真实化（derealize）世界的唯我主义（solipsism）和一种剥夺作为知识、力量超越性中心角色主体的自我客体化（self-objectification）密切交织。换言之，在精神分裂与现代知识型（episteme）之间共享同质的悖论。①

正是立足于考察书写（writing）与癫狂之间的关系，费尔曼（Shoshana Felman）对癫狂进行了独特界定。众所周知，福柯认为，癫狂是不可界定的，是流动的概念。费尔曼对此并不赞同。他认为，癫狂既不是最后的不明或发散的所指（signified），也不是拒绝破译的终极能指（signifier），它更该是一种韵律（rhythm）：不可预测，不可计算，不可说，但是作为一个对过度充实与虚空意义读数进行降低的故事，它却是可叙述的。每个读数都是一个叙述，这个叙述的节奏由无法说明的它与文本、文本癫狂性关系的修辞来决定。②

由上不难看出，癫狂话语的形构中密布了权力关系，同时癫狂和现代主义以及小说书写都有复杂的关联，值得我们仔细思考。这也为我们剖析鲁迅小说中的癫狂话语打下了扎实而丰富的理论基础。当然，鲁迅小说如何回应或契合这些理论需要具体分析。

二、鲁迅小说中癫狂话语的形构、作用与后果

综览鲁迅小说，探查癫狂话语的形构语境，我们不难发现，鲁迅造就的癫狂话语和西方语境理论观照下的对应物既遥相呼应又略有差异，但在整体意义上可谓殊途同归。

（一）癫狂话语的形构：张力下的打压

从某种意义上说，癫狂话语更是张力中的产物，而这个张力尤其呈现在

---

① Louis A. Sass. *Madness and Modernism: Insanity in the Light of Modern Art, Literature, and Thought.* Harvard University Press, 1994, p. 338.

② Shoshana Felman. *Writing and Madness.* Cornell University Press, 1985, p. 254.

传统文化及其作用下的现实社会与个体的关系中,而这种关系密布了福柯意义上的权力关系。但同时必须指出的是,鲁迅在癫狂话语的营构上有其苦心孤诣的一面,他丰富和细化了癫狂话语的形构层面。下面将根据打压对象分层处理张力指向的相关操作。

1. 觉醒者:瞒和骗的技艺再现

《狂人日记》中的"狂人"与《长明灯》中的"疯子"无疑都是觉醒者,也可理解为在鲁迅所述的著名的"铁屋子"意象中睡醒的人们。为了对付他们,旧有文化及其既得利益者操控现实社会可谓处心积虑。因为这些觉醒者或为吃人者的亲人,或有一定的出身背景,所以不方便按照一般人物的方法处置,比如直接打死。

但也恰恰因为这个缘故,我们得以窥见癫狂话语的更多形构策略:①命名或贴标签。或者由医生,或者由统治阶层,他们对觉醒者相当恐惧,所以首先对其进行权力意味浓烈的命名操作,以便对尚未觉醒的大众进行瞒和骗。②欺骗/收编。面对觉醒者的清醒质疑、反问,甚至是反抗,他们更多选择欺骗,或者是用固有的文化逻辑收编他们,使他们变成共谋者,这样的癫狂就变成了安全/和谐的表演性抗议或者无伤大雅的撒娇政治学。

2. 读书人:异化的牺牲

在古代中国,癫狂与中国读书人的个人节操以及淑世抱负关系密切。它是读书人无法实践大我又不甘局促于小我的"参政护身符"。[①] 除了对付聪敏锐利的觉醒者,统治阶层也会利用自己的文化进行愚民,而某些读书人也因此成为教化的牺牲品。《白光》中的陈士成可视为此中代表。在风雨飘摇的昏黄帝国岁月中,陈士成参加科举考试屡试不中,这使得他精神恍惚,从而追随眼前出现的"白光",企图发财,最后命丧水塘。"书中自有黄金屋,书中自有颜如玉"成为一种反讽的诱惑。陈士成的癫狂无疑是被体制异化的结果,而当他无法通过体制提供的狭窄途径平步青云时,其扭曲的精神也自然会吊诡地指向考试的功利性与物质性结果——发财。但说到底,其癫狂完全是封建科举制度压抑和规训下千千万万牺牲者代表的必然生成。

---

① 有关论述可参见 Ho, Shu-wei. "Madness in Modern Chinese Literature: Yu Hua and Can Xue". *Sun Yat-sen Journal of Humanities*, October, 2000 (11), pp. 97 – 118.

3. 妇女：多重压迫与集体谋杀

《祝福》中的祥林嫂变成精神失常的女乞丐完全是集体谋杀的过程呈现。① 命途多舛之下，祥林嫂曾经的挣扎与不得不顺应，无疑显现出政权、族权、神权、夫权的高度共谋，其最后的精神呆滞至死却是更深层的悲剧——源于有限神权参与的被无情禁止以及迷信传说的骚扰（耐人寻味的是，这种精神骚扰来自相当八卦的同阶层妇女柳妈。而她既是封建糟粕文化的受害者，此处也是凶手之一），尽管她为了重新获得在祝福祭祀中打下手的点滴权利竭尽全力——无论物质上，还是精神上的虔诚。从此角度看，鲁迅丰富也深化了福柯意义上权力话语中的共谋关系。

4. 革命者：不可沟通的另类扫除

对于真正起来革命、力图采取暴力手段分享利益的革命者，既得利益者素来不手软，采取坚决消灭身体从而消除影响的手段。但鲁迅复杂的一面在于，他洞若观火地指出很多时候统治者并不直接插手，反倒是其影响所及的民众——革命的拯救/解放对象会"自觉"帮助统治者对付革命者。

《药》中的夏瑜作为企图拯救下层民众的革命者，在锒铛入狱后还苦口婆心力劝统治阶层的打手——狱卒们意识到"天下为公"的理念，结果被他们视为异端而挨打，但他并不悔改，终于意识到民众的可悲可怜。然而，愚昧的民众却将这种"可怜"的评价视为身陷囹圄中人的"发狂"。不难看出，癫狂话语的形构恰恰是来自革命者与民众的无法沟通，这也间接批判了辛亥革命失败的原因——脱离群众，同时又指出了癫狂话语形构的复杂性。

（二）癫狂话语的作用及后果

在癫狂话语形成、呈现的过程中，至少可以探勘传统文化及其影响下的现实社会与个体的张力；反过来，作为这种张力的载体或凝结，癫狂话语也有其独特功用。

1. 现代性的追求

如果努力挖掘福柯意义上的癫狂的积极性，我们会发现鲁迅小说中癫狂话语有其独到的现代性追求。《药》中夏瑜的癫狂虽有其被误读的一面，但同样也呈现出革命理念的先锋性——民族国家主义开始逐步渗透，这对陈旧

---

① 参见朱崇科《鲁迅小说中"吃"的话语形构》，载《鲁迅研究月刊》2007年第7期。

而落后的体制概念本身就是一种现代性意义上的体制替换和更新。《长明灯》中的"疯子"恰恰呈现出一种对吉光屯古老传统的象征——长明灯的重新审视的锐利。他发现了它的破坏性和弊端,并坚定地要熄灭它,甚至是"放火"。而这种强烈的反传统(anti-tradition)精神,对不思进取的强烈批判背后却是对一种新理念/理想的渴求。这其实和 19 世纪末到 20 世纪上半叶中国文学的现代性追求在整体倾向上是一致的。①

毫无疑问,《狂人日记》中的癫狂话语现代性意味强烈,它首先呈现出对既有文化传统的犀利本质总结(或许可视为一种文化权力层面的逆写)——"吃人"。这正是通过对周围语境的敏感反应逐步累积发现的。有论者为此指出,中国现代性恰恰是在癫狂的罪名下与被吃者一同被吃,而狂人的困境也是现代性所面临的二重危机。②

其次,它更展望一种新生的可能性。小说结尾"没有吃过人的孩子,或者还有?救救孩子……"(第 10 页)可谓同样振聋发聩。这和鲁迅的"立人"思想有着千丝万缕的关联,至少这种追求是对国民劣根性的遏制和消除呼唤。

最后,这种癫狂书写颇具现代主义风格。小说正文的 13 小节的叙事流动其实可视为改良的意识流呈现,它以狂人的所见所想作为叙事的推进主线,这和中国古典小说的叙事方式不同,甚至可以称为"鲁迅式的现代性"。③

2. 再现权力逻辑暴力

癫狂话语的积极性不仅意味着对现代性的追求,而且我们也可由此发现主流话语的权力逻辑结构及其暴力操作。

《白光》中的陈士成作为封建科举制度忠实的信奉者,却屡屡名落孙山,遭受异化的他最后一步步走向了癫狂、死亡。这恰恰可以反映这种落后文化的必然暴力逻辑。绝大多数介入者都是牺牲品,而所谓的升官发财只是对少数人的利益诱惑和拉拢利用。

《祝福》则呈现了更复杂的权力逻辑与文化杀伤力。祥林嫂的被逼呆滞

---

① 参见李欧梵《现代性的追求——李欧梵文化评论精选集》,生活·读书·新知三联书店 2000 年版。

② 参见黄悦《狂人癫癫世界与常人文明世界——从〈狂人日记〉看中国现代性的"逼入历史"的命题》,载《文史哲》2005 年第 6 期,第 85—93 页。

③ 参见朱崇科《张力的狂欢——论鲁迅及其来者之故事新编小说中的主体介入》,上海三联书店 2006 年版,中编。

乃至死亡恰恰论证了一个力图"过平常日子"的普通农村妇女在封建文化的天罗地网中无处遁逃的过程，无论她或反抗，或顺从，还是如何努力，都不可避免地走向死亡。尤其是，施暴者和凶手不仅仅来自统治阶层或暴力的文化执行者——鲁四老爷，也同样来自其衍生物——与祥林嫂同一阶层的可怜被压迫者，比如那些八卦的妇女们；甚至，在她沦为乞丐，精神上还保留一丝希冀时，也有以"说不清"作为借口逃脱启蒙义务的读书人摆脱责任以及落井下石。

3. 癫狂的后果

考察癫狂话语形构后的结果，我们不难发现无一例外的悲剧性。这和鲁迅小说整体上一贯的悲凉基调是吻合的，包括貌似"虚浮不实"、轻快戏谑的《故事新编》。大致而言，癫狂话语中的主人公不外乎有如下结局：被限制至无害、堕落、死亡。

《长明灯》中的"疯子"虽然有其锐利性，但是最终被限制住，压缩在一个相对安全的空间内。小说结尾孩子们随口编排的童谣对其理想"我放火"的包含（"我放火！哈哈哈！"）更是一种戏谑的操作，他如此坚定的追求已经被无害化。《狂人日记》中的狂人虽然看起来颇具杀伤性，但其实只是过去时。现实中的他"已早愈，赴某地候补矣"。显而易见，曾经的觉醒者已经堕落，并且清醒地和现实合谋。

而死亡则是大多数反抗者的必然结局。《药》中的夏瑜被砍头，鲜血成为华小栓肺痨痼疾无望/徒劳的药方，作为华家传人小栓的必死和夏家夏瑜的惨死，恰恰隐喻了当时国民的无药可救。封建文化的吃人本质也可化为切实的恶果：《白光》中陈士成癫狂后溺水身亡，大概落水死亡前才真正变得清醒，有求生欲望（或者依旧只是临死前本能的攫取），因为"十个指甲里都满嵌着河底泥"，但已经为时太晚；而《祝福》中，祥林嫂恰是在物质与精神的双重饥寒交迫中悲惨死去。

可以看出，鲁迅对癫狂话语的形构背后展示出癫狂积极性一面，它不仅呈现了深刻而丰富的现代性追求，而且也再现了封建文化逻辑的暴力结构。当然，可想而知，悲剧性的结果或许更容易"引起疗救的注意"。

三、"狂人"的位次：反传统的传统主义或进化论中的异形

鲁迅小说的癫狂话语中所涉及的主人公往往存有深意，而其中"狂人"形象尤甚。当我们将"狂人"置于中西方相关文化的平台上进行丈量时，便不难发现其丰富性和悖论性。

（一）反传统的传统主义

毫无疑问，《狂人日记》从意义上可视为是一篇对封建传统文化进行猛烈攻击的宏文，但若要细究起来，其"狂性"也绝非无中生有，而恰恰反过来吊诡地和他所热烈批判的传统文化密切相关。①

1. 吃人的悖论

《狂人日记》中最引人注目的往往是对传统文化"吃人"本质痛快淋漓的揭露，而这种发现也在鲁迅的其他小说中得到贯穿：中国文化吃人，中国人也吃中国人。例如，《孔乙己》《白光》等说明了文化的吃人特征，而阿Q、祥林嫂、夏瑜等的被吃则反映了国人的吃人性。而"狂人"也有相当的自省精神，比如怀疑和意识到自己的吃人性。

但同时"狂人"又指出，"你们可以改了"。意思是说，吃人的习惯是可以改掉的。背后的深意是，如何改造国民性问题。② 不难看出，在面对当时中国惨淡现实的情况下，鲁迅仍然选择奋然前行，对国民性的改善抱有一定的信心。

同时需要指出的是，由于传统文化及其遗留物的复杂性，鲁迅的"吃人"观也是变化的：为了防止反革命的反扑和破坏，要因此痛打落水狗，而"费厄泼赖"（fair play）也要缓行。易言之，吃人是不对的，但吃"吃人"的人则是可以允许的。来自旧阵营的"狂人"恰恰也会以相同的方式对付旧势力。不同的则在于"狂人"有他为了大众的"正义感"，而旧势力则是为了他们小集团的利益。

2. 谁的"先知先觉"

在中国文化史上，楚狂人接舆和孔子的交涉是相当著名的一段文化佳话。《庄子·人间世》中详细记载道："孔子适楚，楚狂接舆游其门曰：'凤兮凤兮，何如德之衰也！来世不可待，往世不可追也。天下有道，圣人成焉；天下无道，圣人生焉。方今之世，仅免刑焉。'"而《论语·微子》记载其事言："楚狂接舆歌而过孔子，曰：'凤兮凤兮，何德之衰，往者不可

---

① 林毓生教授对鲁迅的这种反传统与传统的显性和隐性的表现差异以及其矛盾性分析得相当精辟，可参见林毓生《中国意识的危机——"五四"时期激烈的反传统主义》（贵州人民出版社1988年版）。

② 有关介绍可参见闫玉刚《改造国民性——走近鲁迅》，中国社会出版社2005年版。

谏，来者犹可追；已而已而，今之从政者殆而。'孔子下，欲与之言。趋而避之，不得与之言。"不难看出，这个近乎是源头的狂人和儒家的交往更多是神似的，虽然他们直面现实后的表达方式不一样。但到了19世纪末20世纪初，作为统治文化的儒家文化似乎日薄西山，五四运动时期更成为众矢之的。而《狂人日记》中的"狂人"和儒家的关系更显得相当紧张。

《狂人日记》中的"狂人"对人性的野蛮和残暴显然有着深度的敏感，其人性恶的观点和荀子有异曲同工之妙。荀子在《性恶篇》第二十三中谈到，"人之性恶，其善者伪也"。当然，这里的人性更多指向人的兽性和动物性。① 更引人注目的是，狂人无疑是一个先知先觉者，这似乎并非偶然和孟子的"先知先觉"论有着内在的关联。《孟子·万章上》云："天之生此民也，使先知觉后知，使先觉觉后觉也。""狂人"的觉醒以及为后人发现传统文化的吃人本质无疑呈现出先知先觉的特质。

更进一步，"狂人"还指出，人性的野蛮和粗糙很可能源于不正当的教育，"这是她们娘老子教的"。因此，他所期待的拯救是从儿童开始，因为儿童有"赤子之心"。而这个观点和孟子又是不谋而合的。《孟子·离娄下》说："大人者，不失其赤子之心者也。"换言之，如果从传统思想角度探寻鲁迅对儿童的高度希望和信任感，则和"赤子"的理念密切相关。②

不难看出，"狂人"反传统的举措仍然和传统密切相关，作为旧阵营的叛逆者，他自然葆有传统中的合理成分，并以子之矛攻子之盾，这本身就是一个吊诡。当然，如果回到狂人身上复杂的文化元素来看，则更可能处处吊诡。整体上说，鲁迅其实是一个反传统的传统继承者。③

（二）进化的复杂谱系与"狂人的位次"

鲁迅思想中的进化论其实也有非常复杂的谱系，而"狂人"显然在进化论结构中有着独特的位次，但此中也不乏善意的误读。

1. 谁的进化论

毫无疑问，鲁迅，尤其是早期的鲁迅，深受进化论影响。但值得反问的

---

① 有关解释以及讨论荀子观点和孟子观点的关联请参见张京华《孟子性善论与荀子性恶论辨析》，见王殿卿主编《东方道德研究》（第4辑），中华工商联合出版社2000年版。

② 有关早期鲁迅和传统文化关系的综述，可参见李城希《鲁迅与中国传统文化——偏离　接受　回归》，云南人民出版社2006年版。

③ 有关辨析可参见杨枫《鲁迅"反传统"辨析：对西方后殖民主义"鲁迅观"的反诘》，载《鲁迅研究月刊》2004年第3期。

是，到底是谁的进化论影响了鲁迅，还是鲁迅同样改造并生成了自己的进化论观点？

需要指出的是，当时影响鲁迅及其同时代人的是所谓的社会达尔文主义（social Darwinism）①，这种达尔文主义其实是对达尔文《物种起源》所倡导的"自然选择，适者生存"原则的曲解。毕竟达尔文更强调的是一种自然界的生存法则，而且达尔文也多次强调了物种的平等性。韦尔森（Edward O. Wilson）指出，如果人类的进化按照达尔文的自然选择，那么应该是基因的机会、环境的必要性，而非神制造了物种。②

从前辈严复、梁启超③那里开始变得声势浩大的进化论无疑对鲁迅有着很强的冲击，这和他的民族主义、爱国思想一拍即合。为此，他情愿将达尔文主义从自然史变成社会理论，也变成了他拯救国人、改造国民劣根性的理论依据之一。但这是有矛盾的，若是基因决定论，那改变是不可能的；若是社会影响学说、文化决定论，则似乎只有集体革命。

对鲁迅的进化思想有着独到研究的普赛（Pusey）指出，《狂人日记》中狂人有关自由意志的言论不是达尔文主义的，而是赫胥黎式的、尼采式的。他同时还指出，鲁迅一直在两种人性理论间徘徊，一种是决定论，一种是自愿论（虽然带着决定论的一面）；一种是悲观论，一种是乐观论（虽然带着悲观的一面），都是由（with）达尔文主义支持，却不被（by）达尔文主义支持。④ 不难发现，鲁迅的进化论更是带着相当的自我色彩，他也一直在理论与现实的张力中进行自我调适。

2. "真的人"或"超人"

1935 年，鲁迅指出，"《狂人日记》意在暴露家族制度和礼教的弊害，却比果戈理的忧愤深广，也不如尼采的超人的渺茫"⑤。这句话透露出哪怕是临终前一年鲁迅也念念不忘国民性改造的效果。而"超人"（superman）

---

① 相关解释可参见 Peter Dickens. *Social Darwinism: Linking Evolutionary Thought to Social Theory*. Open University Press, 2000；[英] 彼得·狄肯斯著《社会达尔文主义》，涂骏译，吉林人民出版社 2005 年版。

② Edward O. Wilson. *On Human Nature*. Bantam, 1979, p. 1.

③ 梁启超显然对达尔文的进化论进行了改造，由自然选择变成了人自主选择以及要革命等推论。具体可参见 James Reeve Pusey. *Lu Xun and Evolution*. State University of New York Press, 1998, pp. 10 – 11.

④ 参见 James Reeve Pusey. *Lu Xun and Evolution*. State University of New York Press, 1998, pp. 93, 98.

⑤ 鲁迅：《鲁迅全集》（第 6 卷），人民文学出版社 2005 年版，第 247 页。

作为尼采思想中的核心词之一,和鲁迅的"狂人"之间也有着幽微的关联,甚至也成为鲁迅效法和叨念的榜样。①

回到癫狂话语中来,鲁迅小说中的狂人/疯子值得关注。《狂人日记》中"难见真的人"似乎并不太容易理解。但据笔者看来,这里"真的人"应该就是鲁迅"立人"思想中的标的。他首先要摆脱吃人文化的毒害和浸染,而且在思想和精神上是一个先知先觉的战士,有自己的"主人道德"(尼采语),也是一个热烈的启蒙者。但"狂人"究竟该居于怎样的文化位次呢?我们可以将其视为承上启下的"中间物"。

一方面,他是旧阵营的反叛者,是沉睡的铁屋中的先知先觉者,是超人和"真的人"理念的雏形或者先驱。他猛烈抨击传统的罪恶,不满现实;但同时他又认为可以通过启蒙等手段改善人性,使人们走向更加光明的未来。另一方面,他也只能是过渡时期的中间物。作为旧阵营出来的战士、觉醒者,他的身上难免留有旧阵营的痕迹,比如可能的"吃人"劣根性、鬼气和毒气等,他自身就是悖论的产物,不新不旧,既新又旧。这也决定了他相对的脆弱性和存在的可能短暂性,很难成为一个理想化的产物。

结语:将鲁迅小说中的癫狂话语置于中西方文化交接的平台上考察,我们发现,鲁迅其实和西方话语有着神交的一面(虽然表面上看来,很多论述者——文化大师们远比鲁迅年轻),但同时鲁迅对这些话语又有更具化和丰富的一面。癫狂话语的形构既是对传统文化逻辑暴力结构的批判,同时又是对被压抑的可能性和新的现代性的称羡。如果重新审视"狂人"形象,我们可以发现其形成过程中的吊诡之处,他既是反传统的传统主义者和拿来主义者,又是对西方话语进行改编的本土进化论的先知先觉者。

第二节 鲁迅小说中"吃"的话语形构

俗话说,"民以食为天"。在"中国现代小说之父"鲁迅的创作中,"吃"同样是极其重要的书写。据笔者统计,在《呐喊》《彷徨》《故事新编》三部小说集中,超过八成的小说和"吃"有直接关联。换言之,"吃"

---

① 有关研究可参见姜玉琴《两种文化的隐喻——鲁迅的"狂人"与尼采的"超人"》,载《中国现代文学研究丛刊》2001 年第 2 期,第 193–205 页。或者参见 Chiu-yee Cheung. *Lu Xun: the Chinese "Gentle" Nietzsche*. Peter Lang, 2001.

成为鲁迅小说的关键词之一。

作为一个难以固化的文学/精神存在，鲁迅的小说书写自然有其深邃又驳杂之处，而引人注目的地方也在于其化平常为神奇的独特艺术魅力。"忧愤深广"等评价挪用到"吃"的刻画中毫不逊色。似乎也因此，鲁迅小说对吃人礼教制度、科举制度等的批判亦为论者瞩目。

近乎汗牛充栋的研究哪怕是在刨除大多数的重复劳作之余，也仍然可以拓展我们的认知。尤其是像西方著名学者詹明信（Fredric Jameson，或译为"詹姆逊"）的研究更是将这一课题推向国际化，影响深远。他不仅指出《狂人日记》等小说力比多口腔中心的重要性，也揭示了"吃"可以戏剧化再现社会梦魇的功能，甚至借此生发开去，得出相当有争议的论断：第三世界的文本，总是以民族寓言（national allegory）的形式来投射政治。①

也有人粗略指出，鲁迅小说中"吃"的功能是塑造人物形象、推动情节发展、揭示主题思想。② 但在笔者看来，"吃"的话语在鲁迅的作品中仍然有其开拓的空间和复杂性。此处，笔者引入福柯的话语形构，在福柯看来，话语形构主要是描述一批"声明"（statement）间离散的体系，定义事物间、"声明"类型间、观念间，或主题选择间的规律性（一个秩序、相互关系、地位和功能、转化）等。③ 当然，在《知识考古学》（或《知识的发掘》）中，福柯借助形式五花八门、迂回婉转的"声明"作为焦点载体进行分析和阐发，本节并不照搬其操作模式。

王德威曾经指出："我们不妨说'声明'是一种'功能'（function），此一'功能'需借一个句子、一项命题予以具体化，但是却能不为其所役。"④ 本书的话语形构概念也恰恰是从"功能"角度去探查话语运作的轨迹架构，并借此勾勒这一话语不同层面的走向。本节的问题意识是："吃"的话语从哪些层面发挥功能？它们如何运作？

一、繁复的简单：维生范式

毫无疑问，"吃"的主要功能是为了谋生，其次才有可能欣赏、品尝或

---

① Fredric Jameson. "Third-World Literature in the Era of Multinational Capitalism". *Social Text*, 1986 (15), pp. 65–88. 中译本可参见詹明信《晚期资本主义的文化逻辑》，生活·读书·新知三联书店 2003 年版，第 516–546 页。

② 参见孙自见《浓淡有致 韵味无穷——谈鲁迅小说里的"吃"》，载《中学语文教学参考》2004 年第 12 期，第 52–53 页。

③ 参见［法］福柯著《知识的发掘》，王德威译，麦田出版有限公司 1993 年版，第 116–117 页。

④ 王德威：《导读二："考掘学"与"宗谱学"》，见福柯著《知识的发掘》，王德威译，麦田出版有限公司 1993 年版，第 46 页。

者达至一种消费美学乃至哲学的境界。在鲁迅的小说中，哪怕将此功能暂时剥离其文化意义/隐喻（尽管此举难免有抽刀断水之虞），我们也可以发现，在此基本要求/目标的简单面具下隐藏了丰富的话语范式。

（一）吃饭的秩序

从清末的"落后挨打"到走向现代化的过程中，"吃"对于有着悠久历史的农业中国显然非常重要，被赋予了更加丰富和曲折的内涵。有些时候，生存的艰难甚至超越了时代的限定，"活着"因此成为文学谱系学上的生存状态的高度概括。①

1. 吃的艰难物质性

综览鲁迅的小说，"吃"往往呈现出其艰难的物质性。除了在回忆性颇强的《社戏》中，"吃"饭与偷罗汉豆等成为相对正常乃至怀旧美感的实践以外，其他小说更多再现了"吃"的艰难。

在同样是怀旧小说的《故乡》中，在对少年闰土的图像回忆里，鲁迅带有淡淡的温情，比如"摘瓜吃"是不算偷的。而中年闰土时期，"吃不够"富含了强烈的沧桑、辛酸和沉痛感。而在著名的《阿Q正传》中，阿Q作为游民同样也面临"吃"的问题，在性骚扰吴妈事件后，无工可做的他只好去偷静修庵的老萝卜吃，这彰显了鲁迅对"吃"的一贯重视。

更进一步的，还有《奔月》中嫦娥对羿的背叛与抛弃也和日复一日令人生厌的乌鸦炸酱面相关，加上她的欲望强烈（"嘴唇依然红得如火"，第281页），"吃"慢慢变成婚姻内部的障碍和理由。同样，《风波》中的"吃"，从九斤、七斤到六斤等，吃饭场景一再出现，这不仅仅是对风波茶余饭后场景的烘托，而且也强化了一般国民的物质性追求与品格。《幸福的家庭》中也提及"中国菜最好吃"，这既是虚构/想象对凄凉现实的嘲弄，也是对国民性自大和封闭的一种反讽。

2. 吃的权力/话语

"吃"中也蕴含了一些权力话语因素，其中可以分为两个层面。

（1）文/白与尊/卑之间。在鲁迅小说中，《风波》和《肥皂》都凸显

---

① 这方面的书写可谓数不胜数，饥饿、疾病、政治灾难等天灾人祸常成为不断的主题。比较著名的有张爱玲《秧歌》、路翎《饥饿的郭素娥》、余华《活着》、王蒙《坚硬的稀粥》、刘恒《狗日的粮食》、苏童《米》、虹影《饥饿的女儿》等。

了"吃"饭和"用"饭的差别。当然，在不同的小说中又有所侧重，呈现了鲁迅对"吃"的深度开拓。

《风波》中九斤、七斤一家人的进食成为吃饭（第40页），包括七斤嫂骂七斤不该剃光头时，也说"还是赶快吃你的饭罢"（第42页）。但当邻村的赵七爷——方圆三十里以内"唯一的出色人物兼学问家"出现以后，吃饭的村人要恭请七爷"用饭"（第43页）。这显示出物质、文化双重身份等级的差异，也意味着权力结构的设置和安排。当然，在皇帝"不坐龙庭"的风波过后，七斤一家仍然在家门口吃饭。

《肥皂》中，四铭一家的晚餐刻画无疑更凸显出四铭的伪善一切照旧，他在自己看中的菜心被儿子学程不小心夹去后，只好"无聊的吃了一筷黄菜叶"（第171-172页），因为淫欲和物欲都没有得到满足，所以迁怒于人、借故怒斥儿子。这里的"吃"同时可凸显其下贱和伪善；而当其同道道学家——何道统来后，他又虚张声势地请他"用便饭"，重新摆出文化人的面具。

（2）身份的标签。"吃"在很多时候也凸显吃者/食客的身份。《补天》中当女娲看到某类小东西时，利用其呕吐物可判断其身份，"似乎是金玉的粉末，又夹杂些嚼碎的松柏叶和鱼肉"（第272页）。鱼肉和金玉表明了其"高贵"的身份，同时又和他们迂腐的本质形成反讽。《出关》中老子吃的"饽饽"也可成为一种身份诉求，根据数量不同即可判定新老作家的不同水准。而在《非攻》中，通过墨子对吃的部分拒绝以及以大吃（一国人民的饭碗）换小吃（一人的饭碗）的做法，可以揭示鲁迅对民族的脊梁的尊重与推崇，而墨子对自我身份的坚守和权贵们的高度区隔实在令人感慨。

比较有代表性的则是《理水》。鸟头学者要吃炒面，还要命令乡下人等他打官司，这当然是对鲁迅和顾颉刚事件的影射[①]，但除此之外也反映了身份的差别；同样，其中考察官员们吃的是面包（第293页），而头有疙瘩的民间"代表"则吃叶子、水苔（第295页），在这个"代表"的麻木不仁、奴性十足之外，鲁迅同样通过吃的对象差异来确立"吃"的阶级性。

（二）吃"药"的规则

吃药按照常理往往是治病救人的手段。如《弟兄》中，沛君对兄弟靖

[①] 1927年鲁迅在广州时，顾颉刚曾于7月中由杭州致书鲁迅，说鲁迅在文字上侵害了他，"拟于九月中回粤后提起诉讼，听候法律解决"且"暂勿离粤，以俟审判"。鲁迅当时答复顾："请即就近在浙起诉，尔时仆必赴杭，以负应负之责。"具体可参见中山大学中文系编《鲁迅在广州》，广东人民出版社1976年版。

甫的"病"情的关心就寄托在吃药上。在这里,要更多呈现出拳拳兄弟之情(当然也有自私潜意识,担心其病故后要帮忙照顾后代)。此外,吃药也有其他功能。例如《奔月》结尾中,羿对仙药的渴望姿态又呈现出另一番意味,药更是对他们的婚姻,尤其是对颓败自我的补偿和提升。当然,也还有更复杂的"药"的规则。

1. "药"的反向隐喻

其中最具特色的是《药》和《狂人日记》。《药》中的"药"具有双重隐喻:表面上的人血馒头成为治小栓肺痨的药,其无济于事的结果一方面论证了革命者/启蒙者的失败,另一方面又暗示了愚昧民众的无药可救。而小说中"吃点心"(第19页)却又歪打正着地指涉了作为药的物质性——心状的人血馒头"趁热吃"(第20页)——"点心"。而其更深层的隐喻则在下文述及。

《狂人日记》中的"药"同样折射出反向的意蕴。大哥请来的何医生的诊断——"不要乱想。静静的养"(第4页)成为狂人质疑的对象,看脉和治病恰恰是为后来的吃人做准备,当然也是揭发历史、制度的吃人和吃人的制度的载体。

2. 吃"药"与吃"饭"的次序

细读鲁迅的小说,在吃药和吃饭之间也存在着一种次序。民众的物质性、务实性也可从此次序中初显端倪。这以《明天》为代表。

《明天》中阿五们的吃喝和宝儿的吃药形成强烈对比。宝儿的生病和闲人阿五等的吃喝互相映照,前者往往成为他们的谈资。单四嫂子带儿子首次看病的结果是敷衍的中医先让宝儿"吃两帖"(第26页)。抓药的时候,偶遇准备吃饭的蓝皮阿五,帮忙抱小孩成为他揩油的理由。后来,宝儿"吃下药"(第28页)却慢慢去世。几堆人来帮忙,帮忙的人要吃饭(第28页),在丧事过程中,鲁迅又强调"凡是动过手开过口的人都吃了饭。太阳渐渐显出要落山的颜色;吃过饭的人也不觉都显出要回家的颜色,——于是他们终于都回了家"(第29页)。

鲁迅数次用"粗笨女人"来形容单四嫂子,这固然可能概括了她的愚笨、不开化,但通过吃药和吃饭种种场景的对照,仍然可以看出她对精神牵挂/寄托的初步追求,而其他人却更多的是生物性的行尸走肉,他们才是真正愚笨的需要被救治的人。

二、重叠与神合：吃/被吃的话语转换

更加耐人寻味的是，吃/被吃如何从生理层面进入文化/隐喻层面的内在转换？比如《在酒楼上》，"我"对并不特别喜欢的荞麦粉的假装钟爱狼吞虎咽——狂吃，并没有阻止流言对阿顺姑娘的吞噬；而《孤独者》中，"吃"也是别有深意的，物质上落魄的魏连殳似乎连他认为最纯洁的小孩也拒绝了他——不吃他的东西（第211页），而当他俯身权贵、放弃启蒙/革命思想后，对大良们的祖母可以吆三喝四，"老家伙，你吃去罢"（第220页），而被呵斥者似乎很受用。不难看出，"吃"同样可以隐喻启蒙者对精神操守和现实因应处理所导致的"成功的失败，失败的成功"之间流转的哲学，甚至可能是鲁迅作为一个陷于夹缝中的、必然会痛苦并感觉到死之阴影笼罩的、觉醒了的孤独者的自我隐喻。①

若进一步思考，在吃与被吃、生理到文化之间也存在一种复杂的流动关系，根据其方向，我们可以将这种话语转换分为对流型和压倒型。

（一）短暂的对流：《狂人日记》的反省

被誉为中国第一篇现代白话小说的《狂人日记》，虽然手法上未见得特别圆熟，难以摆脱模仿和传统的影子②，但在思想上却有过人之处，成为新文学运动思想界的振聋发聩的"呐喊"，而且哪怕是我们只从话语转换角度的视角探勘，亦有其独到和复杂之处。

1. 从个体被吃到集体吃人

《狂人日记》的视点虽然是游移的，但令人触目惊心的冲击却来自"狂人"的强烈的、过度的主体敏感。这个敏感主要表现在它的受迫害性思维——一种非理性思维。例如，从"咬你几口出气"到"吃心肝"，从"吃鱼"联想到吃人，从何医生看诊到李时珍提及的人肉可煎吃（第5页），从赵家的狗到"海乙那"群体等，我们不难看出，从个体思考、感受、联想上，狂人表现出一种被吃的恐惧和敏感特征。当然，这个层面更多是主体的，但已经较有威力。"鲁迅的非理性思想使他获得了对传统、对社会、对历史及现实人生的一种深刻的认知与把握，使他总是带着一种自上而下的俯

---

① 参见李欧梵著《铁屋中的呐喊——鲁迅研究》，尹慧珉译，岳麓书社1999年版，第96－97页。
② 参见朱崇科《张力的狂欢——论鲁迅及其来者之故事新编小说中的主体介入》，上海三联书店2006年版，第196－197页。

视目光，对中国的社会文化环境进行批判性的审视和思考。"①

从力比多的口腔中心逐步过渡到人吃人、集体以及制度吃人，并非毫无关联。其中至少有两个连接途径：一是无数个体的丑恶累积成集体罪恶。在小说中，许多吃人的个案在不同的历史时空中记忆叠加、对话，就变成了历史记载缝隙中的吃人谱系。二是文化的修饰。当个体人被单纯视为生物个体时，吃人或被吃成为蛮荒时期人类并不自知/自耻的生存方式和技巧，人更多是物质性的食物，所以有论者指出，"中国社会和历史的野蛮性除了这直接的吃人以外，还有社会的制度，也是另一种意义上的吃人，也就是对人的肢体的残害和精神的残害"②，但人对人肉体的吞食原有主题不可忽略。

但当文化逐步形成和渗入人类社会时，"吃人"就不再是生理的，在文化的烛照下，人类不能再肆无忌惮或无动于衷；同时，反过来文化也可以变成一种修饰和遮羞布，比如，加上"恶人"的罪名，身体被诛杀并吞吃（第8—9页），或易子而食等。《狂人日记》中"吃人"的意象实际的象征意义是"指人的精神的'被吃'；也就是说，在中国的封建文化的整合下，中国人身上的人性被吃掉了，而兽性却得到了张扬"③。

2. 被吃/吃人的自省

《狂人日记》中相当令人震撼的还有狂人的自省精神，在揭示"吃人"的历史真相和勾勒个体遭遇之际，他并没有忘记反省自我，他在吃人文化制度传统的熏染下，也未必没有吃人。"有了四千年吃人履历的我，当初虽然不知道，现在明白，难见真的人！"（第10页）

在这样的反省中，吃人和被吃就形成了一种暂时的对流关系。狂人没有超然物外，也没有乐在其中，而是敏感地直面自我，难能可贵。但这种对流是相当短暂的，《狂人日记》正文中令人荡气回肠、悲情四射的呐喊恰恰反证了拯救的不可能，因为那段古文楔子中，狂人"已早愈，赴某地候补矣"（第1页）。综览鲁迅的小说，这种悲剧意识贯穿始终，而且与日俱增。《故事新编》更是悲极而泣的笑，在表面的油滑和轻快背后却是无尽的悲凉。

---

① 黄寒冰：《非理性话语的飞扬与理性精神的高涨——对鲁迅早期作品中疯癫意象的一种解读》，载《鲁迅研究月刊》2002年第5期，第63页。

② 汤晨光：《是人吃人还是礼教吃人？——论鲁迅〈狂人日记〉的主题》，载《湖南师范大学社会科学学报》2004年第1期，第111页。

③ 余连祥：《论"吃人"意象的象征意义——鲁迅〈狂人日记〉新解》，载《浙江学刊》2001年第5期，第97页。

（二）"被吃"压倒"吃"

如前所述，鲁迅的多数小说中"被吃"的主题日益凸显。在《孔乙己》中，分茴香豆给孩童的孔乙己也借此呈现了善良、可爱的一面，但仍无法摆脱被吃的悲剧命运。而在其他小说中，鲁迅也进一步强化论证了此主题。

1.《药》：救赎的悲剧

鲁迅名篇《药》相当精彩地刻画了启蒙者、革命者与愚昧国民的拯救者"被吃"的悲剧。而这里的"被吃"是具有双重意义的：①夏瑜的身体（人血）被吃，制成人血馒头出售去拯救肺痨患者华小栓，华/夏自相残杀从名字上可以看出国人的内讧；②夏瑜的思想被愚昧吞噬，恍如石子堕入大海，没有一丝涟漪，甚至他善良的母亲也无法理解他。

如人所论，"'吃人'一词虽然有实指的含义，但更多更主要的意义是指人的自主意识、自由精神的丧失而不是单指肉体的'被吃'。'吃人'意象既是鲁迅用来抨击封建礼教、挖掘国民劣根性的工具，又是他用来解剖社会、解剖自己的手术刀"①。《药》也因此成为"吃"的话语转换中极其经典的一篇，生理和文化的隐喻是严丝合缝重叠的。

2.《祝福》：祥林嫂成为集体谋杀的牺牲品

《祝福》中阿毛被狼吃的现实/故事更隐喻了祥林嫂自我的悲剧，我们当然可以说政权、族权、神权、夫权的逐步丧失导致她的灭亡，但这可能失之抽象。实际上，祥林嫂死于集体谋杀。在封建礼教的游戏规则中，祥林嫂力图恭恭敬敬做个好学生，但还是不能。她一再被逼卖嫁人，以死抗争；儿子、丈夫遇害、遇难，自己又被剥夺祭祀帮忙的权利，甚至在她辛辛苦苦捐了门槛后仍是如此。

而八卦又恶毒的柳妈，反讽的是，她居然"吃素"（第145页，含义丰富，"吃素"的她却残忍地吃了同阶层的同类——祥林嫂的肉），她用传说勾起了祥林嫂对来世的思考。当祥林嫂关于终极关怀的问询被拒绝后，走投无路（物质极度贫困、精神彻底空虚）的她只能死亡，但这背后却呈现出集体吞吃普通民众的真相。

---

① 刘红：《鲁迅对中国封建文化"吃人"意象的精神挖掘》，载《齐鲁学刊》2005年第5期，第103页。

3.《伤逝》：青春理想的坍塌

如果我们将《伤逝》按照表面意思理解为一篇爱情小说（当然，它意义繁复，比如可能隐喻了对兄弟之情的悼念①），那么，子君之死更凸显了拥有激情和理想的年轻人被吃的悲剧。

首先必须说明，"吃"在勇敢反叛的年轻人那里含义过于丰富了，甚至超出了他们的承受能力。第一，"吃"成为生存必须（第 228 页），经济独立是第一位的，子君、涓生并没有这个能力。第二，"吃"由于子君的苦苦经营慢慢成为涓生的"束缚"（第 231 页），对他的工作产生影响。第三，子君在现实中勾画/设计的"吃"的次序是阿随、涓生、油鸡们。在爱情（love）和生活（life）的兼顾中，这个设计是有问题的。后来，油鸡们也被吃掉，而油鸡的命运也暗示了子君的命运（俗话说，"嫁鸡随鸡，嫁狗随狗"）。更进一步，涓生也并非纯粹的革命者（机械启蒙论者），他身上仍残存男权思想、自私性以及旧的影子。但除此以外，这个不能容忍新生的社会制度和现实情境才是吃人的最大主谋。

4.《采薇》：气节的败落

《采薇》若从吃的角度思考也别有韵味。伯夷、叔齐之死自是众说纷纭，殉节或死于流言的损伤等都是题中应有之义。其实，他们的死也是一种必然。对食品——"薇"的选择也不是一步到位，而是有一个过程：从当初老人院的烙饼，到沿路乞讨的残饭团，到尝试松针，再到"薇"。不难看出，这是一个步步退缩的选择过程。坦率地说，日渐减少的"薇"和他们日益不支的体力已经暗示了他们的穷途末路，催他们早死的其实是对他们气节的攻击，"普天之下，莫非王土"，"薇"又何尝不是？这一切将他们逼上了死路，而死后闲人们对他们的诬蔑更证明了吃人的复杂与阴险。

不难看出，"吃"从生理到文化的话语转换是耐人寻味的，在人的社会性逐步丰富时，文化性也得到增强。"吃"作为生理的实践和文化运行愈发密切相关，这既反映了"吃"对生存的客观重要性，又反映了由此生发的文化对人的主观改造、引导与扭曲等。在鲁迅的小说中，吃与被吃的对流型反省书写往往是少见的、暂时的，而更多地刻画了不同层次的国民，尤其是

---

① 1963 年，周作人在他的《知堂回想录》中说："《伤逝》不是普通的恋爱小说，乃是假借了男女的死亡来哀悼兄弟恩情的断绝的。"具体可参见周作人《知堂回想录》，河北教育出版社 2002 年版，第 486 页。

下层民众不断"被吃"的悲剧命运。

三、延伸与升华：写在"吃"之外

毋庸讳言，"吃"的含义也在不断流转。例如《头发的故事》中"吃苦"（第36页）的"吃"变成忍受之意；而在《兔和猫》《鸭的喜剧》中的"咬"（第108页）和"吃"（第115页）意义也有所变化，它关涉的更是生物进化论中生物链的延续，"吃"不过是一种手段。另外，还有跟"吃"相关的其他词语的指涉，比如"喝"。"吃""喝"往往并置。例如《离婚》中的"喝"虽然单列，却同样意味深长。在未见七老爷之前，在慰老爷家中"喝完年糕汤"（第256页）的爱姑可谓信心满满、中气十足，对自己的获胜很有把握，对两位老爷似乎都不放在眼中；结果却出人意料，在文化权力等的威压下她逐步退缩让步，最后服输。所以，端茶送客的慰老爷邀请她"喝新年喜酒"（第261页。注意，还没喝的），爱姑连称不喝了。在一来一去的"喝"中，前倨后恭的悲剧反讽悄然显现。当然，也还有其他字眼值得仔细剖析。

（一）"咬"的立体性

"咬"可以算是鲁迅小说中出现频率较高的字眼。在《补天》中，"咬"表现为一种阻力，补天的女娲在劳作时，有东西"咬伊的手"（第274页），而悖论的是，死后的女娲尸体却成为人们争抢利用的对象。《阿Q正传》中"咬"的使用可谓别出心裁：咬虱子发出的声响成为闲人阿Q和王胡比赛的资本，在"精神胜利法"的国民性批判中，如此无聊的东西得到重用更真切地反映了鲁迅的匠心，实在是可笑可悲。

"咬"相对集中的篇章则是《铸剑》，其中的吞刀、吐火作为娱乐大王的把戏自是不必多说，而"咬"却成为眉间尺复仇的方式。他在金鼎中的头和王头作战时，由于经验不足面临失败，结果黑色人削头加入，形成了二对一的混战互咬局面，"于是他们就如饿鸡啄米一般，一顿乱咬，咬得王头眼歪鼻塌"（第336页）。这形成了一种"咬"式复仇的闹剧和狂欢。[1]

（二）"口"的攻守战

《奔月》中"吃"的含义也相当丰富，从嫦娥"吃"的对象的演变也

---

[1] 参见朱崇科《张力的狂欢——论鲁迅及其来者之故事新编小说中的主体介入》，上海三联书店2006年版，中编。

可见一斑。从开始只吃熊掌、驼留峰,到吃野猪、兔、山鸡,再到吃乌鸦,这种变化同时也可反衬羿的英雄末路。

除此以外,羿和逄蒙的战争都和口密切相关。力图杀羿后称霸的逄蒙的利箭迎面飞来的时候,羿以口咬箭应声而倒("啮镞法")自卫,而逄蒙却以造谣和诅咒作为杀伤力巨大的武器(所谓众口铄金)。鲁迅在书写这样的口战时无疑充满了对青年劣根性的鄙夷和惋惜,当然这也和高长虹事件①不无关系。

总体而言,尽管这些话语不如"吃"那样丰富多彩,却同样反映了鲁迅对生理官能的深入思考、借鉴和化用,对于丰富相关话语也不无裨益。

结语:鲁迅小说中"吃"的相关话语相当成功地承担了批判思考和深度开掘的功能,无论是在维生层面的繁复,还是在"吃"与"被吃"转换的过程中实现生理与文化的交叉、互渗,甚至是在和"吃"相关的其他话语指涉中,鲁迅都成功地展现了其独特的话语形构规则与轨迹,并借此深入批判其中权力的弥漫,体制、传统的吃人,个体的自救、缺憾与被吃,等等。

第三节 鲁迅小说中的村镇政治话语

鲁迅往往被视为20世纪中国乡土文学的集大成者,其创作也往往被文学史书写当作相关文学的奠基之作。② 其实,单以"鲁镇"和"未庄"为例,也可体现鲁迅的精深造诣:因为它们既是鲁迅对旧中国再现与浓缩批判的载体/空间,又是鲁迅自身思想的组成部分、生成语境之一和自我反思、批判精神的体现,虽然这两个地名"原是写小说的人所创造出来的一个地名"③。

毫无疑问,有关鲁迅小说中的乡土书写等研究本身就是一个历史悠久、资料繁复的领域,笔者无意再在这样的一个宏大的领域内增添重复劳作的喃喃自语或喋喋不休。即使我们缩小研究范围,将之锁定在村镇空间里,也有

---

① 参见朱崇科《张力的狂欢——论鲁迅及其来者之故事新编小说中的主体介入》,上海三联书店2006年版,第249-251页;董大中《鲁迅与高长虹:现代文学史上的一桩公案》,河北人民出版社1999年版。
② 参见孔范今主编《二十世纪中国文学史》(上),山东文艺出版社1997年版,第493页。
③ 周遐寿:《鲁迅小说里的人物》,人民文学出版社1981年版,第91页。

不少论文。比如，未庄—鲁镇系列，专论其中传统的隔绝性与传承性[1]，或讨论其叙事时空[2]，或者探研酒店、茶馆的复杂文化功能[3]，或者将视野拓展开去探讨中国现代小说史语境中的鲁迅小说中的小城镇氛围[4]等，不一而足。

本节将焦点锁定在村镇政治话语上。一方面，这是一个相对被忽视的可操作范围，有论者指出，"鲁迅小说真正取材于'乡村'的作品其实很有限，《社戏》可能是其中之一；而他小说写到乡村主力群体农民的更是凤毛麟角，闰土恐怕是唯一的一个"[5]。相对较少未必意味着可操作性空间的虚无。另一方面，在重新界定和调整思维后，农村及其政治话语仍有可深挖的潜力。笔者认为，对农村/农民的界定不该是死板的、固定的，农民的分类也可有所松动。例如，除了传统意义上的男耕女织印象以外，范围可大可小的游民，如可以挣钱谋生却不会自力更生做菜煮饭的单身汉等，这样农村的空间并不单纯定格在传统设定中。

"村镇政治"则有其更准确的界定。"村镇"一词更多是强调村镇之间的流动性，但其侧重点在于村——农村，因为有关镇的研究已经很多。这里的"政治"可分为两个层次：第一，有关农村的各种政治，比如他们对政治的关注、判断、参与等；第二，农村中呈现出来的文化政治/政治实体结构。或许他们身在其中，未必能够明晰地感受到或独特或深刻的文化政治结构。

为此，本节的问题意识在于：鲁迅如何在其小说中形构其别具匠心的村镇政治？这种形构包含怎样的叙事策略？村镇政治话语的内在意义何在？本节内容主要分为三个层次：村镇政治的形态呈现、村镇政治的隐喻及其话语形构原因、村镇叙事的风格。

一、"时空体"形态：村镇政治再现

苏联著名文艺理论家巴赫金创造了一个非常精彩的概念——"时空体"

---

[1] 参见吴小美、程堂发《从"未庄—鲁镇文化"看中国传统文化的隔绝性和承传性——读鲁迅小说引发的一点文化思考》，载《甘肃社会科学》1994年第5期。

[2] 参见毕绪龙《"鲁镇"：鲁迅小说的叙述时空》，载《鲁迅研究月刊》2005年第9期。

[3] 参见李蔷《鲁迅小说中酒店茶馆之文化功能探析》，载《济宁师范专科学校学报》2003年第2期。

[4] 参见袁国兴《鲁迅小说的"小城镇氛围"——兼谈中国现代小城镇文学》，载《鲁迅研究月刊》2007年第5期。

[5] 袁国兴：《鲁迅小说的"小城镇氛围"——兼谈中国现代小城镇文学》，载《鲁迅研究月刊》2007年第5期，第46页。

(chronotope)。他指出,"在人类发展的某一历史阶段,人们往往是学会把握当时所能认识到的时间和空间的一些方面;为了反映和从艺术上加工已经把握了的现实的某些方面,各种体裁形成了相应的方法。文学中已经艺术地把握了的时间关系和空间关系相互间的重要联系,我们将称之为时空体"①。当然时空体不仅有其独特的融会时空的威力,同时也会部分决定体裁的某些形式发展。

鲁迅小说中的村镇政治自然是晚清民初各种政治信息、消费、日常、纠纷、犯罪等的发生地和传播点,也是一种独特的时空体的建构和挖掘。如果我们把村庄当作政治、社会、权力机构的从上而下的基层单位的话,它所面临和纠缠的政治从空间感上来说,主要可分为内部政治和在内外之间的政治。严格意义上说,村镇政治没有纯粹的外来政治,它必须真正进入村镇内部,发生明显的影响或者变形,才能化为村镇政治的内容之一。

(一) 内部政治:权力话语与实体机制

在村镇政治的内部,权力机制的运行既是话语的、精神的,同时又是实体的、机制的。

1. 基层控制:上下之间

在村镇政治结构中,主要体现为上级(乡绅、有势的商人、地保等)对下级村民的直接控制。当然,这种控制同样不乏物质与精神的双重操作。我们不妨以《离婚》为例来加以说明。从某种意义上说,《离婚》恰恰是村镇内部的婚恋纠纷问题小说。女主人公爱姑不满于"小畜生"老公的红杏出墙——姘上了一位寡妇,要离婚只赔80大洋,也不满于"老畜生"的袒护,甚至也不满于慰老爷的处事态度,而一直要捍卫自己的权益,这就将她和七大人的遭遇摆上了台面。

七大人对爱姑的操控是多方面的:第一,从行政上看,七大人的打手——"垂手挺腰,像一根木棍"(第260页)虎视眈眈,爱姑可能的女性撒泼因此失灵;第二,从文化政治上看,通过假洋鬼子的附和,他由对古人"屁塞"的"专业"迷恋,一次次论证了"知识就是权力"的道理;第三,其他各行各业的人士对他的低姿态抬高了他的权威性,也证明了官本位思想

---

① [苏] 巴赫金:《巴赫金全集》(第3卷),白春仁、晓河译,河北教育出版社1998年版,第274页。有关时空体的更复杂的论述,还可参见朱崇科《张力的狂欢——论鲁迅及其来者之故事新编小说中的主体介入》,上海三联书店2006年版,上编。

深入人心。上述种种，直接将村姑——爱姑的反抗打回原形。

同样，《祝福》中鲁四老爷对祥林嫂也不单纯是雇主/佣人关系，他们之间同样也有上下级的控制关系。当然，《祝福》里有更复杂多变的关系纠缠：政权、族权、神权、夫权等多管齐下，使得祥林嫂毫无喘息的余地。

2. 积极的看客：同级监控

鲁迅的复杂和深刻之处在于，他不仅指出常规的上下级权力关系，而且还深邃地发现了更深层次的权力结构——做稳了奴隶的奴隶对其他做不稳奴隶或不想做奴隶的奴隶们的监控、规训和打压。

《长明灯》中，吉光屯对疯子的处理和监控同样也是符合上级对下级的权力规训的，因为四爷恰恰是主持此事务的实践者。但是，原本在鲁迅笔下麻木的看客——疯子的邻居/村人却在此时成为权力运作的帮凶：他们不仅热烈而积极地出谋划策对付要熄掉长明灯的疯子，而且还在阔亭等的循循善诱下极尽阿谀奉承之能事，甚至连茶馆老板灰五婶都搬出了"死鬼"老公的法子，而受迫害者却是不想被奴役的疯子。

值得关注的还有《明天》。单四嫂子作为寡妇，其独子宝儿的死令她无比心痛。但是，同级的人们对她更多是一种幽微的权力实施：首先，不仅红鼻子老拱们对她进行意淫，蓝皮阿五还借机对她进行性骚扰[①]；当然，内中也可能诉说着单四嫂子的潜意识，她更是母爱和性爱的合体[②]。其次，帮助处理丧事的人其实并不热心，在吃过饭后便纷纷回家了。

需要指出的是，《社戏》之所以成为鲁迅小说中难得一见的温情脉脉、轻快活泼的小说，恰恰也是因为鲁迅对村镇政治的淡化：不仅知识难以化成对热情好客的乡人的权力控制，而且似乎连辈分等传统影响力也在童趣中可有可无，其中更多呈现民间价值的积极与和谐色彩。

（二）当外部进入内部：流动的政治

鲁迅并没有单纯地将小说固定在村庄内部事务上，他还别出心裁地将外部事务摆上台面，借此验证村镇政治的顽固性和流动性。

[①] 有关鲁迅小说中的性心理书写可参见朱崇科《为了反抗与也是反抗——鲁迅和阿尔志跋绥夫笔下人物性心理描写比较》，载《鲁迅研究月刊》2000年第2期。

[②] 参见周怡、王建周《精神分析理论与鲁迅的文学创作》，广西师范大学出版社2005年版，第177-178页。

1. 顽固的暧昧：飘摇或利用

能够对村镇政治结构产生大冲击的外部事务往往是革命和启蒙运动，反过来，借村镇的反应我们也可以考察运动的效果。

《风波》中的相关政治事件是辛亥革命与张勋复辟。耐人寻味的是，这样的大事到了村庄中就被简化为剪辫/留辫的偶然性和预见性问题。作为八卦信息的来源之一，也是部分权力的拥有者，七斤在张勋复辟时的无辫事实使他备受怀疑与责备。公报私仇的赵七爷作为地方乡绅，他对此事件的判断更是令人啼笑皆非：鲁迅相当辛辣地指出了统治村庄的七爷知识结构的陈旧——他居然是借《三国志》来实施政治理念的，比如复辟的张大帅之所以强大，却是因为他是张飞的后代，使用丈八蛇矛，有万夫不当之勇。可是，复辟事件不久平息，传播八卦新闻的七斤继续备受尊重。不难看出，通过《风波》中村庄对重大事件的反应，可以推断辛亥革命的不彻底性——它根本没有真正触及底层。

如果说《风波》是对辛亥革命影响的消解书写的话，《阿Q正传》中阿Q对革命的随意态度恰恰可以反映他对革命的无意识和随机利用。作为当时本该被革命、被打倒的举人、秀才却有更高的政治智慧，最终他们和新派势力沆瀣一气，将稀里糊涂的阿Q送上了刑场。这些都说明了革命的失败和不彻底性。

当然，不同人对外来的事务处理也不同：在《故乡》中，闰土面对来自内外的夹攻，选择了麻木的接受；而在《孤独者》中，力图启蒙的魏连殳却不得不回归旧路。这一切都证明了外在革命层面的疲软，而内在的反动势力、思想依然根深蒂固。

2. 流动的政治：从国/族到乡间

在内与外权力政治的流动中，比较有代表性和精彩的小说是《采薇》。在小说中，象征了忠贞气节的伯夷、叔齐自有其流动和逃亡路线，这恰恰论证了从上而下的政治运作，而引人深思的是二老恰恰死在村庄这一环节中。

伯夷、叔齐在碰到周王发和姜子牙——国家机构的符号时，曾怒斥其非仁、非孝的政治实践，却是有惊无险：在数把大刀砍下来时，姜子牙一句"义士呢。放他们去罢"（第 307 页）就让他们化险为夷了。这无疑凸显了鲁迅的智慧，这段话写出了姜子牙的聪明与狡猾——明知二老必死，却摆出姿态收买人心。

然后，二老遇到了剪径大王小穷奇，这是一个表面儒雅、实则贪婪的山贼。在受到他的搜身的羞辱后，没有油水可捞的他们也就被释放了。真正的挑战来自首阳村。那里既有贰臣小丙君，更有愚民无数。二老最终明白所采之薇也终属周土，最后只好饿死了。他们奔走与死亡的过程恰恰反映出政治的流动性过程，而在基层的村庄政治却是最反动的，也可能是最顽固的。

由此可见，不管是村镇政治，还是小城镇氛围书写，都是"中国现代社会蕴蓄着深厚历史价值的文学存在"①，而在鲁迅的笔下，它们有着多姿多彩的面目。

二、村镇政治隐喻及书写原因

众所周知，鲁迅是一个善用象征和隐喻的高手，而其作品中往往也多处运用隐喻，使得小说意义的指向多元而深邃。我们不妨考察其村镇话语小说的深层隐喻，同时也探究一下个中的原因。

（一）国/族寓言：村镇政治隐喻

鲁迅小说中的村镇政治话语意义是相当复杂的，如果依据詹明信的说法，鲁迅的小说是第三世界国家作家书写的"民族寓言"②，那么村镇政治话语更是中国深层政治结构的汇聚与浓缩。如人所论，"区区未庄与鲁镇，竟浓缩了整个民族普遍的社会文化心理和病态的众生相"③。

1. 现实关怀：时代/乡土中国

从某种意义上说，鲁迅小说中对村镇政治的书写更多是现实主义的复写。如增田涉所说："鲁迅的言论和主张，并非玩弄抽象概念的评论家之评论，它来自现实的经验，总是联系中华民族的未来。"④

晚清到民国初年的中国，虽然不乏现代化的某些操作和因素，甚至有某些都市（如上海等）现代性开始崛起，但不妨说，整个中国绝大多数仍然算是乡土中国。正如费孝通先生所认为的，从基层上看，中国社会是乡土性

---

① 袁国兴：《鲁迅小说的"小城镇氛围"——兼谈中国现代小城镇文学》，载《鲁迅研究月刊》2007 年第 5 期，第 49 页。

② Fredric Jameson. "Third-World Literature in the Era of Multinational Capitalism". *Social Text*, 1986 (15), p.69. 有关评述还可参见朱崇科《谁的东南亚华人/华文文学？——命名的后殖民批判》，载《学海》2006 年第 3 期。

③ 吴小美、程堂发《从"未庄—鲁镇文化"看中国传统文化的隔绝性和承传性——读鲁迅小说引发的一点文化思考》，载《甘肃社会科学》1994 年第 5 期，第 71 页。

④ ［日］增田涉著：《鲁迅的印象》，龙翔译，天地图书有限公司 1980 年版，第 29 页。

的。那是因为从这基层上曾长出一层和乡土基层不完全相同的社会,而且近百年来更在东西方接触边缘上产生了一种很特殊的社会。①

鲁迅对村镇政治话语的形构往往不是简单虚构的。他立足于当时中国的现实:绝大多数是乡村的,有一小部分属于城乡结合、现代与传统冲撞的"中间地带"。我们不难发现,鲁迅相关小说书写中的某些变化,既有闰土式的多层盘剥,又有祥林嫂式的多重压迫;既有现代与传统政治势力的媾和,又有传统对现代启蒙、革命思潮/尝试的吞噬。

而在这些政治话语的形式中,茶馆、小酒店、祠堂、乡绅的客厅等往往变成了飞短流长以及延续传统、绞杀新生的公共空间。鲁迅通过种种书写,更是意在提醒,中国的政治结构农村乡镇时空有其深层的守旧积淀,同时更有繁复的权力结构:自上而下的压迫和反弹、同级的欺凌、精神的自奴化等。

易言之,鲁迅小说虚构的基础恰恰是写实,而其村镇政治空间更是功不可没。荷兰学者米克·巴尔(Mieke Bal)说过:"空间在故事中以两种方式起作用。一方面它只是一个结构,一个行动的地点……在许多情况下,空间常被'主题化'……它影响到素材……空间对于人物所完成的每一个行动都潜在地是必不可少的。"② 不难看出,村镇政治话语正是一个主题化的现实空间与艺术空间的合成体。

2. 政治的再现与再现的政治

不容忽略的是,鲁迅小说中的村镇政治话语更多呈现出高度的象征主义与深层隐喻。在笔者看来,这种村镇政治话语的隐喻可以简单分为两个息息相关的层次:一是对底层/民间政治结构的揭示;二是对普通民众,尤其是农民国民劣根性的批判。

鲁迅在小说中深刻地揭露了隐喻乡土中国政治结构的运行实践层次:第一,是上级对下级的钳制和操控;第二,是同级之间的残杀与规训;第三,以经济、伦理、社会等层层捆绑、混淆政治,这样就使得民众在多重束缚下难以觉醒、翻身。同时,鲁迅也注意到其中的性别因素和反抗精神。如《离婚》中的爱姑、《祝福》中的祥林嫂,或反抗,或挣扎,但都无法逃脱物质、精神政治构成的巨大权力机制、网络,有些时候甚至奇异地强化了这

---

① 参见费孝通《乡土中国》,北京出版社 2005 年版。
② [荷]米克·巴尔著:《叙述学:叙事理论导论》,谭君强译,中国社会科学出版社 1995 年版,第 108-111 页。

种网络。

同时，鲁迅还对民众，尤其是农民的劣根性进行批判，这其中既有集体的，也有个体的，如阿Q的代表性，茶馆中的游民、看客的麻木与游手好闲等。但无论是群体还是个人，其文化知识结构的缺憾使得他们易受蒙蔽和奴役。如人所论，"感知受着成见和偏见的影响。成见是由于我们缺乏知识或适当的观察而具有的对于人们整个群体的印象"①。比如，《风波》中无论是七斤还是一般民众，由于成见，往往都缺乏对辫子背后革命现代性隐喻的起码认知。

（二）探因：村镇政治话语的隐喻性生成

鲁迅小说中有关村镇政治话语隐喻性的生成原因自然不少，此处主要从两大层面展开略述，即文体形式追求的限制和鲁迅的个体经验。

1. 短篇小说的创制与限制

毫无疑问，鲁迅是20世纪中国文学史上创作短篇的顶尖高手之一。五四时期那一代作家创作短篇的原因错综复杂，简单说来有两点：①晚清以来，小说界革命对小说的强调以及与中国传统章回小说的有意区隔；②现代知识分子用白话文书写时往往简短扼要，书写短篇小说也是如此。当然，现代文学研究名家李欧梵给出了自己的看法，"五四时期的作家，心态上是比较浪漫的，注重个人的感情，喜欢把自己活生生的感情用文字表达出来。短篇小说，正好很能符合这样的要求"②。

作为书写短篇的好手，鲁迅不仅仅追求意义的开掘深度，而且对形式的创新度也不遗余力。这当然是其短篇不绝的创新性原因所在，但同时短篇小说也有其限制——篇幅的狭小部分限制了作家闪跳腾挪的更大可能性。这也要求作者对意义的操控更加成熟，高度象征和深层隐喻也因此成为鲁迅的不懈追求。

同时，短篇的书写往往是片断性的，不追求面面俱到，而往往各有侧重，未必特别强调情节。然而，当读者有意把鲁迅相关主题的短篇并置，则不难发现其文本互涉之下的丰富图像连缀，它往往变成了一个具有凝练意义与高度关联性的整体关怀社会再现。

---

① ［美］萨姆瓦、波特、简恩著：《跨文化传通》，陈南、龚光明译，生活·读书·新知三联书店1988年版，第169页。

② 李欧梵：《中西文学的徊想》，三联书店香港分店1986年版，第8页。

2. 鲁迅的乡土（政治）情结

鲁迅对相关政治话语的形构首先来自他的个人体验和对这种生存情境的深度熟悉。作为一个从小康家庭慢慢堕入困顿的介入者，他的家庭出身、成长环境也使得他可以和各式各样的农民打交道：长工、短工、保姆等。当然，他也体察了地主、乡绅，甚至某些封建知识分子对下层民众的操控策略。总之，他个人的亲身体验成为这种书写的原动力。

同样耐人寻味的是，鲁迅绝大多数的时间，从 1902 年开始赴日留学到 1936 年终老上海，他创作小说的地点主要在北京、厦门、广州、上海等城市。1927 年 2 月，鲁迅在香港演讲。带有浓重乡音的鲁迅，加上广东话和国内北方官话的巨大差异，需要许广平做粤语翻译。作为一个敏感的作家，一个多疑的人，身居都市，鲁迅念兹在兹的却是对乡土的想象，这固然可能是一种对身份认同的寻找与确认，同时又可能是借揭露其中的劣根性实现对乡土中国以及自我的情感救赎。

当然，鲁迅更是一个自我放逐和具有强烈边缘感的独立作家，除《社戏》《故乡》中对少年时期的乡土、人物、风景等回忆有着相对轻快和欢欣的底色以外，其他对故乡更多地采取了强烈批判的态度，当然也夹杂了对自我的深入反思。

三、村镇叙事：再现的政治

鲁迅小说中村镇话语的形构也包含了村镇叙事的实践，或许因为是因应主题的关系，鲁迅的相关小说营构了一个与村镇政治吻合的"时空体"，其叙事时间与空间都自有其特色，而从色彩来看也有其关联性。

（一）凝滞的"时空体"：村镇叙事时间

这里所说的凝滞并非静止不动的意思，而更多是一种趋静状态的概括。在这个时间里，事物往往是相对静止的，即使偶有变化，也有着既定的规律，所以《长明灯》里写道："居民是不大出行的，动一动就须查黄历，看那上面是否写着'不宜出行'；倘没有写，出去也须先走喜神方，迎吉利。不拘禁忌地坐在茶馆里的不过几个以豁达自居的青年人，但在蛰居人的意中却以为个个都是败家子。"（第 177 页）

流动是相对的，比如茶馆、咸亨酒店等，里面的看客、闲人却往往是不变的。如《药》中的驼背五少爷，"这人每天总在茶馆里过日，来得最早，去得最迟"（第 19 页）。喝茶、聊天、饮酒、八卦、睡觉，如此循环往复，这往往就是看客、游民，甚至是整个村镇的景观缩影。历史就这样日复一日，这期间偶有波澜，比如《风波》中的皇帝"坐龙庭"事件，无非增添新的茶余饭后谈资而已。

如前所述，凝滞并非静止不动，更指向一种态势。我们不难发现，在鲁迅的相关小说中除了村镇叙事时间外，也有一种外来或走出去的可能时间流转。《在酒楼上》吕纬甫提出的著名绕圈子理论，其实既是时间的流变与回环，同时更是革命的失败表征，当然也可能是意味着环形叙事的契机。①

同时，有些思想也是时间的固定产物，阿Q的革命悲剧可视为有力的论证。阿Q的革命理想更多是封建伦理的产物。他对物质、女人、男人的处置态度的放纵与肆意无非是打着"替天行道"旗号的自我满足而已。甚至他得意时唱《小孤孀上坟》，愤怒时脱口而出《龙虎斗》，或者革命时"手执钢鞭将你打"等更多是受传统戏剧的影响，显示的是时间的沉淀和凝滞性。

（二）凝滞的村镇空间

如前所述，在鲁迅小说的村镇空间中，村庄和市镇往往是唇齿相依的，毕竟现代的潮流和趋势在一点点蚕食色厉内荏的传统时空，但在当时看来，传统的空间仍然是根深叶茂的，至少在民众的精神认知上是如此。

村镇叙事空间可以分为几个层次：①普通民众的家庭。比如《故乡》中的闰土，我们从他的麻木与沉默可以推断其生存空间的凝滞和长久压抑。②祠堂。这其实更多是村镇中法度、伦理、传统延续、仪式展开的场地，所遵循的往往是相对不变的祖宗训诫。③茶馆、酒店。这些空间更多是八卦、谣言、无聊闲人的集散地，这里的消息多为道听途说，除了形塑和发展更多冷漠与猥琐以外，往往难以产生质变。④乡绅、商人的客厅。这里是文化、行政权力展示的场所，也同样是绞杀革命与启蒙的共谋地。不难看出，这样的叙事空间更多是凝滞的。

如果有新的事件或空间转换，由于既定的知识框架和判断限定，村民们也难有新的突破。《阿Q正传》中，进城的阿Q所获得的不过是细枝末节的精神胜利法，比如，"长凳"和"条凳"的命名差异、油煎大头鱼葱丝的粗细成为阿Q空间位移后最感兴趣的东西。同样的例子还有《风波》，七斤备受尊重也跟他传播八卦消息相关。

无论从空间的内部结构，还是从外部位移角度来看，村镇叙事空间往往

---

① 参见朱崇科《论鲁迅小说中的环形营构》，载《鲁迅世界》2007年第1期，第55—61页。

是相对静止的、凝滞的。

(三) 灰黑人物与阴沉氛围

和鲁迅小说中村镇政治结构封闭、死寂的刻画相一致,村镇叙事时空中的人物从色调上看往往是灰黑色的。受压迫者当然如此:《祝福》中的祥林嫂最后变成乞丐的模样惨不忍睹,"脸上瘦削不堪,黄中带黑"(第134页);《故乡》中的闰土,更是因为满腹酸楚而显得枯黑,"先前的紫色的圆脸,已经变作灰黄"(第53页)。

同样,启蒙和革命者也难逃类似的宿命——失败。《在酒楼上》中整体的基调是昏黑的、阴沉压抑的,也是鲁迅小说最具代表性的基调。描写人物的外貌让人难以看到希望,"苍白的长方脸,然而衰瘦了。精神很沉静,或者却是颓唐;又浓又黑的眉毛底下的眼睛也失了精采"(第151页)。

从某种意义上说,这是鲁迅对故乡的恨铁不成钢的解构情结在起作用。作为留学时就立志要批判和改造国民性的作家,鲁迅对古老、陈旧、停滞不前的乡土帝国充满了愤怒与绝望,因此,其隐喻着乡土中国的村镇政治书写就变得令人窒息。鲁迅通过叙事时空连缀了一个丰富的阴沉图画,"小说文本背景的环境勾勒、人物的服饰装扮、饮食娱乐、行为方式、观念信仰、风俗人情、婚丧嫁娶等内容都统一在这个市镇空间之中"①。然而,这个时空体却是灰黑的、阴沉的,令人看不到光明,或许因此萌生要打破并重建的冲动,这在《呐喊》时期尤其如此。

结语:伊藤虎丸曾经非常犀利地指出,鲁迅之所以不把批判的锋芒指向压迫者,是因为"揭示出制造'吃人的社会'的整体构造,比攻击压制者的暴虐更为重要。他把问题的着眼点尤其放在理应推翻这种旧社会的被压迫者的主体性上"②。无疑,鲁迅小说中的村镇政治话语有其类似的独特追求。在村镇话语独特的形态下,也有其高度的象征与深层隐喻,当然这种书写和鲁迅的文体追求与切身体验密切相关,甚至鲁迅还借此营造了一种独特的村镇叙事时空。

但是,对村镇政治话语深层结构的揭示同样也符合鲁迅所谓"引起疗救的注意"的目的,正如福柯所强调的"真理制度"给予我们的启发,"知

---

① 毕绪龙:《"鲁镇":鲁迅小说的叙述时空》,载《鲁迅研究月刊》2005年第9期,第41页。
② [日]伊藤虎丸著:《鲁迅与日本人——亚洲的近代与"个"的思想》,李冬木译,河北教育出版社2000年版,第114页。

识与权力关系的问题不仅是一个意识、精神层面的类似某种'精神禁锢'的问题，而是一个渗透到制度层面、实践层面的问题"①。有关村镇政治的话语形构即使放到今天，相关的村民直选②实验中，或许也不乏其警醒性和借鉴意义。毕竟，当今中国的国民劣根性仍旧存在。

第四节　鲁迅小说中的丧葬话语

毋庸讳言，作为长子长孙的鲁迅对当时社会的伦理道德体制有着相当深切的感受，无论是他与父亲的关系，还是他被包办的婚姻；无论是大户人家内部的复杂伦理纠葛，还是其自我的切身体验，如从小康堕入困顿后的遭遇。③ 当然，即使我们缩小范围，将话题聚焦到丧葬仪式上来，无论是他祖母、父亲的死，还是他为早夭的胞弟椿寿迁坟等，都说明了鲁迅对丧葬仪式有着深切的体验和认知。而作为文学家的鲁迅也往往很敏锐地将此成功地纳入自己的创作中。限于篇幅和侧重，本节主要处理其小说中的丧葬话语。

考察前人对此议题的研究，真正有直接关联的论述较少，更常见的则是从更宏大的视角进行处理：①考察鲁迅小说（或散文）中民俗的表现或者反之从民俗学视角阅读鲁迅的小说，主要有赵稀方的《从民俗学角度研究鲁迅小说》[《西南师范大学学报》（人文社会科学版）1994年第3期]、郭茂全的《丰繁的民俗事象——鲁迅小说和散文的民俗表现》（《甘肃行政学院学报》2003年第1期）、王元忠的《鲁迅的写作与民俗文化》（中国社会科学出版社2010年版）等；②注意考察鲁迅小说与吴越（江浙）民俗的关系，如王献忠的《吴越民俗与鲁迅的小说》（《鲁迅研究月刊》1991年第4期）、吴晓林的《论鲁迅小说创作与吴越民俗之渊源》（《湖南第一师范学报》2006年第3期）；③从祭祀仪式等层面加以考察，如张全之的《祭祀仪式：鲁迅小说的文化人类学阐释》（《中国现代文学研究丛刊》1999年第4期）等。

---

① 刘永谋：《福柯的主体解构之旅——从知识考古学到"人之死"》，江苏人民出版社2009年版，第108页。

② 有关论述可参见刘亚伟编《无声的革命：村民直选的历史、现实和未来》，西北大学出版社2002年版；肖唐镖、邱新有、唐晓腾、董磊明《中国乡村社会中的村民直选——对江西省40个村委会选举观察的一项综合研究》，载《战略与管理》2001年第5期；等等。

③ 有关鲁迅和传统文化的关系，可参见李城希《鲁迅与中国传统文化：接受　偏离　回归》，云南人民出版社2006年版；曹书文《家族文化与中国现代文学》，中国社会科学出版社2002年版；等等。

前人的论述固然可以夯实基础、开阔视野，但上述研究也存在一些问题，比如正是由于从相对宏大的角度立论，他们可以看到，"人创造了民俗文化，民俗也塑造了人，濡化着人的行为和心理。作者对风俗的展示是为了揭示风俗背后的文化哲学和生命哲学。从平平常常的民俗景观中，作者发现了中国封建社会农村的保守、闭塞、愚昧及落后，提示出国民的精神病态，并给予了有力的批判"[①]。但遗憾的是，多数论者无法真正涉及丧葬话语内部的复杂机制，同样也因此往往无法细化并强化鲁迅小说中有关丧葬书写的深度与独特性。

有鉴于此，本节从细读鲁迅小说出发，着力探研其间的丧葬话语。自然，这里的丧葬话语不单纯只是勾勒鲁迅小说，再现丧葬实践的浅层特征，同时更要探究其中权力的流动轨迹，以及相关意义与叙事的巧妙契合。

一、丧葬的嬗变一瞥及其鲁迅式影像

丧葬仪式制度是中国传统文化中最重要的构成部分之一，不仅历史源远流长，而且内容丰富多彩、复杂多变。李学勤指出，"远古的先民相信灵魂的存在和不灭，以为死不过是向另一世界的过渡，因此丧葬成为他们社会生活中的要事，逐渐形成形形色色神秘隆重的仪节，其间相当的一部分传留到后世。丧葬的礼俗凝聚着古人的思想和信仰，对研究当时的历史文化自然有很大的价值"[②]。我们不妨粗略考察一下其嬗变的历程。

（一）丧葬的嬗变

何为丧葬？一般以为，丧葬是指处理死者的程序与内容。有论者指出，"古代丧礼主要包括丧、葬、祭三大部分内容。通俗而言，'丧'是规定活人即死者亲属在丧期内的行为规范，'葬'是规定死者的应享待遇，'祭'是规定丧期内活人与死者之间联系的中介仪式。三者之中，'丧'是丧礼的核心内容"[③]。我们不妨从历时性和共时性视角加以简单梳理。

1. 历时性观照

若从此角度考察的话，我们更多可以看到丧葬的制度化过程以及仪式演

---

① 郭茂全：《丰繁的民俗事象——鲁迅小说和散文的民俗表现》，载《甘肃行政学院学报》2003年第1期，第88页。
② 徐吉军、贺云鹏：《中国丧葬礼俗》，浙江人民出版社1991年版，"序"第1页。
③ 丁凌华：《中国丧服制度史》，上海人民出版社2000年版，第2页。

变的流动性。比如,从原始社会到奴隶社会,此间不乏迷信与过多的血腥与残酷(如人殉等),先秦时期以及儒家丧葬礼仪的逐步正统化;五服制度、秦汉的厚葬、魏晋的薄葬、唐代的厚葬,然后宋、元、明、清各有千秋。其间也会涉及土葬、火葬方式的差异,而且由于中国幅员辽阔,风俗因此迥异,不同的少数民族亦有自己独特的习惯,如树葬、悬棺等,不一而足。①

除此以外,同样不乏丧服制度的变迁:从性别的要求差异到亲疏远近规定,再到时代演进所带来的文化、法制发展的渗透,丧服的变化更是从一个与众生息息相关的层面展现中华文化制度及其深层思维的缩影。② 当然,其他诸如墓室和棺椁的发展、相关的丧居生活礼仪、各少数民族的葬仪展现等更是八仙过海、各显神通。③

2. 共时性反思

如果我们暂时抛开丧葬发展的流动性特征,而更多将之进行共时性观照,则不难发现,不同时空的中国丧葬文化至少有一个共同维系——后死者对先人们的真诚哀思与挂念。但是,随着时间的推移和文化的差异衍变,这种哀思往往会被装饰、更新,也会被扭曲。为此,可以指出的是,丧葬制度与仪式在发展到一定阶段后带有相当的机械性、负面性,它们有时甚至遮蔽了丧葬礼仪的本来面目或目的。

有论者指出,中国古代的守丧制度有着极大的负面影响:首先,培养了一批封建礼教的殉道者;其次,在一定程度上削弱了社会生产力的发展;最后,助长了社会的虚浮风气等。④ 从此视角来看,我们对历史悠久的丧葬文化的理解也应该是辩证的、批判的,毕竟在制度化的过程中自然也残存了不少对人性、情感钳制的陈规陋俗。

(二) 鲁迅小说对丧葬书写的整体观照

尽管由于题材和体裁(短篇)的限制,鲁迅小说中呈现的丧葬文化更多是不完整的、分散的,但鲁迅对此是相当重视的。据笔者统计,其有关丧葬的涉猎约占所有小说的三分之一。同时,从其书写的内容来看,也基本上涵盖了丧葬仪式的主要程序。

---

① 参见张捷夫《丧葬史话》,中国大百科全书出版社 2000 年版。
② 参见丁凌华《中国丧服制度史》,上海人民出版社 2000 年版。
③ 参见徐吉军、贺云鹏《中国丧葬礼俗》,浙江人民出版社 1991 年版。
④ 参见丁凌华《中国丧服制度史》,上海人民出版社 2000 年版,第 287-289 页。

比如,《药》中涉及了墓地的区分,"西关外靠着城根的地面,本是一块官地;中间歪歪斜斜一条细路,是贪走便道的人,用鞋底造成的,但却成了自然的界限。路的左边,都埋着死刑和瘐毙的人,右边是穷人的丛冢。两面都已埋到层层叠叠,宛然阔人家里祝寿时候的馒头"(第22页)。这里面当然包含了意识形态影响下的权力倾向性,所谓"自然的界限"还是包含了人为的规定的——左边埋的人还是要低人一等的,虽然右边埋的也是穷人。而其中有关夏瑜坟头上的花圈的书写也耐人寻味,"分明有一圈红白的花,围着那尖圆的坟顶"(第23页)。这是作者有意设置的暖色,借此可以"听将令"激励寂寞中前进的战士更奋力前行。鲁迅"违背了没有人悼念英雄这一无情的事实,送给了夏瑜一个花环,以寄托自己的哀思。这是悼念夏瑜,更是在向一个不知道珍惜英雄和继承英雄业绩的民族示威"①,但无论如何,作为一种仪式话语,它带来了新的刺激和可能性。当然,有关丧葬仪式的系列书写,《孤独者》中写得相当精彩而严整(其中的丧葬仪式是吴越文化以及风俗的具体体现②)。我们不妨稍微举例加以说明。

1. "宝儿"丧事的程序设计

《明天》中宝儿的下葬自然有它的一系列程序。和极其烦琐、复杂的丧葬程序相比,尽管它有简化之处,但作为一个夭折孩童的丧葬仪式(见下表),可谓"麻雀虽小,五脏俱全"。

丧葬礼仪③	《明天》中的相关书写
初终	"宝儿的呼吸从平稳变到没有,单四嫂子的声音也就从呜咽变成号咷"(第28页)
易服	"收敛的时候,给他穿上顶新的衣裳"(第29页)
治棺椁	"第一个问题是棺木"(第28页)
大敛	"下半天,棺木才合上盖"(第29页)

---

① 张全之:《祭祀仪式:鲁迅小说的文化人类学阐释》,载《中国现代文学研究丛刊》1999年第4期,第103页。

② 参见吴晓林《论鲁迅小说创作与吴越民俗之渊源》,载《湖南第一师范学报》2006年第3期,第118页。

③ 需要说明的是,此处参照的是相当烦琐的丧葬礼仪程序,具体可参见徐吉军、贺云鹏《中国丧葬礼俗》(浙江人民出版社1991年版,第91-117页)。

续上表

丧葬礼仪	《明天》中的相关书写
备明器	"平日喜欢的玩意儿,——一个泥人,两个小木碗,两个玻璃瓶,——都放在枕头旁边"(第29页)
及墓	"咸亨掌柜便替单四嫂子雇了两名脚夫,每名二百另十个大钱,抬棺木到义冢地上安放"(第29页)

除此以外,单四嫂子还曾经帮宝儿烧过纸钱以及四十九卷《大悲咒》,这又添加了仪式性的宗教色彩。鉴于这只是一个早夭小孩儿的丧礼,基本的流程赫然存在,用小说里面的话说,"单四嫂子待他的宝儿,实在已经尽了心,再没有什么缺陷""后来王九妈掐着指头仔细推敲,也终于想不出一些什么缺陷"(第29页)。

然而,鲁迅的深刻之处在于,他借烦琐程序履行的过程来探勘所谓"粗笨女人"单四嫂子的真情实感。正如王富仁所言,"在这里,也表现了所有周围的人都没有想到单四嫂子死去宝儿之后的寡居生活将是怎样的悲苦,没有人真正理解并同情单四嫂子的痛苦;在这里,表现着当时不觉悟的群众只能通过封建传统的礼仪体现自己内心的感情,而对自己的真实感情找不到应有的表现方式"①。

2. 迁坟事件:"二次葬"

同样值得关注的是,《在酒楼上》提及吕纬甫为其小兄弟迁坟的事件。按照吕纬甫的叙述,这次事件做得相当认真而细致。"就在前天,我在城里买了一口小棺材,——因为我豫料那地下的应该早已朽烂了,——带着棉絮和被褥,雇了四个土工,下乡迁葬去。我当时忽而很高兴,愿意掘一回坟,愿意一见我那曾经和我很亲睦的小兄弟的骨殖:这些事我生平都没有经历过。"(第152-153页)

从表面上看,这次迁坟的实质有点像"二次葬"。但根据专家研究,"二次葬"主要是指"采用风化、土化、火化、水浸等不同方式使死者的皮肉、内脏等软组织腐烂之后,把骨骼收拾起来再作一次或两次以上的处置的

---

① 王富仁:《中国反封建思想革命的一面镜子——〈呐喊〉〈彷徨〉综论》,北京师范大学出版社1986年版,第397页。

骨葬，有人称之为洗骨葬，或捡骨葬"①。但在这篇小说中，为小兄弟迁葬的动机是因为被迫水浸，而非故意借此洗骨；另外，吕纬甫并未找到弟弟的任何骨殖。所以，这大概不该算是典型的"二次葬"，但同时需要指出的是，吕纬甫迁坟的目的倒符合"二次葬"的"爱护"心理而非"畏惧、惩罚、防范心理"②。

不管怎样，吕纬甫更多地坚守了虚空的程序运作，除了安慰母亲和填补自己的空虚外似乎毫无意义，这也是他的被掏空化表现——为了母亲的温情主义，逐步摒弃了以前主张的启蒙理性精神与个性主义。

二、棺材中心：意义的繁复

如果我们更细致地分析鲁迅小说中的丧葬书写，则不难发现棺材是其中最重要的关键词。当然，也有一些逸出的个案以及相关叙事，我们不妨深入探究其中繁复的意义营构。

（一）棺材中心：意义的纠葛

棺椁的使用在中国历史悠久，当然其中也密布了不同文化时期的权力话语，而且不同的阶层、官位、身份等往往有其相关规定，如人所言，"棺椁的使用，更是强烈地显示了贵贱的等级差异和阶级性"③。

1. 文化的象征物与必需品

鲁迅的小说中，棺材似乎占据了日益重要的位次，从某种意义上说，它也是丧葬的核心之一。所以，在《明天》中，单四嫂子在宝儿死后的第一件事情就是要凑钱买棺木；而《在酒楼上》中，为小兄弟迁坟的吕纬甫更情愿以新棺材包裹未必含有弟弟基因的泥土重新下葬。如王富仁所言，"他是被琐细的温情蚕食掉的觉醒者的形象，在这一过程中他有着哀婉的叹息，但却无剧烈的痛苦，鲁迅对他的同情也由于这种性质而呈现着浓郁而不炽烈的色彩"④。

同样，在《弟兄》中，沛君有关靖甫的残梦中亦有棺材书写，"靖甫也正是这样地躺着，但却是一个死尸。他忙着收殓，独自背了一口棺材，从大

---

① 徐吉军、贺云鹏：《中国丧葬礼俗》，浙江人民出版社 1991 年版，第 216－217 页。
② 徐吉军、贺云鹏：《中国丧葬礼俗》，浙江人民出版社 1991 年版，第 219 页。
③ 徐吉军、贺云鹏：《中国丧葬礼俗》，浙江人民出版社 1991 年版，第 121 页。
④ 王富仁：《中国反封建思想革命的一面镜子——〈呐喊〉〈彷徨〉综论》，北京师范大学出版社 1986 年版，第 113 页。

门外一径背到堂屋里去。地方仿佛是在家里，看见许多熟识的人们在旁边交口赞颂……"（第249页）。而正是因为相关礼仪的存在，大家对沛君的表面热情赞不绝口，而实际上我们知道，在沛君内心深处想的是兄弟之间利益的斤斤计较，弟弟死后谁来负担其家庭。鲁迅对周作人的出疹子似乎也有类似的关怀，虽然是玩笑式的，"可是那时真把我急坏了，心里起了一种恶念，想这回须要收养你的家小了"①。值得一提的是，《铸剑》中眉间尺、黑色人、王不得不因为三个头颅的狂欢式交融而合葬，其承载物却是颇具权力意味的"金棺"。

2. 程式践行中的情感张力

如前所述，随着时间的推移，丧葬仪式或程式中被倾注的情感因素往往可能因为程式对人的异化而变成可有可无的陪衬，所以《明天》中借助仪式企图对宝儿寄托哀思与爱恋的单四嫂子是如此寂寞而备受冷落。当然，鲁迅有关此点最典型的文本莫过于《孤独者》。

一方面，小说主人公魏连殳参加祖母的葬礼和他自己的葬礼，棺材是非常重要的议题，也是丧葬的中心。在祖母的丧礼中，和魏连殳密切相关的规范是，他要帮死人穿白衣而且跪拜，"其次入棺；其次又是拜；又是哭，直到钉好了棺盖。沉静了一瞬间，大家忽而扰动了，很有惊异和不满的形势。我也不由的突然觉到：连殳就始终没有落过一滴泪，只坐在草荐上，两眼在黑气里闪闪地发光"（第204页）。而等到魏连殳死后，"到入棺，是连殳很不妥帖地躺着，脚边放一双黄皮鞋，腰边放一柄纸糊的指挥刀，骨瘦如柴的灰黑的脸旁，是一顶金边的军帽。三个亲人扶着棺沿哭了一场，止哭拭泪"（第221页）。无论如何，这些规范都是正常人性的压抑，前者之于魏连殳则是被逼的条件履行，之于后者，则更多是一种程序执行。如人所论，"原始仪式里所特别强调的诚敬在习俗的汰变中所剩无几，习俗里更多保留的只是仪式程序，当事者痛失亲人和爱人生命的痛苦却只能独自舔舐、遗忘或埋葬。仪式化所排除的正是人和他活生生的痛苦与人生感受，以至于一旦真实的痛苦挤进仪式性的程序时，它会显得那么怪异和不可思议"②。

另一方面，在这样的仪式对比中，却也可以反映魏连殳的真性情和反抗意识。在祖母的丧礼，他可以一时受人摆布，但内心深处却是孤独地坚守自己的理想。"忽然，他流下泪来了，接着就失声，立刻又变成长嚎，像一匹

---

① 周作人：《知堂回想录》（下），安徽教育出版社2008年版，第225页。
② 肖国栋：《论鲁迅小说死亡叙事的特点》，载《学术交流》2009年第3期，第184页。

受伤的狼,当深夜在旷野中嗥叫,惨伤里夹杂着愤怒和悲哀……他哭着,哭着,约有半点钟,这才突然停了下来,也不向吊客招呼,径自往家里走。接着就有前去窥探的人来报告:他走进他祖母的房里,躺在床上,而且,似乎就睡熟了。"(第204-205页)不难看出,此时的魏连殳"有着博大宽厚的人道主义感情,同时又不乏足够坚毅的个性主义精神的支持"①。而到了他的丧礼中,他已经变成任人摆布的对象,因为他已经放弃反抗,而且无力反抗了,虽然他在精神上一直痛苦而清醒。

(二) 逸出的悖谬

耐人寻味的是,鲁迅在有关丧葬的书写中,也有一些逸出棺材中心而另辟蹊径的操作,而它们所反映的意义的张力尤其引人注目。从对待丧葬以及相关传统伦理的态度上,我们可以看出鲁迅思考的辩证与吊诡。如人所言,"在理性伦理层面,鲁迅执着地批判和反抗传统伦理,但在小说叙事伦理中却对传统伦理的诸多方面有所担待,并且充满着不可排遣的紧张冲突,这既是思想、文化转型时代人心秩序的普遍反映,更是鲁迅个体伦理困惑的体现"②。

1. 贱民的悲剧:被侮辱与被损害者

在鲁迅小说中,有些死者不仅没有棺材,甚至连起码的仪式也无法举行。相当悲剧的有《白光》中的陈士成,他连自己的身份也没有被确认的必要和资格。"第二天的日中,有人在离西门十五里的万流湖里看见一个浮尸,当即传扬开去,终于传到地保的耳朵里了,便叫乡下人捞将上来。那是一个男尸,五十多岁,'身中面白无须',浑身也没有什么衣裤。或者说这就是陈士成。但邻居懒得去看,也并无尸亲认领,于是经县委员相验之后,便由地保抬埋了。"(第106-107页)同样令人慨叹的还有《祝福》中的祥林嫂。其他人都在大肆幸福地祝福,而她却只能在寒夜中默默死去,一如草芥。

或者更深重的悲剧来自《采薇》。无论如何,伯夷和叔齐是某种道义的坚守者,但死状却较悲惨。"樵夫偶然发现了伯夷和叔齐都缩做一团,死在

---

① 王富仁:《中国反封建思想革命的一面镜子——〈呐喊〉〈彷徨〉综论》,北京师范大学出版社1986年版,第115页。
② 伍茂国:《论传统伦理在鲁迅小说叙事中的境遇》,载《西安石油大学学报》(社会科学版)2005年第3期,第61页。

山背后的石洞里,是大约这之后的二十天。并没有烂,虽然因为瘦,但也可见死的并不久;老羊皮袍却没有垫着,不知道弄到那里去了。"(第319页)他们的丧事却因为贰臣小丙君的强烈反对而作罢,的确颇富反讽意义。"文盲们不大懂得他的议论,但看见声势汹汹,知道一定是反对的意思,也只好作罢了。伯夷和叔齐的丧事,就这样的算是告了一段落。"(第320页)伯夷和叔齐二人的不能寿终正寝固然反映了其人生的悲剧性,鲁迅更借此嘲讽彼时人心的冷酷、自私、愚昧等诸多劣根性。

2. 僭越的狂欢

鲁迅小说深刻的地方在于其独特深度与创造性,而在丧葬书写中也有类似表现。

《补天》中女娲死后亦有不平凡的遭遇,禁军"他们就在死尸的肚皮上扎了寨,因为这一处最膏腴,他们检选这些事是很伶俐的。然而他们却突然变了口风,说惟有他们是女娲的嫡派,同时也就改换了大纛旗上的科斗字,写道'女娲氏之肠'"(第277页)。这个相当怪异的结局呈现了鲁迅反讽的魅力:那些口口声声坚持礼义廉耻的小东西在女娲死后却完全不遵守丧葬礼仪,而是为了自己的政权利益和革命的合法性伸张、强化而不择手段。正是在这种对丧葬礼仪的僭越刻画中,鲁迅对小东西的伪善、丑陋进行了辛辣的揭露。

相当别致的还有《起死》。自谓参透生死的庄子同样也是丧葬制度的颠覆者,更进一步,他也是对常识和历史存在体验的漠视者。正是在这样的前提下,其捉襟见肘、自顾不暇的搞笑结局令人喷饭,鲁迅同样揭示了其思想中的荒谬性与狂欢后果。① 毫无疑问,如果从现代性的视角考察丧葬制度,旧有的程式规定乃至传统,自有其精深和需要改正之处,比如我们可以从观念、制度、技术等方面进行更新。② 但同时,严重脱离实际和历史的限定性而企图拔着自己的头发离开地球,结果当然是荒谬可笑的。

三、作为丧葬的叙事结构

丧葬之于鲁迅小说的重要性不仅仅在于其牵涉和分布面广,而且在叙事

---

① 参见朱崇科《张力的狂欢——论鲁迅及其来者之故事新编小说中的主体介入》,上海三联书店2006年版,第225页。

② 参见庞建国《现代化与丧葬处理》,见上海民间文艺家协会、上海民俗学会编《中国民间文化(第十九集)——丧葬文化研究》,学林出版社1996年版,第39—49页。

上鲁迅也相当倚重它，甚至使之成为重要的结构策略。从其表现手法上大致考察，主要可分为两种：一是情节架构的营造，二是核心事件及场景的细描。

（一）情节架构的营造

论者指出，鲁迅小说叙事的现代性特征之一就是将情节弱化，但在结构上却复杂多变。如苏联学者谢曼诺夫（Семанов, В. И.）就指出，"鲁迅的小说很能吸引读者，不过不是靠精心设计扣人心弦的情节……而是靠了朴素自然、独具匠心的结构，选择典型的情节和深刻的心理描写"[1]。同样，在利用丧葬结构小说时，鲁迅也别出心裁，这尤其体现在其佳作《孤独者》中。

正如小说开头所言，"我和魏连殳相识一场，回想起来倒也别致，竟是以送殓始，以送殓终"（第202页）。从某种意义上说，正是"我"[2]的所见所闻贯穿整篇小说，而两场丧事却相当耐人寻味地营构了整篇小说，这尤其体现在小说第一、第二与第五节的应对上。我们不妨以表格形式显示如下：

名称	魏连殳参加丧礼	魏连殳本人的丧礼
态度	表面上全部答应，但不哭，后狼嚎，不理吊客	任人摆布
财产	反对堂兄及侄子侵吞祖母的遗产，希望送给照顾祖母的老女工；理性超过血亲	由堂兄弟、远方侄子继承，"我"探望时他们很紧张
与"我"的关系	对志同道合者说，"多谢你的好意"	只剩下对他类似狼嚎的怀念与回味

从表面上看，鲁迅似乎采用了重复的策略，因为两场丧事中的主要人物变化不大，而实际上其间却有质的不同，哪怕是从魏连殳的真正态度上也可见一斑，因为这恰恰印证了魏连殳的不由自主与终究堕落。易言之，整篇小说诉说着魏连殳的质变——从开始的精神特异、孤独、物质困窘到后来的物

---

[1] [苏]谢曼诺夫著：《鲁迅和他的前驱》，李明滨译，湖南文艺出版社1987年版，第105页。
[2] 需要指出的是，魏连殳为祖母送葬的经历其实也贯穿了鲁迅自己参加祖母丧礼的深切感受，具体可参见周作人《彷徨衍义·孤独者》，见《鲁迅小说里的人物》，河北教育出版社2002年版。

质充实、精神堕落。这无疑也诉说着成功与失败的复杂辩证,而小说第三、第四节更是对这种辩证和历程的说明与阐释。而关于狼嚎("长嚎,像一匹受伤的狼,当深夜在旷野中嗥叫,惨伤里夹杂着愤怒和悲哀")的重复性策略,更展现出"我"和作者鲁迅的悲戚与同情式哀悼。从此视角看,整篇小说的架构、基调都与丧葬息息相关。

(二) 核心事件及场景的细描

赵稀方指出,民俗在鲁迅小说构成中有以下作用:①形成情节结构;②刻画人物形象;③渲染环境背景。[①] 实际上,缩小范围,丧葬除了被用来结构小说外,鲁迅还把它作为小说的核心事件与场景加以细描。

1.《在酒楼上》:"迁坟"的深描

在鲁迅这篇别具风格的小说中,迁坟事件其实是不可或缺的构成部分,而鲁迅对整个场景的描述也细致到近乎变态的地步。无疑,这是符合小说中吕纬甫自己对此事的整体评价——"无聊"(第152页)。描写得越细致,主人公把事情处理得越精致、认真,便越反映了吕纬甫精神的颓唐与空虚。

需要指出的是,和小说中另外的事件——顺姑戴剪绒花未成相比,迁坟事件更可呈现鲁迅在温情主义基础上对亲情的添加。而亲情在此基础上却扮演了很独特的角色:一方面,它成为母亲、已去世的小兄弟和曾经的启蒙者吕纬甫的维系纽带;另一方面,它又是让启蒙者吕纬甫抛弃理想主义与个性主义的牵绊——实际上,吕纬甫既可以不做此事,又可以即使做此事,也做简化或偷工减料处理。"其实,这本已可以不必再迁,只要平了土,卖掉棺材,就此完事了的。我去卖棺材虽然有些离奇,但只要价钱极便宜,原铺子就许要,至少总可以捞回几文酒钱来。但我不这样,我仍然铺好被褥,用棉花裹了些他先前身体所在的地方的泥土,包起来,装在新棺材里,运到我父亲埋着的坟地上,在他坟旁埋掉了。因为外面用砖墎,昨天又忙了我大半天:监工。"(第153页)吕纬甫处理此事的繁复性与矛盾性恰恰可以映射其彷徨、无奈、无聊与自责的心态。

2.《明天》:没有明天的再确认

毫无疑问,《明天》中宝儿之死及其丧葬运作占据了这篇小说的半壁江

[①] 参见赵稀方《从民俗学角度研究鲁迅小说》,载《西南师范大学学报》(人文社会科学版)1994年第3期,第108–111页。

山。如前所述,相关的丧葬仪式中对于其他帮忙者可能更是程式或不受欢迎的义务,而对于单四嫂子却是一种情感宣泄方式和对未来的寄托。"下半天,棺木才合上盖:因为单四嫂子哭一回,看一回,总不肯死心塌地的盖上;幸亏王九妈等得不耐烦,气愤愤的跑上前,一把拖开他,才七手八脚的盖上了。"(第29页)

正如鲁迅写小说的目的之一——"揭出病苦,引起疗救的注意",《明天》中丧葬事件重要性的发挥恰恰也可反衬庸众的麻木、愚昧、冷漠、猥琐等劣根性,即使"粗笨女人"单四嫂子非常朴素、真诚,但也看不到真正的希望,而对自己的希望——宝儿寄寓的真情也得不到起码的真诚回应。可以说,丧葬事件既是对宝儿的埋葬、对庸众们的群像式展现,同时又是对单四嫂子哀思、真情以及未来的埋葬。

结语:丧葬话语在鲁迅小说中占据了相当重要的地位,而其运行轨迹也有其复杂之处,它不仅仅可以呈现出其作为常规打压角色对个体/群体真情的压制,而且也可以呈现出其相对积极的一面,对丧葬礼仪的反抗与僭越同样也可以映照出相关人士的性格乃至劣根性。同样,丧葬也可以架构小说情节、充当核心事件以及作为重要的场景进行细描,颇具意义。当然,除了丧葬以外,鲁迅小说中的其他民俗要素或仪式也有可深究之处,值得有心人士继续开掘,毕竟,"鲁迅小说中的民俗事象在客观上都具有精神启蒙的价值目标和表现人发现人认识人的社会功能。虽然他笔下这许许多多的历史记忆与难以直面的文化现实并未褪去其原始性和普遍性,但我们更容易认同鲁迅是借助于民俗事象在更高层次对于人自身的内容所进行的艺术观照"[1]。

---

[1] 宾恩海:《试论鲁迅小说与故乡的民间文化》,载《广西师范大学学报》(哲学社会科学版)2008年第6期,第35页。

第四章 越界萦绕

第一节 鲁迅小说中的医学话语

1904年9月到1906年3月,鲁迅在结束东京弘文学院的学习后转入当时的仙台医学专门学校(今日本东北大学的前身)求学,力图学成归国拯救像他父亲一样的病人。1906年,鲁迅决定弃医从文,尽管"幻灯片事件"的论争①令鲁迅在《呐喊·自序》中有关弃医从文的理由显得有些扑朔迷离。但是,鲁迅并未真正抛弃医学,无论是其自身的疾病困扰提醒,还是来自其作品的疾病隐喻都说明了这一点。

从某种意义上说,鲁迅既是国人精神与身体的医者,又是自我精神与身体的患者。他从小身体羸弱,55岁壮年时离世。他目睹也参与了父亲生病、治病、死亡的过程,同时他又以文学的方式诊断国民性,并加以揭露、疗治。② 可以说,鲁迅的一生和医学密切相关。所谓"医学话语"并非只是参详有关医学的具体文学反映,更是指医学在文学再现中的运行结构,这当中不乏权力与话语的纠葛。

或许因为不管是鲁迅的经历,还是文学书写都与医学密切相关,所以相关研究也是相当繁茂。主要研究可以分为如下几个层次:①鲁迅学医的经历与文学关系。代表性论文有王润华的《从周树人仙台学医经验解读鲁迅的小说》(《中国文化》1996年第14期)、松涛的《漫谈鲁迅的学医与从文》

---

① 比如,[韩]全炯俊著《文字文化和视觉文化:文化研究的鲁迅观一考察》(苑英奕译,载《鲁迅研究月刊》2006年第4期)、张闳《走不近的鲁迅》(载《橄榄树》文学月刊2000年第2期)、[日]竹内好著《近代的超克》(李冬木等译,生活·读书·新知三联书店2005年版)等都有相关论述,彼此间也不乏论争或对话。

② 林毓生曾经从作为知识分子的思想道德性和政治的非道德性角度论述了鲁迅的相关努力,具体可参见 Lin Yü-Sheng. "The Morality of Mind and Immorality of Politics: Reflections on Lu Xun, the Intellectual". Leo Ou-fan Lee (ed.). *Lu Xun and His Legacy*. University of California Press, 1985, pp. 107 – 128.

[《吉首大学学报》（哲学社会科学版）1989年第4期]等。②考察鲁迅在此中的角色和身份。如高旭东的《鲁迅：在医生与患者之间》[《山东大学学报》（哲学社会科学版）1999年第1期]等。③医学内容与鲁迅作品。这方面最为集中，既有整体论述，如逄增玉的《鲁迅小说中的"医学"内容和叙事》（《社会科学战线》2003年第4期），又有具体分析，如从精神等层次解读的钱荫愉的《彷徨于明暗之间的隐秘世界——鲁迅作品与病与死与鬼》（《鲁迅研究月刊》1987年第7期）。当然还有关于疾病，包括对身体的破坏等，如韩冷的《论鲁迅小说的疾病隐喻》（《连云港职业技术学院学报》，2006年第3期）、唐翰存的《鲁迅的疾病意识》（《兰州交通大学学报》2007年第5期）；关于疯癫，如梁迎春的《疯癫与隐喻——论鲁迅小说中的疯癫意象》（《中国文学研究》2007年第1期）；等等。

毫无疑问，上述研究推进了鲁迅作品中呈现的医学与文学再现的关系的缕述，也加深了我们对鲁迅及其作品的认知。但整体而言，他们多数未从医学话语视角进行分析，而本节的目的也并非面面俱到或拾人牙慧，而是以鲁迅小说内容的限定为一个窗口，探勘医学话语的表现形态、功能及其叙事影响。为此，本节的结构如下：①从技术到精神：在中医与西医之间；②疗救的无望：在国民劣根性与"立人"之间；③医学话语叙事：在冷静与热烈之间。

一、从技术到精神：在中医与西医之间

熟悉鲁迅小说的读者和论者不难感受到其中沉郁悲愤的感染力与震撼性。一方面，这固然跟鲁迅小说的悲剧性基调密切相关；另一方面，也是和鲁迅擅长书写阴暗面（darkness）① 不无关系。而反映到小说中，其中医学话语至关重要。

（一）医学话语形态：以病和死为中心

鉴于人们一般习惯从"身"（体）、"心"（精神）角度思考问题，我们的论述也不妨如此展开。孙隆基曾经精辟地指出中国文化"身""心"关系中强烈的身体化倾向。比如，"天""理"的肉体化认知，缺乏"灵魂""来世"等观念，同时还会将心理问题"身体化""人情化"。因此，中国人常常需要"进补"，中国人平常担心"亏"与"弱"的程度，比世界上

---

① 目前代表性的论述仍然是来自夏济安。可参见 Tsi-an Hsia. *The Gate of Darkness: Studies on the Leftist Literary Movement in China*. University of Washington Press, 1968.

任何其他民族都要严重得多。①

1. 再现"病夫"

鲁迅小说中不乏所谓的"病夫"形象,而且病与死往往如影相随。《明天》中的宝儿,作为鲁迅着力寄托希望并加以拯救的对象,虽然单四嫂子百般努力,却也无法阻挡,"他喘不过气来"(第27页)。当然,我们不能忽略宝儿死亡的隐喻意义,作为儿童话语的表现方式之一,它意味着前途的阴暗。②《药》中的华小栓,作为肺痨患者,病毒一直在蚕食他的身体,不仅咳嗽不断,而且甚至连吃饭都成为负担,"大粒的汗,从额上滚下,夹袄也贴住了脊心,两块肩胛骨高高凸出,印成一个阳文的'八'字"(第18页)。

或许更耐人寻味的是《孤独者》中的魏连殳。他在生活贫困时,由于饥饿,自然会营养不良,而且面黄肌瘦;但当他抛却革命理想,生计发达后,却同样因为精神的孤苦而身患重病,类似"痨病",咯血而死。而《伤逝》中为理想、爱情、革命不惜与一切决裂并私奔的子君,当被迫回归反抗/隔绝的对象——父亲家中后竟也死掉了,而且不知原因(据推测多为自杀)。

甚至,《补天》中原本丰腴红润的女娲却因为补天而耗尽精力,她原本有着"非常圆满而精力洋溢的臂膊",后来"伊成了灰土的颜色"。神仙之躯尚且被"病夫"所造之孽累死,这也可从侧面反映对"病夫"的沉痛批判与苦心再现。

2. 无处彷徨

鲁迅不仅精彩呈现了中国社会中身体的"病夫"状态,而且也相当深刻地揭露了他们精神中的所谓病态、枯槁或者是死亡。

《狂人日记》中的"受迫害狂"病症与其说是生理的,比如月亮迷恋等的有迹可寻,不如说是一种心理疾病,也正是在此基础上,鲁迅推导并揭露出吃的表面性、日常性以及文化本质等层次的阶段性。③ 同时,癫狂话语成为此类话语书写最重要的医学症候之一。

祥林嫂的死其实也跟其有限的思想逐步被异化密切相关,到了小说最

---

① 参见孙隆基《中国文化的"深层结构"》,壹山出版社1983年版,第34—37页。
② 参见朱崇科《论鲁迅小说中的儿童话语及其认知转化》,载《西南民族大学学报》(人文社科版)2008年第1期,第180—185页。
③ 参见朱崇科《鲁迅小说中"吃"的话语形构》,载《鲁迅研究月刊》2007年第7期。

后，她物质上的乞丐特征镌刻了其精神上的严重病态与麻木，如"眼珠间或一轮"，而其最后的死亡也和精神追寻的彻底绝望与失败密不可分。我们可以说，这更是"一个文化病理学判断的结果"①。

更值得思考的是《长明灯》里面的疯子。在外表上看，他更像是一个单纯而热烈的正常青年人，"他也还如平常一样，黄的方脸和蓝布破大衫，只在浓眉底下的大而且长的眼睛中，略带些异样的光闪，看人就许多工夫不眨眼，并且总含着悲愤疑惧的神情"（第180页）。疯子的可怕之处在于他对异端思想——熄掉他/我放火的坚守，这些在吉光屯看来，绝对是不折不扣的精神发疯。

需要指出的是，虽然上述小说中的人物结局未必都是死亡，但其思想精神的影响力却往往被消解：狂人只是昙花一现，最后赴某地候补矣；疯子的所谓理想更是被儿歌戏拟，乃至被收编。

（二）比较的坚定：中西医文化丈量

医学话语不仅仅为身体与精神的病与死，而且也可归结为一种救治方法、策略以及相关的文化体制。这里自然指的是中西医文化。从某种意义上说，正是因为其病症的表现既是身体的，又是精神的，所以鲁迅对"身在庐山中、不识真面目"的中医有着强烈的批判性，如大家耳熟能详的"中医不过是一种有意的或无意的骗子"（《呐喊·自序》），当然他也大力批判"医得病，医不得命"的先生们。

1. 中医：含混的吃人

在《狂人日记》中，大哥请来治病的何先生在狂人眼里是刽子手假扮的，也是分肉吃的人，这可谓目光如炬。我们不妨回到其医学实践上来，他装模作样，无能为力："老头子坐着，闭了眼睛，摸了好一会，呆了好一会；便张开他鬼眼睛说：'不要乱想。静静的养几天，就好了。'"（第4页）他的装腔作势其实是在掩饰自己的无能，他无法诊治狂人的精神异端。

《明天》简直就是对中医骗人而且害死人论断的有力注脚。单四嫂子的宝儿呼吸困难，病情危急，而何小仙的判断却是"中焦塞着""火克金"，相关诊断是千篇一律的、含混的，而不明确的用语"有了神秘的力量。它

---

① 葛红兵、宋耕：《身体政治》，上海三联书店2005年版，第73页。

们是藏在圣坛背后的神灵，信众只能诚惶诚恐地来到它们面前"①。可以说，正是这种故作神秘、虚假与拖延欺骗了单四嫂子，害死了宝儿。由于中医的此类特征，使得滥竽充数的可能性加大，名医与庸医的界限也因此模糊。

更发人深省的则是《药》。无论民间偏方——人血馒头怎样被奉若神明（如十世单传的婴儿）、价格昂贵，无论刽子手康大叔如何吆三喝四、软硬兼施地保证，都无法改变肺痨患者华小栓赴死的命运，而前者越是努力，越是反衬整个事件的反讽性和悲剧性；这样杀害启蒙者（真正的思想医生）的刽子手却是众人毕恭毕敬的民间医生，华小栓的死从此角度看简直就是铁板钉钉。

2. 西医：准确的保证

鲁迅小说中对西医的描写不多，但令人印象深刻。西医在和中医的对比之下，让人感受到其独特的准确性和有效性。

（1）《弟兄》：西医的胜利。《弟兄》中的中医白问山的被替代式借重恰恰是因为西医普大夫未找到的暂时因应。虽然白问山比较热情，但还是将病情误诊为"红斑痧"（西医的猩红热），而且妄下诊断，称若想治好，"要看你们府上的家运"（第 245 页）。这些描述也凝聚了鲁迅自身的切身体验和屈辱感。

但等到普大夫来了之后，判断为疹子，而且迅速开药，叮嘱去"美亚药房"抓药，将病人需要注意的事项一一说明，除了诊金 5 元稍高之外，给人以很高的安全感。从某种意义上说，上述遭遇不只是医生的比较，更是文化的较量：中医的含混（人情化、符号化）、故弄玄虚和西医的科学性、准确度之间有一种复杂的对抗张力。

（2）《狂人日记》：西医的警醒。如前所述，狂人所得的病中医何医生无力诊治，是因为狂人的病属于西方文化病理学范畴，超越了中国传统文化的知识架构，中医对此自然束手无策。更进一步，狂人屡屡提及的"真的人"其实意义丰富，不仅有儒家观念里"赤子"的东方内涵，而且更有尼采（F. W. Nietzsche, 1844—1900）意义上的"超人"指向，即人类要超过人类。② 换言之，文化的西医因素也决定了狂人的拯救价值与理想，这当然是中医文化所难以理解和处理的。

---

① ［法］古斯塔夫·勒庞著：《乌合之众：大众心理研究》，冯克利译，中央编译出版社 2014 年版，第 78 页。

② 参见［德］尼采著《苏鲁支语录》，徐梵澄译，商务印书馆 1992 年版，第 6-7 页。

二、疗救的无望：在国民劣根性与"立人"之间

高旭东曾经指出鲁迅作品中有两类患者，一类是"昏睡在传统之中麻木无知，愚昧不觉悟，疗救之道在于新文化的启蒙"；而另一类"却正是以新文化反传统之后，觉悟的个人从传统的牢笼走出来，在自由的荒原上体认存在的结果。因此，这种病症才能够穿越空间，表现出整个现代人的困境。对于这一种病症，最好的疗救方法是艺术"。① 毋庸讳言，鲁迅小说中的医学话语中不仅有其独特的呈现特征，而且也有其有意疗救的尝试。

（一）疾病的隐喻：国民劣根性及其生成机制管窥

众所周知，鲁迅作品中两个至关重要的关键词就是"国民性"② 与"立人"，而这在其小说中也有深刻的呈现。由于其内涵复杂、体例限制，下文只能以有限的小说文本加以诠释。

1. 看客的嗜血：《药》

鲁迅在小说《示众》中曾经对麻木、无聊、空虚的看客群体进行群像扫描，甚至还衍生出一种独特的看客哲学：看客看焦点事件，看客之间的互看，卖包子的小孩看看客，鲁迅写看客，我们读看客。当然，即使从和医学话语相关的小说《药》入手，我们也可窥一斑。

《药》中有关鸭子的传神比喻堪称经典，即使以茶馆中的看客为对象，我们也可以看出众看客的国民劣根性和思想的病态特征。比如，他们的无聊、八卦、愚昧、无知等都耐人寻味。若稍加探究，这种特性和官本位思想以及长久的封建专制统治所造成的奴性息息相关，他们不辨是非、趋炎附势，一味仰视康大叔，自然无法理解被关在牢中杀头前居然敢嘲笑狱卒的夏瑜。

2. 瞒和骗：《长明灯》

鲁迅曾经犀利地指出，"中国人向来因为不敢正视人生，只好瞒和骗，由此也生出瞒和骗的文艺来"（《坟·论睁了眼看》）。在小说中，鲁迅也重

---

① 高旭东：《鲁迅：在医生与患者之间》，载《山东大学学报》（哲学社会科学版）1999年第1期，第13页。

② 此方面的论述繁盛，专著就有闫玉刚《改造国民性：走近鲁迅》（中国社会出版社2005年版）、谭德晶《鲁迅小说与国民性问题探索》（中国社会科学出版社2004年版）等。

申了这一论断,《长明灯》中就不乏此类操作。

对付疯子,大家群策群力,想了很多方法,但总结起来重点就是瞒和骗。比如,遮住灯光,告诉疯子灯已灭,也会考虑使用陈旧的封建伦理次序加以收编,或者过继孩子给他(《孤独者》中有类似的伎俩),或让其结婚生子等。总之,让这帮和他们不同的"病人"放弃现有的思想立场,或向他们低头,或和他们整合乃至共谋,通过瞒和骗来解决。稍微考察一下,这或许和中国封建文化长期同化异族入侵者(以中原为中心的参照)的经验相关:虽然在政治和军事上未必赢得了他们,但在文化上可以收编他们,屡试不爽。

3. 吃人或铲除

对于更坚定或清醒的启蒙者/革命者,欺骗不成,他们会采取更残忍的策略将其消灭或铲除,借此彰显他们吃人的本质。《狂人日记》中的狂人叙事貌似杂乱,其实逻辑十分清楚。我们发现,正文里面的13小节恰恰也是逐步论证和推导动物、老人、小孩、医生、亲戚、历史、现实、文化等吃人的本质;《药》中的人血馒头无疑更凝聚了拯救/死亡的双重悖论:既是夏瑜的死,又是小栓可能的生,同时更是小栓的必死,因为他吃了自己的拯救者。

考察上述吃人的本质的形成,我们可以知道这是文化累积的结果:由极端时期的极端个案慢慢累积到一定的数量之后产生质变,大家逐步习以为常,甚至变成一种变态的潮流与典范。比如《二十四孝》中的"割股疗亲"等,都是一种文化变态的官方符号化,长此以往,人们便见惯不惊了。有论者指出,对民族的自我批判,仅止于揭发国民性弊端和民族精神创伤还不够,"还必须进一步追问造成国民精神萎缩的本质原因,只有摸清病症,探明病源,才有'疗救'和'改革'的希望"[①]。我们不妨同时考察一下拯救的可能性。

(二) 拯救的无望

桑塔格(Susan Sontag, 1933—2004)在《疾病的隐喻》一书中分析了西方社会中结核病、癌症、艾滋病等疾病因为难以救治而带来的神秘性和恐惧感,将之延伸至医学上的文化批评,用其犀利的文化批评话语深入剖析疾病话语的高度隐喻。她指出,"疾病常常被描绘为对社会的入侵,而减少已

[①] 程致中:《穿越时空的对话——鲁迅的当代意义》,安徽教育出版社2004年版,第248页。

患之疾病所带来的死亡威胁的种种努力则被称作战斗、抗争和战争"①。我们可以看出这种隐喻里的权力关系：它既可能是贴标签的权力体现，又提醒社会必须真正面对这种危险和恐惧。从某种程度上说，这也是社会意识形态和医学的微妙同构关系。

在患病的人群中，被启蒙者、看客、变态文化的执行者和继承者都很难真正实现自我拯救，因为他们要么是麻木愚昧的被动存在，要么就是顽固不化、扼杀异己的看客或帮凶，甚至是刽子手，我们必须更多期待启蒙者先驱甚至先贤、神仙的努力，而鲁迅恰恰是如此处理的。

1. 孱弱的先驱

鲁迅曾经指出自己身上的"毒气"和"鬼气"，"我自己总觉得我的灵魂里有毒气和鬼气，我极憎恶他，想除去他，而不能"②。作为其创造物——小说中的启蒙者、革命者也有类似的特征。如《狂人日记》中的狂人虽然有难能可贵的自省意识，但也未必没吃过人肉，至少也是"吃人的人的兄弟"。

《孤独者》中的魏连殳不仅仅因为其特立独行让人难以忍受，只好独自忍受孤独和奚落，同时他还得接受物质窘困的考验，结果是生存需求压倒了反抗病态的理想，最后因为理想的幻灭而导致身体病变、恶化——肺痨咯血，自我破坏而死。从某种意义上说，魏连殳不能完全反抗病态与黑暗，最后也变成了扑火的飞蛾。

而《长明灯》中的疯子更有其局限性，他不过是被关起来的思想异端，虽然坚定不渝，但实现理想的难度太大，甚至最后被儿歌逐步消解，壮志难酬。《药》中的夏瑜虽然勇敢，在大牢里也坚持宣传其现代思想，但他是一个失败的政治家，甚至连钟爱他的母亲也是满脑子封建与奴性思想，无法理解其革命行动；而其族亲夏三爷更是将其告官，保身求财、卖亲求荣。最后，夏瑜也成为病态社会民间偏方的牺牲品。

不难看出，更多只是初步觉醒的先驱者其实无力拯救被启蒙者，他们无法创造被启蒙者可以接受并实践的意义。③ 说得更残酷一点，他们大多不是合格和成熟的自救者。

---

① ［美］苏珊·桑塔格著：《疾病的隐喻》，程巍译，上海译文出版社2003年版，第87页。
② 鲁迅：《鲁迅全集》（第11卷），人民文学出版社2005年版，第453页。
③ Marston Anderson. "The Morality of Form: Lu Xun and the Modern Chinese Short Story". see Leo Ou-fan Lee (ed.). *Lu Xun and His Legacy*. University of California Press, 1985, p. 37.

2. 遥远的"仙/贤"

面对国民劣根性充斥的恶托邦①，鲁迅在小说中也曾尝试用其他方式实施拯救，神仙或者圣贤都跻身其中。

《补天》中女娲为自己的创造物付出了巨大代价：被异化的小东西不仅缺乏人性，难以沟通，还指斥自己的神圣母亲有伤风化；女娲还要为他们因为私欲膨胀混战后留下的烂摊子收尾，为补天鞠躬尽瘁，最后力竭而死。但她死后的尸体也不得安宁，被借尸还魂，以"女娲氏之肠"沽名钓誉，心/神的确变态。

《奔月》中老去的何止是羿的身体，他的声名也受到了后辈学生流言的玷污，虽然他竭尽全力讨好嫦娥，但英雄难有用武之地，加上嫦娥的欲望/口味依旧强烈，成仙的实践居然被她率先实行。虽然结尾保留了些许可能性，但传说中嫦娥的孤苦伶仃似可说明羿最终是个失败者。

或许更耐人寻味的是《起死》。重读《庄子》并期待假借传统思想救赎青年以及国家是否可以成为一种可能？《起死》是对 1933 年《庄子》和《文选》之争②的一个有力回应。庄子在小说中借助司命大神的帮助让五百多年前的汉子重生，结果带来无尽的尴尬，在过于务实、以屁股决定脑袋的执拗认知中，不仅是凌空蹈虚的庄子，而且后来的巡士都不得不借助世俗的报警手段来摆脱纠缠。

国民劣根性根深蒂固，先驱者纷纷倒下，而神仙、圣贤往往也自身难保，在这样的语境下，"立人"思想既显得尴尬又反证了其必要性和深刻性，这就是鲁迅为什么屡屡强调个性或者"无治主义"的要因。

三、医学话语叙事：在冷静与热烈之间

有论者指出，"医学医生和启蒙思想家与作家的思维方式及行为方式的共性，无疑是凝聚、渗透于这种外冷内热的叙事里，对叙事特点和模式的形成具有潜在和内化的影响"③。我们有必要考察一下医学话语叙事的风格转换。

---

① 具体界定和解释可参见朱崇科《旅行本土：游移的"恶"托邦——以李永平〈吉陵春秋〉为中心》，载《华侨大学学报》（哲学社会科学版）2007 年第 3 期，第 99 - 106 页。

② 具体论述可参见钱文亮《重读鲁迅对老庄思想的批判——从"〈庄子〉与〈文选〉之争"谈起》，载《江汉大学学报》（人文科学版）2003 年第 1 期，第 28 - 32 页。

③ 逢增玉：《鲁迅小说中的"医学"内容和叙事》，载《社会科学战线》2003 年第 4 期，第 255 页。

（一）冷热的切割

一般而言，鲁迅的小说风格是阴冷的，医学话语叙事也是如此，但细究起来，冷也有风格的细微差异。

1. 冷漠与冷静

张定璜指出，"鲁迅先生站在路旁边，看见我们男男女女在大街上来去……鲁迅先生的医究竟学到了怎样一个境地，曾经进过解剖室没有，我们不得而知，但我们知道他有三个特色，那也是老于手术富于经验的医生的特色，第一个，冷静，第二个，还是冷静，第三个，还是冷静"[①]。而在小说的叙事风格上，鲁迅的确呈现了常人难以忘怀的冷静。

《药》中的看客、刽子手们在老栓买药的途中都是阴冷的，甚至有一种吃人的味道。《祝福》中临死前的祥林嫂宛若一个活物，无疑彰显了鲁迅描写的准确与文风的冷酷。即使回到医生行当，医学叙事的"冷"也有不同。

鲁迅对西医的叙述是相当冷静而且节俭的，背后隐藏着对其科学性的谕示：《弟兄》中的普大夫做事干练、自信、利索，值得信赖；相反，《明天》中的何小仙就显得冷漠、世故，也间接导致了宝儿的死。同样在《弟兄》中，中医白问山虽然态度不错，但在治病救人上仍然是含混不清，令人生疑，这也加重了"我"的焦虑感。

2. 冷暖自见

鲁迅虽然以书写悲愤沉郁见长，但冷的下面也不乏热烈与激情。一般而言，在书写革命性、现代性或是先进性人物的时候，鲁迅不惜用"曲笔"，显出独特的暖色调。

《长明灯》中的疯子自是如此，他的内心相当纯净，虽然不乏疑惧；《狂人日记》中的狂人对没吃过人的孩子还抱有巨大希望，所以要发出振聋发聩的"救救孩子"；而《药》中无论是夏瑜坟上的花环，还是牢狱中其劝诫的坚持都让人感到温暖。同样，《补天》中的女娲，力比多过剩使她身上有着明显的暖肉色痕迹[②]；而《奔月》中，残妆后嫦娥"嘴唇依然红得如火"也是意味深长，这显示她的欲望依然非常强烈。凡此种种，也反映了

[①] 张定璜：《鲁迅先生》，见李宗英、张梦阳编《六十年来鲁迅研究论文选》（上册），中国社会科学出版社1982年版，第33-34页。

[②] 参见张建雄《鲁迅与"力比多"》，载《大理学院学报》2004年第6期，第48-50页。

鲁迅对某些色调的敏感，以及对冷暖的区隔。

（二）冷热的反讽

众所周知，鲁迅长于反讽，而且在小说技巧创新方面独树一帜。[①] 而在医学话语的叙事风格上，也有类似的倾向，有些时候，我们更可以见到其冷暖对流的反讽策略。

1. 冷的热烈

我们不妨以《狂人日记》为例加以说明。小说中，狂人是一个相当清醒的先驱，他不仅可以看穿宏大视野中现实的、历史的问题，而且也可以看出小范围内家庭的、村镇的问题，并最终一步步论证出吃人的结论，以及如何吃人——从物质到精神等。更关键的是，他也振聋发聩地发出了"救救孩子"的热烈呼吁。但在这篇小说中，鲁迅却用了相当阴冷的方式表达，他将这种思考与启示的热烈内敛。

他的手法比较丰富，借助月亮意象（和太阳相比，月亮的阴柔气质更重）、被吃/咬的恐惧感（从狗到人，包括小孩子、医生等）、过度敏感（这种处处怀疑的夸张手法反倒让人产生警惕感，从而不那么痛快地突出主题）等心理冷感降温处理，而这种色调的反讽手法却让我们在压抑中更感受到打破铁屋子的强烈欲望和必要性。

2. 热的悲凉

从某种意义上说，鲁迅更擅长书写悲凉。写于1924年的《祝福》的结尾——"我在蒙胧中，又隐约听到远处的爆竹声连绵不断，似乎合成一天音响的浓云，夹着团团飞舞的雪花，拥抱了全市镇。我在这繁响的拥抱中，也懒散而且舒适，从白天以至初夜的疑虑，全给祝福的空气一扫而空了，只觉得天地圣众歆享了牲醴和香烟，都醉醺醺的在空中蹒跚，豫备给鲁镇的人们以无限的幸福"（第147－148页），是《彷徨》中难得一见的颇富激情的亮点。但在这段激情飞扬的文字中，我们读出了鲁迅的悲凉、愤怒甚至是冷笑式的诅咒。类似的风格在《记念刘和珍君》中更是发挥得淋漓尽致。[②]

[①] 参见 Patrick Hanan. "The Technique of Lu Hsun's fiction". *Harvard Journal of Asiatic Studies*, 1974（34），pp. 53－96.

[②] 参见朱崇科《周氏兄弟有关"3·18事件"的文本比较分析》，载《广东鲁迅研究》1999年第3期。

《孤独者》中魏连殳在背叛自己理想后是异常孤单和寂寞的，但对他而言，表面的日常却是相当热烈而喧嚣的。让大良的祖母讲述这种内在的张力——"要是你早来一个月，还赶得上看这里的热闹，三日两头的猜拳行令，说的说，笑的笑，唱的唱，做诗的做诗，打牌的打牌"（第220页），让孩子们学狗叫然后赏给东西，自己买东西又迅速破坏掉，等等，鲁迅以这样的方式表达了其内心深处的极度孤单、寂寞和对堕落的痛恨以及自戕倾向。

当然，值得一提的还有《药》中对康大叔的描写，可谓浓墨重彩，但坦白说，其气势越强大热烈、越受尊重，越反衬了其色厉内荏与阴冷的帮凶本色。不难看出，鲁迅的医学经验和思考被转化成叙事话语的内在特征和形态。当然，和鲁迅的复杂性相一致，这种风格也不乏繁复之处。

结语：考察鲁迅小说中的医学话语，我们发现，从表面上看，鲁迅弃医从文，力图以文艺改造国民性，但在其小说中，医学话语却是一个不折不扣的核心命题。此中既有技术层面的形态，更有精神层次的再现实践。而且，鲁迅不仅揭出痛苦，引起疗救的注意，而且他本人在小说中也做了一些拯救的尝试，并指出这些疗救的艰难乃至无望。更引人注意的是，这种医学话语也有其独特的叙事风格，是对冷热的辩证理解与对流试验。总之，从医学话语看，鲁迅同样是一个独特的先驱。

第二节　鲁迅小说中的经济话语

鲁迅在《呐喊·自序》中深有感触地写道："然而我的父亲终于日重一日的亡故了。有谁从小康人家而堕入困顿的么，我以为在这途路中，大概可以看见世人的真面目。"作为深切体验到由经济衰落所带来的个体尊严受辱的长子长孙，鲁迅一生对经济颇为看重，而且并不以"阿堵物"为耻。综览《鲁迅日记》，里面的开支明细，事无巨细，一如流水账般历历在目。作为一位著名作家，鲁迅版税甚高，当然也不乏相关争执，如1929年李小峰和他的版税冲突，郁达夫还做了和事佬。[①] 毫无疑问，经济/财富更是和鲁迅的日常、成长经历息息相关，鲁迅也因此形成了独特的财富观。[②]

---

① 相关事件可参见陈福亮《风雨茅庐——郁达夫大传》（下卷），中国广播电视出版社2004年版，第832-836页。

② 参见王得后《关于鲁迅财富观的笔记》，见《鲁迅教我》，福建教育出版社2006年版，第223-232页。

鲁迅这种体验与认知也自觉不自觉在其小说中得以体现。据笔者统计，超过八成的鲁迅小说都和经济（因素）密切相关：或蜻蜓点水一闪而过，或浓墨重彩大肆渲染，加上鲁迅独特的思想凝聚与形式锤炼，也就形成了别具特色的经济话语。

这里的经济话语自然不只局限于对经济因素的考察，而且更深切、更系统地探勘了经济在其中的运行作用、轨迹及其深层思想伦理。此中不仅包含权力的实践，而且也不乏不同经济伦理模式的渗透与混杂。相关的研究也不算少。在专著方面，从表面上看，《时为公务员的鲁迅》似乎是探讨鲁迅与政治的阶段性关系，而实际上其意义则更在于凸显鲁迅的独立人格和经济因素。[①] 在论文方面，既有对鲁迅小说中数字的考察[②]，又有对其中商品经济萌芽的探讨[③]；既有从经济伦理视角思考的初步尝试[④]，又有对绍兴经济人格成因的梳理[⑤]。

上述研究大多开阔了我们的视野，提升了大家对鲁迅小说中经济介入的认知，但同时也有各自的局限：或只是点到为止，不够深入、厚重；或描述繁复表面，未曾深钻；或角度偏颇、视野受限。但无论如何，它们为笔者的继续开拓奠定了基础，预留了空间。为此，笔者准备从以下三个层面展开论述：①经济话语的形态与功用：以钱为中心；②话语交叉中的经济伦理；③经济话语的叙事法则。需要指出的是，本节无意也无力对经济话语面面俱到地进行考察，而是有所选择，以鲁迅小说中的相关叙述为中心。

一、经济话语的形态与功用：以钱为中心

在鲁迅小说所建构的世界中，有关钱的种类相当复杂。从质料上说，金、银、铜、纸，甚至是代用货币各显神通；在名称上也是形形色色，有元宝、铜圆、洋钱、钞票、大钱、小钱等；而相关计量单位也是令人眼花缭乱，有串、贯、两、元、角、分、文、枚、个、番等。上述情形林林总总，一方面说明鲁迅对钱的熟悉和重视，另一方面也恰恰反映了小说中不同时空

---

① 参见吴海勇《时为公务员的鲁迅》，广西师范大学出版社2005年版。
② 参见曹彬《鲁迅小说中的数字》，载《榆林高等专科学校学报》2001年第3期，第37－41页。
③ 参见古大勇《略论鲁迅小说中商品经济意识的萌芽》，载《黔东南民族师专学报》2001年第1期，第35－38页。
④ 参见甘智钢《经济伦理与鲁迅研究》，载《鲁迅研究月刊》2003年第5期，第40－43页。
⑤ 参见兰新让、肖养蕊《论绍兴传统经济人格之形成》，载《绍兴文理学院学报》（哲学社会科学版）2006年第3期，第12－18页。

世界的芜杂与混乱。鉴于此,笔者在论述中更多以功能区分而辅以其他,以避免交叉与可能的混乱。

(一)买卖/交换

货币的主要功能就是用作衡量物(商品)的价值并且产生相关的买卖和交换行为,这算是货币的微观功能;而货币宏观方面的功能和国家调控、国际金融市场等密切相关。当然货币也还有其他功能,如价值尺度、流通、储藏、支付等。① 在鲁迅小说中,有关钱的话语所呈现的主要功能与微观功能相符,差不多所有相关小说中都呈现了此功能。

在《风波》中,被六斤不小心摔破的饭碗在城内钉合时,"因为缺口大,所以要十六个铜钉,三文一个,共用了四十八文小钱"(第 46 页)。此中有关商品发生的精打细算反映了对生计的斤斤计较。而在《阿 Q 正传》中,钱当然可以用来赌博,而且蕴含了钱的计量单位的递增,"铜钱变成角洋,角洋变成大洋,大洋又成了叠"(第 63 页)。当然,因为调戏吴妈,阿 Q 所受的处罚不轻,除了条文以外,惩罚主要是钱的问题。而当阿 Q 从城里顺手牵羊带回赃物后,也通过倒腾二手货,"中兴"了一把。小说《兔和猫》《鸭的喜剧》中同样也是用钱买小动物,如小鸭、白兔等。

钱在鲁迅小说中还有更多的分类。例如,钱和工作的紧密维系。《端午节》中为了嘲讽方玄绰的"差不多主义",鲁迅描写他甚至对政府欠薪也是既无可奈何又无意争取,而且还借机得过且过,对小厮和太太(尤其是后者)一副志得意满的神情。同样,在《高老夫子》中,高尔础聘书上也清晰地注明工钱价格——每小时金大洋三角(第 194 页)。当然,为了反衬其不学无术、品行低劣,鲁迅也用钱反映其赌博行径,并且写了他合伙骗带着两百番的毛资甫的大儿子的钱(第 195 页)。而《在酒楼上》的吕纬甫每月也有入不敷出的"二十元"的教书薪水(第 158 页)。其实,对教书工钱的屡次聚焦也和鲁迅亲身经历的类似体验息息相关,如被拖欠薪水、经济有压力等。

同样是工钱,在《弟兄》中却又是另外一番景象。中医白问山对能否治好病的回答虽没有提到钱,却是一副吞噬贪婪的模样,"不过这也要看你们府上的家运"(第 245 页)。而到了西医普大夫那里,一张 5 元的钞票就可以明确解决沛君兄弟的病。在这种清晰与含混的意义背后,富含了鲁迅对

---

① 相关论述可参见张尚学编著《货币银行学》(南开大学出版社 2001 年版)、孙绍年主编《货币银行学》(北京交通大学出版社、清华大学出版社 2004 年版)。

两种文化的态度。尤其值得一提的是《奔月》中射杀老太太母鸡的羿，被索赔的过程更是物物交换的结果：10 个白面炊饼＝1 只母鸡。由此可以看出鲁迅丰富的想象力，在荒蛮或史前时代钱的替代物如何实现物物交换。

（二）压抑／物化

如前所述，诸多有关钱的称谓、种类、度量等集中在清末民初鲁迅所营造的小说世界中，恰恰反衬了这个世界的快速更替、通货膨胀、黑暗芜杂。而在此中不乏被物化的人，也呈现了现实对个体的巨大压抑。

1. 现实压抑

历史上，中国统治阶层在统治人民时可谓想尽办法，在文化宣传上往往采用愚民政策，或者将百姓"儿童化"①；而在现实中则往往以苛捐杂税等进行压制、剥削。

《故乡》中的中年闰土和少年闰土的鲜明对比反衬的不只是闰土的麻木，而更是入不敷出、民不聊生的现实压抑，"什么地方都要钱，没有定规……收成又坏。种出东西来，挑去卖，总要捐几回钱，折了本"（第 54 页）。除此以外，还有医药费的居高不下，《药》中的民间偏方——人血馒头要价奇高，"一包洋钱"差不多是华老栓一家几年的积蓄；而《明天》中单四嫂子为了拯救独子宝儿，居然要"从木柜子里掏出每天节省下来的十三个小银元和一百八十铜钱，都装在衣袋里"（第 26 页）。《理水》中，鸟头学者将自己的谬论（鲧是鱼，禹是虫，不会治水，不存在）的论证过程刻在松树上，花了 27 天的时间，却因此要收准食物替代的门票，"凡有要看的人，得拿出十片嫩榆叶，如果住在木排上，就改给一贝壳鲜水苔"（第 291 页）。

《幸福的家庭》则用反讽的想象对现实的压抑加以神妙深描。小说中的"他"对正在书写的小说《幸福的家庭》的美好设想往往被现实的窘迫打断，他浪漫、抒情的文艺风敌不过二十几斤白菜买卖的精打细算，而白菜及金钱纠缠不仅干扰了他设想的美好，更成为一个最有力的自我反讽符号。

2. 物化再现

金钱不仅可以成为压抑个体或群体的现实符号象征，更进一步，它还变成一种物化的隐喻，其中当然也彰显了鲁迅对此类功能构造的别具匠心。

---

① 参见孙隆基《中国文化的"深层结构"》，壹山出版社 1983 年版，第 302 – 308 页。

《孔乙己》被增田涉誉为"鲁迅最完美的艺术作品。孔乙己是个被时代遗弃的知识分子形象,他赊的十九个酒钱,永远留在酒铺黑板的账上,直到他死去"①。孔乙己生活在世态炎凉的社会里,完全可以用钱来衡量地位和尊严。小说一开始就叙述了咸亨酒店吃酒的价格、方式、等级,而后以孔乙己喝酒的不同神态、场景继续故事,直到最后"还欠十九个钱呢"。金钱在此处成为人们挂念孔乙己的唯一纪念。毫无疑问,被钱物化意味着他处境艰难、地位低下,直至最后凄惨死去。

祥林嫂无疑是另一个被物化的牺牲品。她被婆婆绑架逼着再嫁,是因为八十千彩礼的身价;而后来她拿出十二元鹰洋捐门槛也未换回其有限的神权,也可反映她部分被物化。同样还有《白光》中的陈士成。正是屡试不中让他精神错乱,书中寻觅不到"黄金屋",只好追寻象征财富的"白光",最后失足落水而死。虽然其悲剧的源头未必全部是金钱,但不难看出,他也是被物化的对象。

(三) 消解精神

若从金钱的角度看,鲁迅绝对是彻底的唯物主义者。他在小说中不仅展示了金钱的实用功能、物化作用,而且也精彩地论证了经济基础决定上层建筑的道理。更准确地说,金钱可以消解精神。

1. 启蒙/自立的脆弱

鲁迅屡屡强调经济独立的重要性,在《娜拉走后怎样》中说:"钱,——高雅的说罢,就是经济,是最要紧的了。自由固不是钱所能买到的,但能够为钱而卖掉。人类有一个大缺点,就是常常要饥饿。为补救这缺点起见,为准备不做傀儡起见,在目下的社会里,经济权就见得最要紧了。"② 在其他的小说中他也同样加以强调。《孤独者》中魏连殳理想的堕落恰恰是源自其生活的极度贫困,不得不变卖"善本"藏书,最后无以为继,不得不走向自己所反对的那一方任幕僚。同样,在《伤逝》中,富有决心和激情的子君、涓生最终也敌不过生活的挤压,除了感情因素的固化以外,主要因为缺钱,因分手而阴阳两隔,遗憾终生。

当然,另外一种启蒙者虽然和金钱有关,却对所谓想以传统文化启蒙乃至拯救坚决否定。《采薇》中满口仁义道德、"礼貌"待人的山大王小穷奇

---

① [日] 增田涉:《鲁迅的印象》,天地图书有限公司1980年版,第290页。
② 鲁迅:《鲁迅全集》(第1卷),人民文学出版社2005年版,第168页。

其实更想打劫,目标是伯夷、叔齐的钱财,遍寻不获,他对他们的文化气节实则不屑一顾,"您只要滚您的蛋就是了"(第313页)。而《出关》中,被剥削过的老子辛辛苦苦撰写的《道德经》根本得不到应有的尊重,关尹喜"提起两串木札来,放在堆着充公的盐、胡麻、布、大豆、饽饽等类的架子上"(第349页)。《起死》中的庄子并未得到被复活者的感激,以及对他玄妙学说的认同。复活后的汉子牢记的却是其衣服、伞子和包裹,"里面是五十二个圜钱"(第366页)。不难看出,此时传统文化精神已经被金钱/实物的现实性消解。

2. 反抗的吊诡:细读《离婚》

《离婚》是一篇相当别致的小说,里面既有些微的性别意识觉醒,又有下层对上层或男权的朦胧反抗意识,颇值得深入探究。小说女主人公爱姑本来下定决心反抗老公在外姘上寡妇,欲寻求公义,而七大人却又做主离婚,赔90元。最后以此价成交,爱姑反抗失败。爱姑的失败当然有七大人势力庞大、诡计多端的原因,但也是由其自身的劣根性所致。易言之,这里面有一种反抗的吊诡:爱姑所借重的原则,其制定者恰恰是男权阶层,她根本无法跳出这样的天罗地网:在80元基础上加多10元后软硬兼施的氛围中,她的失败更凸显了精神对金钱(权力)符号的俯首称臣。

金钱的功能还有不少,此处不再赘述。当然,金钱也还有其伦理功能,这是一种交叉区域的深刻考量。

二、话语交叉中的经济伦理

经济伦理(economic ethics)概念来源于马克斯·韦伯(Max Weber,1864—1920)。这是在强调世界诸宗教经济伦理中提出来的,主要是考察在宗教的心理和实用脉络之下促成行动的实际动机。而经济伦理或可理解为一种经济制度的社会精神气质(ethos)。① 所以,在一般意义上,我们可以将之理解为有关经济的社会道德价值规范以及社会经济德性。从经济伦理角度展开思考,可能会对鲁迅小说中的经济话语产生独特的认知。

(一)从新教经济伦理到"异化劳动"说

经济伦理是一个非常复杂又深刻的概念,而且随着时代社会政治、经

---

① 参见[德]马克斯·韦伯著《新教伦理与资本主义精神》,于晓等译,生活·读书·新知三联书店1987年版,第16页。

济、文化等的发展不断流动、衍生，在下面有限的篇幅内，我们主要讨论关系可能更密切的韦伯和马克思的相关理论。

1. 韦伯：新教经济伦理

从某种意义上说，韦伯更是从宗教的角度诠释经济伦理。在其经典名著《新教伦理与资本主义精神》一书中，韦伯十分大气又锐利地探讨了宗教，尤其是新教的禁欲主义与资本主义精神的密切关联。我们不妨简要叙述一点。

在韦伯那里，无论是对资本主义还是对资本主义精神都有着不同的理解。他认为，资本主义更是对贪欲"这种非理性（irrational）欲望的一种抑制或至少是一种理性的缓解"①。不仅如此，西方资本主义还有其他各地未曾出现的类型、形式和方向，近代西方发展了相当独特的资本主义形式，"（在形式上的）自由劳动之理性的资本主义组织方式"②。

韦伯还详细分析了不同历史阶段的世俗禁欲主义的发展、内容与基础，借此指出清教徒的宗教规定与资本主义精神的内在、具体关联。例如，虚掷时光的严重谬误性；劳动作为抵制诱惑的手段功能；追求至善可获得上帝恩宠；若操持多种职业，必须有利于公共利益或个人利益，反对无节制的享受一切；等等。

在这样的经济伦理下，自然会产生不同的效果，"在清教所影响的范围内，在任何情况下清教的世界观都有利于一种理性的资产阶级经济生活的发展（这点当然比仅仅鼓励资本积累重要得多）。它在这种生活的发展中是最重要的，而且首先是唯一始终一致的影响。它哺育了近代经济人"③。

2. 马克思："异化劳动"说

马克思曾经指出经济与道德伦理的内在关联，"人们自觉地或不自觉地，归根到底总是从他们阶级地位所依据的实际关系中——从他们进行生产和交换的经济关系中，吸取自己的道德观念"④。

---

① ［德］马克斯·韦伯著：《新教伦理与资本主义精神》，于晓等译，生活·读书·新知三联书店1987年版，第8页。
② ［德］马克斯·韦伯著：《新教伦理与资本主义精神》，于晓等译，生活·读书·新知三联书店1987年版，第11页。
③ ［德］马克斯·韦伯著：《新教伦理与资本主义精神》，于晓等译，生活·读书·新知三联书店1987年版，第136页。
④ 中共中央马克思恩格斯列宁斯大林著作编译局编：《马克思恩格斯选集》（第3卷），人民出版社1972年版，第133页。

简单说来，马克思更多是从阶级斗争的观点看待问题，强调资本家对工人的剥削等。而在其名作《异化劳动》中，马克思提出了异化劳动的观念，并分析了它的四种表现形式，即劳动过程对劳动者的异化、劳动产品对劳动者的异化、人的本质的异化、人与人之间关系的异化。我们也可把它简化为以下两种层次的异化。一是工人和产品之间的异化。马克思指出："在被国民经济学作为前提的那种状态下，劳动的这种现实化表现为工人的非现实化，对象化表现为对象的丧失和被对象奴役，占有表现为异化、外化。"①二是工人与资本家之间关系的异化。马克思认为，"通过异化的、外化的劳动，工人生产出一个跟劳动格格不入的、站在劳动之外的人同这个劳动的关系。工人同劳动的关系，生产出资本家（或者不管人们给雇主起个什么别的名字）同这个劳动的关系"②。

不难看出，马克思经济伦理概念是有其适时的语境的，其观点同样也是当时社会、经济政治状况的产物。③

（二）混杂的清醒

我们不妨考察一下相关代表性理论对于解读鲁迅小说经济话语的可行性。

1. 契合与逸出

由于历史语境的差异和国情的独特性，我们对上述理论与鲁迅小说中经济伦理的契合更多是从精神层面展开的。

马克思所倡导的异化理论的两重性同样也可以在鲁迅的小说中找到呼应，相当典型的是《阿Q正传》和《祝福》。阿Q作为一个游荡的短工，不仅自我被物质化、异化，连名字姓赵的权利都被剥夺。凡是涉及经济的事件，他几乎都是被剥夺者。虽然并非恶人，但赌博、小偷小摸却也有意无意做过。而且，他和雇主、地保的关系也有一种异化感。换言之，他是一个连奴隶都无法做稳的牺牲品。祥林嫂作为遭受多重压迫的女性，更是遭到严重的异化，如被婆婆变相卖掉、被雇主剥夺神权等。

但同样需要指出的是，马克思的经济伦理观不能生搬硬套于鲁迅的小说

---

① ［德］马克思：《1844 年经济学哲学手稿》，人民出版社 1985 年版，第 48 页。
② ［德］马克思：《1844 年经济学哲学手稿》，人民出版社 1985 年版，第 57 页。
③ 有关分析可参见俞吾金《资本诠释学——马克思考察、批判现代社会的独特路径》，载《哲学研究》2007 年第 1 期，第 23–31 页。

中。在《阿Q正传》中,阿Q作为无产阶级(不能划入"流氓无产者"行列)的一员,更有着国民劣根性的种种特点,而其雇主身上则更多印刻着封建官僚体系和执行者的痕迹。《祝福》中的祥林嫂也有其生存的悖论,她曾反抗过,但反抗所依赖/捍卫的理念同样是由统治阶层制定的,她更是麻木的祭品。

韦伯的相关理论更多地解释了别具特色和理性的资本主义精神发展的某种整体人格与思想动力。当然,可以说,鲁迅小说中有些许商品经济的表征。如有人就指出,其中的商品经济和市场意识可以归结为公关礼仪、交换、竞争、雇佣失业、知识商品、劳动力商品、信用赊欠、试用期、广告宣传、通货膨胀等。① 但是,这些所谓的意识更多只是一种浮光掠影的显现,既不理性又不成熟,也无法套用独特的西方资本主义发展的规律、特征与新教伦理原动力。因为鲁迅小说中的经济伦理是以封建经济伦理为中心的混杂性伦理。

2. 封建经济伦理及反拨

从表面上看,鲁迅小说中的经济伦理是多种多样的,不仅有资本主义商品的因素和现象,还有原始社会时期的物物交换形态,当然更不乏封建经济形态的实践,但归根结底,这种多元化更是以封建经济伦理为中心的。因为其中的资本主义萌芽作为异质元素,和觉醒后的启蒙者、革命者类似,本身仍然是极度虚弱的。

(1)强大的封建经济伦理。1911年的辛亥革命在鲁迅小说中虽然颇受敬重,但鲁迅也经常对其不彻底性进行反思乃至大力鞭挞。而辛亥革命的对立面之———封建经济伦理异常强大。如前所述,阿Q的雇主赵老爷和地保是封建政权下层权力的忠实代表。他们身上仍然存留着封建特征——他们对财富的简单追求似乎也是贪得无厌的,但不符合新教伦理。比如,他们追求奢侈品(购买阿Q所偷的城里的赃物)。更关键的是,他们的思想迷恋仍然是旧式的。《离婚》中的"小畜生"仍然纳妾,他对原配的处理无非是80大洋解决。而所谓主持公道的七大人更是迷恋封建遗物的变态,他可以借助打手维持尊严和权威,可以借助留洋的奴才丰富其合法性,但鼻子上常嗅的却是古人的"屁塞"。

《孤独者》中堕落后的魏连殳过分追求享乐,虽然是对自我堕落的一种

---

① 参见古大勇《略论鲁迅小说中商品经济意识的萌芽》,载《黔东南民族师专学报》2001年第1期,第35-38页。

报复性自戕,但不符合新教伦理,而是没落的封建经济伦理;《白光》中的陈士成,通过科举考试升官发财的理念更是荒谬时代的产物,而奔向与追随白光更显示了其经济伦理仍然属于封建伦理。

(2)珍贵的反拨。难能可贵的是,鲁迅对这种混杂型经济伦理进行呈现时,也有一些可贵的反拨和批判。在《一件小事》中,凸显了劳工神圣的主题,作为对这种坚持实践、默默奉献的举动的赞赏。小说中的"我"只能以"一大把"铜圆作为补偿,但金钱此处却成为一种吊诡的反思,它同样揭示了"我"皮袍下面的"小"。"奖他么?我还能裁判车夫么?"(第33页)《社戏》作为鲁迅小说中极其罕见的格调轻快、温暖的小说,其中也呈现蔑视金钱的浪漫主义来。卖豆的六一公公对"我"的赞扬大为感激,不仅对小孩子踏坏豆子的错误既往不咎,而且还额外奉赠,这其中当然有对"知音"的回报。

更令人感动的是《伤逝》。分手后,子君给涓生留下了她的全部家当,其中就有几十枚铜板,"这是我们两人生活材料的全副,现在她就郑重地将这留给我一个人,在不言中,教我借此去维持较久的生活"(第237页)。视爱情胜于生活的子君最后的确以实际行动捍卫了她的尊严、立场,也以金钱等表达了浓浓的爱意。

不难看出,上述种种反拨具有相当的超越性。它既存在于雇主与工人之间,又存在于恋人之间、长晚辈之间,鲁迅或许想借此营构一种更和谐的经济伦理。

三、经济话语的叙事法则

有论者在探讨绍兴经济人格时指出其内容包括节俭适度的消费方式、辛勤精细的生产方式、柔和坚韧的交往方式、务实尚利的功利观、理智缜密的思维方式;同时也指出"绍兴师爷常年孤身在外,赚钱以贴家用,他们身上,集中体现了绍兴人勤俭精细,柔韧务实,重读求利的经济人格"[①]。上述观点未必全部适用于鲁迅及其小说,但是的确开拓了我们的思路。

通读鲁迅小说,我们不难发现,绍兴的经济人格在鲁迅身上也有明显的痕迹。众所周知,鲁迅小说书写具有很强的实验性,也很难假借某主义之名一言以蔽之。但毫无疑问,鲁迅的文体实验有着丰富的现代性,当然也有人称之为超现实主义。但当我们将之转向其经济话语时,会发现它更多是现实

---

① 兰新让、肖养蕊:《论绍兴传统经济人格之形成》,载《绍兴文理学院学报》(哲学社会科学版)2006年第3期,第17页。

主义的，而且鲁迅的叙事往往是精细的、准确的、冷静的，这和经济伦理息息相关。

（一）经济现实主义

从某种意义上说，鲁迅正是通过经济话语的现实主义叙事，才让广大读者深切感受到现实压迫和文化专制的具体可感性。

1. 精确与冷静：《阿Q正传》

阿Q的恋爱事故花费不少，他因为一时兴起，力比多冲动压倒了理性话语，对吴妈说出了"我和你困觉"。这自然后果惨重，经济上也是如此。其赔罪条件如下：

一　明天用红烛——要一斤重的——一对，香一封，到赵府上去赔罪。
二　赵府上请道士祓除缢鬼，费用由阿Q负担。
三　阿Q从此不准踏进赵府的门槛。
四　吴妈此后倘有不测，惟阿Q是问。
五　阿Q不准再去索取工钱和布衫。（第71页）

之前，他还被赵老爷用竹杠敲了头，又受到地保的勒索——酒钱加倍四百文。无奈之下，阿Q只好质了棉被，得两千大钱，履行条约。

考察其钱财和各项用品的去处，香烛变成太太烧香拜佛的用品；破布衫大半做了婴儿的衬尿布，小半破烂的做了吴妈的鞋底。我们发现，阿Q其实更是假公济私、层层盘剥之下的牺牲品，真正的受害人吴妈所得甚少。同样，阿Q本人身上的劣根性也不少，他将典当剩下的几文钱，统统喝了酒。

在这个经济结构中既可以论证上文所提及的封建经济伦理的运行，又可以让人看到鲁迅在营构这个结构叙事的缜密、精准，而这恰恰是小说叙事鲜活、丰富的优越性所在。

2. 柔韧与凝练：《药》

从小说《药》中华老栓和刽子手康大叔对待钱的态度，也可以看出鲁迅对经济话语叙事的独特修炼。我们不妨以华老栓买药的过程作为个案进行分析。在华老栓那里，一包洋钱实在是太重要，它是儿子的救命钱，也是希望之所在。所以，一开始华大妈在枕头底下"摸"了半天，"摸"出来后交给华老栓；"老栓接了，抖抖的装入衣袋，又在外面按了两下"（第16页）。

途中，他"按一按衣袋，硬硬的还在"。鲁迅并没有说明钱的具体数目，却更可以反衬这些钱在老栓心中的无价分量。

老栓买药时，"慌忙摸出洋钱，抖抖的想交给他"，但又不敢。刽子手扯下灯笼纸罩，裹了馒头，塞与老栓，"一手抓过洋钱，捏一捏，转身去了"（第18页）。后来，老栓的精神全部寄托在这个纸包上了。

对待钱的不同态度，固然可以反映老栓的被异化和刽子手的贪婪，同时又反映了鲁迅叙事描写的柔韧性很强，他用非常浓缩的文字准确地表达出对意义的传输。

类似的书写还出现在《孔乙己》中，小伙计"我"几次看见孔乙己的不同书写，恰恰是通过对酒钱的处理态度来反映孔乙己的堕落与逐步赴死。从"温两碗酒，要一碟茴香豆"的"便排出九文大钱"，到打折腿后的"摸出四文钱"，再到"还欠十九个钱呢"，鲁迅以数字的准确性反映了孔乙己喝酒及其人生境遇的变迁。此中的叙事是凝练的、沉重的，同时也令人唏嘘不已。

（二）反讽与虚浮

虽然鲁迅在经济话语叙事的整体风格是沉重的、冷静的，但偶尔也会有相对虚浮的风格显现，这尤其体现在其反讽叙事和描写封建经济伦理之外的语境中。

1. 以喜写悲：《幸福的家庭》

在这篇小说中，鲁迅以相当嘲讽的口吻书写了幸福在现实中与纸上谈兵的差异。其中有一段夫妻买劈柴价格的计算——二十三斤重量的考量、两吊五价格的商讨等，直接介入了创作《幸福的家庭》的绿格纸上，最后差八九个铜圆时，"他抽开书桌的抽屉，一把抓起所有的铜元，不下二三十，放在她摊开的手掌上"（第161-162页）。

这段描写颇耐人寻味：前面的锱铢必较，和他给钱的豪爽形成了鲜明对比，颇有一些喜剧效果。当然，这种对比的背后其实更是隐喻现实与理想之间的张力：前面的是现实介入，后面的则是因了正在虚构幸福的豪放。

2. 虚浮的原始

在《理水》与《奔月》中，鲁迅对原始社会的货币使用具有丰富的想象力，效果虽然是类似的虚浮，但反讽对象有所不同。

《理水》中鸟头学者的较真更显示出其钻牛角尖的偏颇以及理屈词穷，他收物质的门票是其对错误自命不凡的坚守，借此凸显"遗传学"意义上等级的区分。

《奔月》中羿和老太太之间的价格商讨同样耐人寻味。逢蒙散布流言，对老太太很有效果，可以部分彰显老太太的愚昧和逢蒙的狡猾；而一旦到了算经济账时，她却是相当精明的，白面炊饼诱人，而且还学会以羿的箭抵押。这种对物质的细心和其思想的混沌形成强烈对比，不乏戏谑意味。其实，借此经济话语，鲁迅更想通过虚浮的风格指出其过于务实、思想蒙昧的事实。鲁迅偶尔也借此表示启蒙的艰难。

结语：考察鲁迅小说中的经济话语，我们会发现在其五光十色的形态下有着繁复的功能意义，既有普通意义上的买卖/交换，又可能对人产生压制/物化，还可能是一种对精神的消解。耐人寻味的是，鲁迅小说中虽不乏商品经济意识的痕迹或者萌芽，但其主流经济伦理形态仍然是封建主义的，不可生搬硬套相关经济伦理理论。从某种意义上说，正是由于鲁迅对经济话语的深切体会与实践，才使得其相关叙事带上了经济话语的色彩。

第三节　鲁迅小说中的八卦话语

八卦，本和《易经》密切相关。《易经》有言："阴阳生太极，太极生两仪，两仪生四象，四象生八卦。"① 在生活中，常见的是它的引申意义，而大家比较熟悉的是它的娱乐意义——指非正式的、小道消息或者新闻，通常是有关明星、名人的隐私等。香港八卦杂志的创办人认为，世界上纷纷扰扰的小道消息，其中大多是源自男（阳）女（阴）间的恩怨情仇，好比阴阳衍生出八卦一般，故名八卦杂志。关于八卦的起因比较复杂，一说在粤语中，"八卦"的原意就是搬弄是非、流言蜚语，所以娱乐新闻和狗仔队到处挖掘明星的隐私并广而告之的新闻被称为"八卦新闻"。另一说指出，早年香港黄色书刊发行时，封面上过分暴露的照片会在重点部位加贴八卦图，类似马赛克效果，这类报道明星私生活内容的杂志由此得名，而"八卦"一词，甚至在词性上可变为形容词和动词。

八卦作为最古老和常用的传播、分享事实与观点的方式之一，在传播中难免出现错误和变异，所以它通常暗含主观和鸡毛蒜皮的性质。一般而言，其主要功能如下：①常规化和强化交流社群的道德边界，并且通过分享兴趣

---

①　有关《周易》八卦的解释，详可参见周振甫译注《〈周易〉译注》，江苏教育出版社2006年版。

和信息强化社群感；②以八卦的方式发展出故事的不同类型，借以娱乐；③建立社会解释结构，提升彼此的社会关系；④为妇女提供互相确认理想男人的工具；⑤作为一种被动的侵犯工具，用来孤立乃至伤害他人；⑥提供组织中散播信息的联络机制。当然，它还可能发展出其他功能。

　　需要指出的是，八卦话语在此处显然不只是娱乐或流言的简单指代，也富含了权力关系的运行机制，或者说，也可能把这些琐屑化腐朽为神奇（当然不是一般拙劣的作家那种方式，他们以不寻常的口味激发陈词滥调，或者是以有些原创的优雅或同情、幽默、情感转换平庸①）。换言之，八卦话语更要探讨的是八卦在小说中的权力运作结构与轨迹。

　　从表面上看，将素来严肃、沉郁、忧国忧民的鲁迅与八卦相连缀似乎风马牛不相及，而实际上我们更应该检讨我们对鲁迅的机械定格和刻板印象。简单考察一下鲁迅的日常方式与书写主题，我们不难发现其可能与八卦有意交织。一方面，鲁迅喜欢"随便翻翻"的消闲方法，此中不乏八卦的实践，因为同时他提醒道，"但如果弄得不好，会受害也说不定的"②。而更真切的事实是，出于对官方编史的深度质疑，鲁迅提倡读野史。自然，野史、民间文化中不乏八卦因素和叙述。另一方面，我们也可以从鲁迅的书写主题考察，从笼统和宽泛的意义上说，鲁迅是一位高度关注现实、准确探知时代脉搏的作家，其书写内容是"为人生"和高度"现实主义"的，而八卦本身也是现实的必要组成。鲁迅书写中的八卦因素到了《故事新编》中，其小说性（novelness）增强，杂文化倾向凸显，文风也显得"虚浮不实"，③似乎和八卦现实的纠缠更显密切。

　　毋庸讳言，鲁迅对八卦的关注呈现在小说中的话语形式不是单纯娱乐或搞笑的，其背后往往有深刻而别致的良苦用心，正是从其功能角度出发，本节的结构如下：娱乐细描：狂欢与日常；流言政治：缩微与感伤；自反实践：警醒与正经。

一、娱乐细描：狂欢与日常

　　不难想见，作为长期在封建社会文化影响/形塑下的中国国民性，其表

---

① Elizabeth Drew. *The Literature of Gossip：Nine English Letterwriters*. W. W. Norton & Company，1964，p. 15.
② 鲁迅：《随便翻翻》，见《鲁迅全集》（第6卷），人民文学出版社2005年版，第140页。
③ 参见朱崇科《张力的狂欢——论鲁迅及其来者之故事新编小说中的主体介入》，上海三联书店2006年版；朱崇科《"小说性"与鲁迅小说叙事模式的转变——从〈呐喊〉、〈彷徨〉到〈故事新编〉》，载《亚洲文化》（新加坡）总第28期，2004年8月号。

现形态更多是日常的，同时又缺乏精神的深层/繁复追问，但在表面的死寂中偶尔也会有些许的狂欢色彩。鲁迅在小说中往往一针见血，于方寸之间细描这种八卦话语的娱乐功能。鲁迅犀利地指出，"中国人向来有点自大。——只可惜没有'个人的自大'，都是'合群的爱国的自大'"①。所以，我们不妨从两个层面展开论述。

(一) 个体的琐屑

从严格的意义上说，鲁迅小说中所谓的"个体"往往都具有"类""群"的特征；但相较而言，《理水》《肥皂》《高老夫子》中的书写会呈现某些个体性，姑且独立分析。

1. 悖谬的狂欢：《理水》

洪荒中的文化山也可视为八卦话语的流动站，里面不仅有着学者的愚顽不化，而且也倾注了现实的人际纠葛（如鲁迅和顾颉刚的恩怨）。

(1) 学者双重标准：随意的"严谨"。文化山上的学者八卦中，有关禹的考证无疑是核心事件。他们以抽样研究得出所谓的遗传理论，从此论证鲧的儿子禹治水一定不会成功，但皇帝们却可以改好。而鸟头先生甚至否认了鲧、禹的存在，将其他人的话当作"谣言"，而他的结论是鲧是鱼、禹是虫，都不会治水。在别人表示质疑后，他花了27天将考证用炭粉写在松树上，但凡有要看的人，要收"门票"。当一名乡下人提出质疑时，鸟头先生恼羞成怒，认为把鸟头解释为"鸟儿的头，并不是人"的反问侮辱了他，他扬言要起诉那个乡下人，但必须要等到他吃完炒面后。

这个故事无疑掺入了现实中鲁迅和顾颉刚交恶的影子。1927年，顾颉刚甚至要起诉鲁迅，说他"反对民党"。顾颉刚表示，"拟于九月中回粤后提起诉讼，听候法律解决。如颉刚确有反革命之事实，虽受死刑，亦所甘心，否则先生等自当负发言之责任。务请先生及谢先生暂勿离粤，以俟开审"。鲁迅则在回信中嘲讽道，"江浙俱属党国所治……居此生活费綦昂之广州，以俟月余后或将提起之诉讼，天下那易有如此十足笨伯哉"。②习惯嬉笑怒骂的鲁迅在小说中也加以呈现。当然，也有论者批判鲁迅党同

---

① 鲁迅：《随感录三十八》，见《鲁迅全集》（第1卷），人民文学出版社2005年版，第327页。
② 两者书信皆可参见鲁迅《三闲集》（人民文学出版社2006年版）之《辞顾颉刚教授令"候审"（并来信）》。相关评判可参见有关鲁迅的诸多传记。

伐异。①

但在现实以外，鲁迅的幽默之处在于，他指出了学者们表面严谨的考证不过也是另外一种八卦，在南辕北辙的路上越走越远：在自我不能证明后，无非拿了其他学者的赞成信充当后台，其考据看起来越严谨，其喜剧和娱乐效果就越惊人。尤其是，当官僚们视察受灾的文化山时，他们更是颠倒黑白、为虎作伥、混淆是非、欺上瞒下，从中我们也不难看出，这些学者的不学无术、双重标准、琐碎而且无聊。

（2）官民共谋：悲喜剧。学者们固然迂腐不堪，其他角色同样具有娱乐效果。荒谬的是，民众并不知晓真正治水的人（也隐喻了拯救者/启蒙者）是谁，有关禹，更多的是小道消息，比如头上被官兵的飞石砸出疙瘩的人的"可靠"传闻。

值得一提的是下民代表，他不仅奴性十足，而且带有自甘为奴隶的自贱娱乐性。他怕见官，但又企图迎合上司而不惜混淆是非，比如吃得了洪荒时期难以下咽的叶子、水苔等，有人抗议，他们还要揍这个心坏了的家伙。不难看出，这个下民代表本身也是八卦的制造者，可惜由于身份卑微，当他初获欢心力图继续表演时，大人们却没有了兴趣。

更可悲的是，当大家一致反对的禹用导的办法治水成功回京后，大家又对他进行另样的八卦。例如，说他夜里化为黄熊，用嘴和爪子一拱一拱疏通了九河，请天兵天将捉妖无支祁，等等。鲁迅以此手法进行反讽性描述，强调的是一种踏踏实实的实干精神，而民众、学者往往只会或臆想，或阻挠，或高高挂起，明哲保身。整篇小说其实就是八卦话语充斥的悲喜剧。

2. 八卦虚伪：卫道者的娱乐

在正人君子或卫道者那里，表面上看是一本正经或者正襟危坐的，而鲁迅恰恰是通过八卦话语戏弄也戳穿了其伪善面具。

（1）意淫的张力：《肥皂》。在伪君子四铭那里，"肥皂"其实是萦绕在他头脑里的"咯支咯支"八卦话语的直接承载物。由于无法满足对年轻女乞丐的直接欲望宣泄，他只好找寻双重替代：一是身体上，他说服太太使用，将淫欲投射到太太身上，这样实现了物质层面的实践；二是精神意

---

① 参见张耀杰《鲁迅与顾颉刚：党同伐异的"可恶罪"》，载《今朝》2005年第4期，第102－107页。

淫。① 他、薇园、何道统假借"孝女行"做诗题，表面上主张孝道，实则仍是重复"咯支咯支"意淫的幻梦。在整个故事中，其欲望的实施也遇到了阻力，太太开始的不合作以及撕破其虚伪的面具令他大窘，于是他将怒火和阻力转嫁给更弱者——儿子学程，甚至还借此大骂新式学校与女学生。

（2）无聊的自恋：《高老夫子》。高老夫子则呈现了更多面的琐屑，他原本不学无术，却因为在报纸上发表了一篇官样十足、空洞无物的腐朽文章而被聘为女校代课老师。当然，他真正的目的是为了看女学生。小说中有细节显示，他有充分的自恋倾向，学术上毫无长进，其他方面，比如坑蒙拐骗却是常态。在接到聘书后，他一度拒绝了以前的狐朋狗友，但上课失败后又故态复萌——准备继续通过打麻将骗人钱财。其中相当八卦的细节在于其照镜时对自己额头上伤疤的反思：屡屡抱怨当年的父母，却从不反思自己的淘气。种种细节表明，高老夫子更是卑微、龌龊和琐屑的化身。

（二）群体的自我

如前所述，即使在八卦话语中，国人也更多呈现群体的特征，而缺乏应有的特立独行的个性。

1. 八卦文化：《阿 Q 正传》

李欧梵指出："鲁迅在作品中对中国的民族性讽刺得最厉害的就是《阿 Q 正传》，它是鲁迅最长的一篇作品。而'阿 Q'也进入了中国人的生活中，成了一个讽刺的象征和习惯用语。"② 当然，阿 Q 的形象同时也反证了中国作为八卦流行国度的真相。

（1）物质八卦。鲁迅对细节的描写有丰富的象征意蕴，阿 Q 作为普通农民（工）的代表人物，其无聊和闲暇时的娱乐活动无疑需要丰富的想象力。比如，他和王胡比较谁咬自己身上的虱子声音更响就十分传神，因为这是贫困游民可以自娱自乐，而且成本很低的八卦方式。这一细节深刻凸显了他们精神的极度空虚。

而另一件让阿 Q 一度荣光，又让他丧命的事件则是他入城后顺手牵羊带来的短暂"中兴"。未庄很多人都贪便宜，买二手货，包括赵家都闻风而动，向他购买物美价廉的二手衣服。这种八卦与风传无疑又显示了民间社会

---

① 参见朱崇科《"肥皂"隐喻的潜行与破解——鲁迅〈肥皂〉精读》，载《名作欣赏》2008 年第 11 期，第 61-65 页。

② 李欧梵：《中西文学的徊想》，三联书店香港分店 1986 年版，第 11-12 页。

的无聊。

(2) 理想"农民"。阿Q的革命固然是有些歪打正着，身不由己，而且也是一种伪革命。但同时，阿Q革命理想中的八卦成分也值得探讨。他对物质的占有近乎本能姑且不论，对人物的处理则仍然完全是人治的，来自他对民间戏剧传说官僚专制的有限接受，长官意志决定一切。更耐人寻味的则是他对女人的看法，他当然也有"天下之女，莫非我女"的虚妄，更关键的在于他对女人的评点，"假洋鬼子的老婆会和没有辫子的男人睡觉，吓，不是好东西"(第82页)。如果说，他拒斥其他女人的原因尚可理解，那么对于假洋鬼子老婆的判断却别具八卦色彩：现代性是可恶的，或者西方社会(化)都是淫乱的。这样的认知似曾相识，这样的"西方主义"①（和"东方主义"相对）更是内在的八卦揣度。

2. 猥琐与冷酷的集群

需要指出的是，鲁迅小说中也有不少神来之笔，无意中点出了群体的八卦特点。《长明灯》中，当大家都在热火朝天讨论如何对付疯子而又苦无对策时，茶馆主人灰五婶发扬了其八卦传统，讲述了自己死鬼丈夫的欺骗方法，同时又倚老卖老。"'你看我那时的一双手呵，真是粉嫩粉嫩……''你现在也还是粉嫩粉嫩……'方头说。"结果是，"灰五婶怒目地笑了起来"(第178-179页)。在表面的正经中，在表情极富张力的细描中，也不乏集体的插科打诨，乃至打趣意淫。

在鲁迅小说中，茶馆/酒馆绝对是一个别具意味的公共空间，但和西方意义上的公共空间（public sphere）不同的是，它更多是娱乐信息的集散地。《药》中的茶馆则是华、夏两家，也是故事明、暗两条主线的交叉点。恰恰是通过康大叔和闲人们对夏瑜的八卦，我们才可以看出看客们的卑微、蒙昧、奴性十足与可悲可怜，同时又可以喟叹夏瑜启蒙/革命的不彻底性、虚弱性。而咸亨酒店中的孔乙己则成为八卦的笑料，无论是他的善良、单纯（"多乎哉？不多也"），还是他的缺点——小偷小摸（也因此致残）都成为八卦的材料，甚至到了最后他的消失，"孔乙己还欠十九个钱呢"，仍然不乏八卦意味。

鲁迅通过对八卦话语中娱乐功能进行个体的细描和群像展示，揭露了中国国民性的集体无聊、琐碎、卑微、伪善，也正是这样的文化族性使得新生

---

① 参见 Ian Buruma, Avishai Margalit. *Occidentalism: the West in the Eyes of its Enemies*. Penguin Books, 2004.

事物难以真正立足。

二、流言政治：缩微与感伤

八卦话语的另一个重要的功能就是流言政治。其中，既有意识形态的狂欢化处理，又有道德意识层面的深度实践，值得读者反思。

（一）边缘抢占中心："政治无意识"

八卦话语的流言功能在鲁迅小说中有着独特的体现，小说在鲁迅这里虽然是"为人生"的工具，但鲁迅对政治意识形态的处理手法却是多样的。

1.《风波》：流言化革命

鲁迅的短篇小说不很注重情节，也从不宏大叙事，其小说往往有着很强的象征性和隐喻性。回到小说，按理讲，中华民国取代清王朝可谓翻天覆地的现代性制度更换，而张勋复辟逆流，同样震动朝野，但到了中国政治体制的底层结构单位——乡村中时，这些变化竟变成了流言：无非是常常进城的七斤所传播的八卦消息，更耐人寻味的是，所有上述事件到了流言中就被简化为辫子事件，变成留或剪辫子的问题。

值得反思的是，现代性的楔入被流言改编成很形式化的小风波，这恰恰也可反证辛亥革命的不彻底性，以及与旧派势力妥协乃至同流合污的复杂内容。对于身居偏远的乡民来说，这种现代性缺乏真正的质地，因为乡绅赵七爷——家长式统治[①]的代理者的知识结构也不过是，"张大帅就是燕人张翼德的后代"（第45页）。这种集体的"政治无意识"才会导致革命的流言化。

2. 边缘的杀伤力：八卦消解正统

这种政治的集体无意识对于现代性的介入有着无形的拒斥作用，对于其同介质环境共生的文化良知、价值或德性也有相当的杀伤力。

（1）《采薇》：杀人于无意？小说中的伯夷、叔齐历尽艰险，无论是从老谋深算的姜子牙那里，还是从巧言令色、伪善的小穷奇那里，都全身而退；甚至作为年老体衰的两位老人，他们也抵御了种种困苦的袭击，但最后在面对流言时却不堪一击。鲁迅在此处无疑借此彰显了劣根性的巨大杀伤力。

这种流言政治不仅杀人于无形，而且无处不在。伯夷、叔齐精神支柱的

---

① 参见孙隆基《中国文化的"深层结构"》，壹山出版社1983年版，第312页。

轰然坍塌来自阿金姐有意无意的流言，但她不过是鹦鹉学舌般重述了变节者小丙君的恶毒与伪善，"普天之下，莫非王土"。然后，即使在二老死后，也是流言密布，阿金姐如今长于散播流言，将他们的死归结为"贪婪"，更是以流言进行灵魂的鞭尸，却也减轻了同时代听故事的人的沉重感——伯夷、叔齐的坚守至死和苟活的他们无关。

（2）《孤独者》："流言即事实"。小说中魏连殳的升降都和流言有关。崇尚个性、强调真性情的魏连殳最初因为坚守理想与原则，竟至于家徒四壁、衣食无着，需要"我"的帮助推介招工过活。但结局令人惊讶，《学理周报》竟然以流言来攻击"我""挑剔学潮"，所以，明哲保身起见，"我"只好隐退。等到魏连殳投靠了自己的反对目标——杜师长，做了顾问以后，流言就变成了"逸闻"，专为魏连殳涂脂抹粉、阿谀奉承。而过了一段时间，流言又开始袭击"我"，于是"我"又得小心翼翼，乃至忘记了魏连殳。

从某种意义上说，流言的变幻性以及混淆是非特征恰恰反证了一个启蒙者/特立独行者生活窘境却精神充实、官运发达却精神堕落的发展历程。当然，流言本身也是一个不容忽略的推手。

（二）道德束缚：棒杀的悖论

对于道德感很强的国人来讲，流言的指向性往往关涉道德，而且这种道德判断往往极具杀伤力。

在《奔月》中，自然关涉了现实中鲁迅与高长虹的冲突。逢蒙与羿之间的恩怨则是一个互涉性文本。小说中逢蒙的流言手段也相当丰富：首先，散布流言，说羿沽名钓誉，把他的历史功绩纳于自己帐下；其次，以暗箭伤人，此计不成后，却以诅咒从精神上加以伤害："你打了丧钟！"（第284页）不难看出，流言的道德攻击性还是相当有效的。

在《阿Q正传》中，阿Q作为笑料，死后仍难逃流言的评判。未庄的人认为他"坏"，被枪毙就是证明，要不，怎么会被枪毙呢？这种循环论证仍然是道德判断。而城里人的舆论则不同，他们不满足，因为这个特可笑的死囚游行时居然没有演唱。这又反证了他们的琐碎与无聊，阿Q在他生存的世界里完全得不到温暖。

《伤逝》中的道德流言更是一针见血，"那雪花膏便是局长的儿子的赌友，一定要去添些谣言，设法报告的"（第229页）。子君和涓生的私奔并同居、追求自由的行为必然受到卫道者的打击，失去工作则是题中应有之义，但其中道德流言的攻击力可见一斑。

有些不同的则是《故乡》。重返故乡的"我"见到了豆腐西施杨二嫂,在和我套近乎"我还抱过你咧"之后就开始散播奉承的流言:"你放了道台了,还说不阔?你现在有三房姨太太;出门便是八抬的大轿,还说不阔?"(第52页)上述流言无非是为了抬高"我"的身份,本意却是为了揩油,最后一边絮叨一边将母亲的手套"塞在裤腰里"。

作为八卦话语功能之一的流言政治,有着相当沉潜的杀伤力,它拒斥新生/革命,或将其简单化,或将其道德妖魔化,或将其棒杀或捧杀。这种文化无论从政治、意识形态,还是从道德伦理层面都可谓令人抑郁或者感伤的,鲁迅通过形形色色的个体经历真实地呈现出这种流言政治的缩微化表征,不难看出,它是无所不在的。

三、自反实践:警醒与正经

八卦话语在鲁迅的小说中还呈现一种独特的功能,就是自反性实践(self-reflectivity)。这和鲁迅本人长期坚持的自我批评/解剖习惯息息相关,所以他将此实践赋予八卦话语。当然,这里的自反性可以表现为两个层次:其一是小说里的主人公具有自反性,其二是小说让作者乃至读者产生自反实践和思考。

(一)集体杀人:八卦《祝福》

如果考察祥林嫂之死的诸多原因,笔者认为这是一场集体谋杀[①]:政权、族权、神权、夫权及其文化执行者与信奉者将接连遭受打击的祥林嫂彻底送上了不归路。

1. 流言文化

将上述杀手逐层解剖,如果考察其神权的致命杀伤力,我们发现,让祥林嫂产生终极关怀精神困扰的始作俑者恰恰是同一阶层的八卦女佣——柳妈。柳妈诡秘地对祥林嫂说:"你将来到阴司去,那两个死鬼的男人还要争,你给了谁好呢?阎罗大王只好把你锯开来,分给他们。"(第146页)这样的流言文化显然超出了祥林嫂的认知视野,她接受了柳妈的建议,去土地庙捐一条门槛赎罪。

祥林嫂接受了柳妈的建议,然而,即便如此,更多的"柳妈"却在通过八卦调侃和羞辱祥林嫂,一次次揭起其精神创伤之疤,说她不够勇气赴

[①] 参见朱崇科《鲁迅小说中"吃"的话语形构》,载《鲁迅研究月刊》2007年第7期。

死、不够力气反抗。按照我们对八卦的理解，女人之间的八卦往往是彼此认同感的手段，也可能是在男权社会中女性借此增加对男人的广泛认知。祥林嫂却是不幸的：捐了门槛后，她以为自己解决了相关问题，然而四婶一句"你放着罢，祥林嫂"打碎了其努力营造的精神支撑，也剥夺了其有限神权——祭祀时打下手的权利，这也致使她失神、发呆，乃至死亡。

2. 自反的徒劳

从某种意义上说，是流言文化将祥林嫂逼上了终极关怀的问询之路，当她以历年辛苦积攒所换的鹰洋捐门槛却未能获得神权后，她不得不自反——她所认同的柳妈的流言中，合理性有多大？甚至在她精神失常成为乞丐后仍然念念不忘，特地请教返乡的知识分子"我"：一个人死后有无魂灵？有无地狱？死掉的一家能否见面？

不难想象，如果"我"的答复全部是积极的（即使是所谓善意的谎言），虽然未必能让她重生，但至少可以帮助她消除同阶层流言的困扰，使其精神好转，延长寿命。然而面对问询，"我"却以"说不清"来逃避①，这实际上加快了垂死的祥林嫂的赴死速度。必须指出的是，祥林嫂的提问虽然别具意义，具有一定高度（涉及终极关怀），但是被动的，而且更多是世俗的，而非主动的、精神的高度自反。

（二）拯救遗忘：刺耳的《头发的故事》

如果说《祝福》的自反实践更多呈现了流言文化的吃人性和杀伤力，那么《头发的故事》则更多彰显了相对积极的拯救性色彩。

1. 拒绝遗忘：辫子的政治史

在《头发的故事》中，作者借 N 的口来反映其自反性。从某种意义上说，他并没有直接说这是八卦，却用不同的词汇来界定，比如"谈闲天""说些不通世故的话"和最后"愈说愈离奇"。由此，我们可以视之为一种自嘲的"八卦"。

这篇小说的首要意义层次在于借助一个可以大发议论的叙事空间形成一个貌似独白的复调②话语：无论是不同的主人公之间，还是主人公和作者之

---

① 参见朱崇科《认同形塑及其"陌生化"诗学——论鲁迅小说中的启蒙姿态与"自反"策略》，载《福建论坛》（人文社会科学版）2008 年第 1 期。

② 有关复调的论述可参见［苏］巴赫金著《诗学与访谈》，白春仁、顾亚铃等译，河北教育出版社 1998 年版，第 27 页。

间,甚至是和读者之间,都存有一种既独立又共存的众声喧哗。辫子的故事和"我"的经历,更是血迹斑斑的政治斗争史,我们不应该忘记纪念或只是形式主义地操作。从清朝推翻大明,逼迫全民拖辫子,再到太平天国起义疯狂剪辫子,再到出国留学顺应潮流剪辫子,然后回国工作不得不装假辫子,再到学潮剪辫,最后到"双十节"的全民剪辫,无不记录着朝代思想变更与反复的历史。当然,这也可能诉说着身体在"前身体时代"的悲惨遭遇。①

2. 反思遗忘:辫子的现代性

其实,在这种话语中更有对现代性的反思。恰恰是从辫子的角度,N 指出,"双十节"不同于前朝之处在于,它是一个符合国际潮流的现代性节日,是新纪元,不应该被简单形式化。这是小说对"双十节"刻意强调的深意。

而更深刻的自反性则来自那些更离奇的反问。比如,妇女剪辫,更深层的改革应指向民众的文化基础结构,而不是单纯打着平等自由的口号;否则,所谓的改革就是让这帮剪辫的女子在男权社会中收获不必要的痛苦。同样值得反思的还有,当世人对自我责任的承担问题:"将黄金时代的出现豫约给这些人们的子孙了,但有什么给这些人们自己呢?"(第 39 页)换言之,这些貌似刺耳的八卦闲话,其实更是深刻的反讽与自省,而这正是人们所要刻意忘记或回避的。

鲁迅先生这种高度的自反性实践,不仅是警醒人们注意八卦话语的文化机制的吃人性,同时他也希望人们正视某些现代性的更深层含义,而且更要反思某些被忽略/遗忘的繁复课题。

结语:鲁迅小说中的八卦话语相当耐人寻味,它既是人们日常必要的组成部分,在其娱乐功能中呈现出一种集体的认同感,国民性的无聊、压抑、麻木,同时流言政治也可能在意识形态或道德层面继续充当妖魔化、模糊化或杀手的角色。此外,鲁迅小说中的八卦话语同样也有自反实践。它既揭示集体文化杀人中八卦的效力,同时又企图发挥其拯救和提升功能,发人深省。

---

① 参见孙德喜《"前身体时代"的历史叙述——鲁迅小说中的身体镜像》,载《南京师范大学文学院学报》2007 年第 1 期,第 70 – 74 页。

第五章　叙事营构

第一节　鲁迅小说中的环形营构

《在酒楼上》的主人公吕纬甫对叙事者"我"说:"我在少年时,看见蜂子或蝇子停在一个地方,给什么来一吓,即刻飞去了,但是飞了一个小圈子,便又回来停在原地点,便以为这实在很可笑,也可怜。可不料现在我自己也飞回来了,不过绕了一点小圈子。"(第152页)在这段貌不惊人的文字中,实际上包含着发人深省的浓厚悲剧意识——事物发展的命定性以及人类挣扎的困顿。

耐人寻味的是,这个兜圈子的蜂子/蝇子意象隐喻的不只是上述不容忽略的丰富蕴含。如果从叙事学角度思考,这个意象也隐喻了鲁迅小说的某种叙事结构——环形营构。国际知名汉学家普实克教授曾经敏锐又深刻地考察了鲁迅短篇小说的形式建构,"更重要的是,这种对个人经历的艺术加工造就了中国新文学最完美的形式——描写心理同时又反映社会的短篇小说形式",甚至他还将之上升到中国现代文学的高度,"通过细微的描写来反映整个宇宙的能力是现代文学从中国诗歌中继承的遗产,这一点尤其表现在短篇小说凝练的形式之中"[①]。相较而言,比起传统章回体小说对情节的处理和迷恋,初生的中国现代小说大多是比较散漫的,鲁迅小说同样也不强调或刻意结构情节,而更多呈现出某种程度的"诗化"色彩。[②]

对情节的淡化并不意味着小说文体创新的粗疏和荒芜;相反,鲁迅小说在文体创新上是不遗余力而且卓有成效、有口皆碑的。考察鲁迅小说,我们也可以发现其叙事在某些层面上的同质性,而环形营构就是其中的一种。

何谓环形营构?在本节中,就是指鲁迅小说在开头和结尾之间或小说内

[①] [捷]普实克著:《普实克中国现代文学论文集》,李燕乔等译,湖南文艺出版社1987年版,第92页。

[②] 参见张箭飞《鲁迅诗化小说研究》,广西教育出版社2004年版。

部潜藏/凸显了一种回环、反观的关系/路向。在结构上，它当然是一种有着开合张力的叙事策略；而在意义层面，也可能存在环形的意义解/构，当然，环形营构策略也对意义的生成产生独特的效果。整体而言，前人对此课题研究不多，且大多是只言片语、零敲碎打。① 笔者愿意集中论述、持续推进。

一、叙事策略：开合的张力

巴赫金曾经勾画复调小说中的两种对话表现：①"大型对话"。意指小说内部和外部的各部分之间的一切关系，主要涵盖了各个层面的架构、人物与社会思想之间以及作者与主人公之间的对话关系。②"微型对话"。主要指向文本内部（如人物心灵内部等）。② 由此得到启发，笔者将"封套"视为小说的一种主体叙事结构，即只有小说的主体结构实现了相应的回环和开合策略，才称为"封套"——大型环形。而微型环形指向的则是由某些关键词连缀的回环结构。

为此，鲁迅小说的环形营构如果从叙事内部进行细微切分，也可分成两种类型，即大型环形："封套"结构、微型环形：关键词粘合。但不管哪种手法，都使得小说在封闭和开放的缝隙中绽放独特的张力，甚至在叙事和意义之间也有类似的紧张，由此而让读者获得一种激动人心的审美体验。

（一）大型环形："封套"结构

美国学者威廉·莱尔（William A. Lyell）在论及鲁迅小说结构时使用了"封套"这个词，而"封套"只是其小说结构的共同点之一，"这是重复手法的一种特殊运用。把重复的因素放在一个故事或一个情节的开头和末尾，使这个重复因素起着戏剧开场和结束时幕布的作用"③。而王富仁则将此进行了细分，分为精神状态的封套、场景的封套、谈话的封套、事件的封套、

---

① 如美国学者威廉·莱尔著《故事的建筑师 语言的巧匠》，尹慧珉译，见乐黛云编《国外鲁迅研究论集（1960—1981）》，北京大学出版社1981年版，第334-365页；王富仁《中国反封建思想革命的一面镜子——〈呐喊〉〈彷徨〉综论》，北京师范大学出版社1986年版；钱理群《走进当代的鲁迅》，北京大学出版社1999年版，第3-20页。或者可参见英文版本Lyell, William A. *Lu Hsun's Vision of Reality*. University of California Press, 1976. 整体而言，除了王富仁专门论述过以外，其他相关研究比较简单，但或多或少都能给笔者以启发。由于正文论述时还会提及，此处不赘。

② 参见［苏］巴赫金著《巴赫金全集》（第5卷），白春仁、顾亚铃译，河北教育出版社1998年版，第55-56页。

③ ［美］威廉·莱尔著《故事的建筑师 语言的巧匠》，尹慧珉译，见乐黛云编《国外鲁迅研究论集（1960—1981）》，北京大学出版社1981年版，第334页。

动态的封套、生命的封套。①

显然，在本节中封套的概念被继续具体化和窄化。而且，如果从叙事张力角度分类，则可分成强化封套和对立封套。

1. 强化封套

所谓强化封套，是指叙事内部封套外壳与内部意义指向相同或相近的叙事方式。其中比较典型的有：《一件小事》中将一种叙事者主体对自我的批判、惭愧之情与自新意识贯穿始终；《伤逝》则是以悔恨为中心的记录，开头和结尾都是深切的忏悔语词，中间穿插了事情的来龙去脉；《在酒楼上》中小圈子的悲剧意味同样浓郁至弥漫其间，虽然故事以二人的相遇与分手作为主线。

《故乡》往往被视为"离去—归来—离去"小说模式的典范②，或者也被以游记结构的视角进行剖析③。若从强化封套角度看，则是以悲凉作为一种底色和基调勾连首尾，既有对以前的故乡的深切怀念，也有对所谓希望等的质疑。《示众》中卖包子的胖孩子始终有气无力，最后还哈欠不断地叫喊"卖包子咧"，既形成一种呼应关系，而背后强化的又是看客的冷漠。《风波》则是以九斤老太一家吃饭的琐事进行收放，在风平浪静下反讽了民国时期国家大事发展的虚泛性。《兔和猫》则是以白兔的可爱开始，以"我"欲去除危险的黑猫结束，表达了同样的爱憎取向。《白光》则是以陈士成看榜落第开始，到其精神失常以跳湖自杀结束，控诉的都是"白光"的诱惑。

2. 对立封套

所谓对立封套，是指叙事内部封套外壳与内部意义指向基本相悖的叙事方式。其中，最为典型的是《狂人日记》。从表面上看，它是一个楔子＋正文的结构；而从情节上看，它更像是貌合神离的同心圆，楔子包含了正文13节的叙事内容，是一种既对抗又融合的关系。④

---

① 参见王富仁《中国反封建思想革命的一面镜子——〈呐喊〉〈彷徨〉综论》，北京师范大学出版社1986年版，第361–363页。

② 参见钱理群《走进当代的鲁迅》，北京大学出版社1999年版，第9–13页。

③ 王润华以游记结构的视角分析《故乡》等多篇小说中的独特叙事，大致可分为三类，即故乡之旅、城镇之旅、街道之旅。具体可参见王润华《探索病态社会与黑暗魂灵之旅：鲁迅小说中游记结构研究》，载《汉学研究》1992年第1期（总第19期），第295–308页。

④ 参见朱崇科《张力的狂欢——论鲁迅及其来者之故事新编小说中的主体介入》，上海三联书店2006年版，第196页。

《孤独者》表面上看由送殓事件构成了类似指向的关系，而实际上则不然。魏连殳为祖母送终，虽表面顺从，却难以掩盖仿若受伤的狼一般的长嚎和野性；而"我"给魏连殳送殓却是：最后迫于生计的魏连殳不得不屈服于本来所反抗的世俗与传统以后，其一贯的独特却只成为"我"缅怀的品质/个性。这无疑是一种可贵的素质以及人物悲惨的幻灭。

《离婚》中爱姑从开头三年的坚持与顽抗，到最后成为丧失合理立场与斗志的"一团和气"，其可悲之处却也体现了鲁迅对农民的深刻批判/反省：其争取的不彻底性和奋斗目标的悖论性。《幸福的家庭》中也呈现一种对立指向，预设的幸福家庭无法抵抗残酷现实的干扰。《弟兄》从开头描述的"公益局无公可办"到结尾的张沛君对公务的主动请缨，也反映了别样的兄弟感情（既真挚又不乏自私）的烙印，它在一场虚惊（由怀疑猩红热到出疹子）中沉淀。

同样，《故事新编》中也有类似的操作。在《非攻》中，同样以墨子的回家作为开始与结束，不过境遇不同。开始时是有人等待他回家请教问题，而结尾时他却成为募捐和被驱赶的对象。《起死》正是以汉子复活前后形成对立，其间的闹剧才会彰显庄子的学说空泛与理想主义。

（二）微型环形：关键词粘合

所谓关键词粘合，是指在小说中同样包含环形结构的元素，但并未构成大型环形，而只是由些许关键词相互呼应、连缀而构成微型环形。

比如，在《头发的故事》中，"双十节"作为开头和结尾的共同话题，而实际上这篇小说的更深层立意是对与头发相关联的革命的不彻底性、对人性阴暗面和健忘等劣根性的嘲弄。在《祝福》中则是以祝福节日的氛围作为环形营构的勾连体，而小说则是以祥林嫂的悲剧事件为中心考察更加复杂、落后的文化及其代表者杀人的真相。在《肥皂》中是以四铭买肥皂开始，以其太太使用肥皂结束。事件表面的简单并不能彰显这个伪君子和假道学心理意淫的现实转接（从孝女到老婆）。在《长明灯》中则是以"熄掉他"这样的话语作为开始，以被编排成儿歌结束，表面的微型环形叙事只能部分彰显"革命"的不易。在《高老夫子》中，从开头"他的工夫全费在照镜"到结尾打麻将的琐事转换，当然也只能部分揭露高老夫子的不学无术和道貌岸然。而《奔月》中马的意象连接首尾，显而易见，整篇小说有其更复杂的意义和精神关怀，甚至也远非现实"油滑"那么简单。[①]

[①] 参见朱崇科《张力的狂欢——论鲁迅及其来者之故事新编小说中的主体介入》，上海三联书店 2006 年版，第 249-250 页。

总之，不管是大型环形，还是微型环形，都有其独特的功用，也有其深层的某种现实再现对应关系（未必是一一对应）。所以，钱理群敏锐地指出，"这一切所昭示的，不仅是社会，历史，人生，人心……的几乎不变，更是一种螺旋式的重复与循环。更准确地说，鲁迅并非没有看到变动……鲁迅也并非否定历史的进化……但鲁迅却不愿回避、掩饰他所看到的真实：在中国，历史的'古已有之'的现象实在太严重和太繁多了"①。

二、意义的环形：以《故事新编》为中心

所谓意义的环形，是指鲁迅小说叙述背后所呈现的意义指向的环形结构特征。需要指出的是，这种环形并非严格意义上的封闭结构，也不显而易见，所以往往需要仔细体味才会有所觉察。当然，这种意义的环形主要体现在《故事新编》中，更准确地说，以《故事新编》尤为典型。

如前所述，《故事新编》中偶尔也有几篇属于环形结构层面的文本，但大多数作品更属于一种意义的环形。同样，《呐喊》《彷徨》中也有一些属于意义环形的作品，尤其是强化封套层面的作品则更突出，但由于其环形结构层面的特征明显，且后文对其意义指向还会专门论述，此处不赘。

在笔者看来，《故事新编》的复杂性和众说纷纭绝对不仅仅体现在文体纷争上，而且就是回到意义的解读上，也并非众口一词。而这本小说集中意义的环形也同样如此。郜元宝曾经指出："《故事新编》作为中国现代历史小说的开山，是这一小说门类中迄今为止最好玩但也最玄怪的一部。好玩并不等于好懂。"② 郜元宝将《故事新编》的文体定位为"现代历史小说"有些不妥③，但他对此小说理解难度的估计却很实在。

（一）单向的"新生"建构

在廖诗忠那里，《故事新编》的意义指向被窄缩为民族新生的正面建构。他说："《故事新编》的一个要紧之处是显示出鲁迅对民族'新生'的正面建构的强烈意向，这在鲁迅创作中是一个新元素，但不是无根无由、突兀而来，而是一直就作为根本动因而支撑着鲁迅创作活动的一条思想线索，是这一思想线索由隐伏到浮现的必然运作的结果。从民族'新生'的自觉

---

① 钱理群：《走进当代的鲁迅》，北京大学出版社1999年版，第13页。
② 郜元宝：《鲁迅六讲》，上海三联书店2000年版，第125页。
③ 朱崇科的《张力的狂欢——论鲁迅及其来者之故事新编小说中的主体介入》全书就是要力图证明"故事新编体小说"名称的合法性以及发展事实，称呼它们为历史小说过于随意了。

建构这个角度说,《故事新编》的创作是鲁迅创作的一个新阶段,是民族'新生'思想母题的一次集中表现。"①

然后,他还以较大的篇幅分析了《补天》中作为原初生命力丰盈强盛的原型——女娲的形象,以及《奔月》中羿作为原初生命力衰弱/扩散的寓言形象。甚至,他也莫名其妙地将《铸剑》中的"复仇"哲学视为新生母题而未加解释。

或许更具想象力的是廖诗忠对《理水》结尾的分析。他一反前人对大禹"变质"信号的认定,别出心裁地指出,"这恰恰表明一直横亘在鲁迅心中的超人/末人关系的紧张感和焦虑感,到了鲁迅晚年,已经被超越了。超人对末人的压倒性优势不见了,取而代之的是对共在关系的平静的接受,这是鲁迅心灵力量向着更高境界升华的迹象。超人承认末人的存在甚至认可其存在的必要性,这是更有力量的表现,是超越愤激之后的宁静"②。从"变质"认定到"超越""升华"的极端预设,其中的差距实在值得好好反思。但是这也反映出《故事新编》的复杂以及重新认知的必要性。

廖诗忠对鲁迅以及《故事新编》的判断源于他对鲁迅与先秦文化关系的认知。然而,对鲁迅及其作品积极方面的充分强调固然可能新人耳目、用心良苦,但这样的判断方式是有问题的:对某一文化的现实性热爱和小说虚构不可混为一谈。而且,更大的问题在于,他的这种主题先行的做法却将复杂的《故事新编》简单化了。

(二)意义的环形:在建构与消解之后

如果我们视《故事新编》为一个后现代意义上的文本(text),那么对它的解读应该是开放的、众声喧哗的。但开放并不等同于随意,或者说不顾及小说深层的语境限制和意义符码(code)暗示;否则,很可能将古代文人惺惺相惜的纯真友情——"抵足而眠"解读为同性恋,这或许可以一鸣惊人,但也贻笑大方。

首先,廖诗忠对《故事新编》的解读有其主题先行的弊病。当他把鲁迅与先秦文化的关系挪用到《故事新编》成为一种整体隐喻时,它也因此被视为鲁迅对先秦文化"复古"与"新生"关系的再现,这也就意味着,《故事新编》的主题也应该是正面"新生"的建构。而实际上,对于某一时段的文学/文化的喜好却并不等于在小说虚构中秉持同样的好恶。

---

① 廖诗忠:《回归经典——鲁迅与先秦文化的深层关系》,上海三联书店2005年版,第324页。
② 廖诗忠:《回归经典——鲁迅与先秦文化的深层关系》,上海三联书店2005年版,第319页。

鲁迅可以说是20世纪中国文学史上最复杂的作家之一，其作品自然有需要反复阅读和思考的必要性，甚至连他自己的话语也要细致分析。例如，作为坚定地支持白话文运动和文学革新的大将，鲁迅的古文造诣其实极深（这从其早期的数篇宏文就可以看出），但这并没有妨碍他近乎矫枉过正地坚持新文化：1925年，他在回答《京报副刊》有关"青年必读书"时就坚持，"我以为要少——或者竟不——看中国书，多看外国书"。这是因为，"我看中国书时，总觉得就沉静下去，与实人生离开；读外国书——但除了印度——时，往往就与人生接触，想做点事。中国书虽有劝人入世的话，也多是僵尸的乐观；外国书即使是颓唐和厌世的，但却是活人的颓唐和厌世"①。甚至在他1935年年初书写《采薇》《出关》《起死》等小说时仍然指出，"近几时我想看看古书，再来做点什么书，把那些坏种的祖坟刨一下"②。显然，鲁迅书写《故事新编》绝对不只是为了"新生"的正面建构。

其次，廖诗忠对《故事新编》的解读和对其意义的总结只是单向的，哪怕是从其新生母题建构考察也是如此。其所举的例子，从正面上看，自然是具有积极意义的，甚至他们很多都是中华民族的脊梁。但是，他并没有看到这些民族脊梁的不幸遭遇。所谓原初生命力旺盛的女娲生前受到其所制造的小东西的指责、骚扰，死后还被卑鄙利用，甚至连鲁迅自己也承认，"这就是从认真陷入了油滑的开端"（《故事新编·序言》）。《奔月》中的羿被嫦娥抛弃；《铸剑》中具有高尚道义和为人类复仇的黑色人最后不得不和王以及眉间尺同归于尽，复仇却奉上自己陪葬，这个正面建构的代价是否太大了些？

或许更饶有意味的是《理水》中的大禹。之前的禹无论是和腐败懒惰的官僚，和钻牛角尖、不识时务的各类学者，还是和愚昧的民众相比，都表现出倨傲、清高、务实、忘我的优秀品格，甚至我们从禹太太的破口大骂中也可反观大禹的"优秀"和敬业。但上京后的大禹做起祭祀和法事来是阔绰的，上朝和拜客时候的穿着很漂亮。更关键的是，我们要考察一下相关的后果，"不多久，商人们就又说禹爷的行为真该学，皋爷的新法令也很不错"（第303页）。变化的关键不只是衣着和礼仪，问题在于，大禹和以前腐败保守的官僚体系也逐步融合。无论如何，这也是禹向旧传统妥协的标志，也极可能是其被大染缸持续深度污染的第一步。

---

① 鲁迅：《鲁迅全集》（第3卷），人民文学出版社2005年版，第12页。
② 鲁迅：《鲁迅全集》（第13卷），人民文学出版社2005年版，第330页。

在笔者看来,《故事新编》对中国传统文化或者说先秦文化的关涉更多体现了鲁迅小说制造意义的环形策略,一方面是复杂的乌托邦建构,另一方面则是无奈的消解。① 在这部小说集中,作者以相对狂欢的处理方式以及虚构乌托邦神话又进行解构的操作表达了在"虚与委蛇"之后的衷心希望——以传统文化的乌托邦救赎现实中国的荒谬、虚妄和误导性。

甚至,《故事新编》的意义指向远比上述概括复杂,笔者认为,它至少包含三重指向:第一,破灭的乌托邦——创世神话的构建与消解:复杂的乌托邦建构,以及无奈的解构。第二,现实指向——对话的世界:再现的历史、神话、传说的"现实",书写者所处的客观社会的投射,"油滑"与主体隐喻。第三,超越表征——文化哲学的内在凝聚:对个体生命力的弘扬与赞美,主要体现为鲁迅的"立人"思想;对集体的某些卑劣国民性的归纳、批判、同情与辩驳,主要指向为鲁迅对自古流传下来的某些国民性的反省和批判;人生终极哲学的批判和思考,主要是指鲁迅对人生存哲学的验证和关怀,尽管他本人并没有提供另外的平等的哲学对策。

三、环形营构中的意义生成

王富仁指出,"外部因果链上的基因的消除,给鲁迅小说的外部形式带来了严密的封闭性的特征,而它们的内部因果链上的基因则是永远不可能在小说中加以消除的,这给鲁迅小说的思想内容带来了极大的开放性的特征。而形式上的高度的封闭性与内涵意义上的高度开放性的统一,是鲁迅《呐喊》和《彷徨》的结构特征之一"②。上述论断非常敏锐地感知了环形营构中形式与内容之间的丰富张力。从总体上说,环形营构更多地强化了意义的深度、广度和连续性。不管环形营构内部意义的指向是同向的还是对立的,都会因了环形的开合与发酵而让意义得以强化或延伸。

从小说意义生成的主要指向来看,简单而言,我们可以说,环形营构更多体现为一种反抗姿态,也隐喻了彷徨、挣扎的艰难。当然,如果更严谨和全面一些,环形营构所导致的意义生成则表现为更复杂的形态。

(一) 强化/集中:艰难的反抗

如果我们认同汪晖的观点——"在小说客观的、独立自足的故事和人

---

① 参见朱崇科《张力的狂欢——论鲁迅及其来者之故事新编小说中的主体介入》,上海三联书店2006年版,第222-226页。

② 王富仁:《中国反封建思想革命的一面镜子——〈呐喊〉〈彷徨〉综论》,北京师范大学出版社1986年版,第365页。

物背后，还存在一种形而上的意味：一种深刻的人生体验和'反抗绝望'的人生哲学——一种不同于人道主义、个性主义、进化论或民主主义等普遍性的意识趋向的东西"①，那么环形营构操作则更加深刻又典型地呈现了这一点。

在鲁迅小说中，稍微有些主体意识，或革命，或清醒，或个性等的人物，当然可以是启蒙者、知识分子，或普通人，或疯子、狂人等，他们哪怕是轻微地反抗/坚持，或者是异端思想、苦苦挣扎，往往也都难以逃脱失败的命运，而成为悲剧性的回环。《狂人日记》中楔子与正文的对立，绝对不仅仅是语言载体（古文与白话文）的对立，更是新与旧、清醒与疯癫的对立。遗憾的是，"救救孩子"的真切呼喊与清醒召唤都已成为"赴某地候补"前的悲剧性绝唱。而环形营构不仅使小说成为一个貌似分裂的文本，而且也使常人与狂人"相互审视、相互否定、相互诊断、相互劝告"②。

《在酒楼上》中，"我"与吕纬甫的相遇、谈天以及对造化弄人的感慨虽然随着故事的终结而告一段落，但命运之网却始终星罗棋布。《孤独者》中魏连殳的遭遇更呈现出坚持原则、理想、个性等的沉重代价，与世俗的妥协同样也是无路可走。《长明灯》中要熄灭吉光屯的长明灯为公众造福的理想与话语最后慢慢被收编成为儿童随口编排的歌谣，庄严神圣事业的世俗化无疑也从环形营构中彰显了反抗的艰难和艰难的反抗。

或许更具群体类型象征意味的是《离婚》。其中的女主人公爱姑——普通的泼辣民女，原本是铁定了心要为自己的合法权益坚持到底、挺身而出的，结果小说结尾却成为稀里糊涂的一团和气。在看到农村妇女自身的愚昧以外，我们更要看到无物之阵的狡猾、刁蛮与变幻莫测，它甚至挟裹了农民自身内部的某些力量。

（二）反思：自我及社会批判

如果从批判社会的意义上说，鲁迅小说应该是自我及社会劣根性诊断的手术刀，而环形营构则让人在貌似回环或封闭的结构中反思与回味其长久的冲击力。

众所周知，鲁迅一直是"解剖自己并不比解剖别人留情面"（《而已集·答有恒先生》）。在《一件小事》这篇非常简洁的小说中，就有对知识分子自私、小气、等级观念的严厉批判，而反过来劳动人民的敢作敢当、认

---

① 汪晖：《反抗绝望：鲁迅及其文学世界》，河北教育出版社2000年版，第162页。
② 薛毅：《无词的言语》，学林出版社1996年版，第44页。

真负责的精神则得到了升华。这一切都在封套结构中得以完成。

"反抗绝望"的人生哲学来自对自我的沉思与反省，但这种反省并不是孤立的，它和社会密切相关。① 所以，鲁迅对社会的剖析也同样不遗余力。比如《祝福》中对鲁镇节庆的热烈书写不仅反衬了节日里祥林嫂凄苦去世的悲凉，同时也反映了作为杀人现场的鲁镇的冷酷。《风波》中皇帝要"坐龙庭"的传闻一如茶杯里的风波稍纵即逝，背后却映衬了辛亥革命的表面性以及民众精神面貌改造的浮泛。《高老夫子》中批判的是不学无术，《肥皂》则指向道貌岸然、猥琐变态。同样，《头发的故事》与《风波》有着类似的批判导向，而《明天》则揭露平民的凄苦与愚民的劣根性。

（三）再现：怀旧与质疑

某种意义上说，现代怀旧也是现代性的产物，是一种反观自身的姿态。它可以是一种回归，也可以是一种反思，当然，也可能是对自我认同的一种塑造和确认。"在现代人应对现代性的危机所采取的策略中，怀旧是较为保守但也较具渗透力和亲和性的一种。"②

鲁迅在《社戏》中流露出一种对儿时生活事件、食品等的独特钟情。这似乎更应该是一种回归型怀旧，它的感情非常朴素、直白和自足，在相当优美的文字中，体现出作者非常简单的情感抒发与控制。

《故乡》中则体现出相对不同的指向，呈现出一种复杂的质疑和反思性的怀旧风格。闰土和"我"的关系随着时光的流逝发生了隔膜，而闰土在人生磨炼中也变得保守而麻木，在"我"搬家带不走却又可以送给他的物品中，他的选择也包含了香炉和烛台。小说并没有单纯站立在一代人的基础上，而是放眼于社会以及不同代系之间的关系，比如宏儿和水生等。由此，作者质疑自己的希望和闰土的并没有层次和身份的差别，从而质疑所谓的希望。

这种质疑是相当复杂的，它可能是一种反思，但同时也可能是对自我认同的怀疑，甚至是对人生哲学思考某类话语的质疑。这或许可以视为一种独特的、微妙的反抗姿态。

但是，在环形营构模式下，有些鲁迅小说也仍然呈现出相对简单的意

---

① 参见汪晖《反抗绝望：鲁迅及其文学世界》，河北教育出版社2000年版，第177页。
② 参见周宪主编《文化现代性与美学问题》（中国人民大学出版社2005年版）的第一章，引文见第48页。有关怀旧的专门论述，可参见赵静蓉《怀旧——永恒的文化乡愁》（商务印书馆2009年版）。

义。比如,在《鸭的喜剧》中,由开头爱罗先珂所说的"寂寞"和"我"的不能理解,到了结尾"只有四只鸭的叫声"则让"我"感受到了难言的寂寞,大抵只是对意义的清晰呈现;《兔和猫》中同样的简单呈现,无非表达作者恨猫的倾向。

结语:环形营构作为鲁迅结构小说的方式之一,尽管种类、手法之间的界限并不那么壁垒分明而是相对模糊,但它还是有相对独特的匠心设计,无论是大型环形,还是微型环形。如果我们意识到鲁迅小说对情节的某种程度的牺牲,则更能体会环形营构的价值。李欧梵认为,"鲁迅确实继承了中国古典诗的抒情性,因为他注重情绪,意象,抒情场面,暗喻描绘,为此不惜牺牲情节,详细的背景和连续的叙述"①。

同样,鲁迅小说中也包含了意义的环形。在《故事新编》中,乌托邦的有意设置和随之消解则集中呈现了意义环形的魅力,当然,这需要仔细体味。而环形营构同样也带来意义生成上的变化,其中的强化/集中、再现、反思与呈现等功能则引人注目。

第二节 鲁迅小说中的启蒙姿态与"自反"策略

在《狂人日记》中,鲁迅已经贯穿了启蒙的实践与理念,并在后来的文章中加以总结。在1933年的《我怎么做起小说来》一文中,鲁迅表明了他创作小说的意图,"我仍然抱着十多年前的'启蒙主义',以为必须是'为人生',而且要改良这人生"。而著名的"铁屋子"和荒原意象则相当经典地呈现出启蒙的努力与部分效果:启蒙者明知不可为而为之的艰难前行以及呐喊、奔走呼告中的无限寂寞。

以往的研究者往往采用二元对立的方法或思维来处理这种启蒙实践,如先觉者与群众②、独异个人与庸众③等;或者在某些理论流行起来后,如叙事学(narratology),相关研究往往为叙述人等概念所包围④,借此探寻小说

---

① 李欧梵著:《鲁迅的小说——现代性技巧》,傅礼军译,见乐黛云主编《当代英语世界鲁迅研究》,江西人民出版社1993年版,第50页。
② 参见钱理群《心灵的探寻》,河北教育出版社2000年版,第75-92页。
③ 参见李欧梵著《铁屋中的呐喊——鲁迅研究》,尹慧珉译,岳麓书社1999年版,第80-100页。
④ 参见申洁玲《国内鲁迅小说叙述者研究述评》,载《广东社会科学》2001年第6期,第113-117页。

中的叙述者与对立面之间的距离。

上述研究在某种程度上推进了我们对鲁迅小说启蒙叙事策略的认知，但在笔者看来，同时也不乏简化之嫌。夏济安曾经很独到地指出并论证了鲁迅作品中的某些阴暗面（darkness）①，而鲁迅自己也曾经提及身上有鬼气，或者是更经典的，"我的确时时解剖别人，然而更多的是更无情面地解剖我自己"（《写在〈坟〉后面》）。

基于此，本节将目标锁定为鲁迅小说中的启蒙姿态与"自反"策略。"自反"一词来自德国社会学家贝克（Ulrich Beck）、英国社会学家吉登斯（Anthony Giddens）和拉什（Scott Lash）提出的"自反性现代化"（reflexive modernization）理论。虽然他们各自对"自反性"的理解有所差异，如从政治、传统和美学层面各自表述，但是自反性无疑是他们最重要的共同的关键主题之一。在本节中，"自反"更强调如下意义：它并不仅仅是指其反思性（reflection），而同时是指自我对抗（self-confrontation）。② 也即，它不仅仅是对被启蒙者的观照，同时也是对启蒙者自身的考察。显然，在叙事距离上也存在类似的张力。

若能跳出叙述人等琐细切分的纠缠，而将小说中的启蒙实践归结为不同的精神指向，则本节的问题意识在于：这种启蒙介入姿态的背后是否也意味着可能的认同形塑？而启蒙过程中的自反策略是否又形成了一种可能独特的诗学？比如，陌生化诗学③。

需要指出的是，认同（identity）是一个相当复杂的概念④，而吉登斯在他著名的《现代性与自我认同：现代晚期的自我与社会》中不仅给出了有关自我认同的概念（"个体依据个人的经历所反思性地理解到的自我"），还指出了现代性语境所造成的个体认同的焦虑下，自我认同形塑与全球化等的复杂关系，以及其自身的语言特征，与身体、耻辱感、尊严感、自豪感和理想我之间的关系。⑤

---

① T. A. Hsia. *The Gate of Darkness: Studies on the Leftist Literary Movement in China*. University of Washington Press, 1968. 丸尾常喜也曾经论及鲁迅身上以及文学作品中的鬼气，具体可参见［日］丸尾常喜著《"人"与"鬼"的纠葛——鲁迅小说论析》，秦弓译，人民文学出版社 1995 年版。

② 参见［德］乌尔里希·贝克、［英］安东尼·吉登斯、［英］斯科特·拉什著《自反性现代化——现代社会秩序中的政治、传统和美学》，赵文书译，商务印书馆 2001 年版。

③ 参见张冰《陌生化诗学——俄国形式主义研究》，北京师范大学出版社 2000 年版。

④ 哪怕是简略的概述，也可看得出其复杂性，比如由李素华《对认同概念的理论述评》（《兰州学刊》2005 年第 4 期，第 201－203 页）的论述可见一斑。

⑤ 参见［英］安东尼·吉登斯著《现代性与自我认同：现代晚期的自我与社会》，赵旭东、方文译，生活·读书·新知三联书店 1998 年版。引文见第 275 页。

在本节中，认同的概念可分为三个层面：自我的确立与形成、对他者的观照和差异性的尊重，以及上述二者的混杂。对应的，有关分析对象也主要划分为三类：孤独与反讽：知识分子的自反；怀旧与疏离：扎根土地的提炼；凝视的尴尬：看客再现的吊诡。

一、孤独与反讽：知识分子的自反

有论者指出，"后结构主义强调，主体不是一种自由的意识或某种稳定的人的本质，而是一种语言、政治和文化的建构。只有通过对人和事物的联系方式的考察才能理解主体性"[①]。同样，身份认同的形塑也类似这样的操作过程。

坦率而言，鲁迅并非五四新文化运动的"主将"，但这个37周岁才发表惊世骇俗小说《狂人日记》的作家却有着同时代干将所无法比拟的冷静、深邃和复杂。他不仅为实现"立人"理想痛斥国民劣根性，也毫不留情地批判和剖析自我，同时还将一种敏锐的自反精神贯注到对启蒙者的种种期待和塑造中。

（一）分身术：孤独与彷徨

鲁迅的深刻之处如果从小说的功用来看，就是它并没有提供廉价的解决问题的伟大方略，而是深入探寻人生的苦痛与曲折幽微，借此呈现鲁迅式的复杂乃至晦涩心境。如其所言，"人生最苦痛的是梦醒了无路可以走。做梦的人是幸福的；倘没有看出可走的路，最要紧的是不要去惊醒他"（《娜拉走后怎样》）。

考察鲁迅小说中启蒙者的实践历程，不难发现，结果往往都是不可避免地走向失败。《药》中的夏瑜不仅惨死——人血变成迷信中治疗痨病的秘方，而且在启蒙过程中及以后都成为大众眼中的怪异表现和可笑的谈资；《头发的故事》中革命和理想往往被遗忘，甚至在推行过程中不得不采用令人悲哀的方式——比如，杖打被启蒙对象——才能获得革新的必要尊重；《长明灯》中的理想——"熄掉他""我放火"——最后成为儿童歌谣中的戏语；等等。

其中，尤为典型的是两篇抒情性很强的小说——《孤独者》和《在酒楼上》。整体而言，这两篇小说都可以说是认同失败的故事。启蒙者最后不得不向革命或战斗的社会低头，从而得以暂时的苟延残喘（当然最后仍然

[①] ［英］卡瓦拉罗著：《文化理论关键词》，张卫东等译，江苏人民出版社2005年版，第93页。

可能死掉)。

但是具体分析起来也有不同。《在酒楼上》更多是点明了一种启蒙的徒劳，环形的反复。从一个拔神明胡子的斗士到最后认真迁尸骨无存的小兄弟之坟（或者经历剪绒花悲剧），从主张ABCD到教《女经》，将无聊当作事业。严格说来，这反映了两个层面的失败：一是革命/启蒙的精神信仰走向世俗化和无聊，二是新学的尝试回归陈旧的范式/内容。

《孤独者》更彰显了"胜利的失败"和"失败的胜利"之间的复杂张力。魏连殳在生计与真人性之间无所适从，最后不得不屈从于生计/世俗；但是，由于他又保持了堕落中的清醒，于是自暴自弃，这当然加速了病体的陨灭。而实际上，魏连殳表面的特立独行恰恰是正常人性的体现，如丧礼中真性情与哀戚（狼嚎）的个性流露等。相较吕纬甫而言，同样面对环境的压力，魏连殳还曾经做过挣扎，也葆有清醒头脑，因此致使自己更快走向灭亡；而吕纬甫则呈现出人性的脆弱，面对压力时的屈从慢慢成为一种习惯，却可以苟活。但无论如何，鲁迅在这两篇小说中点明了启蒙的深层尴尬乃至认同迷失的悲剧，令人深思。

（二）反讽：批判与自省

鲁迅的过人之处同样在于对启蒙群体所进行的自反性处理，而根据对象的不同，可分为两个层面。

1. 冷嘲热讽"文化看客"

同样属于知识阶层，某些有文化的人却往往被视为"文化看客"，他们从根本上缺乏对被启蒙者的大悲悯，更不必说入乎其内进行可能的努力乃至救赎。《孔乙己》中成功的丁举人恰恰是致使中了封建科举制度毒害的失败的孔乙己走向死亡的推手，尽管他们原本属于同一个阶层——功名利禄的奋斗者/追求者。

同样，鲁迅甚至犀利地揭露了为人师表下的猥琐龌龊与不学无术的虚弱（如高老夫子），甚至也可能借由道具（如肥皂）来呈现更复杂的隐喻，除了嘲讽伪君子道貌岸然之下的内在物质性以外，也可能生发出中西文化位次的升降，甚至是性别研究中复杂的权力/话语的纠缠。[①]

不仅如此，鲁迅也善于总结国民劣根性在知识分子层面的集中体现，甚

[①] 参见朱崇科《"肥皂"隐喻的潜行与破解——鲁迅〈肥皂〉精读》，载《名作欣赏》2008年第11期。

至形成关键词。如《端午节》中的"差不多"主义，作为一种恶俗的中庸之道，不仅可以消磨年轻人的志气，也可能成为维护现存不合理体制的麻醉剂。与此呼应的还有《祝福》中的叙述人"我"。文中的"说不清"这个关键词，也将物质上成为乞丐奄奄一息、精神上尚存有一丝希望的祥林嫂彻底推向地狱的深渊，"我"也成为集体谋杀祥林嫂的帮凶之一。

当然，更可耻的行径还有，不仅缺乏启蒙精神，而且成为统治者的帮凶，通过谄媚既得利益集团来分得一杯羹。如《理水》中文化山上的学者不仅无所事事，考据极其无聊的论题，而且卖弄专业，极尽欺上瞒下之能事，谄媚与欺凌的姿态是其真实面目。

2. 真诚反省与指向自我

对于真正的启蒙者，鲁迅却从未放弃真诚的理解式批判与深入的反省。例如，《伤逝》就反映了以革命或反抗独善其身、追求新生的失败，在真实生活与理想爱情之间仍然存在复杂的较量；《药》中的夏瑜明显站在愚昧民众的对立面，体现了启蒙的不彻底性与缺乏群众基础；《阿Q正传》无疑是借阿Q的悲/喜剧反映了革命的悖谬肤浅、遭人骑劫与同流合污；《孤独者》《在酒楼上》等同样委婉地批评了启蒙者自身的脆弱；而《起死》中，庄子过分脱离个体生命的物质、时代语境限定性而侈谈理论或形而上哲理，这种启蒙无异于对牛弹琴，也难免遭遇尴尬。①

更典型的是《一件小事》。在这篇被许多批评家诟病的小说中包含了启蒙者对"劳工神圣"理念的高度礼敬。同时，更令人难忘的是其自省精神。真正的对责任的承担、个体的尊重与实践精神的强调恰恰是这篇小说的主要立意，而对启蒙者自身的批判——比如"要榨出皮袍下面藏着的'小'"却是毫不容情，甚至有些概念化书写倾向。

无论是对文化看客/虚伪知识分子的冷嘲热讽，还是对启蒙者内在缺憾的直面，还有对启蒙过程中种种教训的探勘，鲁迅无疑呈现了一种陌生化诗学，同时也是他找寻合法身份认同、确立某种启蒙者主体性的过程。

二、怀旧与疏离：扎根土地的提炼

个体认同的形塑同样需要他者的参照与比附，这也说明了身份认同形塑的不稳定性，这甚至可以推广到一种文化。如人所论，"一个文化的身份也

---

① 参见朱崇科《张力的狂欢——论鲁迅及其来者之故事新编小说中的主体介入》，上海三联书店2006年版，第225页。

有类似的不稳定,这得归因于在其结构中持续的紧张和冲突"①。

农民题材或者乡土书写,部分成就了鲁迅乡土小说家的盛誉;反过来,鲁迅确立和丰富了乡土书写的某些原则与理念。类似的,在这种农民他者的观照中,我们也可以发现一种独到又复杂的张力:它既提炼了苦难,又区隔了启蒙者的介入操作程度。

考察启蒙者与农民的关系,在鲁迅的小说中不难发现一种"看"的姿态的变迁。这种"看"的权力与自信似乎日益减弱,从《呐喊》中的呼吁、唤醒和拯救意识,到《彷徨》中的退缩与犹豫,再到《故事新编》诸多思想元典大师所遭遇的形形色色的尴尬,不难体察鲁迅精神深处对启蒙操作及效果的深度质疑,乃至绝望。《故事新编》相对缺乏直接体现这种关系的文本,这类文本主要集中在《呐喊》《彷徨》中。

(一) 怀旧与质疑:从俯视到平视

作为一种对自我成长过程的回眸,怀旧一旦和现代性结合,它便可能成为一种重塑自我认同的有效方式,甚至它也可能成为塑造一个时代主题意识的途径。比如,一段时期内人们通过20世纪30年代的上海热进行集体怀旧,而李欧梵教授的《上海摩登———一种新都市文化在中国1930—1945》(北京大学出版社2001年版)无疑是其中相当优秀的著作,雅俗共赏、视角独特。

1. 回归型怀旧与自我

在《呐喊》中,怀旧的形态/类型严格说来也是有区别的。《社戏》更多属于一种回归型怀旧。按照论者的归纳,它有如下特征:①它更多强调现实与过去的对立;②为着过去爱上过去;③怀旧主体大多依托某种明确的客体对象来支撑自己的情绪。②

在《呐喊·自序》中,鲁迅曾经提及"可以使人欢欣"的"回忆",《社戏》似乎可居此列。正是因为对在北京所看的两次中国戏的印象不佳,鲁迅才欣然回忆起年少时鲁镇的社戏。尽管这篇小说对那夜的社戏与罗汉豆怀有好感,但背后更呈现了对少年纯真友情、乡情与抒情性场景的精彩提纯。鲁迅或许并无必然回到过去的企图,但借过去的美好微讽现实问题之意却是的确存在的。

---

① [英]卡瓦拉罗著:《文化理论关键词》,张卫东等译,江苏人民出版社2005年版,第137页。
② 参见周宪主编《文化现代性与美学问题》,中国人民大学出版社2005年版,第32–33页。

2. 质疑的认同型怀旧

作为怀旧类型（回归型、反思型、认同型）中最深刻的一种，认同型怀旧"同时也是一个在变更了的社会语境中重新确认自己、把握自己，从而把握世界的过程，更是我们重新寻求生存意义和生命归属的必要手段"①。

《故乡》中显然更多呈现了相当复杂的怀旧类型，回忆少年闰土的过程，表面上看也是一种回归型怀旧，在回忆中充满了对儿时友谊与情境的留恋。而实际上，当少年闰土、中年闰土、杨二嫂、水生和宏儿等角色成为新旧两代人以及不同阶层/性格的人的比较以后，这种怀旧就渐渐变成了认同型怀旧。不同的是，这种怀旧本身也是充满质疑的。

其中最经典的莫过于中年闰土取走香炉和烛台的隐喻，这既意味着闰土个体人性的被摧残和异化，同时更意味着启蒙者和被启蒙者之间复杂的权力关系。这种从《狂人日记》开始时的自信与焦灼，到了《故乡》中就成为一种信仰/希望之间的平视。闰土的物质性信仰崇拜和"我"的精神性理想崇拜（希望）在本质上应该是平等的，或者说是神似的。不难看出，"我"对这种启蒙关系是相当质疑的，这也反映了认同的流动性和不确定性。

（二）"看"的逃逸：认同的飘忽

在《彷徨》中，"看"的关系中权力似乎更加下放，这固然跟启蒙者所处的复杂与强大社会语境（如"无物之阵"等）密切相关，但同时更折射了启蒙者身份认同的飘忽。

在《孤独者》和《在酒楼上》中，类似的姿态令人深思。《在酒楼上》的吕纬甫无疑更认同于无聊、琐碎，如孝道、日常等，而《孤独者》更是重新界定了失败与胜利的关联。当作为经济窘迫的启蒙者展开活动的时候，哪怕是他对进化的链上代表未来的孩子们——大良们毕恭毕敬，仍然得不到青睐；而当他变得趾高气扬、颐指气使的时候，孩子们却像狗一样感激不尽。悖论的是，前面的失败却是启蒙的正当性/合法性存在的时候，所以平视与俯视的转换既简单又复杂。

真正有代表性的是《祝福》。祥林嫂临终前对知识分子启蒙者——"我"有一个直面遭遇的过程。面对祥林嫂对终极关怀连续不断的追问，"我"却只能含糊其辞、自相矛盾，最后以"说不清"敷衍塞责，轻易卸掉了启蒙的责任。这实际上反映了二者关系的被颠覆，当被启蒙者主动发问和

---

① 周宪主编：《文化现代性与美学问题》，中国人民大学出版社2005年版，第47页。

"看"的时候,尽管被启蒙者双目无神、态度谦卑,启蒙者和"看"的权力主宰者却落荒而逃,这不能不说是其自身的认同出现了危机,过于飘忽。虽然,整篇小说可能力图揭示的是启蒙者的文化身份迷失和重新确立的过程,并最终探寻知识分子为百姓立言的可能性。①

更进一步,这种启蒙者与被启蒙者之间关系的疏离也反映了鲁迅对启蒙效果的深刻反思。恰恰是因了启蒙主体的精神孤独、寂寞与彷徨才会导致启蒙实践的尴尬和失败。从某种意义上说,鲁迅也更强调思考、寻找自我认同的过程,而非单纯结果。如人所论,"小说结构显示了一种近乎残酷的心灵的自我拷问。它贯穿了整个《彷徨》,成为话语推进的基本形式和动力。这种自我审视的真正可怕之处,不在于言说者的直面自己,而在于启蒙者注定最后要成为绝望的承担者。这就是中国文化的无可言说的荒谬性"②。

总之,正是因为能够深入苦难,鲁迅对农民的书写才如此深入肌理、耐人寻味;同时,也正是将农民视为启蒙者的流动性他者,他才可以检视自身阶层的启蒙局限。既深切介入,又能够冷静跳出,鲁迅在对乡土的深厚提炼中表现出书写者一种独特和深沉的介入姿态,这自然也是一种陌生化诗学。③

三、凝视的尴尬:看客再现的吊诡

看客书写无疑是鲁迅小说对中国文化史的一大贡献。鲁迅有关看客的书写屡屡出现且都活泼有趣、摇曳多姿。比如《药》中的书写可谓相当传神,"老栓也向那边看,却只见一堆人的后背;颈项都伸得很长,仿佛许多鸭,被无形的手捏住了的,向上提着"(第17页)。这段话不仅点出了看客的习惯性神态,而且也显出鲁迅看客的书写策略——凝视(gaze)。

凝视的概念"描述了一种与眼睛和视觉有关的权力形式。当我们凝视某人或某事时,我们并不是简单地'在看'(looking)。它同时也是探查和控制。它洞察并将身体客体化"④。而与此同时,恰恰因为凝视,鲁迅对看客的再现又包含一种别致的悖论。以下以其代表作《示众》为分析文本。

---

① 参见何小平《文化身份的迷失与确证——从〈祝福〉看叙述者"我"的文化身份认同问题》,载《湖南工程学院学报》(社会科学版)2006年第3期,第76—78页。

② 徐麟:《鲁迅:在言说与生存的边缘》,山东文艺出版社1997年版,第152页。

③ 参见林贤治评注《鲁迅选集·小说卷:插图评注本》(湖南文艺出版社2004年版)之《前言:伟大的守夜者》。

④ [英]卡瓦拉罗著:《文化理论关键词》,张卫东等译,江苏人民出版社2005年版,第139页。

（一）复眼看景：看客群像

《示众》是一篇相当"先锋"的小说，在此短篇中没有什么典型情节，也没有什么典型人物，而是一群无名的人组成了一幅流动拍摄的看客群丑图。这幅图是立体的，而非平面的。当然，小说也采用了立体的复眼进行凝视。

事件的核心或被看的对象是一位巡警和一位用绳拴着的略胖的白背心男人，而后就是一层层的看客。不同层次的看客自然形成了一层层被看的子核心，流动的看客又成了众看客的另一个子核心，所以看客之间是互看的。而看客的身份和特征也是五花八门的，显示了不同身份看客，如胖孩子、小学生、老头、胖大汉、学生、车夫、抱小孩的老妈子、工人等的汇聚。

这是一帮相当无聊的闲人，他们为了琐事互相挤压，也制造看点。因此，被看的核心也可能会流动。比如，一声叫"好"就可以吸引他们的目光，进而让他们奔向新的看点和核心。散去后，仍然是一帮闲人，各自无聊，如胖大汉看一起一伏的狗肚皮、胖小孩叫卖并不热的"热的包子"等。

所以，在复眼的观照下，看客们观看、凝视核心或焦点，但同时又互看，使自己成为被看的材料。在作者呈现这篇小说的同时，我们又以复眼观看了示众中闲人的群像，所以示众既是将白背心示众，也是作者将看客示众，借此揭示"看戏（看别人）和演戏（被别人看）就成了中国人的基本生存方式，也构成了人与人之间的基本关系"①。

（二）凝视的尴尬：书写看客与看客书写

如前所述，作者对看客的凝视有一种权力意识，这表现为书写者对书写对象——看客的全局把握与再现。然而，恰恰是在书写看客时，也呈现一种看客书写。而鲁迅/叙述人本身也是无聊事件表述的另一重"看客"。当然，如果继续追问，连同读者——阅读这篇《示众》的人也成为观看作者以及事件发展的看客。这呈现一种看客再现的吊诡：书写看客本身也是一种看客行为。而其隐喻在于，作为作者形塑身份认同的一种手段，看客书写呈现的是认同的混杂特征。严格说来，书写者企图通过批判看客来形塑一种独特的现代性认同，而实际上这种行为的前提基础就是使自己成为一个看客。

看客书写无疑更体现了鲁迅认同塑造中的独特"陌生化诗学"，在书写者和被书写者之间有一种幽微的关联，他们既对立疏离，但同时又秘密共

---

① 钱理群：《鲁迅作品十五讲》，北京大学出版社2003年版，第38页。

谋、纠缠不休，深沉介入和高度反省就是以这样的方式得以杂糅，而启蒙的姿态在此化成了"抉心自食"式的悖论，也形成了另一种残忍的自反。

但整体而言，鲁迅笔下的启蒙者仍然可能是积极的。"启蒙主义者注定了不会在大众的簇拥之下走自己的人生之路，而是注定了精神上的孤独长旅，因此，他尤其需要精神上的坚定与执着。意识到启蒙者孤独的使命，正视启蒙的全部困境，在绝望的废墟上积极努力，无论多么艰难，都要坚定地走下去，这正是鲁迅提供的一个伟大的启蒙主义者的风范。"①

结语：考察鲁迅小说中的启蒙姿态与自反策略，我们不难发现这背后凝结了一种复杂的认同形塑。它可能包含一种对自我的审视、对他者的鉴照以及混合型的纠葛。当然，无论哪一个侧面都存有一种复杂的张力，而这正是鲁迅"陌生化诗学"的表现。

《故事新编》没有被充分纳入讨论，是因为和启蒙姿态的关联不是很密切，但如果将主题置换为文化启蒙，鲁迅无疑更是指出各家的虚妄与复古式启蒙的悖谬②，而非借复古走向重生③。

第三节 鲁迅小说中的"小说性"话语

如果我们可以消解人为的（包含意识形态）强加于鲁迅头上的神圣光环，或者祛除不分青红皂白地有意遮蔽与诬蔑，换句话说，如果（即使）能够中和鲁迅身上两极分化式的酷评，如"最受诬蔑的人"④和"最勇猛坚决、正确伟大"等对鲁迅的形塑⑤诸如此类的极端话语，我们仍然可以发

---

① 李新宇：《鲁迅的选择》，河南人民出版社2003年版，第157页。

② 参见朱崇科《张力的狂欢——论鲁迅及其来者之故事新编小说中的主体介入》（上海三联书店2006年版）第220-234页的相关论述。

③ 从此意义上说，廖诗忠的《回归经典：鲁迅与先秦文化的深层关系》（上海三联书店2005年版）中对先秦文化和鲁迅关系在《故事新编》中的表现的论述的出发点就是错误的，他的先入为主使得他无法真正窥得鲁迅的启蒙精神。而袁盛勇《鲁迅：从复古走向启蒙》（上海三联书店2006年版）的认识相对精准。

④ 参见房向东《鲁迅：最受诬蔑的人》，上海书店出版社2000年版。

⑤ 毛泽东可以作为一个典型代表。他在《新民主主义论》中就明确指出："而鲁迅，就是这个文化新军的最伟大和最英勇的旗手。鲁迅是中国文化革命的主将，他不但是伟大的文学家，而且是伟大的思想家和伟大的革命家。鲁迅的骨头是最硬的，他没有丝毫的奴颜和媚骨，这是殖民地半殖民地人民最可宝贵的性格。鲁迅是在文化战线上，代表全民族的大多数，向着敌人冲锋陷阵的最正确、最勇敢、最坚决、最忠实、最热忱的空前的民族英雄。鲁迅的方向，就是中华民族新文化的方向。"

现，鲁迅是20世纪中国文学史上最鲜活、最备受争议的灵魂之一。甚至可以推定的是，他仍然会在21世纪和以后发挥应有的不容忽视又个性十足的历史功用。

鲁迅研究成为一门声名显赫、研究资料汗牛充栋的"鲁学"①，无疑从一个侧面印证了鲁迅的无尽魅力甚至魔力②。然而，被公认为中国现代小说的奠基人的鲁迅，其小说集也不过三卷：《呐喊》《彷徨》和《故事新编》。鲁迅是如何实现从传统小说到现代小说以及他小说自身内部的两次"创造性转化"（creative transformation）③？尤其是，他又是如何通过小说叙事模式的嬗变来呈现他对"现代性"的独特认知与迎拒姿态？

从某种程度上说，叙事方式的更新和递进是小说演变的灵魂。如人所言，"对于新小说来说，最艰难、最关键的变革不是主题意识，也不是情节类型或者小说题材，而是叙事方式"④。"叙事模式"是一个众说纷纭、流动不羁的概念，但在本节中，它是指从叙述人营构、叙事的策略等总和所提炼出的有关小说叙事的不同范式（paradigm）。如人所论，"叙事方式是一组手段和语言方法，它们创造一个故事中介者的形象，即叙事作品中所谓的叙述者"⑤。

在笔者看来，鲁迅小说的叙事模式基本上经历了两次大的嬗变。第一次是如果将鲁迅从整体上置入"文学革命"的滚滚大潮中进行外部动态观照，他挟晚清小说界革命之威引领风骚，推动了中国小说叙事从传统渐次步入现代的转变，主要以《呐喊》《彷徨》为代表；第二次则发生在其小说内部，鲁迅以其《故事新编》部分实现了他更新小说叙事、创设小说类型的企图，

---

① 有关界定和分析可参见张梦阳《中国鲁迅学通史·宏观反思卷——20世纪中国一种精神文化现象的宏观描述与理性反思》（广东教育出版社2001年版）和彭定安《鲁迅学导论》（中国社会科学出版社2001年版）等相关论述。

② 鲁迅研究远非一般的文学（化）研究，也非单纯在书斋里炒冷饭，"而是一种同民族命运、社会发展、文化变革、大众觉醒、国民性改造等等'民族命运母题'紧相关联的，具有重大民族意义、历史—时代含义和文化价值的研究"（见彭定安《鲁迅学导论》，中国社会科学出版社2001年版，第1页）。

③ 创造性转化在林毓生处是指"使用多元的思想模式将一些（而非全部）中国传统中的符号、思想、价值与行为模式加以重组与/或改造"，"它是一个开放性的过程——对中国传统与西方，两面均予开放的过程"（见林毓生《热烈与冷静》，上海文艺出版社1998年版，第26页）。这里笔者借用了他概念精神上的含义。

④ 陈平原：《二十世纪中国小说史·第一卷（1897—1916年）》，北京大学出版社1989年版，第15页。

⑤ ［捷］米列娜编：《从传统到现代：19至20世纪转折时期的中国小说》，伍晓明译，北京大学出版社1991年版，第54页。

尽管这背后可能掩盖了我们不得而知的更大的叙事创新与文体学野心。①

比较而言，有关第一次转变的研究往往声势浩大、成果迭出，几乎所有专论鲁迅小说的著述都或多或少论及《呐喊》《彷徨》的叙述创新及其转折意义；而第二次转变的研究则相对比较薄弱，尽管自从它诞生那一天起就争议不断，但真正能将它置于鲁迅小说内部发展规律的平台上剖析，并指出其转捩与创新意义的研究极其罕见。为此，笔者的重点将适当向第二次转变倾斜，同时以巴赫金的小说性理论进行探究。

一、巴赫金的"小说性"理论

巴赫金对"小说性"独创式的强调无疑发人深省。

在他看来，"小说性"首先被视为一种颠覆的意义与力量。小说与其他的文体不同，正统体裁或好或坏地适应了现成的东西，而小说与那些占统治地位的文学体裁很难融洽相处。它处处冲击旧有的体裁模式，夺取它们的文学统治权。这种理想的小说的颠覆性力量便被称为小说性。"在各种体裁里，巴赫金挑选出小说作为他自己的主人公（personal hero）。小说不只是另一种文学体裁，而是一个特殊种类的力量，他称之为'小说性'……由于任何文化的根本特征（fundamental features）都铭刻（inscribed）在其文本中，不仅仅是其文学文本（literary texts），还有法律和宗教文本，'小说性'可以瓦解（undermine）任何社会的官方或高等文化（high culture）。"②

毋庸讳言，这种小说性同时指向了体裁的革新和思想的狂欢。巴赫金认为，小说（长篇小说）的基本特征主要有"（1）长篇小说修辞上的三维性质，这同小说中实现的多语意识相关联；（2）小说中文学形象的时间坐标发生了根本的变化；（3）小说中进行文学形象的塑造，获得了新的领域，亦即最大限度与并未完结的现时（现代生活）进行交往联系的领域"③。

换言之，小说的特性主要有现实性、杂语性和多声性、未完成性。不难

---

① 尽管我们暂时未能提供确凿的具体证据来证明鲁迅的这种野心，但实际上他所开创的这种文体已经在近百年的华文文学史书写上蔚然成风，并非所有文本都和鲁迅有直接关系，但有关开拓往往站在了他作为巨人的肩膀上。

② Katerina Clark, Michael Holquist. *Mikhail Bakhtin*. Belknap Press of Harvard University Press, 1984, pp. 276-277.

③ ［苏］巴赫金著：《巴赫金全集》（第3卷），白春仁、晓河译，河北教育出版社1998年版，第513页。

看出，小说性①和狂欢精神是一脉相承的，从它作为小说本质和特色的确立开始，它的物质性和精神特征都指向了狂欢。

（一）小说的现实性

小说同其他体裁的不同之处就在于它与时俱进的实践操作，也即它的现实性。巴赫金认为，"小说体裁从一开始，就不是以绝对过去时的遥远形象为基础，而是建立在直接与这个未完结现时相联结的领域之中。小说依据的基础，是个人的体验和自由的创作虚构……小说一开始便是用不同于其他现成体裁的另一种材料制成的；小说具有另外一种性质；同小说一起而且也是在小说之中，在一定程度上可说是诞生了整个文学的未来"②。

恰恰是因为小说作为一种正在生成和发展着的体裁，它的现在进行时态也决定了它与现实世界的千丝万缕的纠葛，所以它和现实之间存在着互相印证的关系。"长篇小说还处于形成时期。但已具备对现实的新看法和理解，与此同时，也有了新的体裁概念。体裁说明现实；现实使体裁变得更清晰。"③

无论是史诗对"绝对的过去"的书写，还是古典时期其他正统文学样式对遥远的过去记忆式的投射，它们的书写内容都是一种完成的、封闭的圈定。而现实自身却是永恒的，它流动不息，永无终结。作为一种当时比较低级的体裁，小说（或其前身民间笑谑作品等）却拾起正统文类不愿书写的转瞬即逝和难以把握的现实，这自然使得小说拥有其他文类难以企及的现实关怀和当下性。

---

① 在 Simon Denith 看来，小说性也是一个复杂概念，"'小说性'很多时候看起来是所有小说的一种特征，在其他时候看起来又是一部分小说区别于另一部分的标志"。可参见 Simon Dentith. *Bakhtinian Thought: an Introductory Reader*. Routledge, 1995, p. 58. 换言之，小说性可以作为所有小说的特质，但同时又可以化为某一部分小说的高级形式表征。而 Michael Holquist 却从对话角度思考这一定义，认为"小说性是勾画（charting）导致日益增长的非认同（non-identity）问题结果的变化的一种方式。小说性程度的或多或少成为或多或少他者自觉（awareness of otherness）的索引。小说史在文学史上有它的位置，而小说性的历史却坐落于人类意识史（history of human consciousness）中"。可参见 Michael Holquist. *Dialogism: Bakhtin and His World*. Routledge, 1990, p. 72. 其他专门论述还可参见 Jørgen Bruhn, Jan Lundquist (eds.). *The Novelness of Bakhtin: Perspectives and Possibilities*. Museum Tusculanum Press, 2001.

② ［苏］巴赫金著：《巴赫金全集》（第3卷），白春仁、晓河译，河北教育出版社1998年版，第544页。

③ ［苏］巴赫金著：《巴赫金全集》（第2卷），李辉凡、张捷、张杰等译，河北教育出版社1998年版，第293页。

（二）杂语性和多声性（heteroglossia）

在笔者看来，小说的杂语性和多声性至少包含内在两个层面的整体特征（尽管这些层面往往是不可分割的统一体），即文类方面的巨大包容性以及语言方面的众声喧哗。

在文体方面，首先表现出的杂语性特征就是小说对非文学体裁的有机吸纳，"非文学的表述及其边界（对白、书信、日记、内心言语等等），移用到文学作品中（如进入长篇小说）。在这里，它们的总体涵义要发生变化。他人声音反射到它们身上，作者本人的声音也进入其中"①。

其次造成小说杂语性的重要手段还表现在"镶嵌体裁"上。他类体裁进入小说并非一如石沉大海，它们还保持了自己结构和语言的相对独立性。它们的渗入功效显著：不仅有效地瓦解了小说语言统一的可能性，而且还进一步加强了小说的杂语性。巴赫金指出，镶嵌体裁是"小说引进和组织杂语的一个最基本最重要的形式"；又言，"长篇小说允许插进来各种不同的体裁，无论是文学体裁（插入的故事、抒情剧、长诗、短戏等），还是非文学体裁（日常生活体裁、演说、科学体裁、宗教体裁等）……镶嵌在小说中的体裁，一般仍保持自己结构的稳定和自己的独立性，保持自己语言和修辞的特色。不仅如此，还有一些特殊的体裁，它们在长篇小说中起着极其重要的架构作用，有时直接左右着整个小说的结构，从而形成一些特殊的小说类型。这便是自白、日志、游记、传记、书信及其他一些体裁"②。恰恰是诸多风格甚至可能是迥异的文体对立又辩证的和谐/不和谐共处，塑造了小说文体层面的杂语性。

饶有意味的是，在小说体裁对其他体裁进行"收编"［有机借鉴和包容，同时在扩大自己虚构的限制（chimerical confines）的情况下却又拒绝界定③］的关系中，并非是前者对后者的一厢情愿。反过来，小说也可以对其他体裁进行"小说化"，即让它们变得更加自由、对话化和具有更强的现实关联。"小说化"使得"其他体裁变得自由了一些，可塑性强了一些；它们的语言借助非标准语的杂语事实，借助标准语中的'小说'成分而得到更新；它们要出现对话化。其次它们中间广泛渗进了笑谑、讽刺、幽默，渗进

---

① ［苏］巴赫金著：《巴赫金全集》（第4卷），白春仁、晓河等译，河北教育出版社1998年版，第318页。
② ［苏］巴赫金著：《巴赫金全集》（第3卷），白春仁、晓河译，河北教育出版社1998年版，第106页。
③ David K. Danow. *The Thought of Mikhail Bakhtin: from Word to Culture*. Macmillan, 1991, p. 43.

了自我讽拟的成分。最后（这也是最主要的），小说赋予了这些体裁以问题性，使它们有了一种特殊的意义上的未完结性，并同没有定形的、正在形成中的现代生活（未完结的现在）产生密切的联系"①。

在语言修辞方面，杂语性和多声性更是成为小说得以成立的不可或缺的基本特征，甚至是头等重要的意义，"语言的内在杂语性对小说具有头等重要的意义"②。无独有偶，Simon Denith 也认为，"小说是以最好地开发（best exploits）语言多声性倾向（heteroglossic tendencies）的形式出现的"③。

（三）未完成性

巴赫金对小说未完成性特征的描述可谓一语道破天机。巴赫金曾屡屡强调，"小说不仅仅是诸多体裁中的一个体裁。这是在早已形成和部分地已经死亡的诸多体裁中间唯一一个处于形成阶段的体裁。这是世界历史新时代所诞生和哺育的唯一一种体裁，因此它与这个新时代有着深刻的血缘关系"④。

在笔者看来，依据巴赫金的本意，小说的未完成性可以理解为以下几个层面。

1. 指向未来性

巴赫金认为，"小说体裁的诞生和形成，完全展现在历史的进程之中。长篇小说的体裁主干，至今还远没有稳定下来，我们尚难预测它的全部可塑潜力"⑤。不难看出，正是因为小说始终与时代同步共振，而时间是不会停止的，它永远奔向不知终点的未来，所以与之密切相关的小说就指向了未来。霍奎斯特（Michael Holquist）也认为，小说性是在与其他形式做斗争中的一个窥探/发现未来的观察孔（loophole），"文学，当它限定小说性时（当然不仅仅是以小说的形式），它就变成了一个由此可以预见未来的观察孔，不然，未来就会被其他话语形式所遮蔽（obscured）"⑥。

---

① ［苏］巴赫金著：《巴赫金全集》（第3卷），白春仁、晓河译，河北教育出版社1998年版，第509页。
② ［苏］巴赫金著：《巴赫金全集》（第3卷），白春仁、晓河译，河北教育出版社1998年版，第488页。
③ Simon Dentith. *Bakhtinian Thought*: *an Introductory Reader*. Routledge, 1995, p. 54.
④ ［苏］巴赫金著：《巴赫金全集》（第3卷），白春仁、晓河译，河北教育出版社1998年版，第506页。
⑤ ［苏］巴赫金著：《巴赫金全集》（第3卷），白春仁、晓河译，河北教育出版社1998年版，第505页。
⑥ Michael Holquist. *Dialogism*: *Bakhtin and His World*. Routledge, 1990, p. 82.

2. 不确定性

小说的发展和形成始终是在进行时态中，当然这并不意味着小说的虚无性，作为一种特色鲜明的文体，其确立已是不争的事实。这里的不确定性是指小说边界的模糊、巨大的包容性和开放性。它不满足于也反对自身的故步自封；恰恰相反，它就是站在不断自我批判的基础上逐步确立和发展自我的。如陈清侨所言，"巴赫金认为小说跟许多其他文类不同之处，还在于它无法由一些特定的形式特征去界定。经过这样的诠释，小说的性质重新被赋予一种逍遥自在的'新颖性'，使这文类成为特别适合表现探索、更新和反叛精神的美感形式了"①。

从整个小说发展历史和两条发展路线来看，杂语小说的发展与兴盛明显要比单语小说晚，尽管文化上作为源头的狂欢可能反过来比后来越走越窄的文化的内在精神特征的相对单一要早。杂语小说的发展脉络中包括了那些"小说性"程度较高的小说，即高度狂欢化的小说。这是一条枝杈茂密却又主干分明的路径，它的最终目的（如果有的话），就是奔向文体、思想和语言的狂欢。如人所论，"杂语小说的基本特点是：多语性、多风格，杂语进入小说之内，形成一种内在的对话结构"②，甚至是自由自在、不断更替与重生的狂欢。

小说理论作为巴赫金对狂欢化文学论述③的总结有其独特的意义，我们在使用时需要注意它的中国情境化，尤其在面对复杂变化的鲁迅时，单纯的小说性也自然有它的局限性和适用性，笔者在论述时会进行适当处理。

二、鲁迅的力量：在中国小说叙事模式转变中的角色考察

王富仁认为，"《呐喊》《彷徨》的艺术创新，不是鲁迅打磨旧器械打磨出来的，而是新的观念意识催生出来的"④。如果我们企图梳理集体的"新

---

① 陈清侨：《美感形式与小说的文类特性——从卢卡契到巴赫金》，见陈平原、陈国球主编《文学史》（第1辑），北京大学出版社1993年版，第61页。

② 夏忠宪：《巴赫金狂欢化诗学研究——俄国形式主义研究》，北京师范大学出版社2000年版，第135页。

③ Dominick Lacapra 就认为"巴赫金的具体焦点当然是文学中的狂欢化——一种包含（encompasses）一定数目文类却又在特定几个中得以宣布的文类传统，那就是有名的小说"。(From "Bakhtin, Marxism, and the Carnivalesque"). see Caryl Emerson (ed.). Critical Essays on Mikhail Bakhtin. G. K. Hall, 1999, p. 240.

④ 王富仁：《中国反封建思想革命的一面镜子——〈呐喊〉〈彷徨〉综论》，北京师范大学出版社1986年版，第272页。

的观念意识"的蔚然成风抑或勃然兴起,考察五彩斑斓的中国现代小说叙事模式的母体抑或温床,则清末民初小说作为一个承上启下、蕴含诸多创新和可能性的强力中介无疑不容忽视,尽管现代小说以白话文作为书写媒介的表象往往使我们可能画地为牢,看轻了晚清小说的巨大活力和驳杂的创造力。

（一）整体态势勾勒

如前所论,晚清小说中包含许多可以附丽或探究的新知,尽管它们很多时候披着貌似陈旧的外衣。

一方面,晚清小说其实已经部分成功地实现了中国小说模式从古典特征①走向近代化②的转换。陈平原在他著名的《中国小说叙事模式的转变》（上海人民出版社1988年版）中非常令人信服地论证了这一模式的承转。他从叙事时间、叙事角度和叙事结构三大层面,通过烦琐精细的抽样分析雄辩地论证了前后的承接与突破（见下表）。

模式	中国古代小说	中国现代小说
叙事时间	连贯叙述（基本上）	连贯叙述、倒装叙述、交错叙述等
叙事角度	全知视角（基本上）	全知叙事、限制叙事（第一、第三人称）、纯客观叙事等
叙事结构	以情节为中心	以情节为中心、以性格为中心、以背景为中心等

同时,陈平原还探究了个中要因,即"中国小说叙事模式的转变是在西方小说的启迪与中国小说的移位两者的合力作用下完成的,而中国小说的移位必然引起传统文学内部'民间文学'与'文人文学'的对话"③。当然,这个时期的作者也有类似的倾向。

如果从小说体式类型的推进来探研,清末民初小说尽管不可避免地带上

---

① 关于中国古代小说叙事学的研究可参见杨义《中国叙事学》（人民出版社1997年版）、浦安迪讲演《中国叙事学》（北京大学出版社1996年版）和王平《中国古代小说叙事研究》（河北人民出版社2001年版）等。

② 关于中国小说近代化的论述可参见［捷］米列娜编《从传统到现代:19至20世纪转折时期的中国小说》,伍晓明译,北京大学出版社1991年版。

③ 陈平原:《中国小说叙事模式的转变》,上海人民出版社1988年版,第297页。

些许传统印迹,但其崭新体式却又令人眼前一亮。我们不妨以比较活跃的短篇小说为例进行分析。如人所论,相关小说体式中,"既有经过一定变通的传奇体、笔记体和话本体小说,更有许多在传统小说中不曾见过的新体式。这些新体式大致有如下几类:(一)新闻体……(二)杂文体……(三)小品体……(四)对话体……(五)散文体"①。

更进一步,晚清小说也蕴含了不应有的"被压抑的现代性",甚至更复杂的生态。王德威在《被压抑的现代性:晚清小说新论》中犀利地彰显出敏锐的问题意识:没有晚清,何来"五四"?他主要从四类小说(狎邪、侠义公案、丑怪谴责、科幻奇谈)中深入挖掘被压抑的不同现代性表现与姿态,并力图再现其众声喧哗、多元共存的原生态。发人深思的是,他的视野却又远远超越了单纯文类研究。他认为,它们"指向四种相互交错的话语:欲望,正义,价值,真理(知识)。我认为这四种话语的重新定义与辩难,适足以呈现二十世纪文学及文化建构的主要关怀"②。

另一方面,清末民初小说又为中国现代小说"内在理路"发展的水到渠成或其崭露头角铺设了前提。换言之,如果我们将中国现代小说的发轫置于更大的社会语境内,之前的清末民初小说当可视为雏形或源头。需要指出的是,中国现代小说叙事模式转换的意义绝非仅仅局限于创作者单纯的文本试验,它同样是"感时忧国"传统与中国现代性推展的产物,同时反过来又是它们不可或缺的载体。

从"小说界革命"到翻译小说,再到五四运动,现代小说的产生与它们息息相关,也可谓应运而生。文体演变/革新同时也意味着现代性的弥漫和对政治、文化等体制变革的呼唤与实践。无论是当时个性自由/解放观念对小说审美新思维的确立的影响,还是"我手写我口"的白话语言作为书写话语的转换与成熟;无论是汲取古代小说(文人的或通俗的)积淀的滋养,还是得益于新人耳目的外国小说的介绍,现代中国小说就是在清末民初的小说基础上、在社会语境变迁的影响与合流中逐步得以轰轰烈烈地展开。如陈平原所言,"被文学史家视为开辟文学新纪元的五四闯将,实际上其中

---

① 冯光廉主编:《中国近百年文学体式流变史》(上册),人民文学出版社1999年版,第64-66页。

② 王德威著:《被压抑的现代性:晚清小说新论》,宋伟杰译,麦田出版有限公司2003年版,第9页。或可参见英文版本 David Der-wei Wang. *Fin-de-siècle splendor*: *Repressed Modernities of Late Qing Fiction*, 1849–1911. Stanford University Press, 1997.

好多人曾在小说界革命的浪潮中冲杀过,是新小说家的'战友'"①。鲁迅虽然在彼时并非出尽风头的引领者,但在其浓烈氛围中却也好好地扎了个猛子:无论是章太炎的言传身教,还是他在日本的异域的现代性冲击都可能促使他的转变。②

(二)《呐喊》《彷徨》的叙事更新

早在1923年,茅盾就灵敏地指出,"在中国新文坛上,鲁迅君常常是创造'新形式'的先锋;《呐喊》里的十多篇小说几乎一篇有一篇新形式"③。就连对带有左翼色彩的作家(品)不无偏见的夏志清也认为,"短篇小说一开始却是非常成功的。给这一类型文学奠下基础的是鲁迅。他在一九一八年发表的《狂人日记》,纯熟地运用了西方小说的技巧,与中国传统的说故事方法完全两样,因此可以称为现代中国短篇小说的始祖"④。

中国现代文学史家王瑶也强调了鲁迅的现代文学史上的奠基人地位,"鲁迅用自己的创作实践扩大了新文学的阵地,同时由于这些小说内容的深刻,表现的新颖……为新文学奠定了基础"⑤。

不难看出,鲁迅作为中国现代小说鼻祖的地位是得到公认的,同样,他在小说叙事模式的转换中也担当了类似角色。问题的关键在于:它是如何实现的?

在巴赫金那里,"小说性"和转型期是紧密相连⑥的,而中国现代小说的诞生本身就暗含了小说性的内在特征:杂语性、兼容并蓄等。清末民初转型期的新小说自然也不例外。"新小说确实从其他文学形式获得不少灵感。笑话、轶闻、答问、游记、书信、日记、叙事诗、见闻录等传统诗文形式的渗入小说,都曾对新小说叙事模式的形成起了很大作用。"⑦反过来,恰恰是因为此特质,小说也被推上了历史潮流的浪头,为人瞩目。王一川指出:

---

① 陈平原:《二十世纪中国小说史·第一卷(1897—1916年)》,北京大学出版社1989年版,第21页。

② 张新颖对此问题曾经做过阐述(虽然有些笼统),可参见张新颖《20世纪上半期中国文学的现代意识》,生活·读书·新知三联书店2001年版,第69-93页。

③ 茅盾:《读〈呐喊〉》,见《茅盾全集·中国文论一集》(第18卷),人民文学出版社1989年版,第398页。

④ 夏志清著:《中国现代小说史》,刘绍铭等译,香港中文大学出版社2001年版,第22页。

⑤ 王瑶:《鲁迅作品论集》,人民文学出版社1984年版,第94页。

⑥ 参见刘康《对话的喧声:巴赫金的文化转型理论》,中国人民大学出版社1995年版。

⑦ 陈平原:《二十世纪中国小说史·第一卷(1897—1916年)》,北京大学出版社1989年版,第18-19页。

"中国人的新型现代性体验是与新的生活语汇如全球化世界概念、来自西方的科技话语和现代器物名称等交融在一起的……小说由于能以散文体方式叙事、抒情和议论,还可以把诗体等其他文类兼容于自身之中,因此得以成为容纳现代生活新语汇的合适形式。由此,小说在表现新型现代性体验方面交上了好运,成为现代文学的主导或中心性文类。"①

鲁迅的《呐喊》《彷徨》同样也体现了丰富的现代性,甚至是先锋性。从整体上看来,除了延续旧有的体式——情节小说以外,还开拓了"以写实性生活片断为结构主体的片断小说""以刻画人物性格、勾勒人物命运线索为结构主体的性格小说"和"以特定的氛围渲染和情感、意蕴表达为结构主体的意绪小说"② 等。

"小说性"颠覆和解构的一面在鲁迅的《呐喊》《彷徨》中有非常醒目的表现。比如,《狂人日记》无论是反思国民性、痛陈封建传统说教的罪恶都或具摧枯拉朽之气势,或意义深远绵长,令人省察。刘禾指出,"狂人日记却着重于中国历史的象征性病理诊断——暗含着西方规范的参照——它大大超出了任何囿于个体心灵的字面解释"③。这无疑从内容上指出了其富含现代性的一面。王润华也在他的《西洋文学对中国第一篇短篇白话小说的影响》中缕述了果戈理的《疯人日记》、迦尔逊的《红花》和尼采的《察拉斯忒拉的序言》等对《狂人日记》的叙事、内容、意义等宏观的细微影响。④

但是,现代性在某种意义上也可理解为反思和批判自我的态度和趋势,这当然也是后现代性得以发展的理由和空间之一。从此角度上讲,鲁迅小说的现代性中包含了另外一种独特的声音与反抗的姿态,我们或许可以称之为"鲁迅式的现代性"。显然,它包含诸多复杂的指向和源泉:鲁迅对中国古代典籍的熟谙和对中国古代小说的叙事模式的独到品位及引领式论述⑤使他超越了许多时人对西方现代性的毫无保留拥抱的幼稚,反而多了几分少见的本土式的冷静与成熟。李欧梵在他著名的《铁屋中的呐喊——鲁迅研究》

---

① 王一川:《中国现代性体验的发生:清末民初文化转型与文学》,北京师范大学出版社2001年版,第393页。
② 冯光廉主编:《中国近百年文学体式流变史》(上册),人民文学出版社1999年版,第91页。
③ 刘禾著:《跨语际实践——文学,民族文化与被译介的现代性(中国,1900—1937)》,宋伟杰等译,生活·读书·新知三联书店2002年版,第183页。
④ 参见王润华《鲁迅小说新论》,学林出版社1993年版,第61-76页。
⑤ 参见陈平原有关鲁迅的小说类型研究,见陈平原《陈平原小说史论集》(下),河北人民出版社1997年版,第1375-1393页。

一书中探寻鲁迅现代性的手法就是通过寻根传统却避开西方来展开。①

通过译介和阅读外国小说以及留学日本的体验,鲁迅具有开阔的国际视野和坚持"拿来主义"的博大胸怀。同时,"也正是文学传统中的核心层次的那些要素,才决定着新文学在发愤精神、史传意识、抒情风貌、意境美感、白话文体等诸多方面,同中国古代文学发生着深刻的历史联系,呈现了文学历史连续性的许多有声有色、诱人追寻的生动具体的形态"②。

通读鲁迅的《呐喊》《彷徨》可以发现,鲁迅小说主题的现代性表达似乎背离了现代性的原初语境,而更多呈现了对乡土中国深沉又细密的关怀与缠绕,如《阿Q正传》《故乡》《祝福》《孔乙己》等莫不如此。"毫无疑问,鲁迅的作品被看成是中国现代性意义最典型的表达……也许更重要的在于,鲁迅表达了一种乡土中国的记忆,这些记忆从中国现代性变革的历史空当浮现出来,它们表示了与现代性方向完全不同的存在。鲁迅在这里寄寓的不只是批判性,而是一种远为复杂的关于乡土中国的命运——那些始终在历史进步和历史变革之外的人群的命运。"③ 如果非要给这种逸出与背离以现代性的名义,那它应该是"鲁迅式的现代性"。

即使是考察鲁迅小说的结构体系,也可以发现类似的繁复。如人所论,鲁迅小说结构的设计有四大特点:①以中西合璧方式,自成一格;②以演绎归纳法,构成多样化体系;③以间距性方式,扩展想象空间;④以逆转方法,凸显其主题。④

我们不妨以《狂人日记》的结构为例加以说明。《狂人日记》的结构表面上看是开放的复式结构(楔子+正文);而事实上,从情节发展来看,则为封闭的同心圆结构。我们不能将该文视为传统与现代手法的对立,相反,它们是一种辩证对抗又融合的关系。即使在正文13节中,也同样是张力十足:在既有的"满纸荒唐言"中,也包含了"一把辛酸泪",同时还孕育了为变态社会所压制的权力/话语中的正常、清醒乃至振聋发聩的前瞻与睿智。这种繁复的结构比较形象地体现了小说性的精神:既吸纳了古代小说(尤其是章回小说)的部分模式,又注入了被改良过的简约的"意识流"手法,而它们二者之间却又难解难分。正文中升至高潮的"救救孩子"的强烈呼喊,到头来也不过是"然已早愈,赴某地候补矣"的闸门轰然关闭前的垂

---

① 参见李欧梵著《铁屋中的呐喊——鲁迅研究》,尹慧珉译,岳麓书社1999年版,第56页。
② 方锡德:《中国现代小说与文学传统》,北京大学出版社1992年版,第51页。
③ 陈晓明:《导言:现代性与文学研究的新视野》,见陈晓明主编《现代性与中国当代文学转型》,云南人民出版社2003年版,第13页。
④ 参见蔡辉振《鲁迅小说研究》,高雄复文图书出版社2001年版,第129-131页。

死挣扎或昙花一现而已。然而，吊诡的是这种环形结构却同样激起了读者更大的"打破铁屋子"的决心和热情。

所以，总体看来，如汪晖所言，"鲁迅小说的卓然不群之处，恰恰在于：它把现代艺术的两种对立的趋向融为一体，并体现为'无我化'或'客观化'的创作原则与'一切与我有关'的创作原则的独特结合，从而使我们在这个艺术世界所真实呈现的社会历史的广阔画面中，感觉到了一个痛苦的、挣扎的、活生生的灵魂的深情倾诉，又在这个艺术世界所表达的深切的个人性的情感的海洋中，听出了中国社会生活的蜕变的呻吟"①。

简单而言，中国古代小说叙述人也有其种种模式，但是，即使是到了比较灵活与复杂的"'个性化'叙述者"这一层面，仍然也有它自身的局限。王平以《红楼梦》为例，细致地分析了小说中叙述人的多元化特征和"二度叙事"（即叙述者将自己的叙述职能转让给小说中的人物）②等的确让人惊叹于中国古代小说（尤其是《红楼梦》）叙述人技巧的精妙。但是，我们遗憾地发现，全知视角还是占了上风，而且真正富有独立性格、主体精神和对话风格的叙述人尚未成熟。

鲁迅比较成功地突破了这种限囿，在《阿Q正传》中创造了一个超然而又嘲讽阿Q的独立的叙述人。他对阿Q事略的客观缕述使得阿Q精神上升为一种所谓现代国民性神话，屡屡发人深省，甚至为此设身处地谋求精进；同时，鲁迅的这种中国特色使得这种神话在享有普遍性时又建立自己的话语模式。如刘禾所言，"鲁迅的小说不仅创造了阿Q，也创造了一个有能力分析批评阿Q的中国叙事人。由于他在叙述中注入这样的主体意识，作品深刻地超越了斯密思的支那人气质理论，在中国现代文学中大幅改写了传教士话语"③。

当然，鲁迅的叙事手法还有中国读者喜闻乐见的白描等。限于篇幅，加之他人已有相关精妙论述④，这里对于其他个案文本的论证就暂时存而不论了。

通过"小说性"理论考察鲁迅在中国小说叙事模式转变中的表现，我们可以发现，鲁迅在他的前两部小说中主要表现出小说性的颠覆、反叛力量和它的现实性。同时，鲁迅个人超卓的中西文化（文学）造诣使他能够实

---

① 汪晖：《反抗绝望：鲁迅及其文学世界》，河北教育出版社2000年版，第272页。
② 参见王平《中国古代小说叙事研究》，河北人民出版社2001年版，第49－66页。
③ 刘禾著：《跨语际实践——文学，民族文化与被译介的现代性（中国，1900—1937）》，宋伟杰等译，生活·读书·新知三联书店2002年版，第103页。
④ 参见李欧梵著《铁屋中的呐喊——鲁迅研究》，尹慧珉译，岳麓书社1999年版，第63－79页。

现体裁的有机镶嵌和叙事更新。通过论证，我们可以清楚地看到鲁迅在叙事模式更新中的勇往直前与大刀阔斧、成熟与自信，也可以看到他的实践与小说性的巨大吻合与个性化。这一切都奠定了他在文学界，尤其是小说界的领头羊地位。至于其小说自身内部的嬗变则等到《故事新编》的出现才得以确立。

三、狂欢：在意图与实践之间

相信鲁迅也难以想象《故事新编》会引起如此五花八门、绵延不绝的争论。耐人寻味的是，为何议论者对《故事新编》的评价偏差到令人大跌眼镜、目瞪口呆的地步？

（一）众说纷纭的《故事新编》

早在《故事新编》结集出版以前，有关它的论争就拉开了帷幕，并一直绵延不绝，直至今天。或是轰轰烈烈、剑拔弩张地讨论其性质归属（是不是历史小说，是现实主义还是浪漫主义），或是七嘴八舌地讨论其意义指向（是影射还是自传），或是点评其总体特色与专长，或是指向其"油滑"与刻薄，个中复杂纠葛与无序向度都蔚为大观，令人慨叹。笔者此处无意纠缠其中，只是就其整体成就择有代表性的几则以为例证。

在夏志清看来，《故事新编》预示了鲁迅叙事水平令人同情的堕落。他指出，"一九二六年以后，鲁迅所写的所有小说，都收在一本叫做《故事新编》（一九三五）的集子中。在这本书里，鲁迅讽刺时政，也狠毒的刻绘中国古代的圣贤和神话中的人物：孔子、老子和庄子都变成了小丑，招摇过市，嘴里说的有现代白话，也有古书原文直录。由于鲁迅怕探索自己的心灵，怕流露出自己对中国的悲观和阴沉的看法，同他公开表明的共产信仰是相左的……《故事新编》的浅薄与零乱，显示出一个杰出的（虽然路子狭小的）小说家可悲的没落"[①]。

对鲁迅批判一向不遗余力的苏雪林也持类似观点，不过她似乎更加刻薄、恶毒："他的《故事新篇》（"篇"当为"编"之误，朱按）只能算是一种插科打诨的小丑口吻，谈不上文学价值……我尝说鲁迅是连个起码的'人'的资格都够不着的脚色。"[②]

而鲁迅博物馆则集体认为，"这些新编的故事，显然又是鲁迅小说文本

---

① 夏志清著：《中国现代小说史》，刘绍铭等译，香港中文大学出版社2001年版，第40页。
② 苏雪林：《我论鲁迅》，爱眉文艺出版社1971年版，第145－146页。

的创新……《故事新编》以其思想成就和艺术创新,同鲁迅的《呐喊》《彷徨》一样已经成为中国现代小说的经典之作,成为重写民族神话、传说和历史的典范之作"①。对《故事新编》研究颇有心得的郑家建也认为,它是鲁迅小说叙事现代性的递进与深化,"应当说,鲁迅是中国现代小说史上自觉地发展小说叙述艺术的第一人,他能极具才华地把他的独创性的想法表现出来,能极巧妙地把他的思想或经验转化为创造性想象……《故事新编》的叙事艺术是鲁迅小说的现代性技巧的进一步丰富和深化,是他继《呐喊》《彷徨》之后,独创才能的又一次体现"②。

如果要透过重重迷雾厘清原委,也即清晰探查鲁迅小说叙事模式的嬗变,我们必须找到破解魅惑的钥匙。王瑶指出,"就《故事新编》的写法来说,它既然是鲁迅的一种独特的创造,我们就应该从实践效果上看它是否成功,以及考察作者这种创造性探索的历史渊源和现实根据,并对它作出一定的评价"③。我们不妨从"小说性"视角进行考察。

(二)走向狂欢:叙事的再度嬗变

我们首先回到历史现场:《故事新编》的写作在很大程度上是鲁迅转向杂文与各项社会事务之后的锱铢积累之作,颇有在夹缝中诞生的艰难与尴尬。1927年以后,鲁迅将更多精力转向了杂文写作,而且和左翼的关联非常紧密。如果从单纯的美学视角看,似乎体现了鲁迅作为艺术家生涯的完结;同时,若从思想角度看,则这个事件可能只是政治压倒艺术的一个个案而已。往往大家因此看轻了《故事新编》的价值。而实际上,鲁迅本人对这部小说是前所未有地重视,他在许多文章或书信中屡屡提及。如称它为"神话,传说及史实的演义"(《南腔北调集·〈自选集〉自序》),或以《不周山》为例说明"采取一端,加以改造,或生发开去"书写过程中被打岔的不快(《我怎么做起小说来》),甚至为回应某些人阴险的妄自揣度而写了《〈出关〉的"关"》(收入《且介亭杂文末编》)。除此以外,鲁迅在给友人的诸多信函中对之也念念不忘,而他对单篇小说的推介也不遗余力。为此,笔者更愿相信《故事新编》是鲁迅有意为之的小说叙事模式的一大转型标志。

如前所述,人们惯用比较热门的"现代性"概念去分析中国现代小说,

---

① 鲁迅博物馆编著:《鲁迅文献图传》,大象出版社1998年版,第209页。
② 郑家建:《中国文学现代性的起源语境》,上海三联书店2002年版,第220页。
③ 王瑶:《鲁迅作品论集》,人民文学出版社1984年版,第183页。

但笔者不得不指出的是，西方的"现代性"在面对鲁迅时，也不得不进行调整，否则就极易暴露它和使用者的盲点。李欧梵就非常锐利地指出，"在人们从'现代性'这一比较的眼光研究的时候，往往不仅掩盖了鲁迅与西方文学关系的更深层的内涵，而且掩盖了中国现代文学的真实性质所包含的更深刻的意蕴"①。我们在解读鲁迅的时候，却又极可能各执一端而低估了他的复杂性。

在笔者看来，《故事新编》是鲁迅小说走向成熟与丰富过程中的一个重要驿站或里程碑。它的过于鲜明、貌似突兀的蘧变以及纷繁芜杂的层面指向往往令人疑窦丛生。但这种多元共存、百家争鸣又并蓄的叙事模式却恰恰是另一种小说"次类型"（sub-genre）——20 世纪中国文学史上"故事新编体小说"的鼻祖。② 它的产生本身就包含些许后现代色彩或因素，远远超出前人对它的圈限。如杨义所言："人们不能不承认，无论历史（或神话）小说，抑是写实小说，从来未有如此写法。鲁迅正是以其思想家和文学家的灵性，使神话、历史和现实的时空错乱并加以杂文化，从而创造出新的小说体制。"③

之所以说《故事新编》实现了新的叙事模式的转变，是因为从"小说性"理论来勘查，它至少在三个层面有了较大突破。

1. 繁复而强烈的现实性

过分强调《故事新编》的现实性是片面的，毕竟，几乎鲁迅所有的小说书写都可视为指向现实，揭开黑暗与溃败的表面，用以"引起疗救的注意"。但需要强调的是，《故事新编》的现实性无论其复杂层面还是表现力都超越了前作，令人瞩目。

（1）杂糅中的古为今用。诚然，鲁迅以《故事新编》营构了一个拟真的转型世界。无论是人与人之间（不同阶级、爱情、职业等）的不能交流和各自的不自知的劣根性还是个人（无论是元典中的"圣人"还是凡人）面对荒诞现实世界所凸显的人性的脆弱，无论是对终极关怀与理念的锤炼还

---

① 李欧梵：《现代性的追求——李欧梵文化评论精选集》，生活·读书·新知三联书店 2000 年版，第 234 页。

② 对此问题有比较深入研究的当属郑家建，他称之为"《故事新编》式小说"，在他的《被照亮的世界——〈故事新编〉诗学研究》（福建教育出版社 2001 年版）中初步加以论证。但展开性的论述具体可参见朱崇科《张力的狂欢——论鲁迅及其来者之故事新编小说中的主体介入》（上海三联书店 2006 年版）。

③ 杨义：《中国叙事学》，人民出版社 1997 年版，第 118 页。

是鸡毛蒜皮日常生活对人的牵绊等,都活生生地拼凑了转型期现实的众生相与大千世界的种种当下形态。然而,在这种众声喧哗中,我们还是读出了鲁迅对现实的热切关怀和悲凉唏嘘;在二元对立或多元共存的混杂中,我们还是可以品味他对现实性的有意紧密维系:无论是孔子、老子、庄子、墨子,还是洪荒时代治水、补天时期的英雄与贱民,在鲁迅的笔下都凸显了他们现实的人性与习惯规范,尽管同时也保留了他们某种远古的特质。所以,如人所论,《故事新编》"以熔古铸今,古为今用的借古讽今手法,将历史故事附以新生命"①。同时,这种既衬托又融合的手法更加彰显了现实性的穿透力。

(2) 繁复的现实维度。在《故事新编》中至少包含了以下三重指向。

第一,再现的历史、神话、传说的"现实"。鲁迅首先激活了那尘封的,或虽然流传已久却近乎重复劳作的口头/书写文本,再现了它们的现实情境。无论是《补天》中的战斗、生产语境,《理水》中官员、百姓、知识分子、大禹等的张力与对话关系,还是《采薇》中伯夷、叔齐步步走向死亡的过程等,都是鲁迅将他们复活并立体的现实化的产物。

第二,书写者所处的客观社会的投射。无论是《理水》中的腐败、奢华习气,《非攻》中墨子所遭遇的"救国募捐队"等对现实遭遇的刻画,还是细节上对客观生活的勾勒,如《奔月》中的"乌鸦炸酱面"等,都体现了作者对客观现实社会的关注与寄托,《故事新编》则提供了一个讽刺时政、情系现实的艺术平台和互动的书写空间。

第三,"油滑"与主体隐喻。在辩证看待"油滑"的同时,我们还是不得不承认《故事新编》的现实性中包含了鲁迅的"有我之境"书写。当然,将这种作者的过度主体介入一棍子打死统称为"影射",似乎忽略了它另一面的战斗力和代表性,所以笔者称之为"主体隐喻"。毋庸讳言,除了鲁迅自称的"古衣冠小丈夫"指向成仿吾以外,《理水》中关于"禹是虫"的考证也有对顾颉刚的戏弄,而《奔月》中对逢蒙的冷嘲热讽又体现了他对高长虹的顺手一击。值得注意的是,与鲁迅批判文字指向的深邃的社会性和象征性相比,这只是立体多元的鲁迅的一个方面,我们不可以以偏概全,误认为鲁迅是气量狭隘的小人,从而附带影响了对其小说的清醒认识。

2. 众声喧哗:语言、文体与叙事

从叙事层面重读《故事新编》,无疑它是一部众声喧哗的佳作。除了前

---

① 蔡辉振:《鲁迅小说研究》,高雄复文图书出版社2001年版,第137页。

述的现实性指向和意义的众声喧哗以外，它在语言、文体更新等层面也同样引人注目。

（1）语言。随手翻翻《故事新编》就不难发现它很像一场语言的盛宴，"我们在《故事新编》中总能感受到一种'他者'语言或隐或现的存在"①。

首先是旧文本中的前语言。比如小东西在陈述共工与颛顼之战的过程时便用了极其晦涩的语言。如"人心不古，康回实有豕心，觑天位"（第273页）等。其次是外文或方言的使用。如《理水》中就有"古貌林""好杜有图""古鲁几哩""O. K!"等。需要提及的是，这些语言的出现绝非只是调侃，它同时也预示了身份和阶级地位，或者我们可以称之为一种权力话语。最后是歌谣与象声词等。《铸剑》中黑色人的拟古歌谣同样不只是一种象征。它的实际意义也推动了复仇的进程，可视为一种充满诱惑与仇恨的号角。《补天》中的"Nga! nga!"作为象声词也有其独特意义。虽然其意义含糊，但总算单纯悦耳，属于本能的发音。相较于后来的小东西的食古不化，语言也有其独到功用。当然，我们也可以从其他视角考察语言的狂欢，比如戏拟。

值得注意的是，如果我们要考察小说内部叙事的语言和声音，会发现别有洞天，比如巴赫金所强调的"复调"在此也有初步表现。如《采薇》中伯夷、叔齐的死就体现了一种复调：或说是老死，或说是病死，或说是被强盗杀死，或说是忍受不了阿金姐的奚落绝食而死，更有的说是因贪心（喝了鹿奶不够，又想吃鹿肉）而被活活饿死，不一而足。但聪明的读者或许会读出作者对他们死因的认定：为殉愚笨的道无处藏身不得不死。

（2）"文体越界"。在郑家建看来，文体越界的关键内涵是"一方面，它在文本内部创造了思想与文化上的对话与交锋，它表现的是一种主体思想的'内在的不确定性'；另一方面，这种'文体越界'，使得作家的创作，具有了'后现代主义'的艺术思维方式"②。显然，郑家建的界定有含混之处，它混淆了文本和文体的区别，将文本互涉误植为"文体越界"。

而从小说性理论看来，"文体越界"主要是指小说对其他文体的吸纳和同化。《故事新编》的文体越界主要表现在两方面：一是对其他文体的借鉴与吸纳，二是对诸多主义或流派的兼并式使用和超越。

对其他体裁的借用，最明显的莫过于《起死》对戏剧体裁的借用：不

---

① 郑家建：《被照亮的世界——〈故事新编〉诗学研究》，福建教育出版社2001年版，第27页。
② 郑家建：《被照亮的世界——〈故事新编〉诗学研究》，福建教育出版社2001年版，第128 - 129页。

仅仅是对白设计，而且连场景的旁述与人物的动作表情也吸纳了戏剧的程式。此外，该文的风格同样是亦庄亦谐，古今并存。

需要指出的是，《故事新编》在整体上看来有明显的杂文化倾向，尽管其直接讽刺功效比不上杂文，但嬉笑怒骂的含蓄深远早已渗透其中，远非杂文可比。比如"油滑""语言的狂欢"等莫不与杂文体相关。

《故事新编》中杂陈了多种主义，除了现实主义（或"超现实主义"）显而易见以外，浪漫主义（如《补天》中对女娲补天的场景书写）、荒诞主义（如《起死》和《出关》）以及后现代主义的拼贴、解构色彩（如《奔月》中羿的务实的"英雄气短"和对原神话的颠覆等）也历历可见。

（3）叙事。浦安迪（Plaks, Andrew H.）指出，"'叙述人'（narrator）的问题是一个核心问题，而'叙述人的口吻'问题，则是核心中的核心"①。此处我们可以以叙事人称来考察《故事新编》小说性的增强。据粗略统计，《呐喊》《彷徨》中约有半数的小说采用了第三人称叙事手法，而到了《故事新编》这种比例达到了100%。如人所论，"在第三人称的小说叙述中，叙述者不能不更多地把叙述的任务转交给小说中的人物，特别是主要人物，但这种转交是在叙述者对人物感到信赖时发生的，它曲折地表现着作者对他们的信任。在这时，产生的是小说中人物的主体性。小说人物在自己的生活范围中有以自己的方式对待生活、对待自己的权利"②。这种第三人称的独特用法，使叙事人和主要人物的地位上升、主体性增强，同时这也意味着对话性和小说性的递增。

3. "未完成的"经典

这里的"未完成"包含两层含义：开放性和不确定性；未至最佳的。

回到《故事新编》上来，如前所述，它本身具有相当的创新性和包容性。首先，鲁迅似乎并未给"故事新编"一个清晰的界定，而实际上他的书写实践（求新的流动式书写）往往就是这种理念的一个坚实证明。为此，《故事新编》本身具有一定的开放性。加之中国历史、神话、传说具有悠久的历史和丰厚的渊源，本身就是取之不尽的宝藏，也为后来的花样翻新提供了原材料和可能性。其次，若从后顾的视角来看，鲁迅的《故事新编》在成为此类小说经典的同时，并未限囿后来人的思维模式与实践，尽管从整体上看，后人对它的真正超越仍须一段时间。从同时代的郭沫若、郁达夫到稍

---

① ［美］浦安迪：《中国叙事学》，北京大学出版社1996年版，第16页。
② 王富仁：《中国文化的守夜人——鲁迅》，人民文学出版社2002年版，第162页。

后的施蛰存,甚至到香港时空下的刘以鬯、西西、也斯、李碧华等都不同程度地开拓与丰富了书写模式和叙事策略,而相关研究也论证了这一点。①

但同时需要指出,作为一部并未臻至完美的经典,《故事新编》只是一个里程碑。也正是由于它的过于开放、含混以及鲁迅本人缺乏足够的时间进行润饰与修炼,它在走向狂欢的路上也显得颇为无奈。同时,由于鲁迅过强的主体介入也使得论者对此不乏诟病(如"油滑"等),这同样也为后来人的书写埋下了插科打诨的苦种。

结语:或许《故事新编》可以更完美,但它仍不失为一部经典。更重要的是,我们应该跳出对单部作品的爱恨纠缠而看到其背后更深远的叙事模式的经典性的更替,尽管《故事新编》的某些缺憾可能会分散我们的精力与焦点。唯其如此,《故事新编》才可能有一个更加合理的定位与更多诠释的可能性。

---

① 关于李碧华的研究可参见 Huss, Ann Louise. *Old Tales Retold: Contemporary Chinese Fiction and the Classical Tradition*. University Microfilms International, 2000;朱崇科《戏弄:模式与指向——李碧华"故事新编"的叙事策略》,载《当代》总第179期,2002年7月号,第124－139页。关于其他,还可参见朱崇科《故事新编中的书写范式》(中山大学2001年硕士论文)等。

第六章 反思"新编"

第一节 历史重写中的主体介入
——以鲁迅、刘以鬯、陶然的"故事新编"① 为中心

"故事新编"作为历史重写中的一种独特又颇具活力的书写方式,在国内外都具有顽强的生命力和丰硕的实践操作。笔者从异彩纷呈的中国书写方式中撷取了三个点,即以鲁迅、刘以鬯、陶然的相关文本为个案进行比较分析,力图从主体介入角度对他们的重写方式进行大致的勾勒和剖析,凸显其书写中使新文本傲然独立的创造性。由于三者的重写原形(或前文本)内容迥异,共通之处较少且又都集中在重写的精神上(如当代性的渗入等),故本节拟采用如下结构,分四部分展开论述:①理论综述:铺垫;②鲁迅:"点染"历史;③刘以鬯:"复活"历史;④陶然:"断裂"历史。

一、理论综述:铺垫

历史重写有其漫长的优良传统和理论上的可能性,如果说维吉尔的《埃涅伊德》对《奥赛罗》的重写及《三国演义》对在它之前一千余年的历史重写从实际上论证了重写的可行性的话,那么,从理论上讲历史重写当然也有其可能性。如米兰·昆德拉(Milan Kundera)所言,"小说作为建立在人类事物的相对与模糊性基础上的这一世界的样板,它与专制的世界是不相容的"②。它可以"创造一个有揭示意义的存在境况"③。这既凸显了小说

---

① 对"故事新编"的命名,鲁迅有同名著作,并无异议;刘以鬯此类作品数目相对固定也可划入;陶然作品较多,本章则采用《窥》(漓江出版社1996年版)和《美人关》(天地图书有限公司2000年版),共45篇,其中2篇重复,实为43篇。
② [法]米兰·昆德拉著:《小说的艺术》,孟湄译,生活·读书·新知三联书店1992年版,第13页。
③ [法]米兰·昆德拉著:《小说的艺术》,孟湄译,生活·读书·新知三联书店1992年版,第35页。

的怀疑精神及独特价值，同时又向我们间接阐明了对历史题材、传说、古籍等实现历史重写的光明前景。

"故事新编"这种重写方式本身蕴含着重写的可能意义，我们不妨从操作此方式的人——创作主体的态度来考察重写的动因。结合上文提及的三个个案的创作实际，至少可以归纳出以下动因。

（一）以古观今，为我所用

尽管有些典籍影响深远，在某一特定阶段发挥了巨大功用，但有些文本确实存在"让现在隶属过去，把'我'归给'他人'，刻意压抑'非作者'的或'非当时'的因素，结果完全臣服于作者的权威（authority）"[1]的倾向。在新的历史条件下，重新审视他们，并赋予人们耳熟能详的事物以崭新的意义或哪怕只是填充新内容，延续历史同样颇有意义。鲁迅的"只取一点因由，随意点染，铺成一篇"，固然"如鱼饮水，冷暖自知"，但"并没有将古人写得更死"（《故事新编·序言》）。而陶然则认为"小说的故事框架可以现实也可以虚幻，甚至并不重情节，不讲究前因后果，能够反映重大人生当然很好，但只求在片段中以现代的节奏挖掘人性，或者表现一种现代的感觉，也未尝不可成就一篇好小说"[2]。以当代的眼光观照历史、针砭时弊、诉说哲思、为我所用则体现了创作的主体意识和史家眼光。

（二）勇于开拓，锐意创新

刘以鬯说过，"小说死亡的时候，可能也是小说再生的时候"；同时他还提倡，"作为一个现代小说家，必须有勇气创造并试验新的技巧和表现方法，以期追上时代，甚至超越时代"[3]。其故事新编"用新的表现方法写旧故事"无疑传承并体认了他锐意创新的精神，尽管表面上看这更像"旧瓶装新酒"。尽管鲁迅并没有如此明确地表述，但明抑暗扬的一句"不过并没有将古人写得更死，却也许暂时还有存在的余地的罢"，却隐约闪出创造"新"与"活"、不懈追求的痕迹。

文本互涉对于重写而言是一个非常重要的概念。如荷兰学者D.佛克马（Douwe Fokkema）所言，因为重写"关注的是某个或几个特定的潜文本，

---

[1] 廖炳惠：《新历史观与莎士比亚研究》，见张京媛主编《新历史主义与文学批评》，北京大学出版社1993年版，第257页。

[2] 陶然：《陶然中短篇小说选·自序》，香港作家出版社1997年版。

[3] 刘以鬯：《〈酒徒〉初版序》，见梅子、易明善编《刘以鬯研究专集》，四川大学出版社1987年版，第63页。

并由此确定在此基础上形成的新文本要表达什么,它将有预设的框架和头尾清晰的布局"①,所以理论上厘清文本互涉中新旧文本的关系至关重要。

首先是旧文本对新文本提供的参照及约束作用。"故事新编"从本义上看须先有"故事"方可有"新编",而且旧文本无疑就充当了输出参照的角色;"新编"不能新得彻头彻尾、游离得太远,它必须是在传统文本部分符码意义上的延续、调整与更改,这体现了旧文本对新文本的约束。一如美国学者詹明信所言,"历史本身在任何意义上不是一个文本,也不是主导文本或主导叙事,但我们只能了解以文本形式或叙事模式体现出来的历史,换句话说,我们只能通过预先的文本或叙事建构才能接触历史"②。旧文本对新文本的微妙作用亦可作如是观。

其次,我们更强调能够体现"作家伦理立场"③的历史重写中的主体意识、重写职责及创造性,也即主体介入。作家要勇于冲破原有的符码所圈定的地盘,在尊重、熟知符码原本意义的基础上发挥创作主体的主观能动性,挖掘重写空间中潜在的可能性,或赋予其当代的精神内涵(可能是全球性的),巧妙化用,从而实现真正意义上的重写,因为"重写暗含着一种与个人的文学传统相关的个人视点,同时也能兼顾到其他的文化传统"④。

对于铺垫的论述似有纸上谈兵之嫌,因为"对于历史(时间)、城市(空间),我们的作者的确参与了一项'虚构''扭曲''创造'的工程"⑤,但笔者认为这仍是必要的、有益的梳理。同时应当指出,鲁迅、刘以鬯、陶然的重写方式有其相似的一面,比如当代性的巧妙切入,对于存在"诗意的沉思"⑥,等等。但在具体展开论述时,却又可以发现他们在实践操作中表现出更鲜明的个性重写,所以本节的重点在于比较他们的"异",同时适当穿插共性的论述。

---

① [荷兰] D. 佛克马著:《中国与欧洲传统中的重写方式》,范智红译,载《文学评论》1999年第6期,第147页。

② [美]詹明信著:《马克思主义与历史主义》,张京媛译,见张旭东编《晚期资本主义的文化逻辑》,生活·读书·新知三联书店2013年版,第120页。

③ [荷兰] D. 佛克马著:《中国与欧洲传统中的重写方式》,范智红译,载《文学评论》1999年第6期,第148页。

④ [荷兰] D. 佛克马著:《中国与欧洲传统中的重写方式》,范智红译,载《文学评论》1999年第6期,第148页。

⑤ 黎海华编:《香港短篇小说选(90年代)》,天地图书有限公司1997年版,第2页。

⑥ [法]米兰·昆德拉著:《小说的艺术》,孟湄译,生活·读书·新知三联书店1992年版,第33页。

二、鲁迅:"点染"历史

应当指出,《故事新编》的批判精神中同样遍布鲁迅博大精深的"摩罗精神"。从小说精神上讲即是"对传统文化乃至人类文明的深刻批判和痛切反思的伟大精神的表现,是关怀着民族的精神历史和人类的文明进程而生发的一种永不自满的追求,是以对健康人性的观照去识别其异化状态的存在"①。与鲁迅其他小说比较,《故事新编》采取了相对轻松的态度"点染"历史,跳跃在历史的进程中,从而引发深邃博杂的思索。

(一) 对元典文化精神的批判

以"立人"为基本思想的鲁迅在着手进行"立"时,其相当重要的举措就是扫荡糟粕,对国民性、元典文化精神等进行激烈批判,形象一点地说,即"把那些坏种的祖坟刨一下"②。在《理水》《采薇》《补天》《出关》《起死》等篇目中,鲁迅就批判了以老子、庄子、伯夷、叔齐等为代表的元典文化。

"中国根柢全在道教"③ 集中反映了鲁迅对道教的批判态度。在《出关》中,老子在函谷关五味俱全的遭遇固然有其理论曲高和寡常人难以解读的一面,但另一面在物欲横流的社会中企图引退"走流沙"与世无争却也是无路可走的;而《起死》中庄子口口声声"齐生死""无是非"却又想让一髑髅"起死回生""骨肉团聚",由于他无视个体生命的复杂性和历史的限定性,陷入让回生的汉子与之拼命的尴尬处境,只好摸出警笛狂吹方能解脱;《采薇》中貌似高风亮节实则负隅顽抗的伯夷、叔齐连赖以苟活的"薇"(作为食物和气节的象征)也在"普天之下,莫非王土"的冲击中别无选择,他们的结局也只有死,而悲剧的背后无疑又映衬出他们将对个体生命的关注与妄图逆潮流而动、死守气节的顽固两者本末倒置的文化精神。同时还应看到,作为多层次且复杂深刻的有机体,鲁迅本人也浸染了这种文化精神,即他时常毫不留情地严厉剖析自己身上的"鬼气"。"在鲁迅的人生体验与伯夷、叔齐、老子、庄子这些圣贤先师之间,不仅存在着那种否定性的自我批判式联系,而且还在一个更深的更隐秘的层次上存在着一种肯定性

---

① 邓国伟:《回到故乡的荒野》,广东人民出版社 1998 年版,第 218 页。
② 鲁迅:《鲁迅全集》(第 13 卷),人民文学出版社 2005 年版,第 330 页。
③ 鲁迅:《鲁迅全集》(第 11 卷),人民文学出版社 2005 年版,第 365 页。

的自我抒写式联系。"①

(二) 对社会及俗世的剖析

现实不是隔离了历史和将来而孤立存在的，它包含了各种各样绵延的历史文化积淀，也孕育了未来的内在可能性，当然它也吞吐着各种腐败因素和触目惊心的糜烂。鲁迅的笔触更多刺向了现实的深层结构，这在《理水》《奔月》《铸剑》《补天》《非攻》等中有所体现。如鲁迅所言，"我便将所谓上流社会的堕落和下层社会的不幸，陆续用短篇小说的形式发表出来了"②。

《理水》中聒噪腐化又装腔作势的大员们、文化山上逢迎萎缩又自视甚高的文化学者、愚昧憨直又麻木不仁的百姓固然进入了鲁迅的批判视野，即使在对正面人物"禹"的描写中，鲁迅也以其犀利的洞察力发人深省：原本艰苦朴素、吃苦耐劳的禹自从回京后，"态度也改变一点了：吃喝不考究，但做起祭祀和法事来，是阔绰的；衣服很随便，但上朝和拜客时候的穿著，是要漂亮的"，于是"商人们就又说禹爷的行为真该学"（第303页）。这个貌似皆大欢喜的结局显示了世俗强劲的冲击力、官场的巨大吞噬力和禹的妥协，即使是艰苦勤奋的禹在诸多利益和诱惑的局限与牵引下，一旦置身重围中也同样无力改变人民继续受苦受难、愚昧荏弱的事实。同样，《补天》中女娲的两腿中间出现的古衣冠小丈夫的假道学、胆小如鼠的禁军们的欺世盗名等也成为鲁迅批判的靶子。

我们可以看到，鲁迅一方面批判着社会俗世的堕落与黑暗，另一方面却又努力昭显着"中国的脊梁"。《非攻》中鲁迅对墨子的节俭、守信、博爱、"劳形苦心，扶危济急"的高尚精神不吝赞扬，同时又写他为宋国安危四处奔波，大功告成后反遭受一连串冷遇，也是对变态社会的旁敲侧击；同样，对《铸剑》中黑色人舍身为他人复仇的牺牲与决绝精神赋予较高的评价。鲁迅对"埋头苦干""拼命硬干""为民请命""舍身求法"精神的呼唤与渴求，同样反证了他对各种庸俗欺诈与萎缩等的批判。如对于对立面的空谈，他一针见血地指出，"空谈之类，是谈不久，也谈不出什么来的，它终必被事实的镜子照出原形，拖出尾巴而去"③。

---

① 李怡：《鲁迅人生体验中的〈故事新编〉》，载《中国现代文学研究丛刊》1999年第3期，第248页。
② 鲁迅：《鲁迅全集》（第7卷），人民文学出版社2005年版，第411页。
③ 鲁迅：《鲁迅全集》（第13卷），人民文学出版社2005年版，第287页。

(三) 戏说与"油滑"

戏说与"油滑"表达了创作主体的不同态度：戏说是讽刺性的书写，而"油滑"则更多体现为对书写严肃性的伤害。《故事新编》读来少了些《呐喊》《彷徨》中那种洞穿现实的冷峻，却多了些轻松与跳跃感，其中戏说的运用功不可没。《出关》中关尹喜与老子（图书馆馆长）的相识缘于前者去图书馆查《税收精义》，而鲁迅在文中描写关尹喜优待老作家和"提拔新作家"恰是对出版商为剥削欺骗巧立名目的嘲讽；《理水》中文化山上"学说也就压倒了涛声"的喧嚣、时装表演、"正人心，男女有别"的闹剧演出以及对"导"水法的莫名否定（只因为是蚩尤的法子）等，都闪烁着戏说的美丽光彩和反讽效果。至于对《故事新编》语言的戏拟类型分析以及它与鲁迅晚年思想、心灵关系的研究，鉴于他人有妙文论述，① 笔者不再赘述。

对于"油滑"的分析，也要辩证地来看。一方面，"油滑"是鲁迅无奈之下的苦中调侃。如在《奔月》中羿对逢蒙的讽刺，"白来了一百多回""青青年纪，倒学会了诅咒"等，此处逢蒙这个形象就含有高长虹的影子。鲁迅对高长虹的现实调侃有着深厚的历史背景，并非是鲁迅心胸狭窄。"我其实还敢站在前线上，但发见当面称为'同道'的暗中将我作傀儡或从背后枪击我，却比被敌人所伤更其悲哀。"（《两地书》）"叭儿之类，是不足惧的，最可怕的确是口是心非的所谓'战友'，因为防不胜防。"〔《致杨霁云》（1934年12月18日）〕又言，"在生活的路上，将血一滴一滴地滴过去，以饲别人，虽自觉渐渐瘦弱，也以为快活。而现在呢，人们笑我瘦弱了，连饮过我的血的人，也来嘲笑我的瘦弱了"（《两地书》）。鲁迅的"油滑"背后浸染了入骨的悲凉。另一方面，在文本中时而游移的游戏心态却也从某种程度上削弱了文本的艺术价值和批判的集中性，常为人所诟病，连鲁迅本人也说，"油滑是创作的大敌，我对于自己很不满"。

三、刘以鬯："复活"② 历史

称刘以鬯的故事新编为"复活"历史，是因为刘以鬯无论在艺术创新

---

① 详情可参阅郑家建《戏拟——〈故事新编〉的语言问题》，载《鲁迅研究月刊》1998年第12期，第23－33页。

② "复活"出自〔法〕米歇尔·福柯著《知识考古学》，谢强、马月译，生活·读书·新知三联书店1998年版，第17－18页。

还是在文本改造上都别具一格。故事新编体现了刘以鬯自觉的主体意识和清晰的目的性,他对旧文本文字与意义张力空间的可能性做了深刻的挖掘与拓展。即"从它们的经验论的根源和它们原始的动机中截取下来,把它们从它们的虚构同谋关系中澄清出来,因而它们在历史分析中就不再意味着追寻静默的起始,无限地上溯最早的征兆,而是意味着测定合理性的新形式以及它的各种不同的效果"①。刘以鬯"复活"历史的小说主要有《寺内》《蜘蛛精》《除夕》《追鱼》《盘古与黑》《蛇》等,其方式主要体现为三个层次。

(一) 再现历史

刘以鬯首先体现了他对历史的尊重,在占有历史诠释的基础上,结合历史,他在改造旧文本的过程中追索故事发生的背景和路线,打破了时空界限,真正勾勒出他自己视野中的历史重现。其早期作品《除夕》截取了一段曹雪芹晚年在丧子、饥寒交迫的情况下穷困潦倒的生活。除夕夜太冷,燃烧《石头记》文稿的微弱火焰不足以御寒,"明天是元旦。明天没有人买画",只好带着多病的身体离开人世。《除夕》再现了曹雪芹的凄惨晚年,恍惚中他经历了多个时段:"肆无忌惮"挥洒青春的青年时代(身世);与美若天仙的女人枯树重逢,接驳了历史辉煌中的除夕与嘘寒问暖的相聚;最后将思绪彻底拉入现实,直面多病郁悒的妻子和破败穷窘的生活。"那种结局太悲惨""不能有这样的结局"的重复使用,让我们推断出"白茫茫一片大地真干净"的悲剧是早为曹雪芹构想并深切体会过的,而这又是曹雪芹毁文稿的动因。《除夕》中再现的经历可能间接解释了后世对《红楼梦》作者、回数和结局的猜度与纠葛,凸显了刘以鬯的红学视角,同时曹雪芹的艰难处境可能又影射了在世态炎凉、唯利至上的社会中文学的悲惨地位以及整个社会人生存在价值判断的迷误。

(二) 激活历史

香港学者也斯认为,刘以鬯"在技巧创新之外,新鲜的亦是作者的态度:不从抽象的观念出发,低调地把人物摆放在环境中试探他们的限制和可能,以艺术作为一种存在的探索"。又说,他的"现代不在技巧的实验,而

---

① [法] 米歇尔·福柯著:《知识考古学》,谢强、马月译,生活·读书·新知三联书店1998年版,第3页。

在那种透视现实的精神"①。也恰是从此角度，刘以鬯积极探寻人的内在真实，激活人性，为我们开辟了一个五光十色的复杂心灵空间。

首先是运用弗洛伊德的精神分析法和意识流将人从文明的外衣中剥离出来，再现鲜活泼辣的人性。《西厢记》从某种程度上讲，尽管文明的立场并没有抹杀其性爱的色彩，但是刘以鬯却要让潜意识中的欲望复苏，"用有意识代替无意识，把无意识翻译为有意识"②。《寺内》写红娘读了张君瑞的情诗后，就"渴望有一只粗暴的手"；而依旧年轻（额头还没有皱纹）的老夫人甚至让年轻男人张君瑞进入她梦里交欢。这一切正说明"努力禁欲的结果，反而会使性本能特有的执拗性和反抗性充分展示出来"③。而别后的崔莺莺欲宰杀鹦鹉这一貌似异常实则极其自然的场景描写，同样也精彩地刻画了莺莺孤独、寂寥、渴欲又唯恐相思无果的复杂心理纠缠。而《蜘蛛精》则是对"圣僧"唐三藏在面对美色逼近时紧张、剧烈、杂芜的意绪的全方位呈现。

但同时应指出，与鲁迅相比，刘以鬯这种弗洛伊德学说和"向内转"手法的妙用显然更大胆、更普遍、更灵活。而"鲁迅通过这个宏伟的神话（指《补天》，朱按）反映了'五四'时期创造和开拓的精神，'弗罗特说'的淡淡的痕迹，并没有产生支配的作用"④。另外，如果拿《寺内》与《蜘蛛精》比，刘以鬯的别出心裁也同样令人叹服。《蜘蛛精》的文字密度极大，既反映了美色当前给人带来的诱惑的强烈乃至窒息（闷），同时又刻画了唐僧心理斗争思绪流转的剧烈程度。而《寺内》则又不同，诗化的语言拓展了意义的张力空间，隐喻式的意向维系了"个人心灵的飘忽，心理的幻变并捕捉思想的意象"，诗歌式的句序排列又不断联结意绪流动的转换角度，加之与外在情感流露的结合，更"真切地、完全地、确实地表现这个社会环境以及时代精神"⑤。

（三）解构历史

刘以鬯的主体介入显然不满于只是尊重历史的程度，他还有一组小说体

---

① 也斯：《香港文化空间与文学》，青文书屋1996年版，第141页。
② 转引自［奥］弗洛伊德著《性爱与文明》，滕守尧译，安徽文艺出版社1987年版，"总序"第4页。
③ ［奥］弗洛伊德著：《性爱与文明》，滕守尧译，安徽文艺出版社1987年版，第275页。
④ 林非编著：《论〈故事新编〉的思想艺术及历史意义》，天津人民出版社1984年版，第10页。
⑤ 刘以鬯：《〈酒徒〉初版序》，见梅子、易明善编《刘以鬯研究专集》，四川大学出版社1987年版，第63页。

现了解构历史的主体意识。《追鱼》的旧文本描述了金鲤鱼为了能够与秀才张珍团聚,不惜放弃千年道行拔下三片鱼鳞,甘愿到凡间受苦的故事,而新文本中不仅情节简化至隐藏起来,而且也从鱼追人变成人追鱼。对于这种改变,有人认为"一个神圣的爱情故事就完全消解殆尽了"①。还有人认为它的深层含义是"作家对人类社会的不满和对现代文明的反叛"②。这些解读固然都有道理且令人耳目一新,而笔者认为刘以鬯解构了男权社会中男(人)女(妖)恋爱的原型模式。鱼追人恰是体现了女妖对男性的依附,"她从来没有作为'积极的主体'在社会上发挥作用,其人格和个性,也具体地融化在对'这一个'男人(父亲或丈夫)的依附中,成为为男性主体服务或观照的对象"③。而人追鱼则消解了这个故事,并提供了一种可能比较符合当代社会精神的恋爱观,真正体现爱情的"平等",是对男权社会恋爱观的有意反拨。

在《蛇》中刘以鬯更是大胆消解了老法海破坏他人恋情的叙事模式,用"恐蛇症"消解了白素贞为蛇精的神话,白娘子千辛万苦盗仙草退缩成许仙的梦;而法海和尚已经圆寂的事实更是彻底消解了挑拨离间之下让白素贞饮雄黄酒现原形的情节。刘以鬯赋予了许仙和白素贞一个真实又现实的爱情故事,而白素贞也从一个受尽磨难的妖怪变成一个追求幸福的平凡又实在的女人。

四、陶然:"断裂"历史

将陶然的历史重写命名为"断裂"历史并不包含任何贬义或认为他对历史的生硬割裂,而是指陶然在新编的路上走得更自由。他往往截取历史的断裂点进行生发点染,达到他创作"当代寓言"的目的。

(一)当代寓言

陶然在历史重写中体现他的主体介入程度的复杂性。

首先是因循旧文本将之译为现代文,保留其原有的情节或意义。如福柯所言,"就一个社会而言,历史是一种赋予它与之不能分离的众多文献以某

---

① 李今编:《刘以鬯实验小说》,中国人民大学出版社1994年版,第42页。
② 谢福铨:《令人耳目一新的佳作——读刘以鬯小小说〈追鱼〉》,载《文汇报·文艺周刊》第725期,1992年4月19日。
③ 李小江:《女性审美主体的两难处境》,见叶舒宪主编《性别诗学》,社会科学文献出版社1999年版,第44页。

种地位并对它们进行制订的方法"①。陶然的少量作品体现了对历史文献特有的尊重。如《信心》一文,"它尽可能保持原著的小说线索、叙事和用词结构"②。人物还是郢人、石匠、宋元君,结尾略有不同,可寓意基本相似。《美色》中小沙弥下山见了妙龄女郎后频频回头,宁愿给"老虎"吃掉也值得的回答,表明人性的鲜活是空门难以限囿和隔绝的。

其次,反弹琵琶出新意。陶然往往截取历史典故中的一段或某点进行深层追问,然后得出出人意料的结论或判断。《渴》原取自"望梅止渴"的故事,而它本是曹操鼓舞士气、摆脱困境的法宝之一。当然,偶尔为之或有立竿见影之效,倘不断故技重施,以空头许诺替代有限的或然性,则极有可能"一鼓作气,再而衰,三而竭"。所以,"最后没有一名将士动弹",不能"使他们再涌出一滴口水来了"。结局的新奇中包含了必然性。同样取材于《三国演义》赵子龙故事的《虎将》则反映出陶然的匠心。他以第一人称赵子龙的口吻遍数自己辉煌经历时,口风一转却抨击了门阀制度与出身论压制人才,不能任人唯贤的弊端。《拼死吃河豚》中瘦子与胖子信誓旦旦同进退,但在吃河豚过程中发生的突然变故和意外结局的确凸显了陶然的别出心裁。同样,《见证人》《多情狐狸无情郎》等推陈出新的叙事模式也令人眼前一亮。

最后是当代性的潜入。以当代性解读历史生发点染,明喻当世生存之"道",嬉笑怒骂皆有所指。从这种意义上讲,陶然绵延了鲁迅的部分精神。如果说"鲁迅的'故事新编'多哲人的犀利,刘以鬯的'故事新编'多艺术家的领悟"③,那么陶然的"故事新编"则多一些现实主义诗人的敏锐与写实。《阴阳界》中不弄虚作假、偷"呃"拐骗的土地神赵某,只能衣衫褴褛、面有菜色,在官职上也原地踏步,而只有改变性格顺应所谓的"潮流",才是浊世中发达之道;《化身》中孙悟空化为龙趸的凄惨遭遇又反映了世态炎凉、利欲熏心和偶然性对人的捉弄;《体臭》则暗涉了当下人们生存意义中的荒唐与尴尬;妙趣横生的《回头是岸》却又反讽了那些假仁假义的人的装腔作势与欲盖弥彰;《砍》中关羽的仁、忠、义精神在当前商品社会中的落荒而逃反映了某些当代生存法则:"物化,商品化""有效至上

---

① [法]米歇尔·福柯著:《知识考古学》,谢强、马月译,生活·读书·新知三联书店1998年版,第7页。

② 李欧梵著:《探索"现代"——施蛰存及〈现代〉杂志的文学实践》,沈玮、朱妍红译,载《文艺理论研究》1998年第5期,第48页。

③ 杨义:《中国现代文学流派》,人民出版社1998年版,第573页。

的原则"。①

（二）创造性的逸出

陶然的相当一部分作品中洋溢着创作主体的大刀阔斧式的主体改造意识，他有时甚至抛弃了旧文本的情节结构，将历史、人物符号化，使历史重写成为符号间的组合、装配与潜显。这里有个"度"的问题。鲁迅在"故事新编"的历史重写中，"吸取了前者的'博考文献'和后者的'随意点染'，这样既避免了比较呆板的'教授小说'式的'言必有据'，又避免了过分空疏的'只取一点因由'，做到了大体上符合历史面貌和在艺术虚构中自由驰骋这两者的结合"②。刘以鬯则采用新观念、新手法独辟蹊径，实现了历史重写中的实验性与现代性。陶然的"故事新编"也较好地秉承了批判和否定的精神，只是有时在创新的路上走得有些远了。如《千年流星今夜坠》中只有一段"他"旁观流星雨观者中点点火光而产生"蜀军军营"的思古联想，去掉它无关大碍，所以实在不该划入"故事新编"的。③

如前所述，鲁迅、刘以鬯、陶然的"故事新编"有相当的精神感通。比如以当代性反观历史，"把古老的素材转变为对于当代情势的社会批评"④，或重读、解构、诠释旧文本乃至更大程度上的创新都凸显了对当代社会的隐喻和关注；对于人生存在的诗性反思又表明了他们对人性、个体生命和当下的殷切关怀，并以创作实践显示他们蓬勃的创造力；等等。

第二节　走向狂欢
——鲁迅《故事新编》新论

鲁迅的《故事新编》其生也晚，迟至1936年1月才由上海文化生活出版社出版，是年鲁迅恰恰也与世长辞。但这部书写时间跨度达13年（1922—1935，但是单在1935年冬天鲁迅就写了4篇）之久的小说的确颇富传奇色彩，不仅论争从它诞生那一天起似乎从未间断，而且笔战频频、姿态

---

① 叶维廉：《殖民主义·文化工业与消费欲望》，见张京媛主编《后殖民理论与文化批评》，北京大学出版社1999年版，第364页。

② 林非编者：《论〈故事新编〉的思想艺术及历史意义》，天津人民出版社1984年版，第19页。

③ 当然，《窥》（漓江出版社1996年版）将该文纳入"故事新编"一栏并非陶然自编，而是编者所为，而在《美人关》中陶然又将它划入，特此说明。

④ ［荷兰］D. 佛克马著：《中国与欧洲传统中的重写方式》，范智红译，载《文学评论》1999年第6期，第147页。

各异，实在令人讶异：或貌合神离，或剑拔弩张，或左右支绌，或刀光剑影，或笑里藏刀，种种极富观赏性的表演林林总总、不一而足。

我们不妨聊举几例以作说明。1937年茅盾在为宋云彬的小说集《玄武门之变》作序时，就以对鲁迅《故事新编》的高度评价开宗明义："用历史事实为题材的文学作品，自'五四'以来，已有了新的发展。鲁迅先生是这一方面的伟大的开拓者和成功者。他的《故事新编》，在形式上展示了多种多样的变化，给我们树立了可贵的楷式；但尤其重要的，是内容的深刻，——在《故事新编》中，鲁迅先生以他特有的锐利的观察，战斗的激情，和创作的艺术，非但'没有将古人写得更死'，而且将古代和现代错综交融，成为一而二，二而一。"①

令人大跌眼镜的是，到了意识形态色彩/倾向明显②的夏志清那里，《故事新编》竟成为鲁迅走向书写没落的象征，这部可能意味着鲁迅叙事风格转向的代表作受到了夏志清的猛烈攻击。"鲁迅害怕探索自己的心灵，怕流露出（disclosing）自己对中国的悲观和阴郁的看法（pessimistic and somber view），同他宣称（professed）的共产信仰是相左（deviance）的，他只能压制自己深藏的感情，服务于政治讽刺（political satire）。《故事新编》的浮浅（levity）与混沌（chaos），显示出一个杰出的（虽然路子狭小的）小说家可悲的没落（the sad degeneration）。"③

如果我们将视野投向日本学界便不难发现，作为鲁迅研究的先驱学者竹内好教授对《故事新编》也显出难以定夺的尴尬。如人所论，"竹内好的《鲁迅》（1944）对鲁迅文学所做的评论，于有确信处，酣畅淋漓，充满激情，而唯对《故事新编》则游移不定，缺乏自信。或言'我以为恐怕是不足取的不成其为问题的多余'，或存疑念，在论述《故事新编》的过程中，保留又保留，几乎没有定论之处。竹内好很少有这么徘徊不前的时候，不过

---

① 茅盾：《茅盾全集》（第21卷），人民文学出版社1991年版，第283页。
② 坦率一点，就是夏志清对红色中国的执政者——中国共产党不分青红皂白地反对，这种倾向也累及绝大多数亲共或近共的文学作家。在他的口碑不错的《中国现代小说史》中，对所有中共评论家赞赏的作家进行刻意贬压的倾向尤其明显，甚至很多时候遮蔽了原本可能的持续锐利与深邃。同样，在夏志清与刘再复关于丁玲评价等问题的某些口角之争中，同样可以看出他这种至死不改的偏执。参见刘再复《张爱玲的小说与夏志清的〈中国现代小说史〉》，见刘绍铭、梁秉钧、许子东编《再读张爱玲》，香港牛津大学出版社2002年版，第30—54页。
③ Hsia, Chih-tsing. *A History of Modern Chinese Fiction*. Indiana University Press, 1999, p.46. 或可参见夏志清著《中国现代小说史》，刘绍铭编译，友联出版社1985年版，第40页。

也倒正好说明了《故事新编》的不好理解"①。

一部篇幅不长的小说集为何引起众多七嘴八舌、莫衷一是的讨论实在是耐人寻味。它到底是"中国现代小说之父"鲁迅走向没落的旗幡,还是意味着新叙事契机的彰显?它到底是鲁迅随意点染用以攻击对手的工具,还是真正确立了故事新编体小说的书写范式?它到底是什么:历史小说,还是神话演义?站在21世纪,我们能否超越前人,对《故事新编》做出虽不必刻意标新立异,但又令人耳目一新的解读?

法国著名思想家福柯倡导"与众不同"(to think differently)的思维模式令人击节赞赏。他指出:"人的一生中总会出现这样的时刻:了解人们能否采取与自己原有的思维方式不同的方式思考,能否以不同的观察方式感知(perceive differently than one sees),人们能否持续观看并彻底反思是绝对必要的(absolutely necessary)……但是,今天什么是哲学——我指的是哲学活动(philosophical activity)——如果它不是由思考所带来的集结于其自身的批判性工作的话?如果不是竭力了解,如何及多大程度上可能与众不同地思考,取代对已知的合法化,它又该坚持什么?"②

问题在于,这种与众不同如何实行?本节则力图以巴赫金的狂欢化理论对鲁迅的《故事新编》进行新解读,力求尽可能解决上述问题,这种行为算是对福柯思想与精神的一种贯彻。

一、《故事新编》研究述略

在20世纪中国文学学术史上,能够被称为"某学"的屈指可数,如"鲁学""红学""钱学"(钱钟书研究)等,但是无论从研究规模、质量还是从普遍影响力的程度来讲,鲁迅研究成为当之无愧执牛耳的学问。所谓"鲁学"(或"鲁迅学"),简单说来就是鲁迅研究的学科化状态,也即鲁迅研究已经上升到"体系化、理论化、专业化的境界,成为一门独立的学科"③。不仅如此,由于鲁学研究的浩大和历史悠久,甚至有关鲁迅学史的

---

① 参见〔日〕片山智行著《〈故事新编〉论》,李冬木译,载《鲁迅研究月刊》2000年第8期,第25页。

② Michel Foucault. "The Use of Pleasure". *The History of Sexuality*, translated from the French by Robert Hurley. Pantheon, 1985 (2), pp. 8-9.

③ 张梦阳:《中国鲁迅学通史·宏观反思卷——20世纪中国一种精神文化现象的宏观描述与理性反思》,广东教育出版社2001年版,第13页。具体有关鲁学得以成立的必要条件和相关特征可参见该书第13-20页。同样的名称借用和独特思考还可参见彭定安《鲁迅学导论》(中国社会科学出版社2001年版)。

研究也在如火如荼地展开,①而且对鲁迅学史意欲何为也开始认真探研。如张梦阳认为,"作为一种人学与精神学的鲁迅学史,其实是每一时代的鲁迅学家在反思本学科前辈学者的研究历程中,对人之本质、精神之本质、鲁迅是谁、鲁迅研究到底为了什么、鲁迅学到底是一种什么学问、学史上到底有哪些得失、究竟应该怎样总结历史的经验这一连串问题的理性追问和精神体验"②。

不难看出,鲁迅研究声势浩大、资料堆积近乎汗牛充栋,而跻身其中的《故事新编》研究也不例外。依据郑家建的不完全统计,1923—1999年之间《故事新编》研究资料篇(书)名索引就长达28页。③限于篇幅,相关文献综述也只能言简意赅,故称"述略"。

考察1925年至今的《故事新编》研究,在轰轰烈烈的论争中,臧否分明、模棱两可乃至众声喧哗的局面都和平/不和平地共处,形成一道蔚为奇观的风景线,自然这种解读难免打上时代和意识形态的烙印。"在某个历史时期,民族的、时代的任务是什么,决定了群众在阅读选择和思想文化选择上的主要对象和重要内涵是什么,而这两者又决定了对研究对象的接受重点是什么。"④如果迫不得已进行简约概括的话,其研究主要集中在以下几个层面。

(一) 轰轰烈烈的文体性质之争

在新中国成立以前,由于《故事新编》的文体和意义指向的怪异与超出常规,对于它隶属于历史小说的大归类的操作当然也不乏争议。比如,岑伯(徐懋庸)就在1936年2月18日的《时事新报·每周文学》中认为《故事新编》是一种"新式的讽刺小说","鲁迅先生的《故事新编》八篇,

---

① 举例而言,袁良骏本人就写过两部:《当代鲁迅研究史》(陕西人民教育出版社1992年版)和《鲁迅研究史》(陕西人民出版社1986年版)。而相关的资料索引汇编更是繁盛,如邵伯周编著《鲁迅研究概述》(湖北人民出版社1957年版)、沈鹏年辑《鲁迅研究资料编目》(上海文艺出版社1958年版)、中国社会科学院文学研究所资料室编《鲁迅研究资料索引(续编)》(人民文学出版社1986年版)、中国社会科学院文学研究所鲁迅研究室编《1913—1983鲁迅研究学术论著资料汇编》(中国文联出版社版)等,数目之大令人震撼,如果进行分门别类的梳理,则必定更加令人眼花缭乱。

② 张梦阳:《中国鲁迅学通史·宏观反思卷——20世纪中国一种精神文化现象的宏观描述与理性反思》,广东教育出版社2001年版,第26页。

③ 参见郑家建《被照亮的世界——〈故事新编〉诗学研究》,福建教育出版社2001年版,第265-292页。

④ 彭定安:《鲁迅学导论》,中国社会科学出版社2001年版,第36页。

是从古代和现代都取题材做成的短篇小说,这和全取古事,而符合新的意义,即所谓'旧瓶装新酒'的历史小说不同,和随便将古事的片断敷衍一下的历史小品,也不同。里面所写,其实都是现代的故事,对于历史而言,真是信口开河的,所以这到底总该是一种新式的讽刺小说,许多事情,倘从现代人身上写出来,那是会太伤现代人的尊严的"①。但论争并没有随着时间的流逝而淡去,迄今为止,这一问题仍未彻底解决。梳理之前的流派纷争和观点争论,主要可简述如下。

1. 历史小说论

在熙熙攘攘的论争中,整体而言,哪怕直至今天,其呼声也仍然占据了上风。从茅盾的"历史小品"称呼,到吴颖在1956年9月号《文艺月报》刊登的《如何理解"故事新编"的思想意义》一文中所认定的《故事新编》"是中国现代文学史上最先出现的一部杰出的历史小说集"②。袁良骏也坚持此见,认为《故事新编》是"历史小说集"。③ 李煜昆则坚称:"鲁迅在《故事新编·序言》中是明明白白把它看成'历史小说'的。否则,那段论述就违背了逻辑常识,这是无须怀疑的……如果硬要咬文嚼字,至少应该说它有一部分是历史小说。"④ 而陆耀东等人也持此见,认为"较为妥当。这是符合作品的实际情况的。鲁迅先生的这些小说,无一不是在'博考文献'的基础上创作出来的。它虽然穿插了少量的现代题材,但不足以改变它的历史小说的基本面貌"⑤。

王瑶在游移中仍然承认《故事新编》是历史小说的"创造性探索",不过他主张要从鲁迅创造的实践效果中进行理解,"就《故事新编》的写法来说,它既然是鲁迅的一种独特的创造,我们就应该从实践效果上看它是否成功,以及考察作者这种创造性探索的历史渊源和现实根据,并对它作出一定的评价"⑥。这种处理固然显出王瑶的左右为难,⑦ 也显出将《故事新编》

---

① 转引自李煜昆编著《鲁迅小说研究述评》,西南交通大学出版社1989年版,第159页。
② 转引自袁良骏《当代鲁迅研究史》,陕西人民教育出版社1992年版,第190页。
③ 参见袁良骏《鲁迅研究史》(上卷),陕西人民出版社1986年版,第334页。
④ 李煜昆编著:《鲁迅小说研究述评》,西南交通大学出版社1989年版,第176页。
⑤ 陆耀东、唐达晖:《鲁迅小说独创性初探》,湖南人民出版社1984年版,第132-133页。
⑥ 王瑶:《〈故事新编〉散论》,见《中国现代文学史论集》,北京大学出版社1998年版,第69页。
⑦ 同时,王瑶又同意鲁迅自己所说的该书是"神话,传说及史实的演义",认为"这个说明是非常贴切的",出处可参见王瑶《中国现代文学史论集》,北京大学出版社1998年版,第30页。

划入历史小说的尴尬之处。林非也是历史小说性质的坚定拥护者。①

即使当我们将镜头聚焦 21 世纪,历史小说的结论和论证仍不绝于耳。姜振昌就认为,"以这样的标准(指从一般所言的历史中撷取题材,以历史上著名事件为骨干,再配以历史背景——朱按)来衡量,《故事新编》当属历史小说是确凿无疑的,过去在围绕它开展的'性质'之争中所产生的否定它是历史小说的结论,是缺乏科学依据的。然而它那新颖别致的'叙述模式'以及所表达出的像迷宫一样的精神意向,确实又是以一般历史小说概念和传统的艺术经验与逻辑所难以体认、破译的"②。而尹慧慧同样认为,那是一种新的历史小说,"在东西方历史小说创作观念的夹缝中,鲁迅找到了属于他自己的最佳方式,来表达他的现代意识,创造他的现代文体,实现历史小说新的转变"③。

2. 寓言体讽刺小说集

作为对抗占据主流的历史小说之论断的代表说法之一,寓言体界定自然有它的意义。提出这个论点的最有影响力的人物应当是冯雪峰。他指出,《故事新编》是"寓言式的短篇小说,这都是小品"④。无独有偶,李桑牧在梳理了种种近乎各自为政的观点以后提出了自己的见解,"可以看出,作者在《故事新编》的《序言》的结尾处既诚挚地对历史小说作了自我批评,又巧妙地点破了新型讽刺作品的创作目的;既显示了他对于历史创作的现实主义原则的维护,又表明了他是如何重视进行艺术革新的创造性劳动"⑤。

任广田同样坚持并拥护冯雪峰的观点,认为寓言小说的性质认定"也许更加符合事实,更能概括这部风格独特的小说集的体式特征……这样理解只是更加突出了《故事新编》在艺术体式上的独创性意义,突出了它非凡深厚的艺术意蕴,也突出了鲁迅勾联神话与现实,古代与现代,并从中挖掘它们之间深刻的内在联系的大师风貌"⑥。

---

① 林非直称鲁迅从《补天》"开始了历史小说的写作",见林非《中国现代小说史上的鲁迅》,陕西人民教育出版社 1996 年版,第 108 页。
② 姜振昌:《〈故事新编〉与中国新历史小说》,载《中国社会科学》2001 年第 3 期,第 164 - 165 页。
③ 尹慧慧:《〈故事新编〉:中国现代历史小说的丰碑》,载《北方论丛》2001 年第 3 期,第 100 页。
④ 转引自李煜昆编著《鲁迅小说研究述评》,西南交通大学出版社 1989 年版,第 168 页。
⑤ 李桑牧:《〈故事新编〉的论辩和研究》,上海文艺出版社 1984 年版,第 22 页。
⑥ 任广田:《论鲁迅艺术创造系统》,陕西人民教育出版社 1996 年版,第 108 页。

3. "故事的新编，新编的故事"

该观点的提出者是唐弢，他认为只有将《故事新编》划入历史小说但又不是世俗和传统的历史小说中去，才可能避开形而上的概念缠绕。首先是历史小说概念自身的局限性，"用历史小说这个概念的传统命义来解释它，恰如用五言的形式去衡量曹操的某些五言诗，用律诗的格律去衡量李白的某些律诗一样，人们将会发现很大的困难"。其次，他指出了独特性的原因在于现代性生活细节以及社会批评的有机掺入，"与这些神话、传说和个别史实纠结在一起的，还有许多现代生活的典型细节，以及包含着以现代生活为对象的生动泼剌的社会批评在里面……这是一个革命作家对于传统观念的伟大的嘲弄"。再次，唐弢还毫不客气地指出，无论是否认《故事新编》作为历史小说的性质，还是贬低某些现代生活细节的意义都只是在原地打转，"事实说明这些都不过是形而上学的概念的游戏"①。值得一提的是，坚持此见的还有李希凡等人。

4. "故事新编"

日本学者片山智行指出，"《故事新编》中的作品虽被称为历史小说，不过从严格的意义上讲，如标题所示，是'故'事'新'编，非'历史小说'一语所能道尽"②。而且有论者在对此文体进行还原式理解的同时，还突发奇想，力图探寻个中的"神话主义"立意。"鲁迅在20年代开启这个创作动机，而在30年代才完成的其'历史的现实叙事'，并且明确地宣布这是'神话、传说和事实的演义'，这是否透露了一个可能存在的'现代主义文学中神话的复活'的创作意识与创作立意？"③

在笔者看来，目前对《故事新编》认识最为独到、深刻的是郑家建的《被照亮的世界——〈故事新编〉诗学研究》。"从诗学的角度对《故事新编》进行了深入研究，新意迭出，应当能在《故事新编》的研究史上算做一家之言。"④ 在郑家建看来，他不仅着眼于明晰鲁迅《故事新编》的文体辨别，而且还野心勃勃地将此类小说独立于历史小说之外，"把《故事新编》作为一种独立于历史小说的新的诗学类型"。当然，郑家建还给出了两

---

① 唐弢：《故事的新编，新编的故事》，见《燕雏集》，作家出版社1962年版，第121页。
② ［日］片山智行著：《〈故事新编〉论》，李冬木译，载《鲁迅研究月刊》2000年第8期，第25页。
③ 彭定安：《鲁迅学导论》，中国社会科学出版社2001年版，第177－178页。
④ 李萍、葛涛：《鲁迅著作出版步入高潮》，载《中华读书报·书里书外》2001年09月26日。

个论据:一是对《故事新编》自身的艺术形式及意义的全新解读,深觉"它在艺术创造和想象方面的感召力在20世纪中国小说史上更充满着挑战性";二是从《故事新编》与历史叙述的关系来看,它的文学史意义就更突出。①

需要指出,对于《故事新编》体裁的认证还有其他说法。比如"怪诞小说""讽刺小说""新历史小说"②或者"反历史主义"等,但由于它们的后续影响力已经逐步式微,加之又有他人总结,③此处不赘。

(二) 关于"油滑"

鲁迅本人对"油滑"的态度扑朔迷离(在《故事新编·序言》中先说自己对油滑很不满,然而却又坚持了13年),所以引得相关研究也纷繁芜杂,包含太多倾向性。大致说来,对"油滑"的态度可以分三种:心折派、臧否交加派和批斥派。

心折派的观点主要是以之为"独特艺术构思""独创性的表现",是鲁迅的一大创造。其代表人物是周凡英。他认为,"所谓'油滑之处',完全不是游离于作品基本内容之外,或任意羼杂进去的,而是与人物的形象塑造,与主要人物形象及其环境关系的描写,紧密联系着的"④。这就视"油滑"为一种书写的必需和表达手段。

更常见的处理是褒贬交加,或认为"油滑"有其独特功用,但同时又伤害了小说的艺术价值和批评的杀伤力⑤。早期持此种论点的主要有常风、茅盾、冯雪峰、唐弢和王瑶等人,我们不妨选取一二论之。王瑶对"油滑"的处理无疑引人深思,他恰恰是从民间文化中的"二丑"艺术来进行联想式诠释与解读,即指"它具有类似戏剧中的丑角那样的插科打诨的性质,也即具有喜剧性"。⑥

林非在批评了对"油滑"认识的极端缺陷以外,坚持各打五十大板的

---

① 参见郑家建《被照亮的世界——〈故事新编〉诗学研究》,福建教育出版社2001年版,第363-364页。
② 如刘玉凯就认为,"鲁迅的《故事新编》是继承中外叙事文学手法,特别是讲唱文学手法独创的新历史小说"(见刘玉凯《鲁迅钱钟书平行论》,河北大学出版社1998年版,第58页)。
③ 参见袁良骏《当代鲁迅研究史》,陕西人民教育出版社1992年版,第477页。
④ 袁良骏:《当代鲁迅研究史》,陕西人民教育出版社1992年版,第477页。
⑤ 参见朱崇科《历史重写中的主体介入——以鲁迅、刘以鬯、陶然的"故事新编"为个案进行比较》,载《海南师范学院学报》(人文社会科学版)2000年第3期,第93-99页。
⑥ 参见王瑶《〈故事新编〉散论》,见《中国现代文学史论集》,北京大学出版社1998年版,第70页。

策略。"《故事新编》更多的是时代的产物,其中自然是闪耀出鲁迅思想与艺术的光芒,却也显出了对于时代的过于迅速的反应,它并不是在历史题材方面树立典范的作品,至于除了这些'油滑之处'以外,这里的不少作品也自有它现实主义与浪漫主义的艺术成就。"同时,他还再度坚定了将之定义为历史小说的认定,"加进现代生活细节的'油滑之处'不能妨碍它作为历史小说而存在,却只能使它成为一种具有独创性的比较特殊的历史小说"。①

郑家建尽管对"油滑"的缺点也有不满,但是他提供了一种更清醒地认识"油滑"的认知方式。"要理解、分析'油滑'问题,就必须从本质上重建对作品的世界观深度和艺术意识的把握方式:即必须把'油滑'理解成是一种观察人生世相的特殊眼光,是一种对社会、历史、文化独特的认识方式;必须把'油滑'同作家主体内在心灵的深度、复杂性和无限丰富性联系在一起;必须把'油滑'同艺术想象力的异常自由联系在一起;更重要的是,必须看到'油滑'同中国民间诙谐文化的内在关系。"②

对《故事新编》大加鞭挞,乃至近乎赶尽杀绝式的批判处理方式也存在。早在1935年4月《宇宙风乙刊》第3期(半月刊,上海)钦文就指出,"直到《故事新编》,鲁迅先生对于损害着他的,都随事论事的加以讽刺,轻轻重重的还是总要报复一下"③。

童浩瑾则认为是败笔之作,"油滑决不是这部小说的'独创性的表现',而是这部小说的不足之处,作为小说来讲,应当说是败笔"④。而欧阳凡海在1942年由桂林文献出版社出版的《鲁迅的书》中指出,油滑反映了鲁迅不公平的态度,"这油滑是因为历史条件还没有具备。现实主义的作家对历史还不可能有坚定的正确态度,而使鲁迅不能以公平态度看待历史所致的结果"⑤。

---

① 林非编著:《论〈故事新编〉的思想艺术及历史意义》,天津人民出版社1984年版,第18、20页。
② 郑家建:《被照亮的世界——〈故事新编〉诗学研究》,福建教育出版社2001年版,第180-181页。
③ 转引自郑家建《被照亮的世界——〈故事新编〉诗学研究》,福建教育出版社2001年版,第370页第21条索引。
④ 转引自袁良骏《当代鲁迅研究史》,陕西人民教育出版社1992年版,第479页。
⑤ 转引自郑家建《被照亮的世界——〈故事新编〉诗学研究》,福建教育出版社2001年版,第181页。

（三）关于《故事新编》的创作方法

关于《故事新编》的创作方法的主要观点，都集中在现实主义与浪漫主义的纠缠上。

1. 现实主义派

李桑牧就认为由于《故事新编》中的多数篇章都并非取材于神话传说，所以在缺乏丰富的想象力进行历史叙事的情况下，它"全靠深刻的透视力去勾勒显微镜下的讽刺图卷和历史图卷。这样，我们也就完全能够说这些作品，特别是'借以讽刺现实'的作品，只是饱和着现实主义的力量，而并不具备浪漫主义的风格"①。

当然，由此拓展开去的还有所谓的革命现实主义。比如，唐弢就认为"《故事新编》曾以政治和艺术的完美的统一，风格的新颖和形式的特别，引起过广泛的注意和争论。和许多伟大作家一样，鲁迅一生不倦地在创作上进行探索，根据时代的革命要求和个人的战斗特点，多方面地从事艺术的创造，在不同时期、不同部门里作出榜样和树立标准"②。而他在后续的一篇名为《〈故事新编〉的革命现实主义》的论文中更加明确了这一点。

2. 浪漫主义派

此派的主要观点是，《故事新编》从总体上看来是以浪漫主义为主色调的，创作方法也倾向于浪漫主义。比如冯光廉指出，"从题材的选取、情节的构成、形象的塑造以及艺术手法的运用来看，《故事新编》中的大部分作品，是以浪漫主义为主导的，在这些作品中，浪漫主义不是仅仅作为'气息和色彩'附丽着，而是作为一种基本倾向，形成了作品创作的主体"③。

许钦文则认为鲁迅采用了"由浪漫主义转向革命现实主义"④的方法，似乎算是一种调和，可惜作者本人对此论述并不深入，加之后继无人，所以影响不大。

前人的不懈劳作和好恶参半的论争除了带给我们不少有益的资料积累和

---

① 李桑牧：《〈故事新编〉的论辩和研究》，上海文艺出版社1984年版，第231页。
② 唐弢主编：《中国现代文学史（二）》，人民文学出版社1979年版，第114页。
③ 冯光廉：《〈故事新编〉创作方法研究商兑》，载《山东师范大学学报》（人文社会科学版）1983年第5期，第53页。
④ 参见许钦文《鲁迅〈理水〉中的禹太太》，见《鲁迅研究文丛》（第3辑），湖南人民出版社1981年版。

观点缕述以外，还为我们提供了思考和深化该研究的其他可能性，这同样也为本节的另类切入视角提供了契机和奠定了持续演进的基础。需要指出的是，除了少数研究者（如王瑶、林非、郑家建等）独具匠心地将上述研究对象与层面进行整体观照之外，多数人缺乏对问题意识的整合概念。比如，在文体性质与"油滑"之间存在了怎样的内在联系？

其次，在笔者看来，由于没能从历时性角度考察故事新编体小说的发展脉络，跳出单纯就事论事的限囿，而单单纠缠于鲁迅《故事新编》自身，这样既不能看到鲁迅在此类小说发展中的独特功用和地位，也不可能真正解决鲁迅《故事新编》文体性质的有益或无谓纷争。从此角度来看，袁良骏之前对此问题自欺欺人的宣称是多么苍白无力，所谓"不可否认，《故事新编》的体裁性质问题已经妥善解决了"① 的宣言不过是他的一厢情愿。

最后，我们还必须看到，诠释与解读《故事新编》理论资源的左支右绌大大限制了对它的深刻省思和对症下药式的处理。借用巴赫金批评之前的评论界对陀思妥耶夫斯基（Dostoyevsky, Fyodor, 1821—1881）及其作品研究的滞后与束手无策时曾经犀利地指出的话语："在试图从理论上分析清楚这个多声部的新世界时，评论界没有找到别的途径，只好按照一般的小说模式把这个新世界也给独白化了，亦即用习以为常的旧艺术意图的观点，来理解由本质上新型的艺术动机所产生的作品。"② 在笔者看来，对《故事新编》的许多无谓的误读和支离破碎式的肢解，很大程度上出于类似的弊病。

有鉴于此，笔者决定灵活采用巴赫金的狂欢化理论对之进行全新的解读，希望凭借解读范式的转换能够给人以耳目一新之感，并且推动故事新编体小说的研究。

二、狂欢化理论概述及其适用性

毋庸讳言，力图对多元共存、开放繁复的狂欢化理论进行概述往往困难重重。因为巴赫金的思想往往呈现出"独特的碎片化状态，他的全部工作都具有多元性的特征，这一点是所有的研究者公认的。作为巴赫金思想三大主干的对话主义、时空体和狂欢化，彼此之间都存在着不同程度的相互抵触，即便是一个相对独立的思想整体之间，也存在着前后不一致的地方"③。

---

① 袁良骏：《当代鲁迅研究史》，陕西人民教育出版社1992年版，第190页。

② ［苏］巴赫金著：《巴赫金全集》（第5卷），白春仁、顾亚铃译，河北教育出版社1998年版，第7页。

③ 魏少林：《巴赫金与巴赫金难题》，载《江淮论坛》2000年第2期，第70页。

所以，从某种意义上讲，我们无论坚持怎样多元与立体的观照和思考模式都不为过，因为对奉行"开放性"与"未完成性"的巴赫金来讲，真正深入的对话与众声喧哗应该是他所迫切期待的。

这里所言的狂欢化，包含了狭义和广义之分，即广义上的狂欢化的哲学精神和狭义上的"狂欢化诗学"（意指狂欢化的文学表征）。不难看出，笔者的分层标准中偏重了对文学的强调，主要是基于狂欢化诗学对本部分的理论指导意义考量。而实际上，狂欢应该是可分为狂欢化精神及其物质性层面的。但这样的分层有其论述上迫不得已的苦衷和难处，因此可能出现对复杂问题的简单化操作。因为，狂欢具有自身无尽的驳杂和悖论式的浑然一体性，它是"多重声音涌动的杂语同啸。在狂欢的境界，意识——无论是自我意识还是他人意识，无论是亮丽意识还是幽暗意识——都通过颠覆性的艺术形式或身体动姿向血肉根性疯狂地回归"①。

简单说来，笔者主要从三个层面简略论述狂欢化的哲学精神，即狂欢式世界感受、狂欢式的思维以及文本内外：狂欢精神的体现与方法论。

（一）狂欢式世界感受

恰恰是在梳理狂欢节发展的历史脉络时，巴赫金发现了中世纪人的生存态势似乎是两种对立的生活方式和世界感受，即日常生活（感受）和狂欢式生活（感受）。"不妨说（当然是在一定的前提下这么说），中世纪的人似乎过着两种生活：一种是常规的、十分严肃而紧蹙眉头的生活，服从于严格的等级秩序的生活，充满了恐惧、教条、崇敬、虔诚的生活；另一种是狂欢广场式的自由自在的生活，充满了两重性的笑，充满了对一切神圣物的亵渎和歪曲，充满了不敬和猥亵，充满了同一切人一切事的随意不拘的交往。这两种生活都得到了认可，但相互间有严格的时间界限。"同时，他又强调说，"如果不考虑这两种生活和思维体系（常规的体系和狂欢的体系）的相互更替和相互排斥，就不可能正确理解中世纪人们文化意识的特色，也不可能弄清楚中世纪文学的许多现象"②。

首先，不难看出，巴赫金所指的狂欢式世界感受是切切实实来源于具体鲜活的现实生活，而不仅仅是一种想象姿态。相对于古板、虔敬和一本正经

---

① 胡继华：《诗学现代性和他人伦理——巴赫金诗学中的"他人"概念》，载《东南学术》2002年第2期，第136页。

② ［苏］巴赫金著：《陀思妥耶夫斯基诗学问题》，白春仁、顾亚铃译，生活·读书·新知三联书店1988年版，第184页。

的日常生活体验,狂欢式生活是一种尽管"比较短暂"却"相对多变"①和打破常规的自由自在的生活。

其次,从对话到狂欢。巴赫金狂欢式的世界感受并非只是空泛的所指,它同样包含了感受现实的多个层次和向度。巴赫金对世界的狂欢式感受本身包含了对话和慢慢超越单纯对话的因素,如果将之置于某种屡被不应有的压抑的强调与"他人"对话的精神、思想发展脉络中观照的话,对话作为他的这种狂欢式世界感受的特征和内容之一,有着不同寻常的意义。

狂欢式的世界感受发展到某种阶段或高度就达到了狂欢的最高逻辑,但这并不意味着此种感受到此为止,或到了穷途末路的地步。实际上,仍然是未完结的、持续发展的感受,仍然可以通过重生实现进一步的提升。"狂欢式的世界感受,也是没有终结的,同任何的最终结局都扞格不入。因为在这里,任何结局都只能是一个新的开端,狂欢体的形象是不断重生的。"②

(二)狂欢式的思维

"狂欢式的思维"③的出现似乎并非偶然,它与狂欢式的世界感受密切相关。作为一种独特的思维方式,它的产生基础应该就是狂欢式的世界感受,因为如巴赫金所言,"在狂欢式的世界感受的基础上,还逐渐形成了各种复杂形式的文艺复兴的世界观"④,而狂欢式的思维也因此逐渐形塑。

通过解读巴赫金的原文,我们可以发现巴赫金所说的狂欢式的思维的根本来源恰恰应该是狂欢节的生活。狂欢节的生活恰恰也是狂欢节语言(渗透了鲜活多变的狂欢式的思维)横空出世的土壤,而狂欢式转为文学的语言,就是狂欢化。不难看出,它们之间有着深切又亲密的纠葛。

首先,巴赫金提出了"意识狂欢化"的概念。这无疑是对狂欢式思维的一个铺垫陈述,乃至是一而二、二而一的指涉互换。

其次,对狂欢式的世界感受进行提炼、精选和升华的狂欢式的思维仍然在很大程度上延续了狂欢式世界感受的某些哲学内涵与内在特征,其常见或典型的层次就是对话:或是颠覆/解构,或是类似/并列。

---

① 程正民:《巴赫金的文化诗学》,北京师范大学出版社2001年版,第138页。
② [苏]巴赫金著:《巴赫金全集》(第5卷),白春仁、顾亚铃译,河北教育出版社1998年版,第221页。
③ [苏]巴赫金著:《陀思妥耶夫斯基诗学问题》,白春仁、顾亚铃译,生活·读书·新知三联书店1988年版,第180页。
④ [苏]巴赫金著:《巴赫金全集》(第5卷),白春仁、顾亚铃译,河北教育出版社1998年版,第171页。

最后,狂欢式的思维中同样包含未完成性(unfinalizability)。正因为如此,狂欢的思维才成为可能,否则颠覆和解构如果只允许自己的观点/思维成为唯一的正确,那不过是重新陷入"以五十步笑百步"的尴尬。

需要指出的是,狂欢式的思维不应被过分强调它瓦解一切的功用,相反它更多是为新生和被压抑的可能性提供众声喧哗的机遇。

(三)文本内外:狂欢精神的体现与方法论

狂欢精神在巴赫金的文本内外无处不在,狂欢精神的哲学内涵也不时熠熠生辉,照亮并陪伴巴赫金度过了坎坷、清苦的一生和寂寂无闻的艰苦岁月。不仅如此,巴赫金的狂欢精神在方法论,乃至人生哲理方面也给我们以深刻启示,值得仔细品味。如霍奎斯特等所言,"有关巴赫金的难题在于,他的思维方式对我们提出了要求:改变我们大多数人用以组织思想的基本范畴(basic categories)。为了理解巴赫金,我们必须修正在遭遇他之前发展的用来认识任何事物的技巧"①。

必须承认,力图对巴赫金文本内外的狂欢精神的内在体现进行描述也只能选择浮光掠影式的一瞥,希望在挂一漏万的同时,仍然可以让大家感觉到他对狂欢的情有独钟及狂欢精神不可遏抑的迷人魅力。

总体上说来,巴赫金的所有著作都充满了对话性,乃至弥漫着狂欢精神。无论是对弗洛伊德主义(含精神分析理论)的辩证批判,还是与瑞士著名语言学家索绪尔在语言学论述上的英雄所见略同以及歧义;无论是广泛驳杂的学术兴趣,还是集百家之长、为我所用的学术气度和积累;无论是对康德哲学的汲取,还是超越等诸多层面都散发着狂欢精神的光辉。

鉴于狂欢化理论的复杂性和丰富性以及巴赫金本人对此的深邃洞察,"文学狂欢化的问题,是历史诗学,主要是体裁诗学的非常重要的课题之一"②。因此,笔者主要从两大层面展开论述:体裁诗学(文学体裁)和小说话语③(言语体裁),而体裁诗学又包含了对话/复调小说、狂欢体。尽管如此,笔者也力图找到巴赫金狂欢化理论思想的某种统一性(而非完成性

---

① Katerina Clark, Michael Holquist. *Mikhail Bakhtin*. Belknap Press of Harvard University Press, 1984, p.6.

② [苏]巴赫金著:《陀思妥耶夫斯基诗学问题》,白春仁、顾亚铃译,生活·读书·新知三联书店1988年版,第157页。

③ 显而易见,笔者的详略和重点划分更多是出于论述的必要,而非死板地遵守巴赫金的"本意"。但是,基本层面的包含还是尽量遵循其论述的大原则/框架,而且这种分类的名称和解释也来自巴赫金。

和独白），因为"深入研究和揭示米·巴赫金遗作里的这种思想的统一性——是研究者们的一项大有可为的任务"①。故主要框架为：①体裁/历史诗学：对话/复调小说、狂欢体、小说理论；②小说话语。但由于论述所需和篇幅限制，下文主要就小说理论与话语展开讨论。

巴赫金经常回到他的小说论述中，同时小说领域也是他铺陈对话和狂欢理论的突破口。所以，法国学者让－伊夫·塔迪埃（Jean-Yves Tadié，1936— ）就指出，"巴赫金不断地回到小说上来。在他看来，小说与其他体裁不同，是一种混合体裁，大概是先于它而存在的所有其他体裁的综合"②。

长篇小说的出现，在巴赫金看来，主要有两条线路——笑与多语现象的挺进："在小说话语的史前期，可以看到有许多的和常常十分不同的因素在起作用。据我们看来，最重要的是两个因素：一个是笑，另一个是多语现象。笑能把古老的描绘语言的形式组织起来，这些形式最初正是用来嘲笑他人语言和他人直接话语的。多语现象和与此相关的不同语言的相互映照，把这些形式提高到了一个新的艺术思想水平；正是在这个新水平上，才有可能出现长篇小说的体裁。"③ 深入一点，就是狂欢节的民间笑文化和巴赫金所言的"超语言学"。

小说的出现其实就是狂欢精神的物质实践，无论从体裁的开放与包容性上还是从语言的众声喧哗层面，无论是结构的繁复性还是主人公言语与思想的傲然独立，都使狂欢精神在个中凸显得淋漓尽致。巴赫金甚至断言，小说虚构就是书写狂欢，"写小说就意味着写广场的亲昵气氛"④。

小说作为长时间被边缘化和压抑的文体，其源头和母体就充满了下里巴人的浓郁气息，其强烈的民间性就是对官方性的对抗和消解。"小说却同永远新鲜的非官方语言和非官方思想（节日的形式、亲昵的话语、亵渎行为）联系在一起。"⑤

值得一提的是，巴赫金对"小说性"的强调。他犀利地指出，小说与

---

① ［俄］孔金、孔金娜著：《巴赫金传》，张杰、万海松译，东方出版中心2000年版，第20页。
② ［法］让－伊夫·塔迪埃著：《20世纪的文学批评》，史忠义译，百花文艺出版社1998年版，第277页。
③ ［苏］巴赫金著：《巴赫金全集》（第3卷），白春仁、晓河译，河北教育出版社1998年版，第472页。
④ ［苏］巴赫金著：《巴赫金全集》（第4卷），白春仁、晓河等译，河北教育出版社1998年版，第422页。
⑤ ［苏］巴赫金著：《巴赫金全集》（第3卷），白春仁、晓河译，河北教育出版社1998年版，第523页。

其他文体不同，正统体裁或好或坏地适应了现成的东西，而小说与那些占统治地位的文学体裁很难融洽相处。它处处冲击旧有的体裁模式，夺取它们的文学统治权。这种理想的小说的颠覆性力量便被称为小说性。

这种小说性同时指向了体裁的革新和思想的狂欢。巴赫金认为，小说（长篇小说）的基本特征主要有："（1）长篇小说修辞上的三维性质，这同小说中实现的多语意识相关联；（2）小说中文学形象的时间坐标发生了根本的变化；（3）小说中进行文学形象的塑造，获得了新的领域，亦即最大限度与并未完结的现时（现代生活）进行交往联系的领域。"[1]

换言之，小说主要有现实性、杂语性和多声性、未完成性三个特性。不难看出，小说性和狂欢精神是一脉相承的，从它作为小说本质和特色的确立开始，它的物质性和精神特征都指向了狂欢。

我们所提及的小说话语主要是指小说式的"杂语"，它是巴赫金语言哲学的基础，蜕变于巴赫金所大力提倡的对话主义。这里我们不妨先考察一下巴赫金所主张的"超语言学"。在巴赫金看来，"这里的超语言学，研究的是活的语言中超出语言学范围的那些方面（说它超出了语言学范围，是完全恰当的），而这种研究尚未形成特定的独立学科"[2]。

巴赫金的超语言学对小说的重要性同样不言而喻，作为巴赫金近乎毕生关注的言语的丰富性、日常性、具体性与生动性的超语言学无疑对作为叙述文体的小说至关重要。此处无须详论超语言学的具体所指，但超语言学的独特追求恰恰就是对狂欢体式与内容的有效传递。如人所论，"他谋求的超语言学，旨在强调日常生活中的语言多样化、立场的多维性，以拒斥彼时文学作品中语言的格式化、公式化和独白化"[3]。不难看出，这和小说的独特性异曲同工。

总体上说来，小说话语的层面可以划分为两层：对话和杂语（或者说语言的狂欢）。

小说语言的杂语性和多声性实际上可以分为几个层面，比如它的语言来源、语言自身的特征和小说作者所采用的人为的杂语化的模式等。

从打破单一话语的限囿，到对话主义的张扬，再到杂语性的指向无限，

---

[1] ［苏］巴赫金著：《巴赫金全集》（第3卷），白春仁、晓河译，河北教育出版社1998年版，第513页。

[2] ［苏］巴赫金著：《巴赫金全集》（第5卷），白春仁、顾亚铃译，河北教育出版社1998年版，第239-240页。

[3] 邱运华：《错会的契合：巴赫金的超语言学与20世纪西方文论的语言学转向》，见童庆炳主编《文学理论学刊》（第1辑），北京师范大学出版社2000年版，第310页。

小说话语同样也契合了狂欢精神的发展历程和内在逻辑。如果说对话是小说话语不可回避的基石乃至内在实质的话，那么小说话语的对话性也是最强的。当然，对话也只是个不会完结的开始，如人所论，"小说话语的对话性则最强烈，尤其表现在语言内部的对话：主题、形式、段落甚至词语间的显在意义和隐在意义不停地发生互动，产生极其丰富的语义场，并和现实生活中异质的意识形态产生无数的对话，引出无数的问题。所以小说是无数矛盾观点的集合体，小说意义的产生是一个能动过程，而不是静态的中性表达"①。

无论如何，对巴赫金纷繁芜杂的狂欢化理论②的借用都必须更加小心。在笔者看来，必须注意如下几点原则。

一是对理论进行场景化。作为转型期的产物之一，类似的情境为理论的适应性提供了困难的环境。狂欢化理论的产生往往在文化转型期，所以文化转型期往往具有狂欢化的特点。

二是注意提炼狂欢化精神而非死板地紧扣原文原意。巴赫金对狂欢化理论的论述和强调是始自具体作家（陀思妥耶夫斯基、拉伯雷等）作品分析的，但我们不能局限于具体分析，而要学会提炼其中深邃的精神，否则生搬硬套只是对这种理论的误读。反过来，鲁迅和俄国作家之间存在着密切的关系③，也就存在了狂欢理论适用的巨大可能性，而且鲁迅受陀思妥耶夫斯基影响的痕迹也非常明显④。

三是要尽可能在忠实使用该理论时发现和修正其不适用性，甚至发展出更加贴切的理论。比如，巴赫金对肉体——下部因素的强调未必完全适合本书所要研究的《故事新编》。所以，我们在利用巴赫金理论进行文本分析时，要灵活变通、开拓进取。

三、重读《故事新编》

与之前对鲁迅《故事新编》的规划不同，在笔者看来，《故事新编》是鲁迅在小说书写各个层面走向"狂欢"的标志，尽管这种尝试有它的问题

---

① 朱刚：《二十世纪西方文艺文化批评理论》，扬智文化事业股份有限公司2002年版，第112页。
② 更详细的论述可参见朱崇科《张力的狂欢——论鲁迅及其来者之故事新编小说中的主体介入》，上海三联书店2006年版，上编。
③ 参见王富仁《鲁迅前期小说与俄罗斯文学》（陕西人民出版社1983年版）的相关论述。
④ 参见严家炎《复调小说：鲁迅的突出贡献》，载《中国现代文学研究丛刊》2001年第3期，第1—20页。

或不成熟之处。但不可否认的是，以它作为 20 世纪中国文学中书写源头的故事新编体小说，今天可谓成就斐然。笔者对《故事新编》的别有新意的重读主要从以下三个方面来展开：①文体（体裁）定位：故事新编体小说；②意义指向：众声喧哗；③语言的狂欢：从复调到杂语。

（一）文体（体裁）定位：故事新编体小说

作为漫长传统中富有勃勃生机的"故事新编"书写显然有它的独特之处，也即它往往是对经典文本（典籍、神话传说、历史人物等）的重写。

1. 狂欢的演进

王德威曾经敏锐地指出，"在一个政治紊乱、理法不存的年代里，鲁迅以轻佻的口吻，戏弄的笔触，改写、重述一则又一则古老神话或哲学故事。与他沉重阴鸷的小说集《呐喊》《彷徨》相比，《故事新编》尤显虚浮不实"①。其所论一针见血地指出了《故事新编》在鲁迅自身小说叙事模式转换中的独特与别致。

在考察《呐喊》《彷徨》的叙述体式时，诸多学者都对鲁迅的创新提出了深刻而有益的创见，尤其是对他突破古典小说的叙事模式所做的努力与实践不吝褒扬。②

也有论者在将鲁迅小说进行体式细分以后逐一考察它的实质性突破："如果再从更细处具体分析，他的小说体式又大致可分为如下几类：（一）以叙述具有一定故事性质的事件为结构主体的情节小说；（二）以写实性生活片断为结构主体的片断小说；（三）以刻画人物性格、勾勒人物命运线索为结构主体的性格小说；（四）以对人物心理过程的展示为结构主体的心理小说；（五）以特定的氛围渲染和情感、意蕴表达为结构主体的意绪小说。"③论者还从鲁迅情节组合颇具现代意味的丰富性、灵活性，片断小说的实录性、时空封闭性，性格小说的侧重人物为结构中心，心理小说的主观心理体

---

① 王德威：《小说中国：晚清到当代的中文小说》，麦田出版有限公司 1993 年版，第 355 页。
② 比如陈平原《中国小说叙事模式的转变》（上海人民出版社 1988 年版）、汪晖《反抗绝望：鲁迅及其文学世界》（河北教育出版社 2000 年版）、李欧梵著《铁屋中的呐喊——鲁迅研究》（尹慧珉译，岳麓书社 1999 年版）、胡尹强《破毁铁屋子的希望——〈呐喊〉〈彷徨〉新论》（人民文学出版社 2001 年版）等，都从不同视角论述了鲁迅的文体创新、思想演变以及其在现代小说史上的独特地位。
③ 参见冯光廉主编《中国近百年文学体式流变史》，人民文学出版社 1999 年版，第 90 – 99 页。引文见第 91 页。

验和客观心理剖示模式以及意绪小说的散文特征等诸多层面进行考察与梳理。

尽管鲁迅在前两部小说集中每一篇都有各自的新意，但对《呐喊》和《彷徨》的文体把握在鲁迅研究史上相差不远，有关论争也大同小异。但是，一旦大家将目光转向《故事新编》时，却出现难以定夺的尴尬，以及互不买账的争鸣。在笔者看来，这恰恰是由于鲁迅小说书写的"小说性"增强的缘故：从简单迈向复杂、独白到对话再到混杂和众声喧哗。

比较常见的有文体互渗或镶嵌等。《故事新编》的"油滑"的插入使得小说本身兼具了杂文的嬉笑怒骂风格①，虽然表达上变得比杂文含蓄、暧昧。同时，《呐喊》《彷徨》中回荡着浓郁又深沉的悲剧格调。"鲁迅的《呐喊》《彷徨》旋转着一股悲气。悲惨的故事里有悲哀的人物，悲哀的人物传达出一种人生的悲情与哀意，但已突破了纯粹的情感状态，而蕴含有对人生、社会、历史、文化的思索、自省与探求。其间的悲情上升为一种悲理。"②

比较而言，《故事新编》的整体风格颇似悲喜剧。钱理群就指出，"面临死亡的威胁，处于内外交困、身心交瘁之中，《故事新编》的总体风格却显示出从未有过的从容，充裕，幽默与洒脱。尽管骨子里仍藏着鲁迅固有的悲凉，却出之以诙谐的'游戏笔墨'。这表明鲁迅在思想与艺术上都达到了超越的境界。这是一种真正意义上的成熟"③。

如果从叙述视角方面观察，我们发现，在前期的小说中，鲁迅大多采用第一人称视角；而在《故事新编》中，则手法更加丰富，体现了狂欢的精神。不仅如此，"作家借着对历史文体的精深理解，在全知全能的传统叙述者背后加入隐藏的叙述者，在保证拟历史文本的客观性的同时注入现代的倾向性和独特的思考。通过对历史文本的改造与强化，凸显了一颗现代心灵悲切忧愤的沉思"④。

同样，如果我们以时间为例来考察，也能发现这种质的飞跃。在鲁迅的早期小说中，叙述时间往往比较清晰可辨，有时尽管有时间先后的差异或者

---

① 需要澄清的是，尽管杂文风格在其中显现，但它还是小说，而非伊凡所说的除了《铸剑》外，其余都是"以'故事'的形式写出来的杂文"（见伊凡《鲁迅先生的〈故事新编〉》，载《文艺报》1953年第4期）。
② 钟俊昆：《悲：〈呐喊〉〈彷徨〉的基调》，载《许昌师专学报》2002年第1期，第61页。
③ 钱理群：《走进当代的鲁迅》，北京大学出版社1999年版，第136页。
④ 汪跃华：《试论〈故事新编〉人物的喜剧性》，载《兰州大学学报》（社会科学版）1996年第1期，第123页。

叙述时间与实际时间的误差，但总体看来，对于叙事的流动、情节等的推进等功能诠释比较易于拿捏。以其时间稍微有些复杂的《狂人日记》为例，"封套"① 手法的运用不仅仅限于重复，也适用于叙述时间。尽管狂人前后的转变有一个时间的落差，但先后次序显而易见。然而，到了《故事新编》，时间错乱已经成为一种特色，古今杂糅似乎更是寻常。如黄子平所言，"在《故事新编》中，小说家'玩弄时间'的精彩表演开解了更多的可能性：古今杂陈，混淆历史与小说与杂文的分界，将滑稽与深刻无以伦比地结合起来，用对古人'不诚敬'的方式使之活泼……以及将一切都打上引号加以推敲和嘲讽的策略"②。

综上所论，鲁迅在文体更新方面的发展趋势凸显了其小说虚构过程中"小说性"的增强，当批评者力图以单一思维或理论来解读鲁迅时，会难以觉察鲁迅小说发展路向转变的深意所在。之前的夏志清单纯地以他的新批评理论（new criticism theory）的片面（哪怕是深刻的）来观察与社会现实紧密相关的《故事新编》时，自然只会看到鲁迅的表面的浮浅，得出走向没落的结论。而实际上，鲁迅恰恰是选择走向了狂欢。

如人所论，《故事新编》的新贡献就在于"打破传统经典范式古今界限森然有序的艺术观念，创造了古今杂陈、幻实相映，并有意夸大了'反差'的新形态，让历史和现实都展现在同一个理想的时间、同一个理想的平面上"③。

2. 故事新编体小说

如果我们采用后现代历史学中的历史概念④，或者说认同一切历史不过是书写或叙述，那么在此意义上，生活在"后历史世界"（posthistoire world）中，自我指涉意味浓郁的故事新编操作自然应该是历史小说。不过，如果回到一般意义上的历史中来，则在博士论文中专门研究故事新编的何素楠（Ann Louise Huss）眼里，显然历史小说和故事新编之间界限分明：历史小说宣称的是再现过去的历史（the historical past），而故事新编则揭露这种

---

① 参见 [美] 威廉·莱尔著《故事的建筑师 语言的巧匠》，尹慧珉译，见乐黛云编《国外鲁迅研究论集（1960—1981）》，北京大学出版社 1981 年版，第 334 – 365 页。

② 黄子平：《革命·历史·小说》，香港牛津大学出版社 1996 年版，第 130 页。

③ 吴秀明：《论〈故事新编〉在历史文学类型学上的拓新意义》，载《鲁迅研究月刊》1994 年第 3 期，第 10 页。

④ 具体论述可参见 Jenkins, Keith. On "what is history?": from Carr and Elton to Rorty and White. Routledge, 1995.

伪装（debunks such pretension），通过"博考文献"，探勘文学只能重述（re-present）我们过去的模型（stereotype）。①

故事新编体小说得以成立的理由还必须从历时性角度或视野进行考察。很多时候这类书写已经不是散兵游勇式的小打小闹，而是成为不约而同的主体追求或介入。与鲁迅同时期的故事新编操作可谓群星灿烂，郭沫若、郁达夫、巴金、茅盾等强烈的个性张扬已经渐渐突破了所谓"历史小说"的界定牢笼。不仅如此，延续和开拓了鲁迅书写向度的现代主线似乎日益清晰：施蛰存、刘以鬯、也斯、西西等书写之间就存在着某种内在关联②，李碧华亦俗亦雅、通俗中闪耀着不俗现代性的繁复书写亦令人眼花缭乱③，而域外（或相对于中国的海外）书写也不乏其作④。

总之，在世界各地类似文体的蓬勃的文本操作为这一文类量的积累提供了保证。同时，文体的持续创新与叙事策略的丰富使得这种文体自身内在的特征日益鲜明。例如，对于李碧华处理的左右为难就可以反映这一点。《青蛇》作为民间经典传说《白蛇传》的重写，作者的主体介入显而易见。作为对传说的另外一种虚构形式，历史小说的界定显然难以限囿其勃发的能动性。在佛克马看来，"重写则预设了一个强有力的主体的存在。重写表达了写作主体的职责。在我看来，重写是这样一个语词，它比文本间性更精确地表达出当下的写作情境"⑤。

诸多锐意创新的作家在继承鲁迅的《故事新编》书写的基础上，开拓了其他的可能性。从此意义上讲，作为源头的鲁迅的文本应当被称为"故事新编"而非其他。另外，"新历史小说"的称谓也不可滥用，依据陈思和的界定，它的时间段主要集中在民国时期，书写的是非党史题材。⑥

如人所论，鲁迅的《故事新编》作为 20 世纪中国文学史上故事新编体小说的源头，有其独特光芒和丰富姿彩。"《故事新编》的创作打破中国史

---

① Huss, Ann Louise. *Old Tales Retold: Contemporary Chinese Fiction and the Classical Tradition.* University Microfilms International, 2000, p. 90.

② 参见朱崇科《故事新编中的叙事范式》，中山大学 2001 年硕士论文。

③ 参见朱崇科《戏弄：模式与指向——论李碧华"故事新编"的叙事策略》，载《当代》总第 179 期，2002 年 7 月，第 124 – 139 页。

④ 参见朱崇科《消解与重建——论〈大话西游〉中的主体介入》，载《华文文学》2003 年第 1 期，第 50 – 54 页。

⑤ ［荷兰］D. 佛克马著：《中国与欧洲传统中的重写方式》，范智红译，载《文学评论》1999 年第 6 期，第 148 页。

⑥ 参见陈思和《试论"新历史小说"》，见陈炳良编《文学与表演艺术——第三届现当代文学研讨会论文集》，香港岭南学院中文系 1994 年，第 271 – 278 页。定义在第 271 页。

传文学传统的'经、史，虚、实'规范的束缚，完成了对现代作家禁锢已久的历史想象方式的伟大解放，它的深刻的创新力是20世纪中国小说史上的一个典范。"①

3. 现代性与反现代性："油滑"与细节

捷克著名汉学家普实克教授非常中肯地评价鲁迅说："鲁迅的作品提供了一种极为杰出（excellent）的范例：本土文学的传统原则（the traditional principles of native literature）如何被现代美学标准（modern aesthetic criteria）丰富（enriched），并产生了一种新的混合体（original synthesis）。这种进路（approach）也体现在鲁迅以新的、现代的手法处理历史材料（historical materials）的《故事新编》中。作者以冷嘲热讽的幽默（cynical humor）剥离了历史人物的传统荣光，撕掉了浪漫主义历史观（the romantic view of history）给予他们的光圈（nimbus），使他们脚踏实地于今天的世界。通过把事实移植到时间错置（an anachronistic setting）中，他将它们扯离设定的历史语境（established historical context），从而以新的视角检验它们。这样的历史—反讽故事（the resulting historical-satirical stories）使鲁迅跻身于现代世界文学这种新文类（new genre）的大师行列中。"②

需要指出的是，鲁迅在中国小说史上既是一个成功的现代小说叙事模式的制造者，同时也有反抗现代性的一面。在他早期的《文化偏至论》中就对西方的强调物质主义的现代性有所保留。在叙事模式和风格的提炼上，鲁迅也同样有其特色。如人所论，"较之传统中国文学，其从思想到艺术形式的革命性标志着一个'和世界各国取得共同的思想语言的''真正现代意义上的文学'的开端和成熟；较之现代其他作家作品，其思想家和文学家的双重品格意味着一种'百科全书'式的文化结构……无论对于过去还是未来，鲁迅式的写作都意味着一种与民族的历史、道德、文化和问题发生广泛而深刻的纠结的方式……但鲁迅的实践其实反倒拥有作为经典规范的反规范特性"③。

我们不可能在此处一一陈述鲁迅所有丰富多变、新颖别致的叙事创新，这里只以"油滑"和细节描写为例予以阐发。

---

① 郑家建：《中国文学现代性的起源语境》，上海三联书店2002年版，第217页。
② Jaroslav Průšek（ed.）. *Dictionary of Oriental Literatures*. Allen and Unwin, 1974, pp. 106 – 107.
③ 高远东：《经典的意义——鲁迅及其小说兼及弗·詹姆逊对鲁迅的理解》，载《鲁迅研究月刊》1994年第4期，第27页。

对"油滑"的评价往往褒贬不一、众说纷纭,问题在于,只有当我们将"油滑"纳入鲁迅《故事新编》狂欢化的整体书写策略中时,才可以更清楚地辨明它的功用。简单地说,"油滑"不过是一种变异了的狂欢式的笑,是一种发自民间的独特诙谐体式。尽管它有虚浮、浅泛的一面,但作为植根于深厚民间文化的产物,它也有很强的杀伤力、亲和力和包容性。

美国作家埃德加·斯诺(Edgar Snow,1905—1972)曾经很敏锐地指出,"最难能可贵的是,几乎他所有的作品都突出地表现了他那'笑'的天才,他那悲怆与欢乐参半的质朴幽默。那是中国独特的素质,任何外国作家都从未完全领悟过"①。尽管其所论有片面之处,但对鲁迅"笑"的特色的体认一针见血。在鲁迅那里,《故事新编》"笑"的姿态万千,最有特色的主要有反讽(或译"反语")与"油滑"等。在二者之间似乎存在某种联系,"油滑"显然可以制造更加丰富的张力,但同时也因它的过于灵活而可能流于肤浅。

帕特里克·哈南(Patrick Hanan,1927—)教授对于反讽有独到、深邃的认识:"反语和超然态度,对于像鲁迅这样充满了道德的义愤、教诲的热情和个人良知的作家来说,是心理上和艺术上都必然会采取的东西……强烈的感情,尤其是深切的愤怒,有时是会使艺术家过于兴奋的,而反语和通过面具说话则是处理这种感情的最好方法,在同时代的所有作家之中,很好地把握住了这种方法的,几乎只有鲁迅一人。"②

在笔者看来,"油滑"是小说内部一种独特的"镶嵌"。由于"油滑"的部分在小说中基本保持了比较明显的特色,或插科打诨,或可笑滑稽,或突兀特立,但总体而言,其格格不入性比较明显。比如,无论是《理水》中的"古貌林"等现代语汇的荒诞插入,还是女娲两腿之间的假道学的小东西的食古不化与虚伪好色;无论是讽刺高长虹倒打一耙的"白来了一百多回""青青年纪,倒学会了诅咒"等影射,还是讽刺学者们的荒唐假设"'禹'是一条虫""'鲧'是一条鱼"等,都显出了"油滑"的独特品格。"由于这些细节的现代特点异常鲜明,如'OK''莎士比亚'之类,反而泾渭分明,谁也不会把他和主要人物活动的历史环境混同起来。"③ 在笔者看来,这实际上是作为小说"镶嵌体裁"的变体——内在的镶嵌。

---

① [美]埃德加·斯诺:《鲁迅》,见何梦觉编《鲁迅档案:人与神》,中国工人出版社2001年版,第226页。

② 参见[美]帕特里克·哈南著《鲁迅小说的技巧》,张隆溪译,见乐黛云编《国外鲁迅研究论集(1960—1981)》,北京大学出版社1981年版,第293-333页。引文见第332-333页。

③ 王瑶:《〈故事新编〉散论》,见《中国现代文学史论集》,北京大学出版社1998年版,第67页。

巴赫金认为，镶嵌体裁是"小说引进和组织杂语的一个最基本最重要的形式"；又言，"长篇小说允许插进来各种不同的体裁，无论是文学体裁（插入的故事、抒情剧、长诗、短戏等），还是非文学体裁（日常生活体裁、演说、科学体裁、宗教体裁等等）……镶嵌在小说中的体裁，一般仍保持自己结构的稳定和自己的独立性，保持自己语言和修辞的特色"。[①] 然而，正是这种变异的镶嵌使得小说内部充满喧哗的声音，文体上也富含杂语性，这恰恰是小说走向狂欢的表现。"把所有这些异类因素融合为一个有机的完整的体裁，并使其顽强有力，这基础便是狂欢节和狂欢式的世界感受。就是在此后欧洲文学的发展中，狂欢化也一直帮助人们摧毁不同体裁之间、各种封闭的思想体系之间、多种不同风格之间存在的一切壁垒。狂欢化消除了任何的封闭性，消除了相互间的轻蔑，把遥远的东西拉近，使分离的东西聚合。"[②]

值得一提的是，现代性细节的掺入使得鲁迅叙事的手法卓尔不群。它不仅是对现代性的接纳，同时也是对现代性的一种反抗。当然，其中也弥漫着鲁迅对传统的现代性转化的复杂立场：既深深浸淫其中，又有一种难以摆脱鬼气以及如何真正实现古为今用的操作的焦虑感。

周蕾在精妙阐述张爱玲独特的细节运用对现代性的另类建构时指出，要"认真处理张的作品对'历史的'所产生的张力。这种张力抗拒那不朽的感情结构的诱惑，为我们提供另一种处理历史的方法。它利用形式上的细节，迫使我们重新思考'现代性就是革命'这个假设"[③]。

周蕾以"女性"作为中国现代性较力的主要场所从而做出令人震撼的判断自然有她特别的考量立场，但对于鲁迅来说，似乎远非这么简单，因为鲁迅对于现代性的处理态度似乎是徘徊于现代和后现代之间的。《起死》中好事的庄子的深奥哲理一旦到了被他拯救的汉子眼里，就似乎变得不可理喻，尽管庄子可能也这么思考那个汉子。当庄子以"无是非"的诡辩"衣服是可有可无的，也许是有衣服对，也许是没有衣服对。鸟有羽，兽有毛，然而王瓜、茄子赤条条"（第366页）回应汉子对物质的索要时，他得到的是汉子的怒斥："不还我的东西，我先揍死你！"最后，庄子不得不借助警

[①] ［苏］巴赫金著：《巴赫金全集》（第3卷），白春仁、晓河译，河北教育出版社1998年版，第106页。

[②] ［苏］巴赫金著：《巴赫金全集》（第5卷），白春仁、顾亚铃译，河北教育出版社1998年版，第176—177页。

[③] 周蕾：《妇女与中国现代性——东西方之间阅读记》，麦田出版有限公司1995年版，第228页。

笛引来巡士解决问题。在这个貌似简单的故事中，包含了种种张力，如古典哲理面对现实时空的错置之下的苍白无力，对作为现代制度之中国家机器代表的巡警的嘲讽。

同样，《理水》中文化山上的学者吃饱喝足以后挖空心思力图否认禹的存在，于是他们利用种种现代学科如遗传学、历史学等加以抹杀。尽管这种背离现实的主观臆测可能是伪现代性的实践者，但无论如何他们又打着现代的幌子。鲁迅的深刻之处就在于，不仅揭露他们的迂腐，同时也批判他们假借现代旗号的帮凶式操作以及大染缸般的强大腐蚀力。

由上可见，鲁迅对细节的处理也弥漫着狂欢精神。经由细节的刻画，我们不难发现，"他的'整体性的反传统'和思想道德上对某种传统价值的承担之间确是存在着真正的紧张。鲁迅拒绝任何教条空论；他的意识感受着时代的脉搏；他本人便是这个史无前例的二十世纪中国意识危机的象征"①。

综上所言，鲁迅的《故事新编》的叙事有其逐步迈向狂欢的走势，但是对鲁迅小说叙事的解读不可片面为之，因为在鲁迅那里，叙事同时又是厚重思想的铺陈。因为"他将思想化为了小说、化为了情节、化为了各种人物、化为了他的'叙事'……他的观点、观念、理性、命题、结论等等，都融化在整个小说的'叙事'之中。所有中国现代小说家，没有一个人达到了鲁迅的'历史、现实、时代'的广度与深度，达到了鲁迅小说的思想、文化深度"②。我们有必要考察一下鲁迅《故事新编》思想的深度和狂欢特色。

（二）意义指向：众声喧哗

《故事新编》中意义的承载与释放也明显带有狂欢色彩，最常见的无疑是所谓古今杂陈、现实与"历史"的交错等。如人所论，它"并不拘泥于古人古事，而是从历史的镜子里照见现实，甚至直接插入现实的场面：让现代人穿上古人的服装来扮演现实的悲喜剧"③。但是，其指向自然远远不止于此。在笔者看来，它更是一种意义的狂欢。

简单说来，《故事新编》中至少包含以下几层意义的指涉。

---

① 林毓生著：《鲁迅的复杂意识》，尹慧珉译，见乐黛云编《国外鲁迅研究论集（1960—1981）》，北京大学出版社1981年版，第78页。
② 彭定安：《鲁迅学导论》，中国社会科学出版社2001年版，第77-78页。
③ 彭定安：《走向鲁迅世界》，辽宁教育出版社1992年版，第797页。

1. 个体生命体验的悲剧性和原生态书写

这里的个体生命不仅包含鲁迅自身，还包含任何泛指的人类个体形态。在《故事新编》书写中当然包含鲁迅对自我个体生命体验的复杂镂刻：他与古圣先贤之间有种隐秘的内在精神关联，比如文化的传承、拯救与启蒙责任的承担等；当然，也有他对自我的否定和肯定式等矛盾不堪的微妙抒写①。如人所论，"整部《故事新编》所揭示出来的个体生存的困惑都源于鲁迅对人自我矛盾性的悲剧性体验，从中引发出的林林总总的虚无、渺茫、忧患，其本质意义是个体的人超越群体之后，直面宇宙洪荒所产生的种种感喟叹息"②。

鲁迅的《补天》从此意义上讲，尽管和弗洛伊德学说不无关系，但更深一层的含义显然指向了对个体生命鲜活、丰富人性的张扬。

同时，对于那些创制典籍的先辈，鲁迅同样以平常心对待，赋予他们个体的考察视角，破除了他们的符号化、抽象化和神圣化，使其返回人间，摇身一变为普通个体，所以他们常常遭遇现实中哭笑不得的尴尬，体味形而上之外的寻常个体面对人生的荒诞与无力感。同时，这又是鲁迅本身个人体验的悲剧感的某种投射。"鲁迅决没有将他们的思想性格现代化，也没有使他们脱离特定的历史环境。而只是剥去了他们的'神气'和'圣气'，将他们还原成了普通的'人'……这是鲁迅的伟大处，也是《故事新编》的主要的一'新'。"③

2. 对话的世界

《故事新编》中包含多个对话的世界，如神话世界和世俗世界、历史和现实、个体与庸众等。很多时候，鲁迅在处理历史、神话等素材时，采用了对话的策略：它不只是为了复活古人，更大的用意在于针砭时弊，让古今对话。如人所论，"鲁迅把神话世界和世俗世界联系起来，把历史和现实联系起来，并从这种联系中提炼出具有广泛的象征寓意的艺术图式，这个图式和神话世界，和世俗世界，和历史，和现实都有着非常深刻的结构意义上的对应关系"④。

---

① 参见李怡《鲁迅人生体验中的〈故事新编〉》，载《中国现代文学研究丛刊》1999 年第 3 期，第 235 - 252 页。
② 晏红：《鲁迅》，四川人民出版社 2000 年版，第 344 页。
③ 李煜昆编著：《鲁迅小说研究述评》，西南交通大学出版社 1989 年版，第 175 页。
④ 任广田：《论鲁迅艺术创造系统》，陕西人民教育出版社 1996 年版，第 110 页。

《采薇》中伯夷、叔齐的死就是一个代表。他们的死本来并不像鲁迅设想的这样丰富：形形色色的探因预测了死的各种可能性。但笔者以为，一方面，鲁迅是以各种说法层层设障，对伯夷、叔齐的真正死因进行人为的遮蔽，从而借种种议论来剖析"文盲们"的浅层理解，达到再度审视其绝食而死的意义；另一方面，采取另一种版本的死因（指伯夷、叔齐绝食后引来老天的怜悯以鹿奶救之，但由于贪心不足妄图吃奶时杀之吃肉未遂，结果只有被饿死），又嘲讽了伯夷、叔齐的贪婪与伪善。鲁迅采取层层设障的方式逐个展览其死因，这个过程也是一个层层展开、各个剖析的过程，不仅对其死因的追寻形成众说纷纭的效果，而且在对各种死因探研的背后同样也完成了鲁迅多元的叙事心机：展览死因、重审死亡的意义、批判"文盲们"和伯夷与叔齐的愚顽以及俗世中人心的险恶。

同时，在其他小说中，鲁迅还隐隐透出个体与庸众/世俗之间的无可弥合的裂缝。无论是舍身奉献的禹的变质、能干务实的墨子大功告成后所面临的出人意料的现实嘲讽，还是羿兢兢业业后仍难免英雄末路、妻叛友离的悲剧遭遇，都显示了在鲁迅心中挥之不去的深沉悲剧意识、无力感以及对个体启蒙/拯救庸众企图的可笑。

3. 文化观照与检视的狂欢

在笔者看来，从某种意义上说，《故事新编》似乎更像是鲁迅对传统文化观照与检视的狂欢。很难想象，在这样一部奇特的小说中包含了中国几乎所有的主要文化思想流派：儒家、道家、墨家等。从整体上看来，"鲁迅似乎都试图表达这样一种相似的意旨：在国家为政权腐败、物欲横流、内战频仍和日寇入侵所危害的时代，形而上的思想是没有立足之地的。鲁迅从字面的意义上接过道家和儒家的主张，由此导引出一些荒谬可笑的结论。在这里，鲁迅的手段就是重写，把古老的素材转变成对于当代情势的社会批评"[①]。

王富仁曾经别有意味地指出，"鲁迅并不绝对地否定中国古代的任何一种文化，但同时又失望于中国古代所有的文化"[②]。《故事新编》本身也很好地体现了这一点。让众多中国传统文化亮相并非什么特立独行之举，关键是，在包容量极大的《故事新编》中，作者所显现的狂欢式处理方式。

[①] ［荷兰］D. 佛克马著：《中国与欧洲传统中的重写方式》，范智红译，载《文学评论》1999年第6期，第145页。

[②] 王富仁：《中国文化的守夜人——鲁迅》，人民文学出版社2002年版，第140页。

《补天》可视为中国文化发源的神话：中华文化的创世纪记载。似乎一开始鲁迅着实也想苦心认真经营力比多的发动和人性的自然，可惜中国文化的开端在鲁迅笔下就注定是个悲剧，笔锋一转进入"油滑"后，鲜活、丰盈的生命力被古板虚伪、蝇营狗苟所替代。这是否隐喻了文化发展中的某些劣根性？！

儒家的形象在《故事新编》中主要分两种层面出现：迂腐不堪的伯夷、叔齐，狡猾多变、阴险功利的孔子。在《采薇》中，尽管人们对伯夷、叔齐死亡的原因众口不一，但可以看出伯夷、叔齐都是本末倒置、死守封建气节、抱残守缺原则之下的牺牲品，尽管他们很多时候也傻得可爱：手无缚鸡之力的身躯要承担的偏偏是超越时空的、沉重负累的"气节"。比较而言，孔子的形象则与普通的印象迥异，鲁迅对其着墨不多，但通过《出关》中他与老子的两次玄虚对话的不同效果，就知道他已修得所谓"正果"：表面的谦恭掩饰不住内心阴暗的倨傲，可谓既精明又咄咄逼人。最后逼得老子不得不出关、走流沙。

鲁迅对道教似乎素无好感，他非常有名的那句判断就是，"中国根柢全在道教"。《出关》中鲁迅对老子的走流沙尽管不乏批判的剖析，但是基本上还算比较宽容地进行了调侃。在同情式地批评老子的消极避世、不合时务的同时，又以相当顽皮的笔触，不留情面地批评了时人的世故与无知。而在《起死》中，鲁迅对庄子的批评则显得相当严厉、辛辣。庄子那许多绕来绕去的精妙哲理在碰到普通的汉子以后似乎毫无作用。他的绝顶聪明面对的不是同样级别的哲学家，所以他的频频说教只会引来更多的不理解和反感，甚至最后差点体味"秀才遇到兵"的无奈与尴尬。

墨家在鲁迅笔下更多是颇受尊重的"民族的脊梁"与"埋头苦干的人"的象征。无论是《非攻》中墨子的艰苦朴素、兼爱，还是《理水》中禹（墨家文化中独尊禹，而儒家则尊尧、舜、禹等）的三过家门而不入的无私奉献的决绝精神都为鲁迅所欣赏，尽管鲁迅和墨家的思想存在较大差异。[①]

《铸剑》中复仇母题的铺陈同样也是为了礼赞鲁迅所独钟的生命/文化理想，与绝望抗争、讲求策略的大无畏的战斗精神。即使在这篇鲁迅"油滑"分量最轻的小说中，我们还是不难读出个中的许多张力。比如，风格上前半部分（复仇前）显得神秘、阴冷，而后半部分则显得荒诞、滑稽、

[①] 王富仁指出，鲁迅并没有完全肯定墨翟的思想学说，包括他的鬼神信仰和经济平均主义思想。同时，由于鲁迅对人的内在思想境界的强调，墨家对现实社会问题的直接关注也并未被鲁迅所接纳。参见王富仁《中国文化的守夜人——鲁迅》，人民文学出版社2002年版，第128-140页。

浸淫着一种狂欢精神。同时，这也意味着鲁迅关于拯救/启蒙理想的悲剧感：善与恶、黑暗与光明皆同归于尽。在《奔月》中则是对这种启蒙思想无奈"没落"的悲凉吊唁。

总体上看来，鲁迅在内在无尽的悲凉中仍然力图在批判之余寻觅传统文化中的可转化和借用的灵魂。"鲁迅在现代题材的小说中猛烈批判传统文化侵蚀国人魂灵的同时，又力图拨开传统文化的假象，并以崭新的文艺形式来重新发掘、塑造、复原古代世界中值得赞誉的民族魂灵。"①

（三）语言的狂欢：从复调到杂语

在笔者看来，《故事新编》语言的狂欢也是它貌似怪异、难以界定的特征。从复调到狂欢的演变是一个不易觉察的过程。我们今天的人为划分大多出于研究的需要。

如果我们依据巴赫金的相关理论来划分，鲁迅语言的复调有以下分类：①仿古反讽。即借用仿古体的语言来讽刺人的食古不化或愚昧等。②象声反讽。③述今反讽。如《奔月》中老太太与羿的对话。④讲述体。如《采薇》中阿金对伯夷、叔齐的死的描述。

《故事新编》狂欢语言的造就源自鲁迅巧妙地以民间话语对官方话语或者严肃的庙堂话语进行解构、包围与替换，但他又保留了某些话语本原的物质形态，所以我们今天读来，其语言仍然极富狂欢的意味。在小说中，"记载历史伟人的丰功伟绩的庙堂话语被平凡甚至于龌龊的民间话语代替，从而获得了一种讽刺效果，在'正统'文人看来，这不啻对历史的神圣性的亵渎。鲁迅的本意绝不是在消解神圣性和摧垮一切偶像，这和他的反封建的基本定位是密不可分的"②。

鲁迅小说的语言拥有不同的狂欢层面，比如在作品内部人物语言之间存在对话性，语言自身也存在着对话性。当然，除此以外，还可能存在某种结构与现实世界等之间的"大型对话"。有论者指出，"鲁迅的小说语言，既有在作品内部的'对话性'——同作品艺术世界所缔建的虚构——现实世界及其中的人物的对话；又有同接受世界，即当时的现实世界的对话。这种对话性，是从鲁迅的创作宗旨和艺术审美理想的深沉源泉中，引流而出"③。

---

① 聂运伟：《试论〈故事新编〉中的结局现象》，载《湖北大学学报》（哲学社会科学版）1998年第2期，第61页。

② 刘旭：《鲁迅与20世纪先锋小说》，见江苏省鲁迅研究会编《世纪之交论鲁迅》，江苏教育出版社1999年版，第189页。

③ 彭定安：《鲁迅学导论》，中国社会科学出版社2001年版，第169页。

比如，《奔月》中的语言往往就是狂欢的混合体。羿和那位老太太关于谁射杀野猪和蛇的谈话就包含了三个层面语言的指涉：第一层是小说中羿与老太太的对话，第二层指涉了羿与逢蒙之间的纠结（老太太说："说诳。近来常有人说，我一月就听到四五回。"），第三层隐喻了鲁迅和高长虹之间的某些恩怨。

结语：鲁迅《故事新编》的文体创新性与意义的狂欢特色理应得到更多的注意，因为它不仅是鲁迅自身小说发展历程中逐步走向狂欢的里程碑，同时也树立了此类别致文体的某些书写范式。在笔者看来，鲁迅丰富的想象力在给此类文体引来勃勃生机的同时，也给后人清晰辨明它的文体埋下了后患。毋庸讳言，它和诸多文类，比如历史小说、武侠小说等都有交叉之处。

第七章　比较细读

第一节　"详细"的"永固"
——论鲁迅生前身后对郁达夫的五次回访

20世纪中国文学史上，鲁迅和郁达夫的关系无疑耐人寻味：他们惺惺相惜，也求同存异。当然，更令人关注的是，他们身上有着诸多相似点：他们都是现代文学史上极少见的可以凭借稿费和版税自力更生的作家；他们和日本都有着千丝万缕的联系——同在日本留学，都曾弃医从文，[①] 然后回国执教，先后进入过北京大学和中山大学，甚至连他们的死似乎也和日本人相关，可谓悖论重重、扑朔迷离。[②]

他们二人关系的融洽和长久程度可谓奇迹，尤其在常人眼里，鲁迅骂人无数、多疑善斗，郁达夫放浪形骸、花天酒地。郁达夫曾经这样评价他们的友谊："至于我个人与鲁迅的交谊呢，一则因系同乡，二则因所处的时代，所看的书，和所与交游的友人，都是同一类属的缘故，始终没有和他发生过冲突。"[③] 而一向回避"创造社里的人物"的鲁迅对郁达夫的印象却不错，"我和达夫先生见面得最早，脸上也看不出那么一种创造气，所以相遇之际，就随便谈谈；对于文学的意见，我们恐怕是不能一致的罢，然而所谈的大抵是空话。但这样的就熟识了"[④]。

值得注意的是，在二人彼此深厚的革命友谊中也有更深层的细节期待、

[①] 关于鲁迅、郁达夫留学日本及艺术个性比较可参见夏晓鸣《鲁迅、郭沫若、郁达夫留学日本及艺术个性之比较》，载《学术研究》1987年第3期，第79-85页。

[②] 比如周海婴对鲁迅的死则抱有疑惑，认为主治医生须藤可能有责任，具体可参见周海婴《一桩解不开的心结——须藤医生在鲁迅重病期间究竟做了些什么?》（载《鲁迅研究月刊》2006年第11期）。而有关郁达夫的死，虽然铃木正夫在他著述的《苏门答腊的郁达夫》（上海远东出版社1996年版）进行了辨证，但仍然有疑点，比如并未见到郁达夫的骨骸。在新马民间，也有另外一种说法，认为郁达夫很可能死于自己人之手。姑且存疑。

[③] 陈子善、王自立编注：《郁达夫忆鲁迅》，花城出版社1982年版，第36页。

[④] 鲁迅：《伪自由书·前记》，见《鲁迅全集》（第5卷），人民文学出版社2005年版，第3页。

更幽微的挖掘。比如，如何重新解读鲁迅生前对郁达夫的四次回访？如何理解在20世纪30年代末的马来亚时空，从未到过南洋的鲁迅却和身在星洲的郁达夫发生冲突？作为和而不同的两位现代文学巨匠，他们在文艺观上又有着怎样的分歧？

综览相关文献，关于鲁迅和郁达夫的研究可谓汗牛充栋。在有关二人的传记中或多或少都会涉及二人的交流史，二人的关系缕述也因此屡屡得到重视。甚至相关比较业已成书，比如郑心伶著述的《日月双照——鲁迅与郁达夫比较论》（花城出版社1994年版），而相关论文更是层出不穷。[①]

上述研究虽然开拓了二人关系认知的新视野，至少或多或少填充了对他们文化、生活、精神交流的认知，但在笔者看来，在鲁迅和郁达夫的关系梳理中，我们并未充分论述鲁迅对郁达夫的回访意义及由此得出的二人的精神差异性和彼此认知关系中的可能暧昧之处。

本节的问题意识在于，我们如何重构鲁迅回访的历史现场？如何看待和分析鲁迅在有生之年对郁达夫的四次回访（一次未遇）？更进一步，我们又如何看待鲁迅逝世两年多后，在南洋时空中发生的鲁迅与郁达夫的冲突，这是否也可视为鲁迅对郁达夫的第五次回访？

郁达夫在《回忆鲁迅》中提到，自己的记忆力很差，对时日和名姓尤其如此，而鲁迅却相当不一样，"他对于遇见过一次，或和他在文字上有点纠葛过的人，都记得很详细，很永固"[②]。本节标题出处即来于此，借此更加说明其中的张力：在文字表述上（比如日记），鲁迅的记录却是近乎"述而不作"，但正因为如此，我们有必要重新挖掘，再现和思考二人独特的君子之交，同时强化这段"详细"的"永固"。

一、日月同辉：当郁达夫遇上了鲁迅

郁达夫和周氏兄弟的交往的确有些传奇色彩。郁达夫最先遇上的是周作人。郁达夫早期代表作《沉沦》出版后引起了强烈轰动和轩然大波，此书在风行之外，也遭受了很多的误解、辱骂、嘲讽等。恰恰在郁达夫倍觉委屈的时候，周作人署名"仲密"力挺郁达夫。他仔细阅读小说中的性/道德，并指出，"我临末要郑重的声明，《沉沦》是一件艺术的作品，但他是'受

[①] 有着直接关联的就有：张恩和《鲁迅与郁达夫：小说创作之比较》，载《鲁迅研究月刊》1997年第6期，第29-36页；刘炎生《永恒的感情——郁达夫尊崇鲁迅事迹评述》，载《鲁迅研究月刊》1997年第5期，第52-61页；吴建华《郁达夫与鲁迅》，载《长沙水电师院社会科学学报》1993年第2期，第81-85页；等等。

[②] 陈子善、王自立编注：《郁达夫忆鲁迅》，花城出版社1982年版，第34页。

戒者的文学'（Literature for the initiated），而非一般人的读物"。又说，"著者曾说：'不曾在日本住过的人，未必能知道这书的真价，对于文艺无真挚的态度的人，没有批评这书的价值。'我这些空泛的闲话当然算不得批评，不过我不愿意人家凭了道德的名来批判文艺，所以略述个人的意见以供参考"①。

而郁达夫与鲁迅相识于周作人邀请吃饭的场合。在1923年2月17日《鲁迅日记》中写道："午二弟邀郁达夫、张凤举、徐耀辰、沈士远、尹默、欧士饭，马幼渔、朱遏先亦至。谈至下午。"② 接下来，2月27日晚上，郁达夫又邀鲁迅在东安市场东楼共饮；而2月28日，鲁迅收到郁达夫的来信。从此两人过往甚密，情深意浓，谱写了文坛上不落文人相轻陋俗的动人佳话。

考察1923年2月17日二人开始相识，至1936年10月18日《鲁迅日记》终止，记述鲁迅、郁达夫的交往有213次，其中郁达夫访鲁迅127次，鲁迅回访4次；郁达夫来信27次，鲁迅回信21次；郁达夫邀鲁迅共饮6次，鲁迅邀郁达夫2次；等等。上述统计数字只是按照公开出版的二人日记比照统计的，因为有些为有意或无意的漏登③，目前数字当属不完全统计。

从上述统计也可以看出，比鲁迅年少15岁的郁达夫在二人的交流中，对鲁迅表示出相当的亲近和主动，当然其中也不乏崇敬的成分——鲁迅是他的"良师益友"。④ 虽然鲁迅的回访次数寥寥可数，但书信往来却不遑多让，透露出他们的关系非同一般。我们可以从文艺和精神生活两大层面进行分析。

（一）文艺战友与并肩作战

郭沫若在《再谈郁达夫》一文结尾写道："鲁迅的韧，闻一多的刚，郁达夫的卑己自牧，我认为是文坛的三绝。"⑤ 尤其耐人寻味的是，当鲁迅、郁达夫这种殊异的人格相遇的时候，虽偶尔不同，但在合作中往往更能散发出卓绝的光辉。

---

① 仲密：《沉沦》，载《晨报副镌》1922年3月26日"文艺批评"栏目。
② 鲁迅：《鲁迅全集》（第15卷），人民文学出版社2005年版，第461页。
③ 郑心伶认为，有些交往有"漏记或故意不记"的情况。具体可参见郑心伶《日月双照——鲁迅与郁达夫比较论》，花城出版社1994年版，第179页，注释45。
④ 参见彭定安、马蹄疾编著《鲁迅和他的同时代人》（下卷）之《鲁迅和郁达夫》，春风文艺出版社1985年版，第47页。
⑤ 郭沫若：《再谈郁达夫》，载《文讯》第7卷第5期，1947年11月15日。

1. 联合办刊：并驾《奔流》

郁达夫与鲁迅真正的办刊合作开始于1928年6月20日上海创办的《奔流》，这本由李小峰主持的北新书局出版的月刊旨在翻译介绍马克思主义文艺和外国文学作品，故以翻译为主，创作为辅。在介绍该刊文艺宗旨时，鲁迅指出："1. 本刊揭载关于文艺的著作，翻译，以及绍介，著译者各视自己的意趣及能力著译，以供同好者的阅览。2. 本刊的翻译及绍介，或为现代的婴儿，或为婴儿所从出的母亲，但也许竟是更先的祖母，并不一定新颖。"①

《奔流》对当时的文艺青年有着良好的指引作用。郁达夫在《回忆鲁迅》中写道："当编《奔流》的这一段时期，我以为是鲁迅的一生之中，对中国文艺影响最大的一个转变时期。在这一年当中，鲁迅的介绍左翼文艺的正确理论的一步工作，才开始立下了系统。而他的后半生的工作的纲领，差不多全是在这一个时期里定下来的。"② 许广平在《鲁迅回忆录》里，也盛赞这是他们两人合作中对中国文艺事业最有贡献的一件事情。③ 而其他论者往往也持肯定意见，指出《奔流》对文学青年的巨大指引作用。④

但若从作为文艺战友的合作角度看，上述对《奔流》的美誉更体现了二人合作的愉快。在鲁迅亲自撰写的十二期编按或后记中，鲁迅对郁达夫的译作往往不吝赞扬，当然，也会"催逼""诱以甘言"（含刊发读者的赞扬信）双管齐下。这既是对惰性不时发作的郁达夫的一种善意提醒、改造，也是给郁达夫的满腔才华以"横溢"的机会。

而值得一提的是，在1928年9月20日创刊、1930年6月终刊出到3卷第6期的郁达夫主编的文艺月刊《大众文艺》中，鲁迅并非编委，却也热情给予支持，共谱新篇章。

2. 在反击中砥砺：再思"革命"

20世纪二三十年代的文坛上，对于"革命"的再思往往耐人寻味。很多时候，"革命"不仅意味着进步与否，而且可能变成借刀杀人的工具和可

---

① 鲁迅：《〈奔流〉凡例五则》，见《鲁迅全集》（第7卷），人民文学出版社2005年版，第479页。
② 陈子善、王自立编注：《郁达夫忆鲁迅》，花城出版社1982年版，第37页。
③ 参见许广平《鲁迅回忆录》，作家出版社1961年版。
④ 参见丁言昭《鲁迅和〈奔流〉——纪念〈奔流〉出版五十周年》，见《中国现代文艺资料丛刊》（第4辑），上海文艺出版社1979年版，第215-226页。

资利用的幌子。

  1928 年发生在创造社与郁达夫、鲁迅之间的文学革命论争,便是一场饶有意味的遭遇战。① 8 月 8 日署名"慎之"的人在《申报·艺术界》上刊登了一篇名为"上海咖啡"的文章。它打着鲁迅、郁达夫的旗号做广告,说他们出入其中,大家可以常常看见他们在里面"高谈他们的主张"。这种含沙射影以及广告效果可谓一箭双雕。郁达夫不忿,随即站在他和鲁迅的立场上进行反驳,在 8 月 13 日出版的《语丝》第 4 卷第 33 期发表《革命广告》(文末有鲁迅附记):"这一家革命咖啡馆究竟在什么地方,和是哪一位开的,我——这一个不革命的——郁达夫,完全还没有知道。推想起来,大约是另外总有一位革命郁达夫是常在那里进出的。至于鲁迅呢,我只认识一位不革命的老人鲁迅……我想老人鲁迅,总也不会在革命咖啡馆里进出,去喝革命咖啡的,因为'老',就是不革命,就是反革命。"

  更猛烈的攻击来自化名"杜荃"的郭沫若。如果说李初梨的《普罗列塔利亚文艺批评的标准》、冯乃超的《冷静的头脑》(《创造月刊》第 2 卷第 1 期)对鲁迅的批判皆是旁敲侧击的话,"杜荃"的文章《文化战线上的封建余孽》② 对鲁迅的批评则可谓极尽人身攻击和语言暴力之能事。文章称鲁迅是"一个资本主义以前的封建余孽""二重的反革命的人物""一位不得志的 Fascist(法西斯蒂)"。鲁迅也毫不示弱,写下《文坛掌故》《文学的阶级性》等犀利的文章进行反击和回应。而此时此刻,郁达夫表现出战友的强烈支持和崇拜,"我总以为,以作品的深刻老练而论,他总是中国作家中的第一人,我从前是这样想,现在也这样想,将来总也是不会变的"③,言辞中透出的支持可谓不遗余力。

3. "左联"中的心神相通

  在《回忆鲁迅》中,郁达夫指出,"左翼作家联盟,和鲁迅的结合,实际上是我做的媒介。不过,左联成立之后,我却并不愿意参加,原因是因为我的个性是不适合于这些工作的,我对于我自己,认识得很清,决不愿担负一个空名,而不去做实际的事务;所以,左联成立之后,我就在一月之内,

---

① 具体评论可参见王学谦《以自由意志质疑政治革命——关于鲁迅与太阳社、创造社的论争》,载《齐鲁学刊》2005 年第 2 期,第 89－93 页。
② 杜荃:《文化战线上的封建余孽——批评鲁迅的〈我的态度气量与年纪〉》,载《创造月刊》第 2 卷第 1 期,1928 年 8 月 10 日。
③ 郁达夫:《对于社会的态度》,载《北新》第 2 卷第 19 号,1928 年 8 月 16 日。

对他们公然的宣布了辞职"①。

  当然，郁达夫退出左联的经过也有其他说法，比如"开除说"。② 鲁迅是相当关注郁达夫退出左联事件的。显而易见，郁达夫对左联的某些过激行为和"左"倾举措有些不满。在1930年6月23日致周作人的信中，他汇报道："鲁迅先生，近来被普罗包围得厉害，大约日后也得尝尝这一种斗争的苦味。"

  鲁迅对郁达夫退出左联事件的态度恰恰可以部分反映出鲁迅的文艺观和左翼文学的差异。比如对"革命文学"的理解，在《上海文艺之一瞥》《辱骂和恐吓决不是战斗》等文章中，他始终坚持"革命是并非教人死而是教人活的"。而同样，在文学与政治的关系上，鲁迅更主张文学的相对独立性，如不满现状、坚持理论、强调"技巧"等。③ 从此角度看，恰恰可以反映出左联的政治性、工具性以及对郁达夫处理得不够宽容。

（二）生活私交与精神知己

  郁达夫和鲁迅不仅在文艺上如切如磋，支持鼓励，惺惺相惜，而且在生活上也是至交。

1. 私交

  1927年12月31日，在北新书局李小峰的招饮会上，郁达夫和鲁迅同席。俗话说，"酒逢知己千杯少"，在当天的《鲁迅日记》中赫然记着，"饮后大醉，回寓呕吐"。这是其中非常罕见的大醉记录，可见二人私交甚笃。至于相互馈赠物品、带送事物（稿费等）更是屡见不鲜。当然，人常言，"物以类聚，人以群分"，他们二人和其他朋友的结交通过彼此介绍的也不在少数，应当说鲁迅在这一点上是充分相信郁达夫的，"鲁迅的知人论世，

---

 ① 陈子善、王自立编注：《郁达夫忆鲁迅》，花城出版社1982年版，第37页。

 ② 冯雪峰就回忆说，郁达夫参加左联是鲁迅介绍的，但参加后不积极，后来文总开会决定开除郁达夫。投票表决时，冯雪峰、柔石等4票反对，其他赞成。事后，冯雪峰告诉鲁迅，鲁迅也不同意，认为人手多一个好一个。具体可参见冯夏熊整理《冯雪峰谈左联》，载《新文学史料》1980年第1期，第1-11页。

 ③ 关于此种差别，具体可参见王得后《鲁迅文学与左翼文学异同论》（见汕头大学新国学研究中心主编《中国左翼文学国际学术研讨会论文集》，汕头大学出版社2006年版，第145-154页），Tsi-an Hsia. *The Gate of Darkness: Studies on the Leftist Literary Movement in China* (University of Washington Press, 1968) 一书中也有类似观点，曹清华《"左联"成立与左翼身份建构——一个历史事件的解剖》（载《文艺理论研究》2005年第3期，第12-22页）也值得一读。

为友为敌，了了分明"①。以下摘录几个细节加以证明。

1926年年底，郁达夫在离开中山大学之前曾经致信将要离开厦门过来广州的鲁迅，表达对此地的不满。鲁迅也在1926年12月23日致许广平的信中谈及此事。郁达夫1926年12月14日离开广州时，在日记中写道："行矣广州，不再来了。这一种醒醒腐败的地方，不再来了。我若有成功的一日，我当肃清广州，肃清中国。"②后来，郁达夫也在1927年1月写成其第一篇政论文《广州事情》，发表在《洪水》第3卷第25期上，引起轩然大波。无论如何，郁达夫对鲁迅的提醒和知照表明二人交情不错，当然也很可能让鲁迅对新城市广州有了先入为主的判断。鲁迅后来草草离开中山大学可能与此也有一种幽微的关联，尽管主要是受1927年4月的"反革命"屠杀事件以及与顾颉刚的个人恩怨影响。

同样值得一提的是，郁达夫也曾扮演和事佬角色。在1929年鲁迅和李小峰发生版税冲突时，郁达夫成功展现出一个和事佬的高超素质，这也更说明他和鲁迅有着非凡友谊。从8月上旬到月底，他一直奔忙于此事；而在8月28日的晚宴上，鲁迅和林语堂又节外生枝，产生误会，郁达夫又赶紧从中斡旋，使二人真正得以和解。③

此外，还有鲁迅对郁达夫举家迁居杭州的规劝。鲁迅曾于1933年12月30日赋诗《阻郁达夫迁家杭州》进行劝解，诗云："钱王登遐仍如在，伍相随波不可寻。平楚日和憎健翮，小山香满蔽高岑。坟坛冷落将军岳，梅鹤凄凉处士林。何以举家游旷远？风沙浩荡足行吟。"鲁迅似乎预见到杭州官场的险恶、环境逼仄不适合郁达夫。结果正如鲁迅所料，郁达夫在杭州很不愉快，甚至发生了情变。在此事件中，呈现的不只是鲁迅对浙江的了解和高度预见性，还有他立足于对郁达夫深切认知的基础上所做的设身处地的考量。从中我们也不难看出鲁、郁二人的深厚友谊。

后来，身处福建的郁达夫在听到鲁迅死讯后的反应以及叙述文字（《怀鲁迅》）也令人动容。"发出了几通电报，会萃了一夜行李，第二天我就匆匆跳上了开往上海的轮船。二十二日上午十时船靠了岸，到家洗一个澡，吞了两口饭"，即使不看后文的对鲁迅意义的强调和深沉颂歌，也可感知郁达夫和鲁迅之间的深情厚谊。

---

① 郑心伶：《日月双照——鲁迅与郁达夫比较论》，花城出版社1994年版，第56页。
② 《郁达夫日记集》，浙江文艺出版社1986年版，第43页。
③ 相关事件可参见陈福亮《风雨茅庐——郁达夫大传》（下卷），中国广播电视出版社2004年版，第832–836页。

2. 神汇

尽管郁达夫在和左联分手前后魂牵梦绕的名言是:"I am not a fighter! I am a writer!"（我不是一个战士，只是一个作家。）而实际上，表面放荡不羁的郁达夫却有相当浓烈的革命性。尤其是，他和鲁迅共同参与了一些革命性事务。比如1930年2月13日，他们共同参与发起成立自由大同盟，坚持抗争，直至总干事杨杏佛被暗杀而不得不躲避为止。在共同合作中，郁达夫指出，"鲁迅不仅是一个只会舞文弄墨的空头文学家，对于实务，他原是也具有实际干材的"①。而与左联的关系，他们也有共同点，往往热心参与，但又清醒独立。1932年2月4日，二人又共同签署《上海文化界告世界书》，表达对日寇侵华的强烈不满，抗议"一·二八"事件，也反对当时国民政府的妥协；1932年12月15日又联合签发《中国著作家为中苏复交致苏联政府电》，祝贺中苏两国人民从此又能促进友谊；1933年1月17日，参加宋庆龄、蔡元培等领导的中国民权保障同盟；1933年5月15日，联名发表《小林同志事件抗议书》和《为横死之小林遗族募捐启》，又一次表达了对日本法西斯暴行的怒斥和鄙视。

在革命事业精神相通以外，他们在个人思想的交汇上也引人注目和慨叹。

前述鲁迅来广州前，即将离开的郁达夫于1926年年底曾致信提醒；而鲁迅在离开广州回到上海后，却又和郁达夫分享了少为人知的他从中山大学"赋闲"后留在广州斗争的经验。他以雄鸡的"振冠击羽"作比，讲述对视的必要性；同时，又讲述了韧性战斗的意义和实践，比如关于《魏晋风度及文章与药及酒之关系》的经验本身也是战斗智慧的结晶。"大学里来请我讲演，伪君子正在庆幸机会到了，可以罗织成罪我的证据。但我却不忙不迫的讲了些魏晋人的风度之类，而对于时局和政治，一个字也不曾提起。"②能够将这些经历、心得与郁达夫分享，一方面表明鲁迅对郁达夫的充分信任，另一方面也是他对精神知己纯真友情的回报。

而在文学思想上，郁达夫和鲁迅也有相当的贯通性。比如，郁达夫对小说的许多主张都和鲁迅遥相呼应。难能可贵的是，他们超越了文人相轻的弊端，大胆而热烈地互相推荐对方。在《中国新文学大系·小说三集》中，鲁迅对郁达夫评价很高，选了他的数篇名作，如《沉沦》《采石矶》《茑萝

---

① 陈子善、王自立编注：《郁达夫忆鲁迅》，花城出版社1982年版，第39页。
② 陈子善、王自立编注：《郁达夫忆鲁迅》，花城出版社1982年版，第35页。

行》《春风沉醉的晚上》《过去》等，同时对其《迟桂花》也是印象甚佳。此外，鲁迅还多次向美国伊罗生、日本增田涉等介绍和举荐郁达夫。

反过来，郁达夫除了对鲁迅小说"偏嗜""溺爱"以外，在编选《中国新文学大系·散文二集》中，一共编选鲁迅散文24篇，作为"这一本集子的中心"，并认为"中国现代散文的成绩，以鲁迅、周作人两人的为最丰富最伟大者"。

更令人震撼的是，在鲁迅逝世后，郁达夫更多表现出对鲁迅的高度赞扬、深邃理解。作为鲁迅的至交、知己，他一次次推介鲁迅，并弘扬其精神，他的有关鲁迅的回忆性文字更是成为后来的鲁学家不可绕过的精神财富。当然，他们的友谊，无论是生活、精神，还是文艺层面的巨大交集都令人感慨不已。

二、聚焦生前：回到历史现场

如前所述，在1923年2月17日二人首次见面，到1936年10月19日鲁迅逝世，正式的记载中，郁达夫访问鲁迅有127次，而鲁迅的回访只有4次（含一次未遇）。在这个巨大的数字落差背后似乎说明了一些显而易见的事实：鲁迅不喜欢出访，哪怕是对挚友；在鲁迅和郁达夫之间，后者对前者的仰视和崇敬更多一些。年长15岁的鲁迅在各个方面——年龄阅历、影响力、思考的深度、处事的成熟度等方面都是兄长。

疑问也是一目了然的，鲁迅的四次回访到底意味着什么，或者只是老友之间的必要寒暄？换言之，我们如何重回历史现场，并借此进行深入分析？

（一）首访：个人关怀与集体提携

1924年7月3日，在北京的鲁迅首次回访郁达夫。《鲁迅日记》相关记载如下："昙。休假。午后访郁达夫，赠以《小说史》下卷一本……夜郁达夫携陈翔鹤、陈ㄙ君来谈。"[①] 鲁迅的日记素以精练、实用和理性著称，在这段简短的文字中其实蕴含了两重含义：一是跟郁达夫加深私交，二是提携后进。

1. 巩固友情

鲁迅和郁达夫之间的友情既有普通人的交际，也有知识分子文化人的群体特征。显然，这个简单日记的表面记录背后也包含了类似的交流。

---

① 鲁迅：《鲁迅全集》（第15卷），人民文学出版社2005年版，第519页。

(1) 以书会友。根据《鲁迅日记》记载，1923 年 12 月 26 日，上午郁达夫访鲁迅，赠《创造周报》半年汇刊本一册，鲁迅以《中国小说史略》上卷（新潮社版）回赠。这半部《中国小说史略》也意味着他们交情的可持续性：为下卷的"宝剑送英雄"埋下伏笔，即"好书送挚友"。

其实，1924 年 6 月 20 日晚，鲁迅才收到下卷样书 100 本，"晚孙伏园来并持到《中国小说史略》下卷一百本"①。耐人寻味的是，鲁迅和郁达夫接下来的见面恰恰就是鲁迅首次回访郁达夫，可见郁达夫在鲁迅心目中的位次不轻。

(2) 恭喜乔迁。据陈福亮的《风雨茅庐——郁达夫大传》记载，1924 年 5、6 月间，郁达夫乔迁新居。他将家搬到什刹海北岸的一所小房子中，既可享受入夜的清静，安心写作；白天又可"与民同乐"，热闹喧嚣，而且和妻子孙荃、龙儿等共享天伦之乐，也算惬意。但久居北京的友人，著名作家鲁迅的探望和恭喜无疑可以给奋斗中的郁达夫注入温情和战斗力，何况"鲁迅先生极少访客"。②

2. 提携后进

在鲁迅午后首次回访郁达夫的当天夜里，郁达夫又带着陈翔鹤和陈炜谟拜谒鲁迅。这其中当然显出郁达夫对鲁迅的尊崇，而反过来，他又可以介绍文学青年跟鲁迅相识，也可以看出鲁迅对郁达夫的赏识和信任。

鲁迅对文学青年的提携是不遗余力的。早在 1924 年，鲁迅就曾向郁达夫提议，准备遴选青年佳作来帮助他们更好地成长。他们"以为该有人搜罗了各处的各种定期刊行物，仔细评量，选印几本小说集，来绍介于世间；至于已有专集者，则一概不收，'再拜而送之大门之外'"③。但由于时势变迁，此事未能达成。但此举显出二人提携后进、激励青年作家的苦心。

(二) 再访：避难中的感恩与真情锻铸

鲁迅对郁达夫的第二次回访发生在 1932 年 1 月 28 之后的上海。2 月 25 日，他在《鲁迅日记》中记道："晴。午后同三弟访达夫。"④ 在同样宛如史学家表述事实的朴素文字中，背后浮动着鲁迅对挚友的感恩和拜谢。

---

① 鲁迅：《鲁迅全集》（第 15 卷），人民文学出版社 2005 年版，第 517 页。
② 参见陈福亮《风雨茅庐——郁达夫大传》（上卷），中国广播电视出版社 2004 年版，第 509 - 511 页。
③ 鲁迅：《鲁迅全集》（第 3 卷），人民文学出版社 2005 年版，第 162 页。
④ 鲁迅：《鲁迅全集》（第 16 卷），人民文学出版社 2005 年版，第 300 页。

1. 友人的挂念

1932年2月3日上海《申报》临时专刊"脱险与失踪"栏刊载了一则寻人启事:"前北京大学教授周豫才,原寓北四川路,自上月二十九日事变后,即与戚友相隔绝,闻有人曾见周君被日浪人凶殴。周君至戚冯式文,因不知周君是否已脱险境,深为悬念,昨晚特来本馆,请求代为登报,征询周君住址。冯君现寓赫德路嘉禾里一四四二号,如有知周君下落者,可即函知冯君。"① 寻人者恰恰就是化名冯式文的郁达夫。

在日军悍然发动"一·二八"事变后,鲁迅不得不逃难,先是在1月30日躲到内山书店的楼上;2月3日,为安全起见,迁居英租界内四川中路与三马路附近的内山书店支店。检索《鲁迅日记》,2月1—5日皆为"失记"。记日记习惯绝佳的鲁迅居然不得不"失记",可以想见当时避难慌促的情形。

2月4日,设法联系上的郁达夫、鲁迅在逃难处见面,当时还有周建人一家,"十人一室,席地而卧"②。而恰恰也在当日,鲁迅、郁达夫等联署的《上海文化界告世界书》发表,感同身受、痛定思痛之后,他们一起谴责日寇的暴行。

2. 感念与续缘

2月25日,尚在避难中的鲁迅和周建人二人拜访郁达夫,感谢他在事变发生后的挂念、关心与支持。轻易不访客的鲁迅,在避难中途仍然要回访、拜会老友,从此细节上我们不难看出鲁迅的真性情。实际上,据《鲁迅日记》记载,3月14日他们"复省旧寓",19日在海婴疹愈才搬回"旧寓"。

而尤其令人感念的是,在鲁迅避难过程中,郁达夫隔三岔五进行探望。就在2月29日,郁达夫继续探访鲁迅,"并赠干鱼、风鸡、腊鸭";3月3日、7日,郁达夫夫妇又接连去探望。

俗话说,"患难见真情"。郁达夫和鲁迅是患难之交,前者在大难中对后者的挂念令人感怀,而后者难中的致谢也令人钦佩。

---

① 陈子善、王自立编注:《郁达夫忆鲁迅》,花城出版社1982年版,第6页。
② 鲁迅:《鲁迅全集》(第16卷),人民文学出版社2005年版,第299页。

(三) 三访、四访：投桃报李

1. 三访：提携与报答

1932年7月12日，《鲁迅日记》记载："晴。上午……访达夫。"① 鲁迅对郁达夫的第三次回访，在笔者看来，更多是投桃报李的提携行为。

1932年5月间，增田涉由日本来沪，想编一本《世界幽默全集》。鲁迅便致函增田涉，向其推荐郁达夫的《二诗人》，建议将之编入第12卷《中国篇》；又说，"郁达夫、张天翼两君之作，我特为选入。近代的作品，只选我的，似觉寂寞"②，提携之情蕴含其间。

1932年7月10日，郁达夫发起部分著作家茶话会，鲁迅应邀参加，主要讨论营救牛兰夫妇（身为泛太平洋产业同盟上海办事处秘书，他们在狱中绝食抗议）之事。郁达夫、鲁迅等人会后致电国民党当局，要求释放二人，"以重人道"。

正是在此背景下，鲁迅第三次回访了郁达夫，而就其《二诗人》入选以及牛兰夫妇问题进行磋商。7月16日，鲁迅又专门致函郁达夫，要求其帮助解答增田涉翻译过程中的疑难。从更大的意义上说，这是鲁迅的一次投桃报李，也是一次惺惺相惜的提携。

2. 四访未遇

据《鲁迅日记》记载，1933年2月8日，"上午……寄达夫短评二则。午后访达夫，未遇"。2月9日晚，"达夫来访"。③ 鲁迅的第四次回访郁达夫以未遇开始，却又以达夫次日的回访终，可以看出二人关系极其密切。

值得关注的是，鲁迅当日寄给郁达夫的两篇杂文：一篇《电的利弊》主要借电的巧用和误用来反思中国人对科技或物品的雕虫小技式使用，背后批判的是思维和头脑的僵化；另一篇《不通两种》借文字的不通来证明背后的有意为之，抹杀事实真相，或不准通、不敢通、不肯通诸种丑态。鲁迅对当局专制及粉饰的批判可谓一石二鸟，以文字的不通入手，以意识的不通作结。

虽然鲁迅第四次回访未遇，但2月9日郁达夫又回访。耐人寻味的是，

---

① 鲁迅：《鲁迅全集》（第16卷），人民文学出版社2005年版，第318页。
② 鲁迅：《鲁迅全集》（第14卷），人民文学出版社2005年版，第211页。
③ 鲁迅：《鲁迅全集》（第16卷），人民文学出版社2005年版，第360页。

郁达夫于1933年2月14日在《申报·自由谈》发表《非法与非非法》，驳斥当局诬蔑中国民权保障同盟为非法团体的流言，这种不谋而合更多源于他们互相回访所带来的精神交汇和激荡。

鲁迅逝世后，1937年1月1日，郁达夫在厦门接待文学青年郑子瑜、马寒冰等人时说："人们认为我和鲁迅思想不同，性格迥异，却不知道我和鲁迅是交谊至深，感情至洽，很能合得来的朋友。"①

三、南洋"回访"：后继者遭遇崇拜者战友

1939年年初，郁达夫南下星洲以后，和本地青年发生了"几个问题"的论争，而其中的主要论题之一就是有关鲁迅的评价问题。现在的研究往往对此论争处理得过于草率，整体说来并不尽如人意。比如，或者从中更看出了郁达夫对鲁迅的"无限敬慕与怀念"②，或者为郁达夫的遭人误解叫屈，"只要经过时间的证明，郁达夫才是真正的人，像鲁迅那样真正了解他的人毕竟太少了"③。但在笔者看来，这些观点难免遮蔽了问题的复杂性与更多可能性。

这其实更是一场鲁迅的"回访"，是对郁达夫的第五次回访。虽然鲁迅已经仙逝了，但其拥护者和后继者却和郁达夫进行了一场别有意味的对话。而反思这场"回访"，有两个层面发人深省：一是鲁迅和郁达夫和而不同中"异"的一次暧昧重现，二是本土情怀：旅行并扎根的鲁迅再生。

（一）和而不同的暧昧再现

出于对二人革命性的强调，长期以来，读者/论者往往有意淡化了郁达夫和鲁迅的冲突和矛盾。而实际上，这种和而不同才可能是真正朋友的真实体现，而这次南洋"回访"不过更像是"旧事重提"罢了。

1. 文艺观的和而不同：以日记体为中心

综览郁达夫的作品，尤其是小说和散文，自传体比比皆是，很多时候这也形成了一种风格，一如捷克汉学家普实克所言的"极端主观主义"。"郁达夫集中注意自己的内心生活（感情，精神状态，思想过程），同时也找到了与此相适应的表现形式。他反复运用的是日记、笔记、书信等特别适宜于

---

① 陈子善、王自立编注：《郁达夫忆鲁迅》，花城出版社1982年版，第98页。
② 郑心伶：《日月双照——鲁迅与郁达夫比较论》，花城出版社1994年版，第111页。
③ 陈福亮：《风雨茅庐——郁达夫大传》（下卷），中国广播电视出版社2004年版，第1179页。

直接交流的形式。"①

在1927年夏天,郁达夫写了一篇《日记文学》,发表在《洪水》第3卷第32期上,提出文学家的作品多为自叙诗,有许多心理刻画与细节;而且,若以第三人称来写,则失去文学的真实性,所以散文作品中最便当的题材是日记体,其次是书简体。这当然呈现出郁达夫对自己所擅长的书写方式的某种洞见/偏见。

在广州的鲁迅读到这篇文章,就写了《怎么写》一文,批评道:"体裁似乎不关重要。"他认为真实与否和不同人称叙述并无必然区别,而日记体、书简体"极容易起幻灭之感"。他总结道:"散文的体裁,其实是大可以随便的,有破绽也不妨。做作的写信和日记,恐怕也还不免有破绽,而一有破绽,便破灭到不可收拾了。与其防破绽,不如忘破绽。"②

后来,郁达夫对鲁迅的观点表示赞同,称"此论极是"。③但这并不意味着差异和冲突就此罢休。而联想到此后1939年的几个问题事件,这种时空隔离之后的无意对话似乎更加耐人寻味:在某种意义上,郁达夫更强调文学的形式性,而鲁迅则更看重体裁的表达力。

2. 矛盾暧昧再现

温梓川等槟城文艺青年主要提出如下几个问题请教郁达夫,包括:①在南洋文艺界,当提出问题时,大抵都是把国内的问题全盘搬过来,这现象不知如何?②在南洋文艺,应该是南洋文艺,不应该是上海或香港文艺。南洋这地方的固有性,就是地方性,应该怎样使它发扬光大,在文艺作品中表现出来?③在南洋做启蒙运动的问题。④文艺大众化、通俗化,以及利用旧形式的问题。

在回答第一个问题时,郁达夫以上海的"鲁迅风"杂文体为例来说明其观点,认为题目本身不值得讨论。"对这问题,我以为可以不必这样的用全副精神来对付,因为这不过是一个文体和作风的问题。假如参加讨论的几十位先生,个个都是鲁迅,那试问这问题,会不会发生?再试问参加讨论者中间,连一个鲁迅也不会再生,则讨论了,也终于有何益处?"又说,"持这一种态度的问题提出者和讨论参加者,我们只有对他表示敬意;即使那问

---

① [捷] 普实克:《论郁达夫》,见李杭春等主编《中外郁达夫研究文选》(下册),浙江大学出版社2006年版,第585页。

② 鲁迅:《怎么写》,见《鲁迅全集》(第4卷),人民文学出版社2005年版,第25页。

③ 参见郁达夫《再谈日记》,见《郁达夫日记集》,浙江文艺出版社1986年版,第406页。

题是一愚问,我们也只有惊叹着他'其愚不可及',而不能施以谩骂和轻薄"。①

如果仔细阅读郁达夫的这个判断,显然其中包含了一些俯视和火气,尤其是它对本地青年的热情与渴望缺乏足够的尊重和理解。毕竟,当地青年尊敬和崇拜鲁迅,要求学习鲁迅的杂文风格,借此发扬鲁迅的战斗精神。

所以,耶鲁撰文《读了郁达夫先生的〈几个问题〉以后》反驳,"他不知道导师鲁迅一路来那种反托反汉奸反洋场恶少反颓废分子的战斗精神,在今天是有着怎样积极的意义;他更不知道和这种内容相配合的他那种类似轻骑队的形式,对于今天在炮火紧张下的祖国写作者又是怎样一种多么宝贵的遗产",然后斥责郁达夫对青年态度的反问是"取消主义倾向"。由此我们不难读出,这是本地青年自尊心受伤害后一种本能排斥并反驳的心理,这种反驳本身有些上纲上线的倾向。

而编者楚琨也附言批评。他在《编者附言》中指出,要学习"鲁迅先生那种泼辣的英勇的战斗精神"。同时,他也点评了郁达夫的功绩与不足:"郁达夫先生是中国文艺界的老前辈,他最脍炙人口的作品如《沉沦》《迷羊》,虽然充满了肉的颓废的气息,却也反映了当时另一部分不健全的苦闷青年的倾向,在文学史上占着相当地位。抗战要求每一个文化人参加抗日统一战线,因此即使是以颓废文人著称的郁达夫先生,我们也希望他能够本其热情和正义感,动员他的笔和口,为民族服务,这便是郁先生到新加坡来虽然声称是'慕南洋风光',而南国文化青年们仍不减其热诚希冀的原因。不过郁先生开场第一炮,便使我们失望。"②

不难看出,无论是在编者那里,还是在读者那里,郁达夫的文化角色定位以及文学史地位都是无法与鲁迅媲美的。郁达夫有其颓废倾向,而这帮青年的背后恰恰是自己设定的强有力的鲁迅文化支撑。换言之,他们的提问更是设问,无非想获得另外一位中国著名的大作家的肯定答复罢了。

对此,郁达夫撰文《我对你们却没有失望》进行解释。他并非"对鲁迅的人格与精神有所轻视",并以关心鲁迅遗孀和后人作为论据:"我说讨论的人若个个是鲁迅的话,则那场讨论或者可以不必的,这是对死抱了鲁迅不放,只在抄袭他的作风的一般人说的话。这一点,我希望耶鲁先生应该看清。鲁迅与我相交二十年,就是在他死后的现在,我也在崇拜他的人格,崇拜他的精神。前些日子,报传鲁迅未亡人许女士沪寓失火,我还打电报去探

---

① 郁达夫:《几个问题》,载《星洲日报·晨星》1939 年 1 月 21 日。
② 上述耶鲁、楚琨的文章皆发表在《南洋商报·狮声》1939 年 1 月 24 日。

听，知道了起因是有一点的，但旋即扑灭，损失毫无之后，我才放心。并且许女士最近还有信来，说并没有去延安，正在设法南迁，我也在为她想法子。所以我说用不着讨论的，是文体，作风的架子问题，并不是对鲁迅的人格与精神有所轻视。"①

从上述回应我们不难看出，郁达夫在此时所强调的更是鲁迅创作的风格问题，属于文体问题，而青年更关心的是这种文风的革命性、战斗性功能，这是在两个侧重点上互有攻守的。

楚琨又通过刊登读者来信方式予以反驳。齐兰、李苹在《关于郁达夫先生》中认为，郁达夫作为"一个文艺工作者，不能在国家危急时候领导青年参加抗战，却用风凉话嘲讽青年，奚落青年，即使天天捧住鲁迅先生的神主而哭泣流涕，也终于事实何补"；而楚琨在《编者答书》中答复说，郁达夫先生搬出"光荣的历史"，掩盖目前所暴露的弱点，"实在不高明"。② 同样可以理解的是，按照前述青年们的思路，郁达夫把他对鲁迅的崇敬以及彼此之间的深厚友情当作一种遮蔽，乃至炫耀，这无法掩盖他革命的合法性不足的现状。

郁达夫又写了《我对你们还是不失望》进行辩解，同时指出要多做事，少说话。"有一点须注意的，就是'文艺'不是'武艺'，'讨论'不是'抗战'。我自信正因为有了'过去的历史'，与鲁迅、郭沫若、史沫特莱、鹿地亘，或周恩来、吴玉章等的交情，所以觉得用不着五窍生烟。"③ 不难看出，郁达夫在辩论时又搬出了更多位知名人士作为其光荣史，在表面陈述事实的过程中又部分降低了南洋青年所认为的鲁迅的神圣性。这当然更是火上浇油。

论争的第二个星期，郁达夫在一篇答辩文章中追述自己在上海时曾对进步女作家史沫特莱说过，"I am not a fighter, but only a writer"。这句话本身并无太大的问题，也部分表明了作为一个作家创作的相对独立性，但这不仅在上海引起风波，甚至郁达夫也因此被"左联"开除；而且，到了日本人全面侵略中国后的1939年的南洋语境中，当地人的反应更是大不相同。《狮声》的投稿者和编者则具有浓厚的"感时忧国"精神，认为无论在革命年代或抗日战争时期，作家都应该是战士，要为抗日战争尽心尽力。这自然无形中又将鲁迅的大无畏斗士形象和彼时的郁达夫做了高下的比较和判断。但

---

① 郁达夫：《我对你们却没有失望》，载《星洲日报·晨星》1939年1月25日。
② 上述两文皆发表在《南洋商报·狮声》1939年1月26日。
③ 郁达夫：《我对你们还是不失望》，载《星洲日报·晨星》1939年1月27日。

我们知道在 1932 年日军侵略时的上海，无论鲁迅还是郁达夫都强烈谴责日寇的暴行。

该事件最后以《晨星》出了一个"不严肃"的专号（1939 年 2 月 7 日）作为结束的前奏，其中不乏对《狮声》编者的斥骂。《狮声》编者对此进行回应，做了收场白："昨天《晨星》出了一个谩骂与攻击的专号，目标是《狮声》及编者个人，全版充满吹、捧、骂、意气，把'乞丐儿、浪人、伪君子、小人'之类的骂语都扯上……我愿再诚恳地正告郁达夫先生：我们要讨论问题，就得抓紧主题，采取严肃而诚恳的态度……万万不能把精力浪费在无原则的意气之争。"①

最后 1939 年 2 月 28 日《星洲日报·晨星》发表了人在香港的楼适夷的《遥寄星洲》。文章说，郁达夫与鲁迅是不同的类型，然而他的纯真的性格、强烈的正义感、为民众喉舌，值得给予很高的评价，南洋的进步青年应该汲取他的优点，对一个新来者不应苛责。此后，论战才完全停止。

稍微总结郁达夫与南洋青年的论争②，在你来我往的辩论中，排除报纸之间（《星洲日报》与《南洋商报》）的竞争关系带来的紧张，这种辩论恰恰反映了鲁迅南洋后继者和郁达夫的冲突。也许因为郁达夫和鲁迅走得太近，有着更多的精神交会和通达之处，使得郁达夫在回答问题时更强调鲁迅的文体创造性。同时，也鼓励青年更多独立自主，不要人人抱着鲁迅不放。这种观点有其放眼长远的独特之处，但也部分暧昧再现了当年郁达夫对鲁迅的某种误解和其本身的局限性。

（二）本土情怀：旅行并扎根的鲁迅再生

鲁迅在新加坡、马来亚（以下简称"新马"）的传播、接受、经典化和去经典化③过程，其实有着郁达夫难以体验和察觉的本土化历程。作为一个隶属于华文文学/文化世界，乃至是世界文学/文化范围内的一个伟大文学巨匠和思考者，鲁迅的地位尊崇，无疑在各地也有着各自的传播和崇高化过程。萨义德有一个很著名的"理论的旅行"的概念，理论可以旅行到不同的场景和场域中，也往往因此会受到扭曲和篡改而丧失其反叛性，因此理论

---

① 见《南洋商报·狮声》1939 年 2 月 8 日。
② 当事人张楚琨先生 1982 年 11 月回顾了这场论争，具体可参见张楚琨《忆流亡中的郁达夫》，见中国人民政治协商会议全国委员会文史资料研究委员会编《文化史料》（第 6 辑），文史资料出版社 1983 年版，第 1—24 页。
③ 去经典化主要发生在（后）冷战时期，当鲁迅被视为"左"倾的文化政治代表以后，新马同样也有去经典化倾向。

的变形完全是可能的。① 如果将之挪用到鲁迅的旅行中，也是可取的。在南洋，远在郁达夫抵达之前，就有这样的一个被传播和定位的旅行并扎根的鲁迅。

20世纪20年代，鲁迅在新马有着相当的知名度，但由于新马当时的"左"倾作家相当激进，加上受到后期创造社、太阳社等人对鲁迅的大力批判乃至攻击影响，他们也有人认为鲁迅不够激进。比如署名"陵"的作者就指出，"我觉得十余年来，中国的文坛上，还只见几个很熟悉的人，把持着首席。鲁迅、郁达夫一类的老作家，还没有失去了青年们信仰的重心。这简直是十年来中国的文艺，绝对没有能向前一步的铁证。本来，像他们那样过重乡土风味的作家，接承十九世纪左拉自然主义余绪的肉感派的东西，哪里能卷起文艺上的狂风"②。

在当时的新马文坛上，"新兴文学"（普罗文学）成为一种热潮，唤起了热情澎湃的年轻写作人的激情和盲目自信，所以在20世纪30年代以前，相当一部分文坛青年并不把鲁迅当作最神圣的模仿偶像，毕竟鲁迅那时候更多是无地彷徨，"常从幽暗的酒家的楼头，醉眼陶然地眺望窗外的人生"（冯乃超语），看不到革命的伟大前景和胜利的希望。

20世纪30年代后，鲁迅就任"左联"盟主，成为无产阶级文学最知名的代言人。当然，之前猛烈的攻击也出于联合革命的考量因此作古，其时大力攻击鲁迅的"左"倾文学青年也接到相关指示。而当时南下新马的中国知名和不知名作家也对鲁迅宣传得力，比如，当时知名的洪灵菲、老舍、艾芜、许杰等。③ 而本土知识分子则将鲁迅视为不可替代的文化与精神导师（mentor）。

真正巨大的推动和神化来自鲁迅的逝世。在鲁迅逝世后三天左右，新马本地报纸反应热烈而迅速，隆重而庄严，纷纷开辟专版进行悼念。新马文化界如此隆重、热烈、庄重与沉痛地追悼一位文艺作家，这是空前的一次。章翰（韩山元）对此有着相当详细的描述，如《鲁迅逝世在马华文艺界的反应》《马华文化界两次盛大的鲁迅纪念活动》④ 就记录了当时的空前盛况。

---

① Edward Said. *The World, the Text and the Critic*. Harvard University Press, 1983, pp. 226–248.
② 陵：《文艺的方向》，载《星洲日报》之《野葩》副刊1930年3月19日。
③ 参见林万菁《中国作家在新加坡及其影响（1927—1948）》（修订版），万里书局1994年版，第1-22页。鲁迅及其作品在南洋文学的影响叙述还可参见李志《鲁迅及其作品在南洋地区华文文学中的影响述论》，载《西南民族学院学报》（哲学社会科学版）2003年第3期。
④ 分别见章翰《鲁迅与马华新文学》，风华出版社1977年版，第11-35页、第44-49页。

如果考虑到当时的现实因素——马来亚共产党①在初创期，相当活跃，华人（文化）居于主导地位的构成也推动了鲁迅及其作品的急速本土化和宣传。所以，鲁迅慢慢成为对马华文艺影响最大、最深、最广的中国现代作家。不仅是文学创作，而且在社会运动的各条战线都有其巨大和深远的影响力。经过这样的沉淀、催化和经典化，鲁迅成为当时文艺工作者和知识分子的光辉典范。

如王润华所论，"鲁迅在1936年逝世时，正是马来亚共产党开始显示与扩大其群众力量的时候，而新马年青人，多数只有小学或初中教育程度，所以鲁迅神话便在南来中国文化人的移植下，流传在新马华人心中"②。当然，需要指出的是，鲁迅能够被推广，首先也因其作品自身的独特性和迷人魅力。

可以更进一步加以说明的是，即使是到了新加坡、马来西亚各自建国，慢慢培养自己国民的政治认同时，鲁迅也仍然具有不可忽略的领袖作用和价值。他似乎不仅仅是左翼、激进倾向的象征，到了新加坡独特的华语、英语语言政治环境中，他甚至也变成了华文文学、文化的标尺，成为维护华校生自尊的文化借重。后起的很多新马作家在文学创作，尤其是杂文创作上，往往以鲁迅传承者自居或者仍然视鲁迅为榜样。韩山元（1942— ）可以作为一个20世纪六七十年代的代表，而英培安（1947— ）③则是20世纪80年代以来的优秀代表。

郁达夫很难预料的是，在他来新马以前，当地华人已经将鲁迅视为一个巨大的文化、道德、精神之父的象征，具有神圣性和崇高性，这也可视为鲁迅旅行并被本土化的象征。而初来乍到的郁达夫，由于还缺乏足够的时间将自我本土化④，未能充分理解青年的内在需求，因此，自然也难免发生上述冲突了。

需要指出的是，在此论争之后，郁达夫对鲁迅的推介更是不遗余力，无

---

① 有关马来亚共产党的研究，争议很多，资料也不少。具体可参见陈平的回忆录《我方的历史》和《沿着完全的民族独立的道路前进：马来亚共产党文件选编》（世界知识出版社1960年版）等。

② 王润华：《鲁迅越界跨国新解读》，文史哲出版社2006年版，第83页。

③ 有关介绍和论述可参见朱崇科《本土性的纠葛——边缘放逐·"南洋"虚构·本土迷思》（唐山出版社2004年版）和《考古文学"南洋"——新马华文文学与本土性》（上海三联书店2008年版）相关章节。

④ 参见朱崇科《丈量旁观与融入的距离——郁达夫放逐南洋心态转变探因》，载《香港文学》2002年11月号。修订后收入李杭春等主编《中外郁达夫研究文选》（下册），浙江大学出版社2006年版，第471-486页。

论是种种纪念场合积极发言,还是在纪念日报刊上的组稿活动、撰文等,他此后真正呈现了对鲁迅的高度礼敬。在《鲁迅逝世三周年纪念》一文中,郁达夫写道:"总之鲁迅是我们中华民国所产生的最伟大的文人,我们的要纪念鲁迅,和英国人的要纪念莎士比亚,法国人的要纪念服尔德·毛里哀(莫里哀,朱按)有一样虔诚的心。"① 这种表示和定位算是论争/第五次回访之后的一个精妙总结。

结语:重新再现、思考鲁迅对郁达夫的五次回访,不仅可以让我们发掘郁达夫、鲁迅两位文坛巨子交往的鲜活性、复杂性和灵动性,而且可以唤醒被论者所忽略的和而不同中的真实可能。更进一步,通过南洋论战(争),我们也可以看出鲁迅的逐步国际化、本土化。

同时,更进一步,这也说明我们的 20 世纪中国文学史书写要兼顾更多的区域与可能流变,单纯以中国大陆为中心或唯一来俯视、删减和概括是有其缺憾和武断性的。当然,这已经远远超出了鲁迅回访郁达夫的意义,而是涉及 20 世纪中国文学和其他区域华文文学交叉地带的处理问题,或者是"华语比较文学"② 的问题。

第二节 "肥皂"隐喻的潜行与破解
——《肥皂》精读

在《中国新文学大系·小说二集序》中,鲁迅以《呐喊》和《彷徨》为例,坦言自己在小说技艺方面的变迁或者进步。在提及《彷徨》时,他说道:"此后虽然脱离了外国作家的影响,技巧稍为圆熟,刻划也稍加深切,如《肥皂》《离婚》等,但一面也减少了热情,不为读者们所注意了。"③ 然而,改造的效果相对一般,似乎因了其书写基调的阴冷,远没有《呐喊》时候的慷慨、警醒所引起的关注热烈了。

从某种意义上说,《彷徨》中的佳作《肥皂》(刊于 1924 年 3 月 27、28 日《晨报副刊》)似乎也并未引起充分的注意。而更耐人寻味的是,对它的评价也令人大跌眼镜,贬斥者甚至认为它"坏到不可原谅"的地步,"《肥

---

① 郁达夫:《鲁迅逝世三周年纪念》,载《星洲日报星期刊·文艺》1939 年 10 月 15 日。
② 参见朱崇科《华语比较文学:超越主流支流的迷思》,载《文学评论》2007 年第 6 期,第 171-177 页。
③ 鲁迅:《中国新文学大系·小说二集序》,见《鲁迅全集》(第 6 卷),人民文学出版社 2005 年版,第 247 页。

皂》的毛病则在故意陈列复古派的罪过,条款固然不差,却不能活泼起来"①。而褒扬者,如对鲁迅小说评价富含意识形态色彩的夏志清,甚至认为这是呈现鲁迅小说技艺最好的文本,"就写作技巧来看,《肥皂》是鲁迅最成功的作品,因为它比其他作品更能充分地表现鲁迅敏锐的讽刺感。这种讽刺感,可见于四铭的言谈举止"②。

更进一步,在对该篇小说意义的破解中,论者大多将其视为揭破伪君子、假道学四铭在表面维护社会伦理道德之下的幽暗性心理以及蠢动欲望的实质,如"这是一块去污力极强的肥皂。它何止洗去四铭太太脖子上的积年老泥,更洗去了伪君子四铭脸上的庄严的油彩"③。当然,也有更进一步者,持续丰富对肥皂的认知,指出"肥皂"的双重象征:一是洗去脏物,消除"性幻想"障碍的一种反抑制力量;二是女乞丐的象征。④

然而,值得反思的是,"肥皂"是否蕴含了更丰富的隐喻?比如,如果从整体背景和宏观视野意义上进行考察,是否可理解为两大关键词——"文明"与"欲望"的较量?或者回到肥皂本身,其谱系学(genealogy)变迁是否隐喻着新的可能,比如"民族寓言"?当然,我们也可以继续追问,在四铭欲望的奔走中,是否也昭示了可能的权力/话语关系?

为此,笔者认为,有必要重新精读《肥皂》,从而勾勒出其相关隐喻的潜行以及痕迹,探勘其深层隐喻以及书写技艺的别具匠心。为此,笔者将从以下层面展开论述:①肥皂主线:物质四铭的精神分析;②肥皂谱系:中西文化位次的更迭;③生成隐喻:潜行/交叉的技艺。

一、肥皂主线:物质四铭的精神分析

鲁迅将这篇小说命名为《肥皂》,可谓意味深长。从某种意义上说,即使将小说中和肥皂故事有直接关联的事件列出,也可反衬四铭假道学的伪善和真面目;而鲁迅的不凡之处就在于他同时设置了张力十足的枝蔓,扩展并强化了主题,使得肥皂的隐喻更丰赡饱满。

(一)肥皂主线:物质四铭

若从肥皂主线考量,这篇小说的核心线性情节当为:①四铭买肥皂回

---

① 李长之:《鲁迅批判》,北京出版社2003年版,第96页。
② 夏志清著:《中国现代小说史》,刘绍铭等译,香港中文大学出版社2001年版,第39页。
③ 范伯群、曾华鹏:《鲁迅小说新论》,人民文学出版社1986年版,第287页。
④ 参见温儒敏《〈肥皂〉的精神分析读解》,载《鲁迅研究动态》1989年第2期,第12页。

家;②买肥皂的起源("咯支咯支"的女乞丐);③四太太拒绝使用肥皂;④肥皂被录用。

考察这一情节中的诸多驿站,虽然着墨不多,但仍然可以揭示和批判四铭在表面道德关怀和掩饰之下本能以及自我的物质性特征。

首先看四铭买肥皂回家。鲁迅在书写时可谓相当郑重其事且不惜笔墨。比如,一开始对丈夫不甚在意的四太太终于看到四铭费尽周折地掏着重重衣服之下口袋中的肥皂,这无疑点出了肥皂的重要性;而鲁迅又细描肥皂的形、色、味,甚至四太太推开了抢着要看的女儿——秀儿。打开包装后更是一番精雕细琢,甚至四太太如捧着"孩子"一般。

如此郑重让人不免想起《呐喊》中的名篇《药》。人血馒头具有类似的神圣性,而肥皂的书写更具有日常性,且反讽性更强。当然,也可能借此反映《彷徨》和《呐喊》的差异,"《肥皂》中的所谓过去的相对化与脱离的意图,也可以说是《彷徨》的整体意图吧"。① 联系下文,我们发现:四铭对肥皂越郑重其事越反映其内心淫欲的炽烈:肥皂的物质性恰恰隐喻了四铭的物质性,同时也是女乞丐身体的象征和替代。

其次,到了肥皂的起源一节中,四铭的伪善可谓昭然若揭。十八九岁的年轻女乞丐在无聊的光棍闲汉那里成为意淫的对象,"只要去买两块肥皂来,咯支咯支遍身洗一洗,好得很哩"(第171页)。耐人寻味的是,四铭并没有给钱以解女乞丐生计困顿的燃眉之急,在被点燃了情欲后,他同样呈现出"'非道德'的性欲冲动"②,然后去买了一块中间价格的肥皂(中庸之道的体现)给太太。

再次,四太太在儿子学程屡屡挨骂的时候戳穿了四铭的伪善,认为四铭的迁怒于人等行径源于对女乞丐的淫欲遭到压抑,表明自己不愿意成为女乞丐的替代品。

最后,四太太接受了肥皂。结局中不难看出鲁迅作为反讽高手的杰作,他将肥皂的泡沫比作大螃蟹嘴上吐出的水泡,和早先有"霄壤之别"。然而,四铭的物质性终于感染了四太太,她在消费肥皂的同时也成为四铭消费的对象。

不难看出,在肥皂的这条主线中,小说所要隐喻的主要寓意已经赫然形

---

① 《药》和《肥皂》的比较、关系等可参见[日]谷行博著《〈肥皂〉是怎样作成的?》,靳丛林译,载《鲁迅研究月刊》1997年第2期。引文见第36页。
② 王富仁:《中国反封建思想革命的一面镜子——〈呐喊〉〈彷徨〉综论》,北京师范大学出版社1986年版,第332页。

成,四铭的物质性已经得以深刻呈现。但鲁迅的更深刻之处在于他对单纯、琐碎事件入木三分的处理和迂回曲折的数度审判。这样的操作会令某些读者"感到不快",甚至将其当作鲁迅小说的缺点之一:"自以为是,是他文章的一种特征。"① 当然,也包含前面对鲁迅的指责——过多陈列复古派的罪行等,这恰恰反映了鲁迅结构小说方面的别致。

(二) 细枝蔓节:强化的张力

通过情节的递进来揭穿一位假道学的伪善似乎是容易的,但鲁迅偏偏又设置了许多枝蔓,从而让这位伪君子在倒霉透顶中,或者说在"荒谬的喜剧"② 中彰显内心深处的虚伪以及物质性,同时又丰富和深化了小说的寓意。

1. 打压儿子学程

因为买肥皂受女学生耻笑的假道学四铭为此迁怒于更弱的下一代——儿子学程,让他查出"old fool"的意思,这其实已经显出了他的内在懦弱(既挥刀向更弱者,又做不好父亲)。不仅如此,他还推而广之骂新式学堂,骂剪发的女学生红颜祸水、"搅乱天下"(陈词滥调、颠倒黑白),甚至为此禁止女儿读书。而背后的反讽意义是,这居然是一个曾经提倡开学堂、强调中西折中的人,其骨子里的守旧、反动因此得以彰显。当然,在这些辱骂的背后,也掩藏不住其情欲的压抑和宣泄。

2. 吃饭的风波

晚饭前的黑暗似乎给了四铭不少的感奋,觉得自己所做的事情至关重要,实则乃是他虚假的想象和自我膨胀。之后的晚饭,可以说更是一场闹剧。家庭饭桌本来是一家人和谐关爱、享受天伦之乐的天地,而在小说中却成为四铭虚伪的又一次揭发。他自私而蛮横,当看到喜欢的菜心被学程吃掉后,无聊而懊恼,又开始将白天查字典未成功的事摆上饭桌进行批判。这引发了四太太的不满,冷笑着揭露其内心深处幽暗的淫荡:应当买多一块肥皂,将女乞丐遍身洗一洗,供起来,然后天下太平。

---

① [日]竹内好著,孙歌编:《近代的超克》,李冬木等译,生活·读书·新知三联书店 2005 年版,第 85-86 页。
② 王德威对老舍《骆驼祥子》中悲剧过度集中的精彩论述可参见王德威《荒谬的喜剧?——〈骆驼祥子〉的颠覆性》,见王晓明主编《二十世纪中国文学史论》(上卷),东方出版中心 2005 年版,第 462-469 页。

3. 拯救者与掘墓人

在四铭内心深处的虚伪遭到揭发、坐立不安的时候，他的诗社同行何道统和卜薇园及时来访，恰恰拯救了尴尬莫名的四铭。

然而，他们有关女乞丐孝女的谈话却意味深长，甚至不乏悖论：一方面，彰显了他们作为传统文人的"名士气"以及缺乏对基本民情的了解；另一方面，在讲述女乞丐故事的过程中，四铭也为自己准备好了道德伪装的掘墓人——何道统。

两块肥皂和"咯支咯支"作为不断被重复和调笑的对象，引起了心中有鬼的四铭的恐慌和不满，这恰恰暴露了他内心深处的虚伪与脆弱，从斥责四太太的"胡说"到不满何道统的"胡闹"，遮蔽言辞的变迁，其国粹家的面具已经被摘除，同时也反映了他被人戳穿和剥光之后的内在虚弱。

4. 回归家庭

在诗社同行那里同样难以找寻温暖的四铭又回到家中，四太太仍然默然相对，在所谓中西折中浮浮沉沉的学程仍然在查字典，而少不更事的秀儿似乎在牙牙学语（重复母亲饭桌上的话）地指斥他，"咯支咯支，不要脸不要脸"，为此，四铭很受伤。通过对肥皂主线以及支线的叙述，鲁迅不仅点出了四铭的物质性和精神分析观照之下的本能压抑以及转移过程再现，同时也强化了其虚伪性以及被戳穿的尴尬。

二、肥皂谱系：中西文化位次的更迭

在《肥皂》中同样存在着一个"肥皂"的谱系，那就是从皂荚到似橄榄非橄榄味的肥皂，再到檀香味的肥皂。在小说结尾有着清晰的描述，（肥皂的泡沫）"比起先前用皂荚时候的只有一层极薄的白沫来，那高低真有霄壤之别了。从此之后，四太太的身上便总带着些似橄榄非橄榄的说不清的香味；几乎小半年，这才忽而换了样，凡有闻到的都说那可似乎是檀香"（第176页）。

在这样的谱系学背后也隐喻着丰盈的寓意，但整体说来，更多是反映了中西方文化位次的升降、更迭与融合等。

（一）文化中国与"民族寓言"

一块小小的肥皂，可说是功用甚为丰富。在本节语境中，如果考虑到中西方文化碰撞的视角，它无疑更是"西"的象征与代表；作为一个具有现代意味的道具和隐喻载体,它无疑又意味独具。

1. 民族寓言中的中国身体

詹明信指出,即所有第三世界文本都带有寓言性和特殊性:它们应当被当作民族寓言进行阅读。① 此说虽然不乏笼统和武断的毛病,甚至暗含了权力吊诡②,但作为一种整体观照,对于鲁迅个案来说,却是适当的。比如,相当经典的《阿Q正传》,当然也包括《肥皂》。

如果将女乞丐和肥皂放在一起,隐隐然就成了一幅颇具意味的图像:一位落魄、衰疲的弱女子需要洗心革面,而后才能焕然一新,散发出迷人光彩。

光棍们对女乞丐的意淫虽然也是借助肥皂,却更是对其物质性的强调和侧重。恰恰是对她身体的猥琐凝视行为,反映了当时中华民族内部肌体的溃烂和国民劣根性的蔓延(弱者挥刀向更弱者)。

小说中的四铭对肥皂的强调也折射出其物质性的一面,然而作为一个中体西用的虚假拥护者,他讨厌新事物的现代性,却在本能的促发上仍然需要借助不断发展的"西"来实现,鲁迅在此指出了其固守国粹、不学无术的虚妄。同时,由女乞丐到太太身体的转移恰恰又彰显出其保守主义心理的作祟(当然,也有不得已转而求其次的原因),而结果——肥皂谱系的进化显然部分颠覆了他的顽固立场。

2. 现代性的胜利

耐人寻味的是,四太太尽管洞察四铭的伪善与压抑的淫欲,最后她还是接受了肥皂的洗礼,消费了肥皂,也成为四铭的消费品。但除此之外也可能有另外的一层含义存在。

四太太所使用的肥皂在一步步得以改进和提升(价格、香味、档次等),这似乎预示了现代性对前现代性(pre-moderniy)的古老帝国文化传统的胜利。尽管过程可能显得稍为缓慢,但无疑这更是一个不可扭转的趋势。

如果考察四铭身份认同的复杂性,其背后的传统无疑其因有自。如人所论,"很短的一个小说出现了两个现代的东西:一个是肥皂,一个是字典。

---

① Fredric Jameson. "Third-World Literature in the Era of Multinational Capitalism". see *Social Text*, 1986 (15), pp. 65 – 88.

② 参见朱崇科《谁的东南亚华人/华文文学?——命名的后殖民主义批判》,载《学海》2006年第3期,第186页。

我认为鲁迅小说通过这个表现了对于启蒙内涵的权力因素的洞悉，这个理解与文学史上的一般理解是完全不同的……肥皂和字典，既然是现代文明的象征，那四铭等人自然是愚昧，因此他们必然拒绝现代文明，拒绝肥皂和字典。但是，这个文明/愚昧，传统/现代的解释在这里显然非常成问题，在我看来，鲁迅这一小说的戏剧性恰恰在于揭示：近代中国那些表面上反对现代、'西方'的政治、经济和文化统治者，内心和潜意识里实际上对于'西方式表述'表达出强烈的热衷、想象和敬畏"①，然后这些推动他们成为本质化的传统主义者。但反过来，这也无法抵挡现代性的强势推进。

（二）性别寓言与话语权力的分散

如果考察四铭与"肥皂+女人"的关系，我们不难看出其中的性别寓言以及男性权力话语的分散与撒播。我们不妨以表格罗列其中暗含的权力关系。

肥皂+女人	四铭看	四铭被看
肥皂+女学生	以不满与诬蔑女学生来掩饰心中的惊惧	old fool，对中庸之道恶俗坚守者的俯视与嘲弄
肥皂+女乞丐	意淫对象，在此层面上，他本质上和光棍类似，但更虚伪（两块肥皂"咯支咯支"）	—
肥皂+四太太	转嫁意淫，满足淫欲的对象；一块肥皂也显示出女人地位的低下	最终和男权合流，但指斥四铭的伪善本质，对夫权有一定的反抗意识

从上表可以看出，哪怕是被四铭视为最弱的"内室"，其对男权意识也有一定的反抗，当然，更不必说她对四铭道德本质的某种片面又深刻的体察。同时，我们也可以看出在对新事物曾经叶公好龙的四铭内心深处对女人的欲望也有级别观念，为此"凡面对他所尊重的合符礼俗的女人，不可能产生越轨情欲；潜意识'性幻想'中，他只能以低阶的女子为'性对象'，

---

① 韩毓海：《所谓无词的言语》，见陈平原主编《现代中国》（第4辑），湖北教育出版社2004年版，第199页。

这才不致产生道德的焦虑,也才能得以满足"①。

但是现实和事实再次证明了现代性可能的胜利以及男权话语部分被消解或分散的嬗变。同时,又反映了四铭作为古老帝国传统伪代言人的色厉内荏。

综上所述,肥皂的谱系并不仅仅可能隐喻了一种宏大叙事中的民族寓言,同时也预示着现代性的可能胜利趋势以及对传统男权中心的复杂渗透与削弱。从某种意义上说,这可能更是肥皂隐喻的潜行。

三、生成隐喻:潜行/交叉的技艺

考察肥皂的主线与肥皂的谱系的交叉点,我们发现肥皂与女乞丐成为一个至关重要的凝结点。恰恰是立足于此点,我们可以看出四铭的物质性、本能以及虚伪道德性之间的复杂张力。这种张力鲁迅又从两个层面展开,一个发生在四铭内部,而另一个发生在与此主线有着千丝万缕关联的诸种枝蔓上,比如家庭其他成员以及外人之间。

不仅如此,立足此点,恰恰可以看出民族寓言视野中的传统文化中国的尴尬,以及中西文化之间的较力、冲撞与融合。当然,它同时又是一个参照点,可以看出不同女性身份与肥皂结合后隐喻的话语权力位置与效能。

因为不仅仅是立足于主线,而是主次并举,鲁迅在《肥皂》里反讽/讽刺的功力②发挥可谓淋漓尽致,甚至令人拍案叫绝;又因为是预设了谱系的流变,肥皂的隐喻因此显得繁复深刻而又异常精致。这不能不说是鲁迅小说技巧圆润的一种表现,它"在于正反的事理中天衣无缝的合拼在一处,以显示篇中的主意。作者的艺术手腕,实在比《呐喊》时代进步得多了。《呐喊》时代的《药》与《明天》,那里及得《肥皂》来呢"③。

很多时候,鲁迅是非常需要一种冷静和耐心的精读的,他的内心深处的无比寂寞以及深邃复杂的思想缠绕,他的文字虚构的独特技艺以及不拘一格的文体实验实在值得我们认真细读。不必说,《肥皂》《彷徨》,还有更深远的鲁迅都可能潜藏着巨大的诠释空间。

---

① 温儒敏:《〈肥皂〉的精神分析读解》,载《鲁迅研究动态》1989年第2期,第16页。
② 相关论述可参见田晔、思危《从〈肥皂〉看鲁迅讽刺艺术的力度》[载《沈阳师范学院学报》(社会科学版)1997年第1期,第21-24页]。当然,也要注意批判处理该文中的某些观点。或者参见李丽《卫道与伪道——论〈肥皂〉的反讽艺术》(载《安徽教育学院学报》2002年第1期,第81-83页)。
③ 任叔:《鲁迅的〈彷徨〉》,见李何林编《鲁迅论》,陕西人民出版社1984年版,第77页。

第三节　为了反抗与也是反抗
——鲁迅和阿尔志跋绥夫笔下人物性心理描写比较

"鲁迅从 1920 年 10 月 30 日译他的短篇小说《幸福》起，到 1936 年 2 月 19 夜写信给夏传经提及《工人绥惠略夫》止，在其作品、杂文、序跋、书信、日记中引用阿尔志跋绥夫达二十五处之多。"[1] 阿尔志跋绥夫在俄国文学史上的地位并非举足轻重，他往往只是白银时代现实主义作家中而被一笔带过的人物。然而，就目前资料来看，鲁迅却是将其引入中国的第一人。他早在 1920 年就翻译并出版了其中篇小说《工人绥惠略夫》和短篇小说《幸福》；1921 年又译介阿尔志跋绥夫的短篇小说《医生》，并且发表了一批评论文章。不仅如此，我们在解读二人的文本时，还会欣喜地发现他们在思想和艺术上的某些契合之处。比如就"爱与憎"而言，"阿尔志跋绥夫正是在特定的思想背景下投合并强化了鲁迅的爱憎感情，并在鲁迅的现实主义作品中留下了自己的痕迹"[2]。

一、关于阿氏及鲁迅视野中的阿氏

阿尔志跋绥夫（1878—1927）是俄国白银时代依旧"显得沉稳而自信"的现实主义流派中的一员。1901 年，他完成处女作《巴莎·杜麦拿夫》，因其暴露学校黑暗而遭禁，不久又写了《暴动》《偷马贼》《笑》等作品。1904—1905 年，他创作《旗手哥洛洛夫》《狂人》《妻》《伊凡·兰德之死》《血痕》《朝影》等。在这些作者自称为"革命故事"的作品中，《伊凡·兰德之死》是其成名作，"他自己最喜欢的、同样是宣扬无政府个人主义思想"的《血痕》和《朝影》使他遭沙皇当局通缉，还险被处以死刑。1907 年，阿氏发表了众说纷纭的长篇《萨宁》（本完成于 1903 年，又因沙皇书刊检察机关阻挠而推迟发表），在俄国文学界及思想界引起巨大震动，并遭尖锐批判。1908—1912 年，他又写了小说《几百万》《工人绥惠略夫》《极限》等。1923 年因敌视十月革命坚持无政府主义流亡波兰，1927 年病逝。

鲁迅的视野中多了一个阿氏并非偶然，如前所述，鲁迅是介绍阿氏入中国的第一人。有文化人类学家发现，"当代世界的许多文化变迁即使不是外

---

[1] 李万钧：《鲁迅怎样评论他所译的长篇小说》，载《外国文学研究》1981 年第 3 期，第 51 页。
[2] 汪晖：《鲁迅前期的思想、创作与阿尔志跋绥夫》，载《中国社会科学院研究生院学报》1986 年第 5 期，第 18 页。

部强加的，也是由外部引进的"①。鲁迅深谙"借借他人的酒杯"的意义，早在1920年译《幸福》时，就对阿氏予以较高评价："他的著作，自然不过是写实派，但表现的深刻，到他却算达了极致。"在《译了〈工人绥惠略夫〉之后》中，鲁迅又给了他如出一辙的赞誉："流派是写实主义，表现之深刻，在侪辈中称为达了极致。"不仅如此，1921年在《〈医生〉译者附记》中，鲁迅更是敏锐地注意到"细微的性欲描写和心理剖析"以及"写出了对于无抵抗主义的抵抗和爱憎的纠缠来"。虽然后来鲁迅对阿氏的批判（如对复仇思想和颓唐等）日益严厉，但直到1936年2月，阿氏依旧停留在鲁迅视野中，这一点不容忽略而且耐人寻味。

目前，就阿氏和鲁迅比较研究的状况看，王富仁无疑是具有开创意义的一位。他在《鲁迅前期小说与俄罗斯文学》（陕西人民出版社1983年版）一书中有专章（第五章）论述，对两人作品的定位、具体文本比较分析、爱与憎、"小人物"以及性心理描写等都做了比较客观精当的评析。而汪晖的论文《鲁迅前期的思想、创作与阿尔志跋绥夫》则是一篇从"人道主义"和"个人的无治主义"这两个思想侧面进行研究的力作；王敬文的《略论鲁迅与阿尔志跋绥夫》[《湖北大学学报》（哲学社会科学版）1988年第5期]则主要从群众和改革者的关系着手进行阐述；程致中的《鲁迅对阿尔志跋绥夫的接受与超越》（《鲁迅研究月刊》1991年第11期）则是从思想和艺术上比较研究，论及阿氏对鲁迅的影响以及后者对前者的超越。

综上观之，各位论者都从各自的角度对鲁迅和阿氏的关系做了相当精彩的论述，笔者则是在吸纳前人成果的基础上从性心理描写角度（因他人较少涉猎或涉猎不深）进行论述，而对于其他方面不再赘述。

二、性心理描写之艺术比较与意义比较

（一）艺术比较

鲁迅与阿氏性心理描写的精神契合之处就是：干净、简洁、深刻和有度。鲁迅在《〈幸福〉译者附记》中曾提及"阿尔志跋绥夫的本领尤在小品；这一篇也便是出色的纯艺术品，毫不多费笔墨，而将'爱憎不相离，不但不离而且相争的无意识的本能'，浑然写出，可惜我的译笔不能传达罢了"。

---

① ［美］C. 恩伯、M. 恩伯著：《文化的变异——现代文化人类学通论》，杜彬彬译，辽宁人民出版社1988年版，第548页。

阿氏短篇《幸福》中的过客（工厂仆人）是个冷酷的性虐待狂。阿氏对其性变态的刻画十分简洁但相当深刻。阿氏将其性心理的变化集中在眼睛的变化上：先是"在他板着的脸上圆睁着眼睛，很不生动，似乎是玻璃做的"，继而"他的异样的玻璃似的眼睛还是毫无生气地睁在月光里"，最后"他的玻璃样的眼睛也因为一种感觉而生动起来"。在这变化的背后，是妓女赛式加对过客要求的一次次逢迎式降低，也是对自己一次次的愈发苛刻。而过客的要求却更出人意料：5 卢布等于冰天雪地中一丝不挂给他打 10 手杖且不许叫。

鲁迅笔下人物的性心理描写也是异常干练而有战斗力的。《明天》中"单四嫂子便觉乳房上发了一条热，刹时间直热到脸上和耳根"，只寥寥数语便写出了蓝皮阿五由于内心孤寂无聊而产生的"魔鬼般的接触癖"、流氓气和性压抑；而另一方面又刻画出单四嫂子深受寡妇守节的毒害，倍觉压抑，甚至走向"自奴化"（主动以旧纲常约束自己），但年轻女人的（性）欲望却依然鲜活。

当然，性心理描写艺术上契合之处对于鲁迅来讲，变化不大，近乎始终如一；但对于阿氏，似乎只是一个开始。从《幸福》到《医生》，再到《萨宁》，我们不难发现阿氏性心理描写的清晰的发展脉络，而这恰恰是我们进行存异比较的基础。两人在性心理描写的不同之处主要体现在以下方面。

第一，阿氏在性心理描写的态度上显得直露大胆，有时甚至走向泛性主义；而鲁迅则表现得含蓄、节制，颇有分寸。阿氏的《医生》中性心理描写尚显得恰到好处，不过停留在"怎样的一个壮观的美呵"。但是，到了《萨宁》，不仅闪耀着诱人的生理部位描写，而且更多了些肉欲的心理流动及其享乐前后和过程中的细微感受。比如，扎鲁金因阴谋即将得逞（指占有骄傲的利达）而产生的对淫欲的期待的性心理描写："利达赤裸的身体，散乱的头发，聪慧的双眼，交织成某种淫虐的野蛮的放荡行为……他好像清楚地看见她倒在地板上，听到鞭子抽打的呼啸声，看出了那娇柔而顺从的裸体上有粉红色的伤痕。"

而反观鲁迅，其作品中的性心理描写往往比较朦胧有度：道貌岸然的四铭只是想着，"咯支咯支遍身洗一洗，好得很"（《肥皂》）；伪善的高老夫子谋一个教员做，不过是想窥视女生；即使走得最远的阿Q也不过是跪着对吴妈说："我和你困觉，我和你困觉。"没有铺垫，直指生殖目的。干净的文字中可以看出鲁迅对人物身份及其典型意义的准确把握和深邃洞察。

第二，阿氏在性心理描写的表现手法上往往采用意识流而使全景呈现；而鲁迅更注重对潜意识的挖掘，其性心理描写往往一闪而过，虽如片段探视,但直逼灵魂。阿氏的性心理描写往往坦露大胆,也因此显示了人物思绪流动的连续性和相对完整性,给人以全景式的描绘,有一览无余之感。比如,《萨宁》中利达答应了扎鲁金的无耻要求时,阿氏对这个"编辑生"的一系列猥亵而卑鄙的想法进行了痛快的展览:扎鲁金的想法是先直奔主题——利达肯定是"异常淫荡"、情欲"火热"的女人,继而回想他追求她的整个过程的心理状态,最后又返回主题,想象"奇异的下流淫荡的场面",甚至他自己在肉体上都觉得不能忍受了。

而鲁迅对性心理的刻画往往是一闪而过、不连续的,而且总指向潜意识。《肥皂》中,四铭表面上是道德家,好像很体贴妻子,为其买肥皂,实际上正如其妻所言,那不过是"沾孝女的光",在"下意识深处,则邪念丛生,很是无聊空虚"。"肥皂"的实质不过是四铭对女乞丐性幻想的实物补偿(替代)。一方面,它可以清洁女乞丐使之成为好"货色";另一方面,它又是四铭性幻想的延续,肥皂可以"咯支咯支"接触女性。而四铭不断重复着光棍的猥亵语,对儿子的斥骂、对妻子用皂后的欣喜以及对女乞丐"孝道"热心的讨论和称赞都是"性的转移或替代的潜意识",而鲁迅恰借此直逼其虚伪灵魂。

第三,阿氏的性心理描写往往内转,更注重个人心理的变化,更多地指向个人;而鲁迅则往往外向,指向类,更重视人的"社会属性""社会色彩",性心理描写是"社会心理描写的一种形式"。《萨宁》中萨宁无论是对于其妹利达的暧昧性心理和对于卡尔萨维娜半强半诱的占有描写,还是关于他指向反抗的享乐主义的性欲解放的合理的一面之描写,大多集中在萨宁个人身上,并没有真正折射出时代的理想,所以在这一点上,萨宁有些形单影只,孤军奋战。

而在鲁迅,由于其"立人"思想的终极目的指向"改造社会,改造世界",所以他笔下人物的性心理描写是社会心理的特殊反映,人物自身也就蒙上了浓郁的社会色彩。有此支撑,个人其实是"类"甚至是国民群体的浓缩和集中。四铭、高老夫子的卑鄙可耻与道貌岸然固然反映了封建卫道者一类人的虚伪,蓝皮阿五无疑也集中了一个阶层的流氓气和性压抑。美国学者威廉·莱尔认为,"阿Q杰出的地方是在于鲁迅把'受害者'和'伤害他人者'这两者的特点汇集在同一个人的身上"[①]。而由阿Q代表的中国人的"自虐"和"虐他"性心理无疑也是民族性的,这正是鲁迅的深刻之处。

---

① [美]威廉·莱尔著:《故事的建筑师 语言的巧匠》,尹慧珉译,见乐黛云编《国外鲁迅研究论集(1960—1981)》,北京大学出版社1981年版,第351页。

（二）意义比较

和艺术比较相对应的是，鲁迅和阿氏性心理描写指向的意义也有契合、相通之处，即揭露、批判和否定作用。

首先，揭露统治阶级或封建卫道者的伪善和变态。变态心理学认为，施虐淫的暴力有不同的程度或范围，即从造成轻微疼痛或无损伤的调戏行为到极端的残暴行为。阿氏《幸福》中的过客和《萨宁》中的扎鲁金（"此人虽说美貌，适于谈情说爱，但是他卑鄙下流"——萨宁评语）都带有明显的性变态和施虐淫倾向；而鲁迅笔下的封建卫道者四铭与高老夫子的伪善与好色同样也是其揭露对象。

其次，批判民众自身的性愚昧。《幸福》中的妓女赛式加、阿Q和《明天》中的蓝皮阿五及红鼻子老拱既是受压迫者，但同时又"在别一方面各糟蹋他们自己的生涯"，甚至"怯者愤怒，却抽刃向更弱者"。比如，阿Q对小尼姑以及蓝皮阿五、红鼻子老拱对单四嫂子，鲁迅在"哀其不幸"的同时也"怒其不争"，批判其受虐和施虐倾向。

最后，否定黑暗专制的社会。无论是统治者或封建卫道者的变态与伪善，还是下层民众的性愚昧，其根源都在社会。在《明天》中，正是"社会把一个善良女子推向深渊"；在《幸福》中，过客同样也不幸福。反思的结果，最终的合力就是要否定这吃人的社会。

也许正是因为阿氏是创作了"以性欲为第一义的典型人物"的作家，所以他和鲁迅笔下人物的性心理描写指向意义也有不同。阿氏指向意义的范围更广阔，但芜杂并存；而鲁迅虽相对单一，但开掘更深。阿氏性心理描写指向的意义还体现在以下方面。

（1）性心理流动过程中间杂了同情弱小的思索。在《医生》中，医生在面对受伤而又令人厌憎的警厅长及其妻子时，他对她产生了"爱"（即"性冲动和他种冲动之和"），他对她的欲念中夹杂了爱意和体贴。当他面对警厅长时，脑海中就浮现了犹太孕妇被撕开肚皮填进床垫的翎毛以及高等女学生惨遭强暴后又被抛落街石上的情形，性心理的流动中掺入了同情。而鲁迅译介此篇也是因为阿氏的"对于他同胞的非人类行为的一个极猛烈的抗争"。

（2）阿氏的性心理还有指向消极的反抗及自然欲望、享乐主义合理成分的意义。比如，《萨宁》中的享乐主义固然有其纵欲和乱伦倾向的不合常理的一面；但另一面却是"自我就是一切，一切就是自我"（施蒂纳语），其表现出强大的自我和个性，虽有颓废成分，但也是一种反抗。

鲁迅性心理描写指向意义的范围虽相对小些，但其力度、深度和产生的冲击力却远非阿氏和常人可比。鉴于他人对此论述较多，笔者不再赘述。由此我们可以看出性心理描写在鲁迅和阿氏作品中的地位：对于阿氏，性心理描写十分重要，到了后期乃是"第一义"，甚至它也是反抗的主要手段；对于鲁迅，性心理描写不过是为了反抗而借用的一杆有力的长矛。

三、鲁迅为何"反抗"阿氏的性心理描写

阿氏是鲁迅比较关注的作家，即使到了生命的末年还曾提起。但为什么鲁迅对阿氏的拿手好戏——性心理描写有如此多的保留呢？姑且将这种保留也视作一种"反抗"。笔者认为主要有以下几点原因。

（一）鲁迅译介阿氏的功利性目的

鲁迅翻译外国小说的根本目的"是想利用它的力量，来改良社会"，"所求的作品是叫喊和反抗"。从作品来看，还是因借了他人的酒杯自我排解，我们可以更深地理解他为何和《幸福》有诸多契合之处，也可以理解他对《萨宁》的批判改造和自觉"反抗"。

高尔基曾批判过萨宁（沙宁），"如今由精神贫困的人物组成的画廊被阿尔志巴绥夫的沙宁可耻地完成了"[①]；而沃罗夫斯基在批判以阿氏为代表的颓废派文学时说："这只有一种意义上是'革命'的，这就是反革命。"[②]托洛茨基在《文学与革命》中也对萨宁进行了尖锐的批判，"可是要知道这不过是下流的东西的一个下流的摹本而已"。但鲁迅曾为阿氏辩驳，他没有像"高尔基们"一样站在党的立场上。他认为萨宁是"时代的肖像"，是对1905年革命以后俄国部分知识分子的思想面貌的一个典型概括；并一针见血地指出，"不厌事实而厌写出，实在是一件万分古怪的事"。

但是，我们应该看到，鲁迅对阿氏的态度是"总体性否定"的。萨宁的自我扩张、自我表现之中加入了太多的颓废和享乐主义，不过是一种消极反抗；他的个人主义又有太多利己主义因素，以自我为出发点和归宿的做法与鲁迅"立人"思想的终极目的南辕北辙。诸种原因可归成一条，他的性心理描写并不完全符合鲁迅译介的标准，因此遭到鲁迅的反抗当属必然。

[①] ［苏］高尔基著：《论文学（续集）》，冰夷、满涛等译，人民文学出版社1979年版，第79页。

[②] ［苏］沃罗夫斯基著：《论文学》，程代熙等译，人民文学出版社1981年版，第174页。

（二）文化历史背景以及由此形成的作者个人思想气质的差异

中俄的国情在当时虽有相似之处，但毕竟不同。一方面，中国几百年禁欲主义的历史，极大地毒害了人民的思想，阉割了其精神；而另一方面却是性压抑达到极致后的另一种疯狂的放纵，对于性及其器官、场面等的泛滥化描写令人瞠目结舌。但它们大多只是从生理角度进行的一种无奈反拨（反抗），而鲁迅的独特之处就在于注重从性心理角度进行更居高临下也更艰难有效的颠覆。同时，又因"中国各处是壁，然而无形，像'鬼打墙'一般，使你随时能'碰'"。所以，鲁迅作为一名战士，在太多的流血碰壁中，学会用"韧"的战斗精神和方法，主张致命一击，一剑封喉。像阿氏那样的性心理描写，高举高打的消极反抗虽表面上气势宏大，但以之撼动根基则委实不易。

以特别重视阿尔志跋绥夫小说《萨宁》的郁达夫为例。一篇《沉沦》，他那大胆的自我暴露，对于深藏千年万年的背甲里面的士大夫的虚伪，完全是一种暴风雨式的闪击，把一些假道学、假才子们震惊得至于狂怒了。但同时攻击者也不少，西方归国绅士称之为世纪末的颓废作品，食古不化的老学究称之为挑唆海淫之书，使得郁达夫十分脆弱。

鲁迅是一个背负太重、顾虑太多，"荷戟独彷徨"的战士，他的战斗往往更切实际，也更有成效，所以他要保护自我，并不主张赤膊上阵。他在与许广平的爱情之中就曾犹豫不决、顾虑重重，最后还是由于许广平的坚决、执着，鲁迅才爱得"奔放无拘，无所顾忌了"。而这一切，注定了鲁迅对阿氏性心理描写更多地采取反抗的态度。另外，阿氏不过是鲁迅宏大博杂思想进程的一个过客。相比较而言，阿氏是一个相对封闭的整体，而鲁迅却是不断发展的。作为其思想发展过程中一个片段，鲁迅对阿氏的性心理描写完全可以批判吸收，采取"拿来主义"的态度。

结　语

　　毋庸讳言，考察鲁迅小说中的话语形构是一个很难圆满完成的任务。一方面，话语的界定、更新和内涵不断与时俱进，不断涌出和鲁迅有关的系列话语；另一方面，面对非常复杂和深邃的鲁迅及其作品，阅读者或群体同样也会有着不同的个性、特色，甚至是时代特征。

　　易言之，以话语形构的痕迹为视点考察鲁迅的小说也意味着诠释的开放性和未完成性，同时也很难实现所谓严整划一的体系性和系统性。另一方面，鲁迅的作品本身也是抗拒固化和整齐划一的人为切割的。这当然不是为本书的貌似散漫寻找借口，而是对相关方法的反思和说明。

　　本书的核心部分分成七章，分别是身体/空间、人生/实践、文化政治、越界萦绕、叙事营构、反思"新编"、比较细读。毫无疑问，它们从不同的面向探讨了鲁迅小说的不同主题。相较而言，前面五章主题性较强，略有系统性；第六章专门讨论《故事新编》及此类文体的作者的书写多一点，是因为对这部作品的了解相对较少，且误读不断，需要强调；而第七章既谈方法，也有具体实践，就是作为开阔视野、操练细读方法的例证。不必多说，它们之间的议题在边界上往往会有交叉，而这个分类更多是权宜主观的，而非刻板的。但这并不意味着它们完全是散漫而杂乱无章的，其背后依然是以话语洞察和贯穿鲁迅小说。

　　同样还需要密切关注的就是相关话语理论的适用性问题。需要说明的是，福柯的话语理论和福柯其他锐利的问题意识一样，往往会引起不同学科论者的积极引用与借鉴。在各取所需之余，出身不同、理论视野迥异的论者也不乏对福柯的不满。比如，从后殖民视角看来，"东方主义"论述的集大成者——萨义德既是福柯话语理论的践行者，同时又表达了自己的不满。他这样看待自己与福柯的区别："福柯与权力结盟，而他反抗权力；另外福柯所结盟的还是欧洲权力，并不具有殖民地的视野。"[①] 这种视野当然和文化的意识形态密切关联。

---

　　① 赵稀方：《后殖民理论·前言》，北京大学出版社2009年版，第27页。

在本书中，反倒可以呈现出鲁迅和福柯相关理论的一种内在的对话契合。福柯认为，"把话语作为系统地形成这些话语所言及的对象的实践来研究。诚然，话语是由符号构成的，但是，话语所做的，不止是使用这些符号以确指事物"①。更重要的是，话语可以拿来创造事物本身。

从表面上看，福柯更多是有关系列话语的挖掘者、描述者，似乎缺乏激动人心的革命行为和先进性，但这恰恰可以反映出知识考古的犀利以及客观之处。类似的是，鲁迅在他的小说中似乎也更多呈现出抑郁悲愤的思想纠结，而未能探勘出拯救的可能性，这往往是某些极"左"观点诟病鲁迅的地方。比如，有些人认为，社会主义中国的"十七年文学"中有关革命历史的小说书写水平已经超越了鲁迅；其原因在于，鲁迅根本无力看到中国革命的出路，无力预测农民革命在中国共产党领导下的翻天覆地的巨大能动性。

在1925年2月21日的《京报副刊》上，鲁迅发表了他著名的《青年必读书——应〈京报副刊〉的征求》。"我看中国书时，总觉得就沉静下去，与实人生离开；读外国书——但除了印度——时，往往就与人生接触，想做点事。"在此处，他明确提出了行动的必要性，并以之作为评判的重要标准。而实际上，有心的读者不难发现鲁迅小说恰恰也是对"实人生"的丰富叙写，而且他发出的声音和观点往往和他喜欢的猫头鹰有关，那就是俗人不待见的"枭鸣"。从此视角看来，鲁迅小说和福柯的话语形构有着一种内在的契合——他们都努力探寻一种（或更多）被压抑的可能性，并希望借此引起疗救的注意，甚至是更新人们的固定思路和问题意识。

当然，若是说到话语理论的适用性问题，自然其原初语境和鲁迅的实践颇有差异，但我们更多是立足于方法论的意义上实行"拿来主义"的。更进一步，诚如萨义德所言，"我甚至想说批评家的工作就是对理论提出抵抗，使它向着历史现实、向着人类需要和利益开放，彰显这些从释义领域之外或刚刚超出这领域的日常现实中汲取来的具体事例，而这一领域又必然由每一种理论事先标志出来，事后再由它确定界限的"②。而笔者借用话语理论处理鲁迅小说，背后当然也有类似的追求，希望借此可以凸显鲁迅本人对"历史现实""具体事例"的书写实践以及精深理论总结。至于效果如何，

---

① [法]米歇尔·福柯著：《知识考古学》，谢强、马月译，生活·读书·新知三联书店1998年版，第62页。

② [美]爱德华·W.萨义德著：《世界·文本·批评家》，李自修译，生活·读书·新知三联书店2009年版，第423-424页。

则有待诸位读者评鉴。当然，如果回到鲁迅小说内部，其实也是"破""立"并存的，虽然"破"的层面更声势浩大、振聋发聩。当然，我们也会看到鲁迅在严格剖析、批判国民劣根性的同时，也不吝对于"民族的脊梁"的呼唤和精神的弘扬，毕竟在这些东西的背后仍然是他强调并坚守的"人国"追求。

有论者指出，"作为周树人的世界和作为鲁迅的世界其实是两个非常不同的关联域。作为周树人，他是一个地道的理想主义者，一往无前；而作为鲁迅，他则是一个现实主义者，彷徨犹豫"[1]。如果我们把这里的鲁迅和小说作者的身份重叠的话，那么其小说则是对"实人生"的深沉省思，其多疑、彷徨和其他姿态本身也是话语运行的奇妙痕迹。从此角度看，笔者的论述已经暂时告一段落。但是，新的阅读者对鲁迅的挖掘似乎才刚刚开始，毕竟我们每个人既需要同步共振，经由他人走近鲁迅；同时也要开拓创新，读出自己的鲁迅。

---

[1] 刘春勇：《多疑鲁迅：鲁迅世界中主体生成困境之研究》，中国传媒大学出版社2009年版，第71页。

附 录

谈"化"

记得在 20 世纪 90 年代初的一次小型集会上,钱理群先生曾说,他想对鲁迅作品的语言做一些专门的研究,并认为这是一件太有意义的研究。我当时也颇有同感。鲁迅作为一个艺术家,我认为,首先就表现在他的语言上。迄今为止,对鲁迅作品有着普遍好感的,恐怕还不是我们文学界,甚至也不是我们中国现代文学研究界,而是美术界。在我们中国现代文学研究界,还是有不少研究者从内心就不太喜欢鲁迅的,但在我接触的美术界的朋友中,只要读过鲁迅的,几乎没有人不对鲁迅的作品感到由衷的敬佩。他们之敬佩鲁迅,大都不是因为我们认为最重要的文化思想,不是因为鲁迅在中国文化史上的地位和作用,而在于鲁迅作品的语言,在于他们对鲁迅作品的语言的感觉。记得我在初中开始阅读鲁迅的时候,也是首先被他的语言所吸引的。那时我当然不懂得什么西方文化、中国文化,但一读他的作品,那语言就使他从其他大量彼此雷同的语言中站立起来了。我始终认为,在中国现代文学作家中间,仅就其语言的功力,能够与中国古代那些最伟大的作家(如老子、庄子、司马迁、陶渊明、杜甫、施耐庵、蒲松龄、曹雪芹等)媲美的,恐怕只有一个鲁迅。

但是,时间过去了近二十年,钱理群先生和我都没有将当时的想法付诸实行。这里的原因恐怕是多方面的,但其中有一个原因大概是关键性的,即面对这样一个繁重而庞大的研究任务,没有一个在当代世界上有影响力的文化理论和语言学理论的框架作为入手的功夫,恐怕会事倍功半。语言这个世界太庞大了,一个民族语言大师的语言世界的庞大性和复杂性也是超过我们平常人的想象的,甚至一个虚词、一个标点符号的用法都会与一个语言大师的整体语言风格紧密联系在一起,仅就其研究的基础工作就是一两个研究者所无法承担的。我曾想,要想系统地研究鲁迅作品的语言,最好先编纂一部《鲁迅语言辞典》,依照鲁迅作品将其中每一个词语做出新的注释,以了解它们在鲁迅作品中的各种意义、意味、词性和用法的细微变化，然后在此基础上再进行各方面的研究。尽管如此，我们仍然会遇到一个十分棘手的问题，即语言学的问题。在当代的世界上，语言学是一个专业性极强的领域，我和钱理群先生走的都是"野狐禅"的研究路子（在这里，拉上了钱理群先生，若有不妥，请钱理群先生原谅），是凭着我们对中国社会及其文化的一点观察了解和亲身体验对鲁迅作品进行研究的，对西方当代新的文化理论特别是语言学理论殊少了解，大概这也就是我们最终也没有着手这个方面的研究工作的原因。

2010年，朱崇科先生给我寄来他的《鲁迅小说中的话语形构》这部书稿，并希望我给它写个序言。我非常高兴，但也非常为难。高兴的是，在这个鲁迅研究相当冷落却备受指摘的历史时期，朱崇科先生持之以恒地坚持着鲁迅研究并且毫不以故意挑剔一点鲁迅的似是而非的毛病而显示自己的"进步"或"超脱"为荣，反而以更加严肃的态度去开掘这种极难开掘的研究课题，是非常令人感动的，也是令我这个"鲁迅党"的"党员"感到十分高兴的。为难的是，我对西方当代文化理论和文学理论的无知，使我感到没有资格为该书写序。对于福柯的"知识考古学"，我是早有耳闻的，也买过他的和关于他的一些书，但直到那时，一本还没有读过。当时我的想法是，借这个机会好好读读福柯的书和有关他的研究著作，然后再认真地读完朱崇科先生这部书稿，即使仍然无法完全弄懂福柯的理论（听说福柯的理论是不太容易读懂的），到底也算长了一点见识，写起序来也不至于只说一些令人笑掉大牙的外行话。但谁知这个计划还没有付诸实行，就大病不起，差一点儿见了阎王，病情尚未好转之际，恩师樊骏先生又不幸去世。我想，总该先给恩师樊骏先生写篇悼念文章，谁知文章一开头，心情原本有点沉重，病中精力又不济，觉着有好多樊骏先生活着时就应该说的话没有说，就像蜗牛爬山一样，爬起来就没有一个完了，直到现在还没有爬到终点。但到这时，朱崇科先生的书稿在我这里已经压了将近两年，虽然他不便明言，但我知道已经让我耽误得太苦，觉得再也不能拖下去了，就只好停下悼念樊骏先生的文章，赶写这篇序言。福柯的书我已经来不及看了，甚至对朱崇科先生的这部书稿也没有来得及从头到尾地细细品读，只好天马行空地说上一些话，让朱崇科先生先把书出版。这是很对不起朱崇科先生的，也是很对不起读这本书的读者的，请大家原谅。

说点什么呢？因为朱崇科先生是以外国当代文化理论为基本框架对鲁迅作品进行的具有开拓性意义的研究，我就以此为题点点自己的看法吧。

毫无疑义，输入外国最新的文化理论、文学理论和文学研究方法对中国文学进行新的具有开拓性的研究，对于持续不断地推进中国文学研究的繁荣发展是有关键的意义的。任何一个民族的文化，任何一个研究者，没有从系统外输入新的文化信息、新的文化模式，仅凭自己已有的、有限的文化信息及其文化模式，是很容易陷入一个固定的循环而导致自我的停滞与落后的。在这样的文化中，好像每一代的人都在走，向前走，甚至有时走得匆匆忙忙，但走着走着，就又走回到原地来了。像鬼打墙一样，就是走不出原来的圈子，并且越走，这个圈子越小。如果按照西方的耗散结构理论，这还是一个系统逐渐耗尽自己内部的能量而最终导致系统无序化的方式。实际上，中国古代两千余年的封建文化史就是一个明证，只不过中国知识分子至今并不想承认这点罢了。但是，这并非意味着一个民族文化的发展只能依靠外国文化及其模式的输入，更不意味着在任何情况下以任何形式输入的外国文化都会起到推动本民族文化发展的作用。在这里，是确确实实存在着一个中国知识分子常说的"化"的问题的。对于我们中国的文学研究者，我认为，至少要有两个"化"，其一是外国理论要中国化，其二是非文学的理论要文学化。

关于外国文化要中国化，中国知识分子已经说了很多很多，但大都是那些其本意就是反对输入西方文化价值观念的人说的，而那些意在输入西方文化以改造中国文化的人反而只强调西方文化自身的价值和意义，而并不重视这个中国化的过程，这就使我们的文化研究至今仍然主要停留在晚清文化开放与文化封闭和中西文化优劣论的层面上，实质性的问题并没有得到较为完满的解决。国家政治提倡开放，人人就都成了开放派；国家政治提倡封闭，人人就都成了封闭派；国家政治在这个方面开放了，人人都在这个方面成了开放派；国家政治在那个方面开放了，人人都在那个方面成了开放派。到头来，还是随大流，还是人云亦云；还是长官意志，还是唯权是从。形式上变来变去，但骨子里还是旧的。实际上，知识分子的作用并不直接表现在对政治的态度上，而是表现在文化的实践上。在政治上，国家政治理应担负主要的责任，国家政治要有主动性，即使改革，也要国家政治根据现实情况对自己的政治方针和政策做出新的调整。我们知识分子（包括从事政治、经济、国际关系等领域专业研究的知识分子）同全体国民一样都只是一个社会的监督者，而不是国家政治的实践者。我们有监督的责任，却没有越俎代庖的权力（除非我们立志成为一个一生从事政治实践活动的政治家），因而既不应因为国家政治的整体进步而得到奖赏（除非我们有实际的政绩），也不应受到政治失责的惩罚（除非我们实际地触犯了国家的法律）。甚至连鲁迅与当时国民政府的关系，也只是这种关系，而不是鲁迅要实际地代替国民政府行使国家政治的权力。但在文化上,知识分子就不能老是跟在政治家的屁股后面转了,知识分子在文化上要有主动性,要独自上路,走在现实政治的前面,要独自按照文化传承和文化传播的规律,发挥各自独立的作用。不难看出,也只有在这种情况下,西方文化的中国化才有实际的可能性,中国知识分子也才能主动积极地逐级推进西方文化向中国文化的转变,即中国化的过程。而不必在政治开放的时候就饥不择食地去哄抢外国文化,什么乱七八糟的东西都往自己的肚子里装;在政治不开放的时候又一个劲地往中国文化堆里钻,好像外国的东西都被施了魔咒一样,好的坏的都得往外扔。只要我们在文化上有了一点主动性,只要我们不是慌慌忙忙地要和别人抢什么,我们就会看到,外国文化的中国化实际是有各种不同的文化层面的,而在各种不同的文化层面上,其中国化的形式又是各不相同的。我认为,在这里,主要有五个文化层面:其一是外国文化作品的中文翻译和介绍,其二是中国的外国文化研究,其三是中国的比较文学研究,其四是运用外国文化各种现成的研究成果对中国文化的研究,其五是在接受中外文化遗产基础上中国知识分子的独立文化创造。

外国文化作品的中文翻译和介绍,实现的实际是外国语言作品向中国语言作品的转换。就其原作,属于外国文化,而其翻译或介绍,就属于中国文化了。它本身就是一个外国文化中国化的过程,所以五四新文化的先驱们特别重视翻译,视翻译与创作并重。而对那些西方文化作品的拙劣的模仿品,则取着极端蔑视的态度,更莫提那些抄袭和变相的抄袭了。在这个过程中,我们已经能够发现,并非所有外国文化的产品都能实现向中国文化的转化。那些根本无法翻译成中文的作品也就意味着它根本没有中国化的可能,所以外国文化的中国化永远不可能是全部外国文化的中国化,其最高限度的意义也只是那些有可能被翻译成中文的外国文化作品的中国化。与此同时,不论在任何时代,对于任何一个外国文化作品的翻译家,外国文化作品都不会具有同等重要的翻译价值和意义。这也意味着在任何时代,对于任何一个中国知识分子,外国文化都绝对不是一个浑融的整体,充其量也只是一个有立体感的文化结构,而构成这个立体结构的不同文化产品,对于中国文化和中国文化中的各个不同的人,也是有各种不同的价值等级的。在 20 世纪 30 年代,左翼作家重视苏联和弱小民族文学作品的翻译和介绍,英美派知识分子重视英美等发达资本主义国家的文学作品的翻译和介绍,这是完全正常的,也体现了当时中国文化自身的特征。这不是谁对谁错的问题,而是外国文化和中国文化都不会是铁板一块的文化的问题。外国文化作品的翻译和介绍,首先应该重视的就是忠实于原作,而不能仅仅依照翻译者和介绍者的主观愿望篡改原作的意义,任何一个合格的乃至优秀的翻译家都会明白,他的翻译作品的精确度是有其最高限度的,根本不可能不丢失原作的任何东西。而他的翻译作品到了中国文化的环境中,又有可能产生在外国文化环境中所不可能产生的新的思想或艺术的效果。这也就意味着,外国文化的中国化,永远要以尽量保持其异质性为标准,而不能以泯灭其异质性为主要目标。只有这样,才能起到丰富和发展中国文化的作用。那些专门翻译一些外国文化作品以证明在中国文化中已经具有绝对统治地位的文化的正确性和神圣性的翻译家,充其量只是一些文化垃圾的制造者,是没有实际的价值和意义的。这正像家里已经有了太多的这种东西,还要不断从市场买回家来一样。但是,不论我们如何努力保留外国文化的异质性,外国文化的异质性也不可能完整无缺地保留下来,其翻译作品仍然是以中国固有文化对其异质性的最大包容度而被包容在中国文化之中的,它起到丰富和发展中国文化的作用,却不会导致整个中国文化的解体。好多中国知识分子喜欢以西方文化的代言人自居,这只不过是自己的主观想象而已。因为再伟大的翻译家也不可能完全等同于外国文化作品的原作者。最后,外国文化作品的翻译和介绍,当然首先取决于翻译者和介绍者对外国语言的熟悉和了解,更取决于他对中国语言的熟练运用。如果说他对于原作只是一个读者,那么对于中国的读者他就是一个创作者了,而对一个创作者的语言表达能力的要求,是永远高于对一个读者的要求的。也就是说,西方文化的中国化,是必须以固有的中国文化为基础的,它起到的是重新激活中国文化的一种潜质的作用,而不可能用外国文化完全取代中国文化。一个对中国文化一知半解的人,是不可能成为一个合格的外国文化的翻译者和介绍者的。

外国文化作品的翻译和介绍,其自身就是一个外国文化中国化的过程,但假若仅仅有一个个外国文化作品的翻译和介绍,外国文化作品在中国读者心目中留下的印象可能还是极其单薄而无力的,有时甚至会留下一个完全被歪曲了的形象,而无法感受和体验到它的更加真实/更加丰富而又深刻的意义,从而也无法在中国文化中发挥持续而又深刻的影响作用,特别是在刚刚由封闭走向开放的中国,就更是如此。鲁迅曾说中国文化就像一个大染缸,什么东西投入中国文化中来,很快就会被染黑了。其实,他这种感受并不是多么难以理解的。因为中国有四千余年的文化,将一两个外国文化的翻译作品投入像汪洋大海一样的中国文化之中,很快就会被中国固有的文化传统所稀释了、浸染了,很难起到实际地推动中国文化发展的作用。而要使外国文化作品给中国的读者留下不可磨灭的印象并长期起到影响作用,就要对外国文化作品进行更深入、细致的研究。这就有了中国的外国文化研究。外国文化研究者对外国文化作品的一个最基本的认识就是，外国文化作品是外国作者写给外国读者读的作品，是首先在外国文化的环境条件下发挥影响作用的，因而其意义也是首先在外国文化系统内部取得的。对它的研究其实就是要努力在外国文化背景上感受和了解它的意义和价值，以及它之所以能够获得其意义和价值的原因及手段。在这个意义上，一个中国的外国文化研究者与一个外国的本国文化的研究者是没有本质上的不同的，他是被整体浸泡在外国文化之中的，是自觉外国化的过程。一些中国的外国文学研究者从开始学习外国文化的时候就抱着批判的态度，就唯恐被外国文化所同化，这类人是永远也不会对外国文化有一点真切而真实的了解的，因而也不会成为一个合格的研究者。对于外国研究者对同一研究对象的研究成果，一个中国的外国文化研究者也是不会吝于接受的。但是，任何一个研究者，都必须是有主体性的，对研究者的最基本的要求就是要有自己独立的发现，要成为其他所有同行研究者的对话者，而不能成为其他同行研究者的研究成果的转述者和抄袭者。一些中国的外国文学研究者仅仅将外国同行的意见用中文转述出来，就当作自己的研究成果，其中并没有自己的独立见解。严格说来，这是一种变相的剽窃行为，是不能被允许的。而当一个中国的外国文化研究者努力在外国文化背景下感受和了解了研究对象的意义和价值并充分吸收了外国研究者的相关研究成果之后，必然还会回到中国文化的背景下感受和了解他已经掌握了的这一切。在这时，他所掌握的外国文化和他自己，实际又进入了一个重新中国化的过程，只不过他带入中国文化的已经不只是他的研究对象自身，还有环绕着它并能显示其自身的意义和价值的一个相对完整的文化图像。一个研究但丁的人，必然是在整个西方文化史的图像中呈现但丁的，并且越接近但丁的四周，其图像的密度和亮度就越大，因为但丁的意义和价值是在这个完整的图像之中呈现出来的。

我认为，迄今为止中国知识分子对外国文化的接受，都还停留在直线性接受的层面上：中国的马克思主义者不重视马克思主义在其西方文化背景下是怎样获取其存在的意义和价值的，而总是想拿着阶级和阶级斗争的武器一路过关斩将而直奔共产主义；中国的民主主义者也不重视民主在西方文化背景下是怎样实际地构成了一种现实的政治体制的，而只想通过民主政治制度优越性的宣传而从天降下一个像美国那样的民主社会（中国不是没有对这些文化现象的研究，但这些研究却极少能够进入到实践者的实践过程之中去，因而在中国更多的是一些文化漂浮物）。事实证明，这都是事倍功半，乃至劳而无功的做法。要想外国文化在中国文化内部起到实际推动中国文化发展的作用，必须在研究的基础上形成一种实际的人生态度和人生道路，并像一个普普通通的中国人一样,走上一条普普通通的人生道路,不论在别人看来多么难以理解,但对自己而言却是自自然然、顺理成章的。这不是为了出人头地,也不是为了震骇世界,而是为了以自己的意愿安排自己的人生,并在此基础上逐渐并有效地接近自己的追求目标。也就是说,要"化",要"化"于无形。凡是将外国文化想象成洪水猛兽或者包治百病的圣手神医的人,凡是以为依靠某种文化学说就能够拯救整个现实世界的人,一般来说,恰恰是那些不懂得外国文化的人。在这里,还有一个中国的外国文化研究者如何让更多的中国人了解和理解外国文化作品的价值和意义的问题。部分中国的外国文化研究者为了抬高自己的身价,故意将自己研究的对象说得神乎其神,好像只有自己能够懂得,任何其他人都不会懂。这也就抹杀了自己研究活动的意义和价值。实际上,中国的外国文化研究者存在的意义和价值,就是为了中国有更多的人不必像自己这样专门研究外国文化,也能正确或接近正确地理解外国文化,并能运用外国文化的知识解决相关的问题。这就要求中国的外国文化研究者要以中国读者或部分读者能够听懂的语言和语言表达方式,将自己对外国文化作品的感受和理解更加充分地表达出来。而这个过程,实际也是外国文化中国化的过程。

外国文化需要研究,中国文化也需要研究,而将这两种研究直接结合在一起,就有了比较文化研究、比较文学研究。实际上,不论是法国的影响研究,还是美国的平行研究,凡是比较文化、比较文学研究,都向我们透露着这样一种基本的文化观念,即世界上各种不同类型的民族文化,至少在其存在的意义上都是彼此平等的,并且这些彼此平等的文化又是相互有联系的,即使没有外部的有形的联系,也有内部人性上的联系。在这种文化意识的基础上,比较文化、比较文学的基本原则应该是同中见异、异中见同,即在不同民族文化的文化现象之间的相似中发现其彼此的差异性,又在彼此的差异性中发现其相同或相近的本质特征。通过比较文化、比较文学的研究,研究者同时更清晰地呈现不同民族文化中的不同文化现象的特征,同时也为不同民族文化之间的相互交流疏通了渠道。对于中国文化与外国文化的比较而言,它同时是外国文化中国化的过程,也是中国文化外国化的过程。我主观认为,过去我们常说的世界文化和现在人们常说的全球文化,就是在这种广泛而又深入的比较文化研究的基础上逐渐建立起来的,它是一种杂多中的统一,也是一种统一中的杂多,而不可能是纯而又纯的:既不会是纯而又纯的西方文化,也不会是纯而又纯的中国文化。在当今的世界上,美国一些知识分子口口声声要用美国的价值观念拯救整个世界,而中国的一些知识分子也口口声声要用中国的儒家文化拯救整个世界。我认为,这都只不过是一种文化沙文主义的狂想而已：一种思想统治一个民族的时代即将成为历史，一种思想统治整个世界的时代也绝对不会到来。那些"全球化"的知识分子应当随着世界历史的发展不断进行更加全面细致的比较文化研究，只是一味地像做国际买卖那样进行文化推销活动是不行的。

像朱崇科先生该论著这样用西方文化、文学理论中一种具有普世性价值的文化、文学模式具体研究中国文化或文学作品的研究方式，严格说来，也是一种比较文学的研究方式，是将中国文化和西方文化直接联系在一起的方式。我曾说五四以来的中国文学研究在其严格的意义上都是广义的比较文化、比较文学研究，就是因为如此。这里的原因是多方面的，但其中一个最重要的原因就是中国文化专制主义传统势力的强大，使具有革新愿望的中国知识分子必须找到支撑自己的一个强有力的思想支点，否则在中国社会上就不会有人愿意站在平等的立场上平心静气地理解并接受你那些与传统价值观念不同的新的思想观念和新的思维方式。时至今日，中国人仍然常常会说：你是老几？为什么我要听你的？也就是说，只要你没有至高无上的社会地位，你的话是不会有人听的，也不会有人相信你说的就是真理。在这种情况下，已经在外国文化背景上产生了广泛而深刻影响的文化理论和文学理论，就起到了这种思想支点的作用。在这里，是有一个潜台词的，那就是：为什么那么多外国人会相信这种文化理论/文学理论的正确性呢？这肯定不是没有原因的吧！实际上，这就是从晚清洋务派、改良派、革命派直到五四新文化运动那些先进知识分子所实际采用的文化革新策略，是打破传统儒家文化价值观念的独尊地位、打破自我封闭式文化心理的一种行之有效的方式。但是，这种方式也不是没有其局限性的，即当它破坏了中国传统儒家文化的独尊地位、打破了中国传统的自我封闭式文化心理之后，在新派知识分子之中，又有可能形成对西方某种文化理论、文学理论的独尊心理，并以这种文化的独尊代替对中国传统儒家文化的独尊。虽然在五四新文化运动中就提出了个性解放的问题，但其文化心理仍然常常被封闭在某种文化理念的内部，甚至连个性解放也仅仅认为是西方的思想，而不是中国人自身的自然愿望和要求。五四新文化运动之后，除了在中国社会上仍然具有实际统治地位的儒家文化传统之外，在新派知识分子之中则形成了以马克思主义为核心文化理念的左翼文化阵营和以英美文化理念为核心的所谓右翼文化阵营。其共同点在于，都是以在西方已经具有广泛影响力的思想为理论基点，并且都带有绝对排他的性质。

1949年中华人民共和国的成立，不仅标志着共产党对国民党军事斗争上的胜利，同时也标志着以马克思列宁主义为核心文化理念的左翼文化阵营对以英美文化理念为核心的所谓右翼文化阵营的胜利。此后在文化上进行的一系列斗争都是以马克思列宁主义思想清除所谓英美资本主义文化影响为目标的斗争，并形成了马克思列宁主义思想在中国大陆的绝对独尊地位，在文化心理上造成了较之中国古代知识分子有过之而无不及的绝对封闭状态。必须看到，当马克思列宁主义在中国得到越来越广泛的传播并逐渐形成了一个独立的文化阵营的时候，马克思列宁主义在中国文化的实际发展中是起了至关重要的历史作用的。它不但标志着中国部分知识分子在思想上已经从中国传统儒家文化的禁锢和束缚中摆脱出来，开始独立地面对现实世界和现实的社会人生，而且也标志着他们对以广大贫苦农民为主体的最底层社会群众生存权利的重视，而这是当时以英美文化理念为核心的所谓右翼知识分子所较少具备的。但1949年之后，当以马克思列宁主义思想为旗帜开始清除以英美文化理念为核心的所谓右翼文化阵营的时候，当将马克思列宁主义主义思想作为整个社会独尊的唯一思想的时候，其意义就发生了本质性的变化。因为以英美文化理念为核心的所谓右翼文化阵营，同样是在摆脱了中国传统儒家文化的禁锢与束缚之后逐渐形成并壮大起来的一个文化阵营，尽管他们由于自身的局限性对广大最底层人民群众的生存状态没有像当时左翼知识分子那么关心，但他们绝对不是反对中国人民的自由和解放的。而只要重新回到五四新文化运动的历史场景之中去，我们就会看到，他们在基本的文化理念上与真正的左翼知识分子其实是相通乃至相同的。胡适与李大钊的分歧仅仅是分歧，而不是绝对的对立。二者之间的绝对对立状态是被他们后来的那些追随者所无限夸大了的，并且是在政治权力的斗争中被无限夸大起来的。不仅如此，即使这些新派知识分子与中国传统儒家文化的斗争，也只是文化上的斗争，是以文化的（科学的、文学的）方式进行的斗争，而不是政治的斗争，不是用政治权力的手段进行的你死我活的斗争。以文化的方式进行的文化斗争，是不会导致任何一个文化派别的最终灭亡的，而是将其从一家独尊的地位降低到能够与其他文化派别平等对话的高度，并在这种高度上找到自己继续演化发展的独立文化道路。五四之后的新儒家学派就是这样一个独立的文化学派，是在现代学院文化环境中重新找到了生存和发展空间的儒家文化学派。它像传统儒家文化一样是以将儒家文化重新上升到国家意识形态的高度并取得在中国文化中的独尊地位为最终的奋斗目标的，但这个目标起到的仅仅是鞭策自己努力适应现实政治统治环境以求得自身存在和发展的最大空间的作用，而永远不会实际地取代新文化而独霸现实社会文化的空间。

  1949年之后的历次革命大批判运动，在有限地扩大了马克思列宁主义在中国大陆的传播的同时，却更加严重地破坏了五四新文化运动时期那种多元共生的文化环境。这导致了"文化大革命"的文化大破坏。"文化大革命"结束后的改革开放可以认为是中国现代又一次的文化革新运动，但在这个时候，个体人的个体思想仍然是无法像在西方文化环境条件下得到社会的广泛认同的，其文化革新的方式仍然是以输入外来文化以革新中国文化的形式进行的。而在这时，英美发达资本主义国家文化的输入成为中国这个历史时期文化革新的主要形式。西方当代文化理论、文学理论代替过往时代的马克思列宁主义思想学说及其文艺思想，成为中国文化研究的主要研究模式。毫无疑义，这种研究模式的建立在从"文化大革命"结束至今的中国文化演变和发展的历史上，是起到了至关重要的推动作用的；但它也是有其局限性的，像是加入了过多塑化剂的食物，尽管也有其营养作用，但同时也有隐性的毒化作用。这种毒化作用的具体表现是，中国知识分子仍然是将自己的思想寄生在西方早已成型的思想之中而获取其存在的意义和价值，似乎当代西方文化理论和文学理论就是当代世界文化理论和文学理论的终极形态，正像美元就是世界货币而中国货币仅仅是中国货币、必须换算成美元才能显示中国货币的真实价值一样。中国知识分子不论在其外部世界上，还是在其自身的意识中，还是没有自己的独立地位，还是以传播别人的思想为其最高的历史使命的恶，这同时也将中国现当代历史上中国人和中国知识分子的独立文化创造遮蔽在西方文化理论和文学理论的幕布之后，使我们自己也感觉不到、体验不到了。甚至连明明是中国知识分子自己发动起来的五四新文化运动和新文学运动，也仅仅成了西方文化的功劳，而新儒家学派则因为五四知识分子普遍受到西方文化的影响而将其逐出中国文化之外。而在具体的文化研究中，它则逐渐消解了包括鲁迅在内的整个左翼知识分子在中国现代文化史上的独立贡献而极大地夸大了英美知识分子在中国现代文化史上的独立贡献，并以英美文化的代言人自居而将自己的文化活动完全纳入英美文化传统之中去。但是，我认为，这仍然不能完全抹杀这种研究模式在中国文化研究中的积极作用，因为它的这种局限性并不是无法克服的。克服这种研究模式的局限性的方法有二：一是不把西方现成文化理论和文学理论作为研究的标准，而仅仅作为具体研究活动的入手功夫，当进入实际的研究过程之后则要充分发掘研究对象已经呈现和未曾呈现的价值和意义，并将研究对象当作一个独立的个体，而不是这种文化理论和文学理论的产物。实际上，这种形式正像以西方人已经发现了的一个科学定理具体研究中国的具体事物一样，是符合科学研究的常规的，这在一个文化尚不够发达的国家也是一种经常用到的研究方法。必须看到，世界上任何事物的价值和意义都是特定的，绝对不会成为各种不同价值和意义的大杂烩，也不会完全为任何其他一个事物的价值和意义所代替。鲁迅的《狂人日记》就是鲁迅的《狂人日记》，谁都没有权力要求它必须符合西方哪个文化理论、文学理论的要求，但我们可以从西方一个文化理论、文学理论或文学研究方法出发对它进行具体的研究，或从现实主义理论，或从存在主义哲学，或从意识流，或从叙事学理论，等等，都无不可，但所有这些都不能成为衡量《狂人日记》价值和意义的标准。《狂人日记》的价值和意义是在中国文化史和中国文学史的具体背景上得到或显或隐的呈现的，研究者应当在其特定的研究角度上进一步接近对它的整体研究，而不应当仅仅满足于将西方文化理论和文学理论的标准套用到《狂人日记》上了事。实际上，这也是一个将西方文化理论、文学理论或文学研究方法中国化的方式。毫无疑义，朱崇科先生这部学术论著也是以西方当代文化理论为基本文化框架的，但他并没有以这个框架本身为裁判鲁迅小说优劣的价值标准，而只是将其作为研究的入手方式。它发掘的是鲁迅小说自身的话语形构，所以没有那种居高临下的学者式的傲慢，也成功地避免了这种研究模式常有的局限性。二是在用西方的文化理论、文学理论即西方模式分析研究中国文化作品的时候，必须注意剪裁所剩下的"边角料"的价值和意义的分析和研究，并将对这些"边角料"的价值和意义加入到自己的研究整体之中去。因为任何西方的理论都是在西方文化背景上总结出来的最基本、最常见的文化结构形式，它不是语言，而是语法，而任何语法都是无法完全代替语言的。越是中国的、具有独创性的文化和文学创造，越是无法完全包含在这种一般性的理论概括中，所以，当我们运用西方现成的文化模式分析研究了中国文化作品之后，要特别注意有哪些东西仅仅在这种模式中没有得到充分的说明，而这恰恰是从一般进入特殊、从世界普遍性进入民族独特性的开始。在过去，我们好用西方现实主义文学理论研究鲁迅小说，这并无不可，但在用西方现实主义理论充分揭示了鲁迅小说的某些特征之后，不是明明剩下了很多东西没有在这种分析中得到说明吗？不是像裁衣服一样剩下了很多被剪裁下来的"边角料"吗？不难看出，正是这些"边角料"，体现了鲁迅小说与西方现实主义小说的根本差异之所在，只有将这种差异也加入到自己的研究之中去，这种研究才会成为更加充分的研究。否则，西方的文化理论与文学理论就真的成了像科学定理那样的文化教条了。显而易见，朱崇科先生这部论著在这个方面注意得还是不够的。我总觉得，中国知识分子在西方的文化理论和文学理论面前不妨再洒脱一点，甚至还可以再傲慢一点，不要那么拘谨，不要那么中规中矩。在当代的世界上，文化和文学已经不是稀有金属。谁都是从小就在文化和文学中摸爬滚打的，对于文化与文学，谁都不是先知先觉，也不是神仙皇帝，世界上所有文化的理论和文学的理论，都是用于交流的，而不是仅仅供人学习的。交流，没有一个谁高谁低的问题，只要尊重对方的人格，尊重对方的劳动，就可以了。不妨放得再开一些，不妨把话说得再大胆一点。这对于我们鲁迅研究者来说，似乎更有实际的意义——传达出鲁迅作品自身所具有的那种文化品格。

　　西方文化的中国化有没有一种最完满的体现形式？我认为是有的，那就是既有中国固有文化传统的影响又有西方文化的影响，但成功地进行了自己独立的文化创造的中国作者的文化产品。鲁迅的小说、散文诗、杂文，曹禺的《雷雨》《日出》《原野》《北京人》，冯至的《十四行诗集》，张爱玲的《传奇》，等等，我认为都同时体现了中国传统文化的现代化和西方文化的中国化的两种文化趋向。有人认为，"五四"之后的这些作品都是西方文化影响的产物，已经没有中国文化的根。实际上，这种说法是一种极不负责任的说法。试想：这些作品让一个没有中国经验的外国人能写得出来吗？这些作品让一个没有西方文化知识的中国古代人能写得出来吗？与此同时，即使我们与他们有了同样多的中外文化知识，也未必能够创作出这样的作品，因为其中起关键作用的已经不是这些中外文化知识的本身，而是他们进行独立创造的能力以及他们这些具体的独立创造。也就是说，有创造性，就既有中国传统文化的现代化，也有外国文化的中国化；没有创造性，任什么都"化"不了，任什么都可以导致对我们自身的异化。

　　关于非文学的理论文学化的问题，是我想到的。我之所以想到这个问题，是因为我认为我们当前的文学研究，特别是中国现代文学研究，有一种太过理性化的趋势，以至于完全用理性的判断取代了文学的感受，这与我们对外国最新文化理论和文学理论的接受是有莫大的关系的。我们是从事文学"研究"的。"研究"是一项理性的活动，我们在接受外国文化的时候，也常常更重视外国当代最新的哲学、社会科学学说，与文学有关的则是西方当代最新的美学、文学理论，再其次就是西方同行教授们的研究成果。这原本是无可厚非的，但我们研究的到底是"文学"。"文学"主要不是供我们认识的，而是供我们感受和体验的。即使对文学的认识，也要首先认识我们感受和体验中的文学世界，而不能脱离我们的感受和体验而像认识桌椅板凳一样认识文学世界中的事物。但是，我们却极少在西方文学发展历史的具体背景下接受西方文化和文学的理论。我们不太注意西方文化、文学理论与西方文学的关系，不想了解西方文化理论家和文学理论家对西方文学的感受和体验；而更多的是将西方的文化、文学理论直接用来评论中国的文学，好像西方任何一种著名的理论学说，都能直接拿来评论我们的文学作品，并且这种评论就直接等同于我们对这些文学作品的理解和认识。具体到我们对美国文化的接受来说，我们对美国文化的接受，除了美国哲学、社会科学、美学、文学理论和文学批评（包括我们美国同行学者的具体研究成果）之外，关心的倒更是美国的政治制度和经济状况，好像越是关心美国文化的中国文学研究者，越是极少提及像斯陀夫人、马克·吐温、杰克·伦敦、爱仑·坡、惠特曼、辛克莱、德莱赛、海明威这些美国历史上的著名文学作家及其作品。好像美国文化就是那些学者和教授眼里的文化，而并非这些文学家眼里的文化，但我们拿来评论的却是我们的文学和文学作家。这种过于理性化的研究，具体到我们中国现代文学研究中，就把一些在新文学发展史上没有或极少贡献的教授和学者提升起来，而好像那些实际地开创并推动了中国新文学发展的文学作家和文学评论家走的却是一条错误的文学道路（他们的贡献应该在中国现代高等教育史或学术史上得到相应的评价，在我们的文学史上是理应以对文学及其发展的实际作用为基本标准的）。例如，不论林纾在晚清小说翻译史上有多么杰出的贡献，但他在五四时期写的《荆生》《妖梦》所表现出来的都是传统的文化专制主义思想倾向；不论学衡派在其学术史上有多么杰出的贡献，但都不能认为其反对五四白话文革新的主张也是合理的和正确的。必须看到，文学研究属于科学研究，但又不是一般的科学研究。如果说一般的科学研究是由实到实的研究，即从已有的确定性的认识出发，通过逻辑推理获得一种更新的确定性的认识，那么，文学研究则是由虚入实再由实入虚的过程，即文学本身是虚的，不是一个有确定性认识结论的物质实体，而是通过精神感受和体验而形成的一种朦胧的心灵状态。为了对它有一个更清晰的感受和认识，我们对其中的某些侧面进行理性的思考，以对其有一种相对确定性的认识，但最后还要将这种确定性的认识返回到对整个文学作品的精神感受和体验中去，亦即重新构成一种新的更丰富/深刻的浑然一体的朦胧感受和体验。任何一个文学研究者的任何一个研究成果，都无法最终地认识一个文学作品或一个文学现象。如果一个研究者认为自己的研究已经确定无疑地说明了对象，或者因为他研究的对象根本就不是文学作品，或者这个研究者根本就没有将其作为文学来研究。总之，任何一种现成的文化理论和文学理论，都不能最终地说明文学；任何一种外国的文化理论和文学理论，也不能最终地说明中国文学，而必须在有限地使用了这种理论框架说明了应该说明的问题之后而将其颠覆或拆解，以使自己重新回到精神感受和体验之中去，回到文学之中去。也就是说，当我们使用现成的理论框架研究文学的时候，必须将其文学化，使其与被研究的文学对象相适应，而不能使文学一味地迁就理论的框架。任何现成的文化理论和文学理论都是对文学的禁锢和束缚，都有可能导致歪曲地解读文学的结果。文学不等于科学。在最本质的意义上，科学是文学之敌，而不是文学之友。在这个科学主义、物质主义盛行的时代，尤其应当注意这一点。

王富仁
2011 年 8 月 8 日于汕头

（王富仁，新中国第一位文学博士，中国现代文学研究界极具影响力的学者，北京师范大学、汕头大学教授，曾任中国现代文学研究会会长，著述等身。）